本书的出版得到北方民族大学"民族学"一级学科双一流建设的资助和
国家民委重点学科"中国古代文学"平台的资助

地域·民族·文学

明清云南回族文学研究

马志英　著

社会科学文献出版社
SOCIAL SCIENCES ACADEMIC PRESS (CHINA)

序

  中国文学地理学会自 2011 年成立以来，一直非常重视少数民族文学的研究，例如在学会里就有许多来自内蒙古、宁夏、新疆、西藏、广西等少数民族地区的会员、理事和常务理事，而中国文学地理学会的第四届年会（2014 年）就是在西北民族大学（甘肃兰州）召开的。中国文学地理学会为什么如此重视少数民族文学？因为中国少数民族的分布是具有地域性的，少数民族的这个分布特点使得少数民族的文学也具有地域性。中国的少数民族文学，其民族性与地域性是可以互证的。因此，中国少数民族文学就成了文学地理学研究的天赐样本。

  稍微有点例外的似乎是回族，回族的分布是比较分散的。那么，回族文学有没有地域性呢？回族学者马志英女史为我们解答了这个问题。她指出："回族自萌芽就形成了'大分散，小聚居'的地域格局特色，回族人广泛地分布在中国的各个地区，小聚居于江浙、云南、陕甘宁等地。这种分布格局为回族文学地域特色的形成提供了可能。"她的《地域·民族·文学——明清云南回族文学研究》这本书，就是运用文学地理学的理论和方法研究明清时期云南回族文学地域特色的一部专著。

  综观她的这部书稿，我认为有三个特点比较突出。一是思路清晰。例如，她研究回族文学，为什么会集中在"明清"这个时段？

又为什么会选定在"云南"这个地域？这是两个必须回答的问题。她解释说："宋元时期回族尚未形成，来华的色目人以侨民身份寓居中国，他们的文学创作并不是真正意义上的回族文学。明清时期是我国回族最终形成并迅速发展的历史时期，也是回族文学发展繁荣的重要时期，因而本书将研究的时段选在明清时期。"她进一步解释说，之所以要把研究范围选定在云南地区，理由有四点。其一，聚居于云南地区的回族文人，其族属清楚，回族身份确定。其二，明清时期集中在云南地区的回族文人数量超过江浙地区，居第一。云南府、永昌府、大理府等地出现了回族文人群体和文学家族，他们积极参与云南本土文化活动，发展并繁荣了云南地区的回族文学。其三，明清云南回族文学具有丰富的乡邦文献资料，这为本项研究的展开提供了丰厚坚实的文献基础。其四，目前学术界对明清回族文学的研究尚付阙如。如此回答，可谓明白清晰，言简意赅。另外，从全书的章节安排来看，其思路也是很清晰的。

　　二是比较全面地探讨了明清云南回族文学的各个主要方面，如明清云南回族文学兴起的历史背景与文人分布、明清云南回族文人交游考、明清云南回族文人的文化情怀、明清云南回族文人的情感书写、明清云南回族文学的景观呈现、明清云南回族文学的主题倾向与文体特征、明清云南回族文学对其他民族文学的学习与接受、明清云南回族文人作品的纂辑等，从环境到作家到文本到接受，文学的四个基本要素都涉及了，可以说是一部比较全面的关于明清云南回族文学研究的专著。

　　三是文学地理学的研究占据主导地位。全书正文九章，加上一个"绪论"，一个"余论"，一共十一个板块，其中第一章、第三章、第四章、第五章均属于文学地理学研究，第七章、第八章则包含了较多的文学地理学研究。例如第一章的第二节和第三节，探讨明清云南回族文学家和文学家族的地理分布，指出"明清时期云南回族文人的地理分布呈'大分散，小聚居'的特点，这与云南回族的整体分布格局相一致，符合中国回族发展的历史规律"。她的考察既有一般性考察，又有重点考察，其结论既有历史文献资料做依据，又有数理统计和图表呈现，可以说是相当完整、相当扎实地解决了明清云南回族文学家的地理分布问题。又如第三章考察明清云南回族文人的文化情怀，发现"明清云南回族文人乐好游赏、隐逸超脱及亲近佛老等情怀的形成深受云南特有地理环境的影响。文学家的性情气质与自然地理环境息息相关，而文学则是勾连两者的媒介"。她的这种考察都是"从文本出发"，先考察"文学表现"，再考察"地理环境的影响"，突破了"先环境、后文本"的套路，可以说是比较成熟的文学地理学研究。

　　总之，从地域的角度、运用文学地理学的理论和方法考察明清云南回族文学，是本书的一大亮点。正是由于这个原因，本人乐意向所有关注文学地理学和民族文学的读者推荐此书。

曾大兴

2019 年 8 月 29 日于广州

目 录

绪　论

中国是一个多民族国家，由人口占绝大多数的汉族与人口占少数的 55 个少数民族共同组成。多民族共同创造了绚烂多元的中华文化。回族是我国多民族大家庭中的重要成员，因经济文化起点高、族源众多、汉语言使用水平高及"大分散，小聚居"的分布格局，在千百年历史发展轨迹中，形成了自己独特的民族个性。回族古代文学是回族文化与地域文化相互孕育的结晶，是中国传统文化的重要组成部分，自其萌芽就表现出鲜明的地域文化特征。

一　选题缘由

中国文学如何在全球化语境中自觉地展示本土特征是当下学术界普遍关注的一个问题。许多学者以文化地理学、文学地理学等研究视角与方法去探析我国不同地区文化与文学的特质，体现出比较明显的地域文化、地域文学研究的学术研究新动向。尤其是近三十年来，这方面的学理性探讨越来越深入，研究视角更加新颖、研究方法不断拓展，大量颇具学术价值的研究成果相继问世，如袁行霈《中国文学概论》①、曾大兴《文学地理学研究》②、陈庆元《文学：

---

① 袁行霈：《中国文学概论》，高等教育出版社，1990。
② 曾大兴：《文学地理学研究》，商务印书馆，2012。

地域的观照》①、李浩《唐代三大地域文学士族研究》②、戴伟华《地域文化与唐代诗歌》③ 和罗时进《地域·家族·文学——清代江南诗文研究》④ 等。在已有的成果中，学者们将社会史、地域史与文学史联系起来考察，扭转了多年来偏于线性研究、忽于文学生成空间因素的立体研究的文学研究取向。从地域、自然、文化与文学的关系，家族传承与文学成就，以及社会交往与时代倾向等多方面探索了地域文化与文学的复杂关系。这些研究成果推动了古代文学与地域文化研究的发展，有助于解决中国文学本土性特征呈现的问题。然而，这些研究主要是以汉族文学为考察对象，对少数民族地域文化与民族文学问题的研究比较薄弱，仅有《重绘中国文学地图通释》⑤、《民族地域文化与民族文学》⑥ 和《民族文化与地域文化的互为表现——评裕固族作家玛尔简的诗文》⑦ 等为数不多的成果关注到了少数民族文学与地域文化这一现象。这些成果或是对少数民族文学与地域文化现象进行一般性的描述，或是提出开展少数民族文学与地域文化研究的建议与方法，而从中国文学史特别是从中国少数民族文学史的整体高度对少数民族文学所进行的研究为数不多。从研究现状来看，只有满族、藏族、蒙古族等为数不多的几个少数民族的古代文学受到不同程度的关注。相比较而言，对作为中国古代文学不可或缺的重要组成部分的回族文学的研究则明显不足，对回族古代文学的地域文化属性这一重要的文学现象更是鲜有关注。

---

① 陈庆元：《文学：地域的观照》，上海远东出版社，2003。
② 李浩：《唐代三大地域文学士族研究》，中华书局，2002。
③ 戴伟华：《地域文化与唐代诗歌》，中华书局，2006。
④ 罗时进：《地域·家族·文学——清代江南诗文研究》，上海古籍出版社，2010。
⑤ 杨义：《重绘中国文学地图通释》，当代中国出版社，2007。
⑥ 奎曾：《民族地域文化与民族文学》，《中央民族大学学报》（哲学社会科学版）1992 年第 2 期。
⑦ 钟进文：《民族文化与地域文化的互为表现——评裕固族作家玛尔简的诗文》，《民族文学研究》2012 年第 3 期。

回族自萌芽就形成了"大分散，小聚居"的地域格局特色，回族人广泛地分布在中国的各个地区，小聚居于江浙、云南、陕甘等地。这种分布格局为回族文学地域特色的形成提供了可能。我国疆域辽阔，人口稠密，民族众多，不同地域间文化差别较大。无论是地形土壤、水文气候、山川植被等自然地理环境，还是生活方式、风土人情、价值观念等文化地理环境，都千差万别。丰富多元的中华文化特征为回族文学地域特色的形成提供了现实性。宋元时期回族尚未形成，来华的色目人以侨民身份寓居中国，他们的文学创作并不是真正意义上的回族文学。明清时期是我国回族最终形成并迅速发展的历史时期①，也是回族文学发展繁荣的重要时期，因而本书将研究的时段选在明清时期。

之所以将地域范围选定在云南地区，理由有四点。其一，聚居于云南地区的回族文学家，其族属基本清楚，回族身份基本确定，为笔者从事回族文学研究提供了方便。其二，明清时期集中在云南地区的族属情况比较清晰的回族文学家的数量超过江浙地区而跃居第一。在云南府、永昌府、大理府等地出现了回族文学家群体和回族文学家族，他们积极参与云南本土文化活动，发展并繁荣了云南地区的回族文学，凸显了云南多民族文学共同发展的文坛格局，理应在云南文坛占有一席之地。其三，较之其他三大回族聚居区而言，云南地区具有丰富的乡邦文献资料，如清代保山袁文典、袁文揆兄

---

① 关于回族的形成时期历来主要有"元代说"和"明代说"，持"元代说"的学者主要有杨志玖和张迎胜等，见杨志玖《元代回族史稿》，南开大学出版社，2004，第 2 页；张迎胜《元代回族文学家》，宁夏人民出版社，2004，第 5 页。持"明代说"的学者主要有白寿彝、林松、邱树森等，见白寿彝《回回民族的新生》，载《中国回回民族史》，中华书局，2003，第 46 页；林松、龚和《回回历史与伊斯兰教文化》，今日中国出版社，1992，第 209 ~ 211 页；邱树森《中国回族史》，宁夏人民出版社，1996，第 351 ~ 393 页。从民族形成的四大条件来看，笔者认同"明代说"。

弟所纂辑《滇南诗略》①、《滇南文略》②,李根源所编《永昌府文征》③,以及周钟岳、赵式铭所纂《新纂云南通志》④ 等,这无疑为我们从事古代回族文学地域特色研究提供了数量巨大的研究对象和丰富的文本材料。其四,目前学术界对明清云南回族文学的研究尚付阙如。综上所述,这一选题具有历史依据和文献基础,具有可操作性,有利于推进回族文学和明清文学研究的进展。

二 相关概念

自回族在中华大地扎根之日起,回族文学便应运而生了。回族文学与回族同生共长,厘清回族文学、回族古代文学等概念是研究展开的前提。对少数民族文学概念的内涵和外延,人们一般是从作家族属、作品题材、作品语言等方面进行界定的。何其芳曾指出:"判断作品所属民族一般只能以作者的民族成分为依据。"⑤ 20世纪80年代中期,少数民族文学研究家吴重阳进一步强调:"划分少数民族文学的归属的主要标志,是看作者的民族出身。"⑥ 到了90年代,学界多是以作家族属为依据来辨认少数民族文学⑦。21世纪初,梁庭望、黄凤显进一步对少数民族文学的范畴进行了廓清与界定:"从广义上看,凡少数民族作者所创造的文学,都属于少数民族文

① 由清代云南永昌府袁文典、袁文揆兄弟纂辑,共47卷,是云南第一部诗歌总集。有嘉庆刊本、光绪二十六年刊本和《云南丛书初编》本,本书征引自《云南丛书初编》本。

② 纂辑《滇南诗略》后,袁文典、袁文揆兄弟又纂辑了《滇南文略》,共47卷,为云南第一部大规模的散文总集,有《云南丛书初编》本。

③ 由民国李根源编,分为诗录、文录、记载、列传4个部分共136卷,诗录、文录部分收录汉代至民国的诗11653首、文1102篇,于1941年正式刊印。

④ 由龙云、卢汉修,周钟岳、赵式铭纂,共266卷,分装为140册,1941年铅印本。本书所依版本为李春龙、牛鸿斌等点校《新纂云南通志》,云南人民出版社,2007。

⑤ 何其芳:《少数民族文学史编写中的问题》,《文学评论》1961年第5期。

⑥ 吴重阳:《中国当代民族文学概观》,中央民族学院出版社,1986,第7页。

⑦ 赵志忠:《民族文学论稿》,辽宁人民出版社,2005,第2页。

学。这包括群体创造的民间口头文学、民间书面文学和作家、作者个人的创作；包括远古文学、古代文学、近现代文学和当代文学；既包括55个少数民族的文学，也包括曾活跃于历史舞台，后来融入其他民族的匈奴、鲜卑、党项、契丹、东南越族等古代民族的文学；既包括用民族语文创作的作品，也包括用汉语文或其他民族语文创作的作品；既包括本民族的题材，也包括来自汉族或其他民族的题材，包括翻译并做了民族化处理的外来作品。"① 这种观点大大扩展了少数民族文学的外延，在一定程度上纠正了语言决定论和题材决定论的偏颇，是一种比较全面合理的界定。

由此可见，把作家族属作为少数民族文学识别的标准几乎在学界形成共识。以此为标准可以这样界定回族文学，即凡是族属为回族的创作群体或个人所创作、编写、整理的文学（口头和书面）作品都算回族文学（文献）。

就明清云南回族文学而言，明清是一个时间定位，囊括了从明初至清中后期共计五百多年的历史范围。明清云南回族文学的形态有诗、词、赋、散文、序、跋等，其中诗歌近1600首、散文10篇、词5首、赋2篇，诗歌是明清云南回族文学的主要样式。虽然诗歌占有很大的比重，但本书之所以称研究对象为文学而不是诗歌，主要是因为行文举例既有诗歌，也涉及散文、赋、词、序、跋等文学体式。

三 明清云南回族文学家的作品概况

笔者依据《滇南诗略》《永昌府文徵》《滇南碑传集》《云南历代各族作家》《新纂云南通志》《回族人物志》等资料，对明清云南

---

① 梁庭望、黄凤显：《中国少数民族文学》，山西教育出版社，2003，第3页。

回族文学家的诗文集进行统计，汇总如下。

如表 0-1 所示，绝大部分明清云南回族文学家都曾有诗文集，但有的已经佚失，有的有目无辞，还有的遗留下来的作品很少。《滇南诗略》中辑录了闪继迪、马继龙、孙继鲁等人的作品，是我们了解明代回族文学家文学创作情况的重要文献。清代回族文学家的文集或作品数量多于明代，孙鹏与沙琛是存诗最多的两位回族文学家，马之龙和马汝为次之。孙鹏《南村诗集》收在《云南丛书》中，收录孙鹏 30~72 岁之作，包括《少华集》2 卷、《锦川集》2 卷、《松韶集》4 卷，共 8 卷，作品 300 余首。沙琛是清代云南回族文学家中作品数量最多的诗人，《云南丛书》收其《点苍山人诗抄》共 8 卷，既有其居滇时创作的诗歌，又有其任职安徽时所作之诗，共计 1300 多首。马之龙著有《雪楼诗选》2 卷、《临池秘论》4 卷、《卦极图说》1 卷、《阳羡茗壶谱》1 卷，《云南丛书》辑诗近 200 首。马汝为有《马悔斋先生遗集》4 卷。

表 0-1　明清云南回族文学家作品统计

姓　名	文　集
孙继鲁	《破碗集》《松山文集》（大多数佚失）
保先烈	道光《云南府志》（卷四存诗二首）
马玉麟	《静观堂稿》38 卷（大多数佚失）
马鸣銮	《密斋诗稿》（已佚）
马兆羲	仅存《土寇流寇乱略》1 篇
马继龙	《梅樵集》（已佚，《滇南诗略》存诗 68 首）
闪继迪	《滇南诗略》存诗 43 首
闪仲俨	《永昌方志》中存诗 1 首
闪仲侗	《鹤和篇》（已佚）
马上捷	《拾芥轩集》（已佚）

续表

姓　名	文　集
马明阳	《异野文集》（已佚，仅存《清真寺常住碑记》1篇）
孙鹏	《南村诗集》（8卷内有《少华集》和《锦川集》各2卷，《松韶集》4卷）
金汉青	《梯月马公行状》（已佚）
马吉安	《劢士录》（已佚）
马恩溥	《慎贻堂集》《制艺约编》（均已佚）
沙琛	《点苍山人诗抄》8卷
马之龙	《卦极图说》《阳羡茗壶谱》《临池秘论》，现仅存《雪楼诗选》2卷
萨天璟	《燕携草》（已佚）
萨纶锡（天璟子）	《燕山诗集》《德庄堂稿》（均已佚）
马椿龄	遗作丧失，仅存《龙门村西营众亲重建清真寺碑记》1篇
赛屿	《梦鳌山人集》《行源堂时文集》（均已佚）
马汝为	《马悔斋先生遗集》4卷

虽然大部分明清云南回族文学家的诗文集佚失较多，但就现存的作品来看，有诗歌1500多首、散文16篇、赋2篇、词5首，各类序、跋及文论近10篇，涉及诸多文体，具有文学、史料学、文化学等多重价值，有较大的研究空间。

四　拟解决的主要问题

本书以明清云南回族文学为研究对象，以地域文化为视角，将回族文学置于特定的时空背景之中，运用文化地理学、宗教学等学科方法，以个案研究为基础，对明清云南回族文学以文学、民族学视野予以观照和诠释。具体表现为：其一，宏观上廓清明清云南回族文学家的空间分布，分析其分布特征，阐释其历史原因；其二，厘清明清云南回族文学的兴起背景；其三，分析明清云南回族文学的地域文化特征，探讨地域文化对明清云南回族文学家交游活动及心理、情感的影响；其四，总结明清云南回族文学对其他民族文学的借鉴意义，分析明清云南回族文学在回族文学乃至在整个中国文学史中的地位。

总之，本书以明清云南回族文学为研究对象，厘清明云南回族文学兴起的时空背景，以自然景观和人文景观为切入点，分析明清云南回族文学的地域文化特色、地理环境对回族文学家情感世界与文学创作等方面的影响，以及明清云南回族文学的文学史地位。

第一章

明清云南回族文学兴起的历史背景与
文学家分布

明清时期是云南回族形成与发展的时期，也是云南回族文学发展兴盛的时期。袁文典曾指出明代是云南文学始著之时，"迄于有明，尽变蒙、段旧习，学士大夫多能文章，娴吟咏。一时名流蔚起，树帜词坛，滇诗始著"①。作为云南文学不可或缺的一部分，明清云南回族文学的兴起同样离不开这个大背景。

第一节　明清云南回族文学兴起的历史背景

各民族文学的生成与发展有其独特的民族文化生态环境，这包括民族历史、民族生存方式、宗教信仰、风俗习惯和地理概况等。明清云南回族文学的兴起与发展离不开云南特有的民族文化环境。云南回族的历史发展是明清云南回族文学家分布格局的历史基础，明清时期相对开明的民族宗教政策是回族文学家参加科举考试及从事文学创作的有力保障，云南地区富裕的经济条件和丰富的教育资

---

① （清）袁文典、袁文揆辑《滇南诗略》，载《丛书集成续编》（第150册），上海书店出版社，1994，第39页。

源是回族文学家成长的物质条件和坚实基础，这也正是明清云南回族文学兴起的历史背景。

一 明清云南回族的历史发展

云南回族的历史从元代开始。据《元史·世祖本纪》和《元世祖平云南碑》记载，1253 年忽必烈、兀良合台率军南下平定大理国，这是回族人入居云南的开端。此后 70 余年间，回族军人被派驻云南 10 余次，每次人口数以万计，他们"上马则备战斗，下马则屯聚牧养"①，并入社而编，聚族而居。还有一些回族上层人物，如赛典赤·赡思丁、纳速拉丁等被派往云南。这些人与当地的汉族、蒙古族、白族、彝族交往，繁衍子孙。元朝统治者对色目人高度重视和重用，回族人有着较高的政治地位。优越的政治地位，广泛而深入的民族文化交融，使不少回族人具有较高的汉文化修养，能用汉语写作，创作了大量优秀的文学作品，成为明清云南回族文学繁荣的基础。

明清两代内地的回族人继续大批进入云南，并最终留在永昌、丽江、元江、曲靖等要塞之地。1381 年朱元璋任命傅友德为征南将军，蓝玉、沐英为副将军，率 30 万大军征讨盘踞云南的残元势力。云南平定后，沐英被委派治理云南，随其入滇的大批江南回族落籍云南，《云南机务抄黄》载洪武十七年三月初三，朱元璋发到云南的命令说："各卫所上紧屯种，尽问军每，若是有粮，便差内官送将家小来。"② 军队中的回族家属遍布各地，如滇南玉溪地区的回族就是明代军屯回族的后裔，据《续修玉溪县志》记载："明沐英入滇，

---

① （明）宋濂：《元史》（卷98），中华书局，2011，第 2556 页。
② （明）张统：《云南机务抄黄》，载李春龙、刘景毛等点校《正续云南备征志精选点校》（下编），云南民族出版社，2000，第 193 页。

兵临我邑，土著夷民散居四隅，外来官兵分布五区聚屯而耕。"① 明中期又有一批西北和江南的回族将士被遣调入云南参加"三征麓川"。据《明史·沐英传》记载，1399 年"思伦发死，诸蛮分据其地，晟讨平之。以其地为三府、二州、五长官司。又于怒江之西，置屯卫千户所戍之，麓川遂定"②。平定思氏土司的叛乱后，又屯江南回、汉士兵于滇西各地，加强戒备。随征回族士兵以军屯形式落籍于云南的很多，并且其家小也随后迁来，落籍于全滇各地。今大理、漾濞、保山等地，都有回族聚居区或居民点。此后，明廷继续扩大屯田规模，只要有卫所的地方都有军屯田。又有大批陕甘、江南回族将士陆续入云南屯垦，历经几代发展成为农民、城镇居民及小手工业者，成为明代入滇回族的一个主要部分。

　　明代随征回族军士多留戍在永昌、丽江、寻甸等卫所，这些地方是交通厄塞，对镇守云南十分重要。顾祖禹云："云南山川形势，东以曲靖为关，以沾益为蔽；南以元江为关，以车里为蔽；西以永昌为关，以麓川为蔽；北以鹤庆为关，以丽江为蔽。故曰：云南要害之处有三：东南八百、老挝、交趾诸夷，以元江、临安为锁钥；西南缅甸诸夷，以腾越、永昌、顺宁为咽喉；西北吐蕃，以丽江、永宁、北胜为厄塞。识此三要，足以筹云南矣。"③ 这些地方经历代统治者的经营建设，以其得天独厚的地理条件及多民族错杂而居的社会特点，吸引了回族人依族而居，而成为云南回族的主要聚居地。以寻甸和腾冲为例，明时寻甸府居住着数以万计的回族人，据明人王尚修《寻甸府志》记载："色目人头戴白布小帽，不裹巾，身穿

---

① 民国《续修玉溪县志》（卷2），云集印书馆，1931，石印本。
② （清）张廷玉等：《明史》（卷126），中华书局，1978，第1996页。
③ （清）顾祖禹：《读史方舆纪要》（卷130），载方国瑜主编《云南史料丛刊》（5），云南大学出版社，2001，第708～709页。

白布短衣……多娶同姓，诵经以杀牲为斋，埋葬以剥衣为净，无棺以送亲，无祭以享亲……"① 这段话说明寻甸府下辖居民种类各异，其中就有很多回族人。腾冲多朱姓和明姓的回族人，据《腾冲明·朱姓族谱》记载："追其明氏之源者，世系到滕之始祖都指挥讳明恭，原籍南京应天府七溪县人氏也，即今之江苏省江宁县，于洪武三年奉调南征，攻平缅甸后驻守边疆。"②《腾冲马氏家谱》也指出其先祖是江南金陵人氏，洪武时奉上调随至腾居守。

此外，云南北距吐蕃，拥有西南丝绸古道的交通便利，发挥着多民族经济文化交流、民族迁徙融合的国际交通枢纽的功能。这条通道"以滇池为枢纽，北通邛都、筰都至蜀，以抵于秦；东通夜郎、牂柯、至巴，以联于楚；西通昆明、嶲唐，经掸人地，以至于身毒；又自蜀经僰道、滇池而南，从句町、进桑入交趾之通道亦甚早"③。对西南地区的民族文化交流起到积极的促进作用。入明以后西域一带的穆斯林沿滇南丝绸古道继续进入云南，并很快融入当地众多民族之中，正如李佩伦所云："回族文化基本就是世界伊斯兰文化与中华本土文化双向交流、渗透过程中逐渐形成的。"④

在长期的共存与交往中，回族与汉族及其他各个民族和睦相处，共同开发云南，形成了汉文化与少数民族文化交融、各民族又保留自己独特文化的格局。昆明是云南省的政治、经济及文化中心，自明代以来就是汉族与一些少数民族的共同居住地。昆明府文化中既有汉文化因素，又有少数民族文化的特色。寻甸府是元明时期较大

---

① 嘉靖《寻甸府志》（上），载林超民、张学君等主编《中国西南文献丛书·西南稀见方志文献》（卷22），兰州大学出版社，2003，第58页。
② 《中国少数民族社会历史调查资料丛刊》修订编辑委员会编《云南回族社会历史调查》（2），云南民族出版社，1985，第536页。
③ 方国瑜：《中国西南历史地理考释》（下），中华书局，1987，第8页。
④ 李佩伦：《回族文化的反思》，《回族研究》1991年第1期。

的一个回族聚居地:"本府管下民,种类不一,有汉人,有僰人,有色目人,有黑倮,有白倮,有乾倮倮。"① 这些种类不一、民族不同的人杂居一处,劳作生息,构成了这里多元并存的文化格局。如明代著名回族诗人马上捷就是寻甸人,著有《拾芥轩集》等,文名享誉当地。再如建水县的周边生活着傣族、哈尼族、彝族、回族等许多民族,建水自明代以后汉文化盛极一时,建水孔庙成为中国规模最大、祭祀活动最隆重的孔庙之一。每一个民族的文化,不仅具有其所属的原始族群的古代文化因子,也有诸种外来文化的因素。云南回族文化便是在云南特有的地理空间和历史时序的交织中逐渐形成的,这是一种多元一体的文化格局,这种文化格局促进了明代云南回族文学的发展。

清代云南回族分布全省各地,康熙、雍正及乾隆时期,清廷为在云南推行"改土归流"的政策,曾从河北、山东、四川等省征调一批回族士兵随回族将领哈元生、冶大雄等驻防滇东北地区,同当地回族合为一体,回族村寨遍及"三迤"。昭通、大理、保山、建水、开元等地都有众多回族聚居区,康熙《蒙化府志》云:"入里甲,有差徭,凡所居,皆建寺聚族礼拜。"② 概括了当时散居在云南各地的回族人的政治、经济、文化生活状况,他们依然坚持伊斯兰习俗,依寺聚族而居。

总之,从元至明清,云南回族人口逐渐增长,广泛分散在云南各地,并小聚居于昆明、大理、保山、寻甸、丽江等地,与多民族交错而居,进一步发展了"大分散,小聚居"的地域分布格局。这

---

① (明)陈文:《景泰云南图经志书》(卷21),载林超民、张学君等主编《中国西南文献丛书·西南稀见方志文献》(卷22),兰州大学出版社,2003,第311页。

② 康熙《蒙化府志》,载林超民、张学君等主编《中国西南文献丛书·西南稀见方志文献》(卷22),兰州大学出版社,2003,第1235页。

些地方以其特有的自然地理环境与人文地理因素孕育了许多优秀的回族人才，经过长时间的汉文化学习，不少人在诗文创作方面卓有成就、著述颇丰，涌现出了大批名扬滇云的文学家，如明代的马继龙、孙继鲁、闪继迪、萨天璟、马上捷，清代的孙鹏、马汝为、马之龙、沙琛等。

二　明清云南回族的教育与科举

云南地处西南边陲，位邻异邦，元朝以前，一直偏立一隅，长期闭塞自守，文化发展程度相对落后。《赛典赤·赡思丁传》云："云南俗无礼仪，男女往往自相配偶，亲死则火之。不为丧祭。无粳稻桑麻，子弟不知读书。"[①] 黔国公沐英四世孙沐璘的《滇南即事》一诗反映了500多年前昆明社会的风俗："漫说滇南俗，人民半杂夷。管弦春社早，灯火夜街迟。问岁占鸡骨，禳凶瘗虎皮。辎车巡历处，时听语侏离。"[②] 这种落后的局面在赛典赤父子主持云南行政之后得到明显的改善。"赛典赤教之拜跪之节，婚姻行媒，死者为之棺椁奠祭。教民播种，为陂池以备水旱。创建孔子庙，明伦堂，购经史，授学田。由是文风稍兴。"[③] 其后忽辛出任云南行省右丞，又在全省"诸郡邑遍立庙学，选文学之士为之教官"[④]。经过他们的倡导和努力，云南各族文化教育事业得到极大的发展。在这种风气的引领之下，云南各地的回族人开始重视学习汉语和汉文，逐步开始接受儒家文化教育。

明代统治者继续加强对云南各民族的汉化教育，这是云南回族

---

① （明）宋濂等：《元史》（卷125），中华书局，2011，第3036页。
② （明）沐璘：《滇南即事》，载《文山县志》，云南人民出版社，1999，第905页。
③ （明）宋濂等：《元史》（卷125），中华书局，2011，第3036页。
④ （明）宋濂等：《元史》（卷125），中华书局，2011，第3038页。

文学崛起的重要契机。据张纮《云南机务抄黄》记载，1382年明军初定云南，朱元璋即令在云南的"府、州、县学校，宜加兴举，本处有司选保民间儒士堪为师范者，举充学官，教养子弟，使知礼义，以美风俗"①。为化导民俗，达到统治目的，明王朝遍设府、州及县学，广置学官和教授。"国朝洪武初年，西平侯沐英建云南儒学。"②永乐十年（1412年），明王朝在云南武定、寻甸等府设立学校，明太宗对臣子强调在边疆兴教办学的重要意义时说："学校，风化所系。人性之善，蛮夷与中国无异，特在上之人作兴之耳。"③可见统治者重视学校教育对边民的化成导引。1504年朝廷又下令全国："各州府建立社学，选择明师，民间幼童十五以下者送入读书。"④在明王朝大力倡导学校教育政策的激励之下，全省各个地方相继建立起庙学、府学、社学等教育机构。首府云南府是云南回族人口分布最多的地区，这里的庙学在五华山右，它历经200多年的修建、扩建，至嘉靖四十三年（1564年）成为全省最宏伟的学堂。其他回族聚集区也建有庙学，如永昌府庙学建于洪武十五年（1382年），曲靖府庙学建于洪武十七年，姚安府庙学建于永乐元年（1403年）。还有一些府、州、县也建有数量不等的社学，进入各级学校学习的不限于汉族子弟，回、白、彝等族子弟入学者数量颇多。如回族军屯之地的武定府，"子弟五七年间，有入附云南府学者，有入昆阳州学者。父兄耳闻目击，皆有愿教子弟之心，其子弟皆有愿学之志行"⑤。渐被

---

① （明）张纮：《云南机务抄黄》，载李春龙、刘景毛等点校《正续云南备征志精选点校》（下编卷4），云南民族出版社，2000，第195页。

② 天启《滇志》（卷8），载林超民、张学君等主编《中国西南文献丛书·西南稀见方志文献》（卷23），兰州大学出版社，2003，第235页。

③ （清）张廷玉：《明史》（卷126），中华书局，1976，第1036页。

④ （清）张廷玉：《明史》（卷226），中华书局，1976，第4435页。

⑤ （明）何孟春：《何文简疏议》（卷7），载方国瑜主编《云南史料丛刊》（5），云南大学出版社，2001，第320页。

文教的回族子弟中，一部分人自然而然地成为文学创作的主力军。

清代前中期，云南回族在文化教育方面，无论是世俗文化还是宗教文化都有较大的发展。回族人集中的府、州、县、村已具备较好的文化基础。如太和县清代所建书院数量是几个回族聚居地中最多的，主要有波罗书院、敷文书院、迤西书院、西云书院等。赵州有凤鸣书院、龙翔书院，寻甸军民府有凤梧书院，楚雄府有卢云书院、凤山书院，云南府有育村书院、文昌书院。各地还建有很多义学、府学。如赵州府义学于康熙五十六年（1717 年）由陈士昂捐设，云南府义学在城南门外新城铺崇善巷，于康熙二十四年（1685年）由张毓碧捐设，雍正十三年（1735 年）重修。咸丰《邓川州志》云："回民……元时蔓延入滇，所至辄相亲守……资生每仗骡马利，于武庠，亦知读书，然不能永业也。服食婚丧，坚持其俗可不易。"① 这句话概括了当时居住在云南各地回族的政治、经济、文化生活状况。回族中的地主阶级跻身当时政权机构为官者，数量也是比较多的。有的通过"武庠"充当武官，有的通过读书科考而进入仕途。再加上"各种经、史、子、集和地方志编撰蜂起，明清两代收入《云南丛刊》相当多，仅收入的初编、二编即达 200 多种，1400 多卷，志书 250 多种，其多数是在清代编纂的"②，丰富的书籍资源为回族文学家走习文应举之路提供了便利的条件，对提高回族文学家的文学水平有着不可低估的作用。

自元代起，官方就大力促进回族子弟进入学校学习中国传统文化，鼓励他们积极参与科举考试。1314 年全国举行会试，规定云南行省的名额为 5 人，其中蒙古人 2 名，色目人 2 名，汉人 1 名，说明

---

① 咸丰《邓川州志》，载杨世珏、赵寅松主编《大理丛书·方志篇》（卷 21），民族出版社，2007，第 714 页。

② 马曜：《云南简史》，云南人民出版社，1983，第 246 页。

在科举考试中色目人子弟享有诸多优待。在优待政策激励之下，色目子弟纷纷学习儒家经典，参加科举考试。

到了明清两代开科取士之风盛行，加入科考行列的回族人士更多。根据《景泰云南图经志书》记载："迨今渐被华风，服食语言，多变其旧，亦皆尚诗书，习礼节，渐与中州齿矣。民德归厚，岂其然乎？士大夫多才能。"①"金齿久无学，士风萎靡。正统间始建学，选卫子弟之秀者而立师以教之，于是士风渐振，以读书自励而举于乡试者，科不乏人。"②这些话虽旨在赞颂明朝统治者在云南对各民族推行汉化教育的成功，但从中也可以看到包括回族在内的各个少数民族与汉族共同发展的情况。据何炳棣《明清进士与东南人文》统计，明代云南共有文进士 241 人，清代有文进士 618 人，约占全国总数的 5.4%③。其中，回族文进士 27 人④，居全国回族文进士之首。明清两代一些回族子弟积极参加科举应试，孙继鲁是嘉靖二年（1523 年）进士，闪仲俨是天启五年（1625 年）进士，马汝为是康熙四十二年（1703 年）进士，萨纶锡是康熙五十五年（1716 年）进士，他们都是著名的回族文学家。

综上所述，明清两朝在云南大力推行科举，对云南回族文学的发展与繁荣是有促进作用的。这种作用的具体表现可以借用祝尚书先生的这段话来概括："就外部效应论，科举虽带有极强的功利导向，但同时也带动了全社会的读书热，造就了庞大的各种层次和类别的文人队伍，对提高大众的文化素质，训练文学创作的基本功

---

① （明）陈文：《景泰云南图经志书》（卷20），载林超民、张学君等主编《中国西南文献丛书·西南稀见方志文献》（卷22），兰州大学出版社，2003，第 294 页。

② （明）陈文：《景泰云南图经志书》（卷6），载林超民、张学君等主编《中国西南文献丛书·西南稀见方志文献》（卷22），兰州大学出版社，2003，第 325 页。

③ 缪进鸿主编《中国东南地区人才问题国际研讨会论文集》，浙江大学出版社，1993，第 172 页。

④ 杨大业：《明清回族进士考略》，宁夏人民出版社，2011，第 56 页。

（如用韵、对仗、谋篇布局等）和艺术审美能力，最终对文学创作的发展与繁荣，无疑起着重要的推动作用，对此应当充分肯定。"①

三　明清云南回族的经济状况

经济因素是文化教育发展水平的重要指标，是影响文学活动最根本和最长远的因素。明清时期云南一些州府发达的经济不仅为回族文学家的政治活动提供了必要的物质条件，而且为回族文学家的文学创作活动创造了便利条件。

就云南回族文学家的分布来看，文学家主要集中在经济富裕的云南府、永昌府、大理府一带。这些地区的农业、手工业及商业在云南都处于领先地位。如首府云南府"田无旱涝，米不传输，山泽之利，取之无禁，民至老死不相往来，他方乐土未必胜此也"②；大理府"民输赋，如竞市，不待催科"，"谚曰：金临安，银大理"③；楚雄府"气候温热，土地肥沃，水量丰足，产蔗糖、棉花，回人习劳耐苦，属世相传，人足家给，储藏充裕"④；腾冲地区的回民"富坚忍性，精悍英发，善营商业，嘉、道间最富庶"⑤。正如谢肇淛所言："曲靖、楚雄、姚安、澄江之间山川夷旷，民富足而生礼义，人文日益兴起。"⑥这些地方发达的经济条件对回族文学的繁荣有积极

---

① 祝尚书：《"举子事业"与"君子事业"——论宋代科举考试与文学发展的关系》，《厦门大学学报》（哲学社会科学版）2004年第4期。
② （明）谢肇淛：《滇略》，载李春龙、刘景毛等点校《正续云南备征志精选点校》（下编卷4），云南民族出版社，2000，第242页。
③ （明）谢肇淛：《滇略》，载李春龙、刘景毛等点校《正续云南备征志精选点校》（下编卷4），云南民族出版社，2000，第242～243页。
④ （明）谢肇淛：《滇略》，载李春龙、刘景毛等点校《正续云南备征志精选点校》（下编卷4），云南民族出版社，2000，第242页。
⑤ （明）谢肇淛：《滇略》，载李春龙、刘景毛等点校《正续云南备征志精选点校》（下编卷4），云南民族出版社，2000，第247页。
⑥ （明）谢肇淛：《滇略》，载李春龙、刘景毛等点校《正续云南备征志精选点校》（下编卷4），云南民族出版社，2000，第243页。

的促进作用，表现在以下三点。

其一，为回族文学家提供良好的生活与成长环境。云南府、大理府等经济发达地区有着较好的文化氛围，对生长在那里的回族子弟有潜移默化的影响。

其二，为回族子弟接受教育提供了良好的社会条件。兴办学校、延请教师，建立刻坊、出版图书，这一切都需要经济实力的支撑，明清时期云南昆明书院林立，书籍资源发达，很多颇有社会影响的名师主持书院，一些回族读书人慕名而去，如清代回族文学家马之龙与沙琛都曾到昆明五华书院学习，向主讲刘大绅请教作诗属文。这一切有助于受教育者奠定坚实的知识基础，提高其文学创作水平。

其三，经济也是影响文学家分布中心流动变化、文化中心地位确立与转移的重要因素。明清时经济最发达的城市昆明聚居着大量的文学家与文学家族，无可争议地成为文学创作中心。大理府、永昌府等经济较发达的地区也有数量相当多的回族文学家，并且这里的文学家大多会以求学、访师、游历等方式流向昆明。

综上所述，云南复杂的地理环境对云南地方的经济、文化产生了深刻影响，形成不同的生活方式、文化类型和民族性格。正如王声跃所言："云南不仅有物化天成的自然资源，而且有丰厚凝重的历史文化景观。各民族在漫长的历史长河中繁衍、生息，在云南这个自然空间大舞台上扮演着不同的角色，创造了各具特色的本土文化，通过不断吸纳众多的外来文化和异域文化，形成具有'云南特色'和'边疆特色'的多种文化类型。"① 这多种多样的文化环境正是明清云南回族文学兴起与发展的重要背景，是明清云南回族文学家文学活动的现实条件。"人的本质并不是单个人所固有的抽象物。在其

---

① 王声跃：《云南地理文化研究的几点思考》，《玉溪师范学院学报》2000 年第 5 期。

现实性上，它是一切社会关系的总和。"① 个人不能脱离社会而孤立存在，作为人类精神活动的文学更是离不开这个环境。

第二节　明清云南回族文学家的地域分布

明清云南回族文学家主要分布在昆明、大理、元江等经济文化相对发达的地区，这说明一个地区文学家的产生和文学的发展不仅受当地政治、经济发展程度的制约，而且不同的地理条件对文学的发展也具有不同的影响，这是文学兴起与发展的重要条件。

一　地理条件

云南地处中国西南边陲，东接贵州、广西，北邻四川、西藏，西部与缅甸相毗邻，南部与老挝、越南接壤，总面积 39.4 万平方公里。这里居住着汉族和 25 个少数民族，人口约 4631 万②。云南作为我国一个行政区的名称历经了县、郡、省的发展过程。《景泰云南图经志书》对其建制沿革有详细的记载：

> 春秋战国时，楚顷襄王遣弟庄蹻略地黔中，西至滇池，即其地矣。会秦伐楚取黔中，蹻遂王滇，号滇国。又名其池曰昆明。汉武帝将讨之，以其国有昆明之险，乃即长安西南作池象之，以习水战。元封二年，以兵临滇，滇举国降，请置吏入朝，于是以为益州郡。蜀汉建兴三年，诸葛武侯南征，斩益州

---

① 马克思：《关于费尔巴哈的提纲》，载《马克思恩格斯全集》（卷3），人民出版社，1960，第 5 页。
② 云南省统计局、国家统计局编《云南统计年鉴（2012）》，中国统计出版社，2012，第 392 页。

者帅雍阁，遂入滇池，改益州郡为建宁郡。晋、唐以来，分隶
更置，徒为羁縻而已。蒙氏筑拓东城，亦此地也。段氏以此为
八府之一，号鄯阐府。元改为中庆路，置行省。今洪武十五年，
天兵南下，改为云南府，领四州十县，治昆明、宜良、富民
三县。①

汉武帝元封二年（公元前 109 年），西汉政府在此设益州郡，统领云
南宾川、弥渡诸县。蜀汉建兴三年（225 年），云南变县为郡，辖九
县即今天的大理、丽江及楚雄等地。到了唐代开元年间，南诏首领
被封为云南王，后又在南诏置云南安抚司，以云南为地名的区域逐
渐扩大。至元十年（1273 年）建立云南行省，将云南纳入中央王朝
直接统治之下，自此云南作为我国一个省区的名称就确定下来，沿
用至今。

　　云南全省地形总体趋势是北高南低，大部分河流为南北走向，
呈扇骨状向南展开，全境崇山峻岭错落交织，河流深谷蜿蜒纵横，
湖泊星罗棋布，"其名山则有点苍山、高黎贡山、玉龙山；其大川则
有金沙江、澜沧江、潞江、滇池、西洱河；其重险则有石门"②。其
地气候以温热湿润为主，"滇中气候中和，夏不甚热，纱葛不用，惟
三、四月干旱之时，稍觉燥热，五、六月雨多故凉爽，冬亦不甚冷，
拥羊裘可以御寒……各郡惟普洱、元江为最热，热故多瘴，乃地气
之恶劣，非关天时也。东北之东川、昭通，西北之丽江最冷，冷则

---

①　（明）陈文：《景泰云南图经志书》，载方国瑜主编《云南史料丛刊》（6），云南大学出版
　　社，2001，第 4 页。
②　（清）顾祖禹：《读史方舆纪要》（卷 130），载方国瑜主编《云南史料丛刊》（5），云南
　　大学出版社，2001，第 710 页。

土水平和，无有瘴毒"①，"江南为泽国，每以潮湿为患，滇中遍地皆山，乃不能因高而燥……城市中掘地尺许，水既满注。润泽之功因乎山，即潮湿之气亦因乎山。故衣服易生霉，皮毛易脱，须不时收拾检点。然江南卑湿，往往侵入肌肤，受病者大半由此，然滇中无此患也"②。气候对文艺活动有着重要的作用，"所谓地域不过是某种温度、湿度，某些主要形势，相当于我们在另一方面所说的时代精神与风俗概况。自然界有它的气候，气候的变化决定这种那种植物的出现；精神方面也有它的气候，它的变化决定这种那种艺术的出现"③。前文提到的诸多回族聚居地适宜的气候、丰富的物产所构筑成的地理环境是明清云南回族文学家进行文学活动的自然舞台，回族文学家文学成就的取得离不开这方热土的孕育与滋养。

此外，明清时期云南逐步改善的交通条件促进了云南回族文学家与中原文学家的交流往来，扩大了云南回族文学家的视野，推动了云南回族文学的繁荣与发展。古代入滇之路，皆由川蜀，自汉时开"蜀身毒道"，从四川出发经过云南、缅甸，直至印度，也被人称为"南方陆上丝绸之路"。由四川入滇有两条路线，即从成都出发经邛莱、越嶲至楚雄的灵关道，以及从成都出发经宜宾至昆明再到楚雄的朱提道，两道在楚雄合为博南道，即从楚雄经大理、保山到缅甸。水陆主要有黑水即南广河和羊官水的横江。《华阳国志·南中志》云："自僰道至朱提，有水步道：水道有黑水及羊官水，至险，难行，步道渡津亦艰难。"④ 无论是茶马古道还是舟行水上，对行人

① （清）吴大勋：《滇南见闻录》，载方国瑜主编《云南史料丛刊》（7），云南大学出版社，2001，第1~2页。
② （清）吴大勋：《滇南见闻录》，载方国瑜主编《云南史料丛刊》（7），云南大学出版社，2001，第1~2页。
③ 〔法〕丹纳：《艺术哲学》，傅雷译，人民文学出版社，1963，第243页。
④ （东晋）常璩：《华阳国志》，载方国瑜主编《云南史料丛刊》（1），云南大学出版社，2001，第247页。

而言，入滇与出滇都极其不便。云南交通状况的改变是从元时赛典赤·赡思丁任平章政事开始的。史载赛典赤经划水利，疏涌六河，扩大河口，改善云南水路交通落后的状况。陆路交通也有较大的改变，设置驿站七八十处。明清时期随着军屯、民屯进程的加速，云南交通状况进一步改善，无论是舟船通行还是陆路运输都取得了长足的发展。便利的交通方便了文学家们出滇远游，对提升回族文学的整体水平有着不可忽视的作用。

综上来看，云南得天独厚的自然环境与独特复杂的地理位置是明清云南回族文学崛起的重要空间条件。受这一方水土的滋养，至明清时倚马千言的回族文学家彬彬济济，笔酣墨饱的回族文学作品更是不胜枚举。

二 分布状况

1381 年朱元璋任命傅友德、蓝玉、沐英率领三十万大军征滇，平定元朝残余势力，此后明朝开始了对云南的全面统治。在行政设置上，改元代云南诸路为府，以中庆路为云南府，设立布政使司、提刑按察使司、都指挥使司，管辖全省府、州、县，又封授了一系列的土司和土官。清代行政建制基本承袭明制，在云南设承宣布政使司，下设道、府、州、县。至 1911 年，全省共设置府 15 个、厅 18 个、州 32 个、县 41 个和土司区 18 个。笔者依据《新纂云南通志》[①]、《滇南诗略》[②] 和《永昌府文征》[③] 等资料，对明初至清末的云南本土回族文学家进行统计，其分布状况如表 1-1 所示。

---

① 李春龙、牛鸿斌等点校《新纂云南通志》，云南人民出版社，2007。
② （清）袁文典、袁文揆辑《滇南诗略》，载《丛书集成续编》（第150册），上海书店出版社，1994。
③ 李根源：《永昌府文征》，曲石丛书，1941 年铅印本。

表 1-1　明清云南回族文学家及文学家族数量统计

地名	文学家数量（人）	文学家族数量（个）	备注
昆明	10	2	孙继鲁家族、保先烈家族
永昌	5	2	闪继迪家族、马继龙家族
赵州	3	1	马玉麟家族
大理	3		
宜良	2		
楚雄	3	1	萨天璟家族
姚安	1		
蒙化	2		
寻甸	1		
玉溪	3	1	马明阳家族
建水	1		
石屏	1		
通海	1		
河西	1		
元江	2	1	马汝为家族
丽江	1		
合计	40	8	

由上可见，明清云南回族文学家共有 40 位，文学家族共有 8 个。其中昆明有文学家 10 位，文学家族 2 个，分别是孙继鲁家族和保先烈家族；永昌有文学家 5 位，文学家族 2 个，分别为马继龙家族和闪继迪家族；大理、楚雄、赵州、玉溪均有文学家 3 人；宜良、蒙化均有文学家 2 人；元江有文学家 1 人，文学家族 1 个，即元江马汝为家族；建水、石屏、寻甸、丽江等均有文学家 1 人。这说明清云南回族文学家广泛地分布在云南各个州府，呈大分散态势。

从表 1-2 来看，聚居在昆明的文学家与文学家族数量最多，占总人数的 25%；永昌位居第二，总人数的 12.5%；大理、楚雄、赵州、玉溪位居第三，各占总人数的 7.5%。由此可见，明清云南回族文学家主要集中在滇中的昆明地区，滇西的大理、永昌、楚雄以及滇南玉溪等地，而滇西南的孟定、镇康，滇南的孟良、车里宣慰司等广大的西南部地区是回族文学家分布的稀疏地带，这说明明清云南回族文学家的地理分布呈小聚居态势。

综上所述，明清云南回族文学家的地理分布呈"大分散，小聚居"态势，这与中国回族人口的分布格局相一致，也与云南回族的整体分布格局相一致，正如马兴东在《云南回族源流探索》一文中所言：

云南回族人口主要是比较集中地分布在金沙江以南、澜沧江和元江、红河以东这片广阔的地区，而这片广阔地区同时也是云南汉族、彝族、白族最为集中分布的区域……这片广阔的地区却正是元、明王朝在云南推行屯田的军民屯田区，也正是"爨僰军"和汉、回等族人民自元、明以来的劳动耕作之地。①

此分布格局的形成是云南各地回族自身长期辗转迁徙的结果，又与明清云南社会的政治、经济、教育等资源的分布状况密切相关，体现出回族文学家对居住地理环境的认知与选择，也是影响明清云南回族文学地域性特征的重要因素。

第三节　重点地区回族文学家分布举例

气候、物产等自然地理环境与人们的环境认知和价值判断相关联，环境的优劣与人类的开发进程在整体上影响社会群体对居住地

---

① 马兴东：《云南回族源流探索》，《云南民族学院学报》1988 年第 4 期。

的选择，进而影响到个体的心绪波动与情感变化。明清云南回族文学家广泛地分布在云南各地，小聚居于云南府、大理府、永昌府等地，这些地方有的是政治经济中心，有的是富裕之区，有的是文化之邦，是回族文学家所赖以生存发展的地理环境。探析明清云南回族文学家的地域分布，对了解明清时期云南的地理环境与社会文化环境有着不可低估的意义。

一 云南府

滇中云南府地区的回族文学家数量最多。元廷在昆明设中庆路，明洪武十五年（1382 年）改设云南府，这里的回族多是元时随蒙古军队而来的西域回族，滇中昆明地区的回族文学家有相当一部分是赛典赤长子纳速拉丁之后裔。据《赛氏总族牒》记载："若永昌之闪，蒙化之马，以及忽、沙、速、米、保、哈……为其宗同而姓异也，其当为咸阳王之后裔。"① 可见昆明的回族多是咸阳王的后裔。

孙继鲁家族是明清云南府著名文学世家。史料载孙继鲁："其先天方部人，元时入滇，居沾益松韶关，是初迁昆明右卫。"② 《清泗水县令南村孙公家传》一文记载："明代回回在云南经营手工业的情况，缺乏记载，现在仅提出下列两个行业：一是制药业。这是回回的传统行业，是和回回的医药学相结合的。昆明孙氏为回回医药世家，明代孙继鲁之子开办'万松草堂'药铺，一直传到近代，以秘制丸散膏丹著名。"③ 杨大业《明清回族进士考略》云："孙继鲁

---

① 李建钊主编《中国南方回族谱牒选编》，广西民族出版社，1998，第 156 页。
② 赵藩：《清泗水县令南村孙公家传》，载方树梅辑纂，李春龙等点校《滇南碑传集》（卷24），云南民族出版社，2003，第 3052 页。
③ 《中国少数民族社会历史调查资料丛刊》修订编辑委员会编《云南回族社会历史调查》（3），云南民族出版社，1984，第 9 页。

（1498—1547），明嘉靖二年进士，二甲八名。"① 孙氏后裔孙永安将军在《南村诗集序正误》一文中也指出其先世经营万松草堂之事，"民国丙辰，获南村公所题《汤池图》墨迹一幅，其下款则'古稀老人孙鹏题于万松草堂'。此草堂匾额即道甫公之子归滇后经营药业之堂名也，今亦藏于家。吾孙氏所售秘制丸散膏丹，即渊源于此"②。从这些材料来看，孙继鲁族属为回族应是无疑的。

《明史》、《云南府志》、《云南通志》和《回族人物志》等史料记载了孙继鲁的生平情况。《回族人物志》收明人徐杌《前副都御史孙清愍公继鲁墓志铭》一文，较详细地介绍了孙继鲁的家世和生平，择录如下：

> 公讳继鲁，字道甫，号松山，其先浙之钱塘人。高祖维贤，以太学生言事，谪戍云南右卫，遂家焉南中。孙氏自贤始，贤娶赵氏，生子珵，珵生铎，铎生子三：祥、伦、禧，禧生数子，其一则公也。公生弘治戊午七月初一日，甫弱冠，通书史。己卯举于乡，登癸未姚涞榜进士。出知湖广澧州，因事改国子助教，以经学著。历户部员外郎中，监运通州，大著冰檗声。寻，擢守卫辉，一以公廉，惠爱为丞。会岁多蝗，复大旱。公竭诚祷于天蝗，害除，大雨随应，民以为神。当路特荐，调知淮安府卫，民祠之，碑之。公守淮，政成化孚。境内亦遘旱，公祷之，又辄应，民间每晨焚香尸祝之，士曰"我师"，民曰"我父"。有《纪爱录》，载政绩为甚详……略曰：尔刻意操持，有皎然不污之节。矢心树立，有毅然不屈之贞。贤声每著于立官，

① 杨大业：《明清回族进士考略》，宁夏人民出版社，2011，第57页。
② 孙永安：《南村诗集序正误》，载李伟、吴建伟主编《回族文献丛刊》（第7册），上海古籍出版社，2008，第3052页。

清望雅归于舆论。特以筹边之议，耻于苟同。乃来文致之词，陷于重谴。式嘉素履，特介新恩。呜呼！公之清声直节，至是在天下万世矣！①

《明史》卷 240 "孙继鲁传" 则更细致地记载了孙继鲁为官清正廉洁，虽身陷囹圄仍心系国家民族的动人事迹，其文曰：

> （万达）闻之不悦，上疏言："增兵摆边，始于近岁，与额设守边者不同。继鲁乃以危言相恐，复遗臣书，言往岁建云中议，宰执几不免。近年撤各路兵，督抚业蒙罪。其诋排如此。今防秋已逼，乞别调继鲁，否则早罢臣，无误边事。"兵部是继鲁言。帝不从，下廷议。廷臣请如万达言。帝方倚万达，怒继鲁腾私书，引往事议君上而夏言亦恶继鲁，不为地，遂逮下诏狱。疽发于项，瘐死。②

白寿彝主编《回族人物志》卷 26 记载："孙继鲁博学多才，所作诗文雄古遒劲，为时杰杨升庵、李中溪所折服。"③ 孙继鲁一生著述较多，有诗集《破碗集》和《松山文集》，可惜未能流传下来。朱昌平、吴建伟在《中国回族文学史》一书中对孙继鲁的文学创作给予较高的评价："孙继鲁一生命运坎坷，可悲可叹。但视其文学才能，又足令人高山仰止。"④ 无论是人格精神还是诗文创作，孙继鲁在整个明代社会都有一定的影响，是令人钦佩的回族文学家。

---

① （明）徐栻：《前副都御史孙清愍公继鲁墓志铭》，载白寿彝主编《回族人物志》（上册附卷 5），宁夏人民出版社，2000，第 860 页。
② （清）张廷玉：《明史》（卷 204），中华书局，1976，第 2223 页。
③ 白寿彝主编《回族人物志》（上册卷 26），宁夏人民出版社，2000，第 587 页。
④ 朱昌平、吴建伟主编《中国回族文学史》，宁夏人民出版社，2007，第 209 页。

清初云南府回族文学家孙鹏（1688～1759年）是孙继鲁六世孙。赵藩《清泗水令南村孙公家传》曰：

公讳鹏，字乘九，一字图南，又字铁山，晚而自号南村。其先天方部人，元时入滇，居中沾益松韶关，明初迁昆明右卫，遂注籍。至晋抚，赠侍郎，谥清愍。继鲁公，门望以显。六传至公，举清康熙戊子乡荐，仕终山东泗水知县。公负气傲岸，工诗古文。通海赵布政诚、石屏张御史汉，与为同岁生，皆极重之。著有《南村诗文抄》。保山袁教谕文揆，甄录其佳者入《滇诗文略》。宣统庚戌，腾越李根源得写本《南村诗抄》八卷于昆明黄德厚，乃出赀梓行，汇入《云南丛书》。公墓在昆明大东门外白龙寺。编诗自三十迄七十二，卒亦傥是年焉。①

《昆明县志》卷6下载：“知泗水县，鹏负气傲岸，工诗古文。”②《云南丛书》收有其所著《少华集》2卷、《锦川集》2卷、《松韶集》4卷，共8卷，合称《南村诗集》，收孙鹏30～72岁之作。孙鹏颇多山水览胜之作，如写大理之《观音庵》《玉局峰》，写昆明之《访沐氏九龙池别业》等，此类作品大多语言浅近、笔意清新。还有一些怀古咏史之作，如《辰州怀古》《武昌怀古》等，大多充满英气。民国李根源在《刊南村诗集序》一文中对孙鹏的诗有此评价：“英辞浩气，磊落出群，有不可一世之概。”③白寿彝先生非常欣赏

① 赵藩：《清泗水县令南村孙公家传》，载白寿彝主编《回族人物志》（下册附卷8），宁夏人民出版社，2000，第1346页。
② 道光《昆明县志》，载林超民、张学君等主编《中国西南文献丛书·西南稀见方志文献》（卷39），兰州大学出版社，2003，第427页。
③ 李根源：《刊南村诗集序》，载李伟、吴建伟主编《回族文献丛刊》（第7册），上海古籍出版社，2008，第2899页。

孙鹏刚柔兼具的诗风，称赞曰："读孙鹏诗，如春风迎面，和煦而宁静。和煦宁静之中，又时有英气……张汉称之曰：'日眈佳句，动写雄篇，鬼破胆而出神工，穿天心而入月胁。笔墨之性，自与俗殊。山水之灵，常为吾用。'张汉在当时云南诗坛中地位甚高，而推崇孙鹏极至，可见孙鹏的诗极负时望。"① 从这些评语来看，孙鹏性情磊落、文采飞扬，在当时及后来都深受人们的喜爱。

孙鹏的散文亦有比较高的艺术水平，现留存的主要有《滇中兵备要略》《送魏龙山之官大理提标序》《〈李南山遗稿〉序》《答某翰林书》《〈徐云客先生诗〉序》等，大都"见解独到，议论不凡，语言简洁，叙事写人则娓娓道来，情真意切，感人至深"②。综上所述，孙鹏的诗文才气磅礴，是清初云南府不可多得的优秀回族文学家。

二　永昌府

永昌府为滇西重地，自古为兵家必争之地，其地山川险要，为诸蛮出入的要害之所，也是云南的历史文化名郡。"汉晋之时，永昌地区的发展速度高于任何云南其他地区，因而东汉至南北朝时期，永昌城也是云南最繁华的城市。"③《华阳国志·南中志》云：

> 永昌郡，古哀牢国……土地沃腴，黄金、光珠、琥珀、翡翠、孔雀、犀、象、蚕桑、绵绢、彩帛、文绣……有大竹名濮竹，节相去一丈，受一斛许。其梧桐木，其龙柔如丝，民绩以为布，幅广五尺以环，洁白不受污，俗名曰桐华布……又有阑

① 白寿彝主编《回族人物志》（下册卷44），宁夏人民出版社，2000，第1031页。
② 朱昌平、吴建伟主编《中国回族文学史》，宁夏人民出版社，2007，第364页。
③ 申旭：《云南移民与古道研究》，云南人民出版社，2012，第104页。

旄、帛叠、水精、琉璃、轲虫、蚌珠。宜五谷，出铜锡。①

　　晋汉时期永昌郡的富庶冠盖滇云，加之其得天独厚的对外交通的便利条件及其与缅甸、印度等地的诸多交流，因此有"益州西部，金银宝货之地，居其官者，皆富及十世"之说②，足见其富裕程度。哀牢县被废除后，其发展势头不减，直至元廷征滇。元时曾四次征滇，明洪武时沐英、沐春所属回族军人亦数次征伐麓川土司思氏，从征之回族军士多在沿线一带入籍从事屯戍，其后代在这里繁衍生息，可见永昌郡自古就是滇西的经济文化重镇，如李根源在《永昌府文征》中所说："滇西连城数十，而永昌特号称雄郡。自汉永平中建置，迄今几二千年，物产殷阜，人文蔚兴，采风见俗者，辄翘指及之。"③

　　明代永昌府回族文学家家族主要有马继龙和闪继迪家族，清代永昌地区的回族文学家主要有马继龙的后人马宏章。马继龙是明代永昌地区继张含之后成就最高的回族诗人，关于其生平情况的资料主要有《永昌府志》、《滇南诗略》、《明诗纪事》、白寿彝主编《回族人物志》和杨大业的《明清回族进士考略》等。光绪《永昌府志》卷46《人物志·乡贤》载："马宪存，字宏章，郡茂才。前咸阳王赛典赤之十五代孙，明马继龙梅樵之后裔也。"④ 陈田的《明诗纪事》（乙八）有马继龙条⑤。清代袁文典、袁文揆在《滇南诗略》的《莱阳初颐园先生鉴定》一文对其有简单介绍。白寿彝主编《回

---

①　（晋）常璩：《华阳国志》（卷4），载方国瑜主编《云南史料丛刊》（1），云南大学出版社，2001，第247页。

②　（晋）常璩：《华阳国志》（卷4），载方国瑜主编《云南史料丛刊》（1），云南大学出版社，2001，第247页。

③　李根源：《永昌府文征》，曲石丛书，1941年铅印本。

④　光绪《永昌府志》（卷46），载林超民、张学君等主编《中国西南文献丛书·西南稀见方志文献》（卷30），兰州大学出版社，2003，第407页。

⑤　（清）陈田：《明诗纪事》，上海古籍出版社，1993，第2056页。

族人物志》卷29有传①。虽然资料较多，但所记内容大同小异、重复较多，颇具代表性的是清代保山袁氏兄弟《滇南诗略》中的记载："马继龙，字云卿，号梅樵，云南保山人，嘉靖丙午年中举人，历官南兵部车驾司员外郎。著有《梅樵集》，当时称其盛德芬然，已树高标于往日，清圣穆若，更流其芳誉于来兹。"② 当代回族学专家白寿彝先生《回族人物志》卷29马继龙条，不仅记录了马继龙的生平情况，还对其诗文创作进行了较有见地的分析与评论，可以说是众多材料中比较有参考价值的一条。马继龙存诗68首，主要辑录在《滇南诗略》之中，这些诗各体皆备，内容以抒发自己仕途失意、怀古伤今及赠答友人为主，清末贵阳人陈田评其诗"声调流美，有弹丸脱手之妙"③，白寿彝先生称赞曰："马继龙的诗篇格调高昂雄健，语言清新凝练，'清奇朗润，跌宕风流'。"④

闪继迪是较马继龙稍后的又一永昌府著名回族文学家。有关其生平情况的资料较少，只有永昌地方志、《明诗纪事》及白寿彝《回族人物志》等有简要记载。陈田《明诗纪事》（庚14下）云："继迪字允修，保山人。万历乙酉举人，除□□学官，历翰林院孔目，迁吏部司务。"⑤ 白寿彝《回族人物志》卷29载："闪继迪生年不详，卒于崇祯十年（1637年），万历十三年举人（1585年），任吏部司务。闪继迪喜为诗文，著有《羽岑园秋兴》和《吴越吟草》诸集。诗集已佚，现仅存诗六十余首。闪继迪虽富有才学，但未受重用，其诗多怀才不遇之慨……闪继迪的诗作格调较高，一些诗受

① 白寿彝主编《回族人物志》（上册卷29），宁夏人民出版社，2000，第625页。
② （清）袁文典、袁文揆辑《滇南诗略》，载《丛书集成续编》（第150册），上海书店出版社，1994，第162页。
③ （清）陈田：《明诗纪事》，上海古籍出版社，1993，第2008页。
④ 白寿彝主编《回族人物志》（上册卷29），宁夏人民出版社，2000，第626页。
⑤ （清）陈田：《明诗纪事》，上海古籍出版社，1993，第2509页。

李贺的影响，气势雄浑贯通，语言有力，富于想象，情绪激越。"①
此外，据《滇南文略》记载，闪继迪还留有散文两篇，即《创建十一城碑记》和《刻弘山先生存稿语录序》，"文笔平实，章法谨严，起伏有致"②。

　　闪继迪家族是当地有名的文学世家。闪继迪有两子，光绪《云南通志》卷8载：

　　　　闪仲俨，字人望，继迪子。历官少詹事、礼部右侍郎。与枚卜初官庶常时忤魏珰，矫旨削籍。庄烈帝召为纂修日讲官，两典文衡，未竟其用而卒。次子闪仲侗，天启七年举人，字知愿，读书怀古，继父之业，为滇西名士。③

　　闪仲俨的诗集已佚失，现只存一首诗《寄答萧五云孝廉》。闪仲侗著有《鹤鸣篇》，"是集一卷为杂文，一卷为诗，一卷为制义"④。其同宗闪应雷⑤，岁贡生，生卒不详。《滇诗拾遗》《大理府志》共录其诗3首，分别为《高晓登舟》《水目山》《登绣岭望点苍山》，这些诗主要描绘西南边疆的秀美风光，语言清新明快，令人有身临其境之感。

　　闪继迪家族还是当地著名的科举世家。据杨大业《明清回族进士考略》考证，闪继迪家族有进士1名，闪仲俨，明天启五年

---

①　白寿彝主编《回族人物志》（上册卷29），宁夏人民出版社，2000，第625页。
②　白寿彝主编《回族人物志》（上册卷29），宁夏人民出版社，2000，第628页。
③　李春龙、牛鸿斌等点校《新纂云南通志》，云南人民出版社，2007，第430页。
④　（清）永瑢、纪昀主编《四库全书总目提要》（闪仲侗条），上海古籍出版社，1987，第978页。
⑤　白寿彝先生在《回族人物志》（上册卷29）闪应雷条云"疑是闪继迪的同宗"。杨大业《明清回族进士考略》考证闪应雷为明岁贡。见白寿彝主编《回族人物志》（上册卷29），宁夏人民出版社，2000，第628页。

（1625 年）进士；三甲 50 名；举人 7 名，其中闪继迪为万历十三年
（1585 年）举人，闪继达、闪继才、闪继皋同为明万历二十二年
（1594 年）举人，闪仲侗、闪仲仪为明天启七年（1627 年）举人，
闪继诗是明崇祯六年（1633 年）举人；明代岁贡有 6 人，分别为闪
应雷、闪士奇、闪昌明、闪昌会、闪昌嗣、闪仲伦；清代岁贡有闪
仲、闪鹑，例贡有闪檀、闪廷伟、闪廷光、闪其鹏等。虽然史志没
有关于这些人文学创作情况的记载，但在古代社会大多数参加科举
考试的士子同时有经籍文史学业之修，"诗是吾家事，博采世上名"
是许多文化世家在传衍的过程中自觉持守的信念，正如钱穆先生所
言："当时门第传统共同理想，所希望于门第中人，上自贤父兄，下
至佳子弟，不外两大要目：一则希望其能具孝友之内行，一则希望
其能有经籍文史学业之修养。此两种希望，并合成为当时共同之家
教。"① 故闪继迪家族中也应还有一些诗文之家，只是材料阙如，期
待进一步研究。

　　永昌府的回族文学家还有明代隆庆五年（1571 年）进士铁篆。
光绪《永昌府志》卷 45 记载："铁篆，郡人。中隆庆丁卯乡试，登
辛未进士。任四川重庆府推官。清修越俗，博雅多才，人咸重之。"②
据此材料推测，他可能也是一位文学家。

　　马注（1640～1711 年）是明末清初金齿卫著名伊斯兰经学家和
文学家。马注，经名优素福，字文炳，号仲修，据传为赛典赤·赡
思丁的第十五世孙③。马注早年攻儒学，著有《樗樵》和《经权》
两部著作，可惜《樗樵》一书没有留传下来。康熙八年（1669 年）

① 钱穆：《中国学术思想史论丛》（第 3 册），安徽教育出版社，2004，第 159 页。
② 光绪《永昌府志》（卷 45），载林超民、张学君等主编《中国西南文献丛书·西南稀见方志文献》（卷 30），兰州大学出版社，2003，第 168 页。
③ 据白寿彝先生考证，见《回族人物志》（下册卷 35），宁夏人民出版社，2000，第 926 页。

之后，马注开始向经史之学发展，学习阿拉伯文和波斯文，并离开云南到贵州、陕西、河北、北京等地访师寻友，行游经历促进了学识的丰富、视野的开阔，经学造诣得到了极大的提升，终于在康熙二十一年（1683）完成经学巨著《清真指南》。此书在阐发伊斯兰教教义要旨时常运用比喻、问答、铺排等多元文学手法，具有较强的文学性。"马注为咸阳王墓写有《王陵常住碑记》一文，笔法端美。"① 可见马注不仅是一位优秀的伊斯兰经学大师，也是一位文采飞扬的文学家。要言之，明清云南永昌府回族文学家数量虽不甚多，但文学创作堪与中原比美。

三 大理府

大理处滇西四达之中。其地西面依偎点苍，东面环绕洱海，山川形势，雄于南服，是云南的文献名邦。西汉元丰年间始设叶榆县，属益州郡。东汉改属永昌郡，蜀汉改属云南山郡。唐开元二十六年（738 年），蒙舍诏第四代首领皮罗阁在唐王朝的支持下，兼并其他五诏，统一洱海地区，建立南诏国。宋时称大理国，元时属大理路，明清为大理府治，下辖四州（赵州、邓川、宾川和云龙）、三县（太和、云南和浪穹）。大理自古就是滇西的商业贸易交流中心，也是元明以来的屯戍之所。回族在这里落籍者颇多，生活在这块土地上的回族文学家也比较多，主要有赵州的马玉麟及其孙马鸣銮、太和大诗人沙献如、大理文学家马恩溥等。

马玉麟是明代大理府著名文学家。《昆新两县续修合志》卷 25《政绩》载："马玉麟，字德征，举万历五年进士。历官工部主事，云南参政等。后罢归游历苏杭。"② 马玉麟的著作有《静观堂稿》38

---

① 白寿彝主编《回族人物志》（下册卷 35），宁夏人民出版社，2000，第 931 页。
② 光绪《昆新两县续修合志》（卷 25），清光绪六年刊本。

卷，惜无传世。马玉麟之孙马鸣銮是清康熙二年（1662年）进士，《昆新两县续修合志》卷38《文苑》篇载："马鸣銮，字殿差，玉麟孙。康熙癸丑进士，选庶吉士，授编修……鸣銮少好学，于经义笺注、传疏，博综贯穿，分析其同异，而标记之。"① 同书卷50"著述目"注其著作有《密斋诗稿》。

大理府最负盛名的回族文学家是清代乾嘉年间的沙琛。沙琛（1749～1821年），字献如，号雪湖，自称点苍山人。民国《新纂云南通志》载："自赛典赤父子相继治滇，而滇中回族始大，琛岂其苗裔耶！"② 白寿彝主编《回族人物志》云："沙姓是大理回族中的大姓，是赛典赤·赡思丁的后裔。"③ 杨大业《明清回族进士考略》云："自明天启，以至清乾隆嘉庆间，滇南回教，代出诗人。闪继迪父子外，沙琛与赛屿其最著者。"④ 这些资料确认了沙琛的回族族属。沙琛以名举人的身份在安徽做官，在怀宁、建德、太和、霍邱等地任县令，因勤政为民、视民如子而在百姓中有很高的威望。沙琛的著作有《点苍山人诗抄》8卷本，收诗共1300首，有《云南丛书》本。沙琛诗歌不仅内容丰富，涉及民事、记游、咏史、怀古、咏物等多种题材，皆文情并茂，情采丰沛，而且体裁多元，构思独到，具有言近旨远的艺术特质。此外，沙琛的孙子是当时有名的孝廉，名兰，当杜文秀之乱奉大府檄说文秀降，文秀不能从孝廉，持之力遂遇害。其风节绰有祖风，间为诗歌，亦具有家法君子之泽，历世未湮⑤。可见，沙琛家族也是清代大理地区的文学世家，只是关于其

① 光绪《昆新两县续修合志》（卷38），清光绪六年刊本。
② 李春龙、牛鸿斌等点校《新纂云南通志》（卷197），云南人民出版社，2007，第245页。
③ 白寿彝主编《回族人物志》（下册卷44），宁夏人民出版社，2000，第1041页。
④ 杨大业：《明清回族进士考略》，宁夏人民出版社，2011，第70页。
⑤ 民国《大理县志稿》（卷11），载林超民、张学君等主编《中国西南文献丛书·西南稀见方志文献》（卷23），兰州大学出版社，2003，第237页。

后代的材料阙如。总之，明清时期大理府涌现出众多的回族文学家，这与大理府繁荣的经济和"文献名邦"的文化底蕴有着很大的关系。

四　其他州府

滇东寻甸、曲靖地区，滇南的建水、玉溪等地也是明清时回族人聚居较多的地方。曲靖为云南的东部门户，由黔入滇的必经之地。1276年元廷在曲靖设置路，1382年改为府。傅友德、沐英等曾率领兵士平云南之乱，终牵制全局，可见其地理位置之重要。元明之初的回族军士较多落籍于此。清初改土归流时，回族将领哈元生部下的回族军士也有一部分落籍于此。其后代中有一些人习染汉儒文化，读书属文，出现了一些文艺家。如回族音乐家桂涛声，其远祖来自西域克尔白，唐贞观三年（629年）入关觐见。明洪武时奉命率师南征，遂居曲靖，耕读为业。

寻甸是滇东一大回族聚居地。据资料记载，寻甸回族始于明洪武年间，马姓回族最初移入三区的甜菽一带居住，至清初源源不断地有回族移入定居①。这里书院教育发达，读书应举的回族人较多，如明代万历三十七年（1609年）举人马梦箕及其子马上捷均是当地颇有名气的文学家。《寻甸州志》载："马梦箕，新民子。万历己酉科举人。知广东定州知州，升湖南常德知府，所历皆有政声，人呼马青天。五年卒于任。"② 史载马上捷文雅蕴藉，有幽人墨士之风，其著作有《拾芥轩集》。

明代澄江府新兴州的马明阳也是当时比较有影响的回族文学家。

---

① 《中国少数民族社会历史调查资料丛刊》修订编辑委员会编《云南回族社会历史调查》（1），云南民族出版社，1984，第9~10页。

② 康熙《寻甸州志》（卷20），载林超民、张学君等主编《中国西南文献丛书·西南稀见方志文献》（卷23），兰州大学出版社，2003，第212页。

马明阳，字异野，崇祯间任顺宁府教授，后归隐不仕，著有《马异
野文集》。云南澄江名士赵士麟（1629～1699 年）《马异野孝廉文
集·序》曰：

> 是以文宗昌黎，诗摹少陵，远近诵之如获异珍焉。兹君之
> 门人，管庶常希洛，以其集请于予。读之，果不异昔所闻。夫
> 希洛，端亮士也。君取友若此，吾益知异野不仅以诗文著，其
> 为人更于端此心之。①

赵士麟指出马明阳不仅诗文远近有名，深得当时名士们的赞赏，
而且为人端庄严肃，令人钦佩。

明代楚雄府的回族文学家主要有崇祯元年（1628 年）进士马光
羲，宣统《楚雄县志》载："马光羲，楚县回籍。中天启丁卯科乡
试，登崇祯戊辰科进士。官铜梁知县。钦取考选工科给事中……罢
官归里，优游林泉三十年，以寿终。建青龙江马家桥，著《土寇流
寇乱略》，毁于兵。"② 明代楚雄府回族文学家还有萨天璟，著有
《燕携集》。萨纶锡是清代楚雄府回族文学家的代表，据杨大业先生
考证，楚雄萨纶锡著有《燕山诗集》《德庆堂诗稿》。其人"性颖
异，家贫嗜学，教读以事父母，勤苦几成羸疾。气度安详，志切当
世之务。善属文，执笔立就"③。其诗清逸俊秀，颇具晋人笔意。此
外，蒙化的丁景，字德辉，明万历年间人，传说也是赛典赤·赡思
丁的后人，他一生勤于著述，遗稿数卷，现仅有诗集《公余清咏》

① （清）赵士麟：《读书堂彩衣全集》（卷13），载白寿彝主编《回族人物志》（上册附卷5），
宁夏人民出版社，2000，第882页。
② 杨成彪主编《楚雄彝族自治州旧方志全书》（楚雄卷），云南人民出版社，2005，第
1186页。
③ 陶应昌编著《云南历代各族作家》，云南民族出版社，1996，第266页。

传世。雍正己酉年（1729 年）举人赛屿是石屏州著名回族文学家。赛屿，字琢庵，号笔山，中举后授琬县知县。八年春官不第，后以重宴鹿鸣，钦赐进士。其人勤学好古，工诗文，著有《梦鳌山人诗文集》。明代蒙化府回族文学家马逸，字廷泉，万历辛卯年（1591 年）举人。马逸为人不苟，精《周易》，乐好游林下，周济贫乏者，致力子孙教育，其子马易、马从均中万历己酉年（1609 年）举人，学优才裕，能以文学世其家。

由上可见，明清云南回族文学家广泛地分布在云南大地，滇东、滇西、滇南的各个州府均有回族文学家。明清云南回族文学家主要集中在云南经济富庶、文化较发达的云南府、大理府、永昌府一带，这说明一个地方出多少文学家、出不出文学家，与一个地域的地理环境与社会环境有着直接的关系。那些自然生态环境良好、经济发展水平较高、文化教育基础深厚、往来交通便利的地方比较适宜文学家的生长。同时，明清云南回族文学家"大分散，小聚居"的分布态势与中国回族整体分布格局相一致，符合中国回族发展的历史规律。云南特有的自然地理条件与社会文化条件是形成这种分布特点的基本因素，两者共同孕育了回族文学家的民族意识和地域文化意识，使其文学创作浸染上浓郁的云南地方文化色彩。

第二章

明清云南回族文学的地域文化属性

　　明清云南回族文学的总体特征，首先是它具有非常鲜明的地域性特征。人类的各种经济活动与社会文化活动都受制于一定的地理环境，文学创作活动亦是如此。明清云南回族作家以云南独特的自然景观为背景，对这块土地上的山色水景、人情风俗歌之咏之，裹挟着苍山洱海的朗润之气，浸润着风花雪月的清新俊美，蕴含着文学家的悲喜忧惧，舒卷着历史的风云和沧桑，呈现出厚重的人文内涵，形成了鲜明的地域文化特色。

第一节　山水景观与地域文化

　　景观是地理学的一个概念，现在多指"包括自然、人文在内的各种物体和现象的有规律地组合形成的地域体"①。文学景观就是那些与文学密切相关的景观，它属于景观的一种，却又比普通景观多一层文学的色彩，多一分文学的内涵，具有人文属性与文学属性相统一的特点②。作者常以景物描写的方式，将自然景观直接转化为文

---

① 陈石：《略论景观文学》，《南京大学学报》（社会科学版）1992 年第 3 期。
② 曾大兴：《文学地理学研究》，商务印书馆，2012，第 118 ~ 119 页。

学世界中具有地域特色的艺术形象，这是一个较普遍的创作现象。明清云南回族文学的地域特色，首先表现在富有本土山水特点的艺术形象中。云南的秀山丽水不仅成就了明清时期回族文学家的山水情怀，也是他们在这块土地上歌之咏之，抒发各种情怀的独特艺术背景，缘于这个背景，明清云南回族文学形成了山水意象群，山如玉龙雪山、点苍山、太华山、螺山、水目山、芝山，水如滇池、洱海、澜沧江等，组成了一幅幅山秀水美的风光图，从而奠定了云南回族文学的独特审美风貌。

一　山水景观类文学作品概况

明清云南回族文学家借助山水诗、山水游记等文学形态描绘云南多姿多彩的山水景观。在这些作品中文学家们生动地再现了云南的山水景观，深刻地表达了自己欣赏景观时的审美感受。一般来说，山水景观常常互相融合在一起，共同构成一个地区的山水景观图像，但在文学表述之中可能会将两者结合在一起，也可能将两者分开，纯写山或纯咏水，由此形成了咏山和咏水两种类型的景观文学题材，也就是本书所言的山川和水景题材。结合文本，笔者统计到的山水景观类诗歌共93首（见表2-1）、赋1篇、游记1篇。

表2-1　明清云南回族文学家山水景观诗歌统计

单位：首

朝代	诗人	山川	水景
明代	孙继鲁	1	1
	马继龙	2	2
	闪继迪	1	2
	闪应雷	1	1

朝代	诗人	山川	水景
清代	孙鹏	16	6
	沙琛	17	9
	马之龙	18	10
	马汝为	3	1
	赛屿	0	2
总计		59	34

　　从表 2-1 来看，描绘山川景观的诗歌有 59 首，描绘水景的诗歌有 34 首，共 93 首。明代云南回族文学家的咏山诗共 5 首，数量不多。主要原因有二：一是现存明代云南回族文学家诗歌的总体数量就少，只有 100 多首，且多是酬赠、咏史怀古之作；二是马继龙与闪继迪的此类诗篇多是其游历外地时所作，故不计在内。清代云南回族文学家的咏山诗数量比较多，共 54 首，其中丽江马之龙的数量最多，共 18 首，多是以家乡的玉龙雪山为吟咏对象，马之龙也因此被称为"雪山诗人"。太和沙琛歌咏云南山川的诗歌有 17 首，涉及云南各地的大小山脉。昆明孙鹏的咏山诗共有 16 首，主要描绘点苍山、五华山等名山大川。马汝为的咏山诗有 3 首，分别是《玉台积翠》《庚午九日同王畴五登圆通山》《游乾阳山》。此外，马之龙还有一篇游记《游玉龙山记》。可见，大部分明清云南回族文学家均创作了数量不等的山川景观类诗歌。

　　水景类诗歌作品共有 34 首，其中明代云南回族文学家描绘水景观的诗共有 6 首，清代云南回族文学家咏水景观的作品中，有诗 28 首。其中马之龙的此类作品数量最多，共有 10 首，其咏物对象多是家乡的水景风光，如玉泉、寒潭、黑龙潭等。沙琛的水景诗涉及范围较广，既有大理府的苍洱之景，也有故乡之外的各种井泉水色。

马汝为的水景诗只有一首即《白河水观瀑》，写寒潭水清冽之境，写景生动，用情颇深。孙鹏的 6 首咏水作品主要描绘滇池、洱海，以《登楼望滇海》为代表。此篇气势宏伟、情感充沛，可谓此类作品中的杰出代表。

二 山水景观的文学呈现

文学作品中的自然景观是表达作者欣赏景观的审美感受与审美情趣的地域性物象。明清回族文学家笔下的山水景观承载着他们对滇云大地的热爱之情，这首先表现在那些呈现山川美景的诗歌或山水游记之中。对他们而言，广袤的滇云山水不再是纯客观的外在因素，而已作为精神世界的延伸，内化为他们的心灵空间。

点苍山、玉龙雪山、碧鸡山等是云南的标志性山川景观，是承载云南地域文化的重要载体。对这方土地充满热爱之情的回族文学家们既喜欢游历名山大川，又爱好吟咏山川之美，故创作了数量相当多的咏山诗。此类诗不一定纯写山，亦会有其他辅助母题，但是呈现耳目所及的山川形貌声色之美，是他们创作的主要目的。山川在自然界的地位犹如君王在人间的地位，山川井然象征着王权的稳固、社会的安定，山川草木的繁茂，显示君王有德、人民有福，这足以引起欢悦与颂祝之情。

明清云南回族文学家对云南的名山大川怀有此种情怀，他们常常登高览胜，如点苍山、玉龙雪山、碧鸡山、芝山、螺山等都曾留下他们的足迹，并以此为题材创作了大量的咏山诗，以表达乐山之情。

点苍山是云南的标志性风景名胜，它属于滇西北的横断山脉，发源于剑川县云岭山南端的老君山，从北至南，像一条蜿蜒的长蛇伸进洱源县的罗戴哨山，通过西南方向的罢谷山，再转到东方成为清源洞山、花甸山，再伸向南边邓川沙坪，然后突然崛起，逶迤向南直达下关，以西洱河为界，和摩山相望，自成云岭山脉的体系。据谢肇淛《滇略》记载："点苍山一名灵鹫山，在大理龙首、龙尾两关之间。绵亘百余里，若屏风然。有十九峰，环列内向。峰各一涧，悬瀑而下，散入市廛村墅，东注于洱河。阴崖积雪，经夏不消，故亦名雪山。山腰时有白云，横亘如带。"① 谢氏描绘出苍山景观的壮美独特，引无数文人墨客对其流连忘返、吟咏不止。在诸多咏苍山诗文中，明代回族文学家闪应雷的《登秀岭望点苍山》、清初回族文学家孙鹏的《望点苍山五首》及清末回族文学家沙琛的《普淜道中望点苍山》当属其中的名篇。闪应雷的《登秀岭望点苍山》一诗从感觉、视觉、触觉、听觉等方面点染出点苍山雄壮巍峨的气势："山竹尽日云霄里，天际俄开十九峰。立马乍疑青汉接，振衣翻觉翠烟重。垂垂银涌千崖雪，飒飒晴涛万壑松，胜概可容图画得，不禁清啸堕芙蓉。"②

闪应雷是明代云南永昌府回族文学家闪继迪的族人，其生平材料阙如，但从这首诗歌亦见诗人的自信豪迈之气，其笔风苍劲健雄，有闪氏家族之文学遗风。沙琛《普淜道中望点苍山》通过晴川、海日、雪影、彩云等意象勾勒出点苍山雨雪初霁的诗情画意："千峰万壑朗晴川，积翠澄澄海日鲜。雪影依微三百里，点苍高出彩云天。"③ 此诗洗练遒劲，气情豪迈。沙琛一生仕途坎坷，饱受磨难，但不改达观通透。民国唐继尧曾在《重刊点苍山人诗抄·序》中言："是

① （明）谢肇淛：《滇略》，载《影印文渊阁四库全书》（第494册），上海古籍出版社，1987，第108页。
② （明）闪应雷：《登秀岭望点苍山》，载吴海鹰主编《回族典藏全书》（第163册），甘肃文化出版社、宁夏人民出版社，2008，第105页。
③ （清）沙琛：《点苍山人诗抄》，载吴海鹰主编《回族典藏全书》（第194册），甘肃文化出版社、宁夏人民出版社，2008，第185页。

故，诗之至者皆得性情之正，抑亦诗至而性情自正焉尔。吾读先生诗，缠绵悱恻，一往情深，其字里行间隐寓太和翔洽之气。本诗道以治民，其感人之深也。"[1] 地理环境不仅塑造了人的性情禀赋，还决定了人们适应环境和社会交往的方式，而人的情感和语言文化习惯、交往方式等则是影响文艺风格的决定性因素。刘大绅认为"气奇情迈，绝众离群"是沙琛一贯的艺术风格，这种风格的形成固然与诗人虽身处荒陬僻壤却能超越"湫隘喧嚣之境""鄙猥凡近之域"[2] 的精神风范有关，但也离不开苍山、洱海的灵气浸染。

清初昆明回族文学家孙鹏《望点苍山五首》是诸多咏苍山诗中艺术成就较高的一组诗。这些诗大多语言浅近、笔意清新，以其中三首为例：

　　　雨余山色信佳哉，早晚看山定几会。三诏风云扫玉局，一城烟火拥冰台。已无八塔卦爻在，长有九天河水来。好蜡一双金屐齿，携尊踏遍碧尖苔。（其一）

　　　登何如望有余晴，片片飞岚画不成。北岭晴晖南岭雨，数峰巉削一峰平。咽来风里寒淙断，艳绝台边古雪横。欲得点苍真面目，支颐苍外转分明。（其二）

　　　数来十九玉槎牙，一半濛濛雾又遮。晴黛酿成飞郭雨，春风开遍满山花。每因酒渴思岩乳，亦以高楼得翠华。拟把游踪

---

[1]　唐继尧：《重刊点苍山人诗抄·序》，载吴海鹰主编《回族典藏全书》（第194册），甘肃文化出版社、宁夏人民出版社，2008，第99页。

[2]　（清）刘大绅：《点苍山人诗抄·序》，载吴海鹰主编《回族典藏全书》（第194册），甘肃文化出版社、宁夏人民出版社，2008，第117页。

继杨李，一峰一月住山家。（其四）①

这三首诗情景交融，主要描绘点苍山的秀丽景色和诗人游览时的愉悦心情。第二首中"北岭晴晖南岭雨，数峰巉削一峰平"这两句写点苍山南北岭晴雨各半的奇异景观，"咽来风里寒淙断，艳绝台边古雪横"这两句写点苍山上飞瀑成川、积雪千年不化的自然风貌，把点苍山写得栩栩如生、妩媚动人。第四首诗借景抒情，表达了诗人对杨慎、李中溪两位文坛领袖的仰慕之情。"数来十九玉槎牙，一半濛濛雾又遮。晴黛酿成飞郭雨，春风开遍满山花"这四句写初春时节点苍十九峰的别样景致。据杨慎《云南山川志》记载，点苍山"高千余仞，有峰十九，苍翠如玉，盘亘三百余里。山顶有高河泉，深不可测，又有瀑布，诸泉流注为锦浪等十八川"②。"一半濛濛雾又遮""晴黛酿成飞郭雨"这两句写出了点苍山晴雨瞬息万变的特征，"春风开遍满山花"之句写出春日点苍山丛花映艳的绚烂之美，整体构成了一幅点苍山春日图。这五首诗歌倾入了孙鹏的心绪情感，整体风格清新自然，写景描物细致生动，浸透着诗人对点苍山的喜爱之情。

玉龙雪山雄峙丽江城北30里，高万丈，周千里，是北半球最南的大雪山。据光绪《丽江府志》记载："雪山在城西北三十里，一名玉龙山，又谓之雪岭。群峰插天，经年积雪，数百里外，望之俨如削玉，山半有池，融雪飞流，盛夏伏暑，寒冽不可逼视。蒙氏僭

① （清）孙鹏：《南村诗集》，载李伟、吴建伟主编《回族文献丛刊》（第7册），上海古籍出版社，2008，第3038页。

② （明）杨慎：《云南山川志》，载林超民、张学君等主编《中国西南文献丛书·西南稀见方志文献》（卷50），兰州大学出版社，2003，第749页。

封为北岳。"① 清代丽江回族诗人马之龙以雪山为题材的诗歌达 18 首，因此被人们称为"雪山诗人"，其作品主要有《游雪山》、《玉龙山云歌》、《别雪山》、《望雪山》、《梦雪山》、《雪山杂咏》（六首）、《雪楼独吟》和《斋中对雪山》等，这些作品通过对雪山美景的描绘，表达出诗人对祖国山河的热爱之情，也反映了诗人对人生的理性思考。如《游雪山》云：

> 立品须立最高品，登山须登最高顶。雪山之高高接天，铁堂横绝清凉境。糇粮酒脯充橐囊，十日以前戒行装。更招山村好健足，随身竿木降虎狼。玉壶奇景未遑顾，努力且寻擎天柱。蟠虬飞龙悬半空，未行高径神先怖。禁森乔木三千春，阿房柏梁求无因。林尽茫茫草皆偃，劲如箭竹白如银。松柏到此难为力，寒云飘动青石皴。饥餐玄冰渴饮雪，信宿攀援立卓绝。青天有路人无命，丰毛健翩迹具灭。千危百怪经历尽，始睹练霄银烛热。置身无烦无热天，坐我琳台白玉阁。眼底云海波如山，诡状奇形不易诘。中间银船荡瑶桨，玉人朝帝影飘瞥。归来山下人皆惊，瘦骨清风身体轻。②

马之龙的家乡居于玉龙山下，他早年就对这座雪山充满了浓厚的兴趣，曾在嘉庆十年（1805 年）与村人相伴一起登山，返回后写了这首流芳百世的诗歌。此诗可分为三部分，第一部分写登山前的准备工作，诗人在十日前就备好了糇粮酒脯和防备虎狼的竿子，并

---

① 光绪《丽江府志》（卷 1），载林超民、张学君等主编《中国西南文献丛书·西南稀见方志文献》（卷 25），兰州大学出版社，2003，第 107 页。

② （清）马之龙：《雪楼诗选》，载李伟、吴建伟主编《回族文献丛刊》（第 6 册），上海古籍出版社，2008，第 2702 页。

约上善于攀登的山民一起出发。第二部分写登山的过程，他们路经玉壶到"玉柱擎天"处上山，一直登到最高峰铁堂处，并详细描绘了山路的险峻和攀岩的艰难。第三部分写诗人身临绝顶的所见所感，与开篇的"立品须立最高品，登山须登最高顶"这两句相照应，表露出诗人对人生较高的自我期许。

还有《雪山杂咏》（六首）分别对雪松院、玉柱碑、白云窝、生云处、寒泉、禅窟等胜景进行描绘，诗歌语言简洁明快，表现出诗人对雪山的喜爱之情。"室白山头雪，庭清松下风。客来春寂寂，一径落花红。"这首《雪松院》中有雪山、松树、庭院、客人、清风、落红等意象，动静结合，为了传达自然现象的生命变化，诗人运用平凡常见的字，以出人意表的手法，给人一种新的经验和感受。《生云处》和《白云窝》两首诗对雪山白云进行细致的描绘，其诗曰：

白云邀我去，忽到生云处。回望后来人，天风吹不住。（《生云处》)①

结屋白云闲，白云自来去。高吟月上时，独立松深处。（《白云窝》)②

诗人将白云当作活生生的人物，以人的生命现象来解释白云的姿态和情状，因而达到了写云传神的效果。《寒泉》一诗中"山中

---

① （清）马之龙：《雪楼诗选》，载李伟、吴建伟主编《回族文献丛刊》（第6册），上海古籍出版社，2008，第2703页。
② （清）马之龙：《雪楼诗选》，载李伟、吴建伟主编《回族文献丛刊》（第6册），上海古籍出版社，2008，第2710页。

惟白雪，雪上寒泉咽"这两句概括出玉龙雪山"岩崖涧谷，清泉飞流"①的特点。《禅窟》描绘了一位隐居雪窟的禅师："雪际开禅窟，窟中人不出。出来欲语谁，坐去一生毕。"此诗含蓄蕴藉，颇具禅味，表现出诗人对隐居生活的神往之情。

螺山位于云南府城中，据《景泰云南图经志书》载："在城中，山有巨石，皆深碧色，望之蟠簇如螺髻状。"②螺山虽无玉龙、点苍山那般响亮的声誉，但以其别样的风光和优美的传说吸引着众多文人墨客。明代回族文学家闪应雷、孙继鲁等均有歌咏螺山的诗篇。孙继鲁《春日登螺峰山》云："乳石嶙峋异，寻声曲径通。藏蛟吐阴气，蹲虎画吟风。人自半空下，峰由石转中。星罗千万户，俯瞰夕阳红。"③诗人以空间视角由下而上地观察，然后多角度、多景点、多动态地刻画了春日螺峰的美景，以少总多，给人留下深刻的印象。

其实，不止点苍玉龙，滇云诸山都以峻秀雄伟而著称，水目山、五华山、太华山、西山、芝山等，都是规模不大而玲珑有致的山岭，都成为滇云回族文学家所歌咏的对象。如孙鹏笔下的五华山气势雄宏："濛濛斜阳裏，崛屼拔云根。元气从空结，中峰以势尊。松楸阴辇路，日月挂金门。一带山形拱，居然奠至坤。"（《望五华山》）④马之龙笔下的珊碧山险峻陡峭："初从地裂来，地为无人静。足起地随动，足止地随定。"（《珊碧山》）⑤这些山川各有特色，各有灵气，

① （明）杨慎：《云南山川志》，载林超民、张学君等主编《中国西南文献丛书·西南稀见方志文献》（卷50），兰州大学出版社，2003，第749页。

② （明）陈文：《景泰云南图经志书》，载方国瑜主编《云南史料丛刊》（7），云南大学出版社，2001，第5页。

③ （明）孙继鲁：《春日登螺峰山》，载吴海鹰主编《回族典藏全书》（第94册），甘肃文化出版社、宁夏人民出版社，2008，第232页。

④ （清）孙鹏：《南村诗集》，载李伟、吴建伟《回族文献丛刊》（第7册），上海古籍出版社，2008，第2919页。

⑤ （清）马之龙：《雪楼诗选》，载李伟、吴建伟主编《回族文献丛刊》（第6册），上海古籍出版社，2008，第2706页。

总能触动诗人的情思，化为佳篇丽句。

其次，云南的水景如滇池、洱海、莲池、温泉等景观其地域的重要水文标志，生活在此地的回族文学家们长期受这种水景观的影响而创作了大量的咏水诗，此类诗歌主要描绘滇池、洱海的大美风光，形象生动地展现了它们的形貌和神韵。经过文学家们的审美观照后，这些水景成为表达其审美理想和情感的艺术载体。

说起云南的水景名胜，不能不提滇池与洱海。二者跨连数州县，为滇中大泽，以其秀美的风光而享誉中外。滇池位于昆明市西南，古名滇南泽，又称昆明湖，因周围居住着"滇"部落，也因池中水似倒流，有"滇者，颠也"之说，故曰"滇池"。晋人常璩在《华阳国志·南中志》中说："滇池县，郡治，故滇国也；有泽，水周围二百里，所出深广，下流浅狭，如倒流，故曰滇池。"① "滇池，在府城南，一名昆明池，一名滇南泽。周广五百余里，合盘龙江、黄龙溪诸水汇为此池。中产衣钵莲花，盘千叶，蕊分三色。下流为螳螂川。中有大、小卧纳二山。"② 清人吴大勋《滇南见闻录》记载："水之顺下，其性然也，惟滇中之水，每有倒流。其最著者，省东四十五里之桥驿，为自黔入滇孔道，往来于滇者，每于此顿宿，其地溪水自东而西，向内流浙。"③ 这些材料都记载了滇池之名的来历，可见滇水历史悠久，引无数文人墨客尽折腰。如元人郭孟昭的《咏昆明池》一诗描绘了滇池气吞山河的气势："昆池千顷浩冥濛，浴日滔天气量洪。倒映群峰来镜里，雄吞万派入胸中。朝宗远会江淮迥，

---

① （晋）常璩：《华阳国志》，载方国瑜主编《云南史料丛刊》（7），云南大学出版社，2001，第489页。
② （明）陈文：《景泰云南图经志书》，载方国瑜主编《云南史料丛刊》（7），云南大学出版社，2001，第6页。
③ （清）吴大勋：《滇南见闻录》，载方国瑜主编《云南史料丛刊》（7），云南大学出版社，2001，第13页。

泽物常裨造化功。圣代恩波同一视，却嗟汉武谩劳工。"①

此诗以滇池的洪浩之势比喻元朝统治者的浩大恩情，以此炫耀元廷的帝国声威。

到了明清两代，吟咏滇池的佳作更多，其中不乏云南本土的回族作家，如清代回族文学家孙鹏的长诗《登楼望滇海》，岁近暮年的诗人晚登高楼极目远眺，见五百里滇海如白虹走天，玉盘倾注，赋得此篇，择录如下：

> 一带烟波秋豁然，转嫌飞瀑遮楼前。有似笼鸟窥笼外，摩挲老眼仿佛妍。天风忽卷水晶帘，放出落霞孤鹜天。一副画图为我悬，湖山晼晚倍堪怜。谁披万顷碧琉璃，支机石没山根渊。蜿蜒神物之所宅，常有云气浮若莲。池虽广袤三百里，吐纳九十九流泉。如分白虹走天上，倾注玉盘何浅浅。日月星辰沉池底，风云雷雨出中间。翠螺影倒含风涟，毋乃玉女晨梳头，俯临明镜照婵娟。在昔梁王恃天险，横海歌戚白虎舰。当时割据妄自大，虎视中原亦眈眈。习战虽凿汉武池，空有石鲸鳞甲闪。百万水犀今何有？池水依然碧于染。虎斗龙争浑闲事，不值清池水一点。回忆少时云帆开，醉唱明月夜溯洄。中流忽触龙伯怒，打头风兼落叶催。朱鼋白鳖齐舞来，几试狞蛟口中涎，鹢飞不前倒退回。榜人再拜咒浪婆，我恃忠信何迂哉。终于鱼鳖回风雷，至今一望犹生哀。②

① 《元人滇事诗文选抄》，载方国瑜主编《云南史料丛刊》（7），云南大学出版社，2001，第 675 页。

② （清）孙鹏：《南村诗集》，载李伟、吴建伟主编《回族文献丛刊》（第 7 册），上海古籍出版社，2008，第 3021 页。

诗人描绘了滇海水天一色、烟波浩渺的样子。追忆梁王当年恃天险而割据自大，在诗人看来龙争虎斗的意义不及滇池水一点，想到自己忠而见谤，信而见疑，不禁心生悲哀，但这种不悦的情绪转瞬而逝，因为徜徉在绿水青山之中，做一名垂钓渔翁何其逍遥自在。诗人通过对亭台楼阁、朱鼋白鳖等景物的描写，运用了拟人、对比、夸张等手法，追古思今，表达出自己的达观心态。孙鹏为人耿介，"雍正初，官山东泗水知县，著循声，未几，挂冠去。乙卯、丙辰，郡县两举博学鸿词科，皆以母老辞"①。厌倦官场的他，解官后诗酒行啸，纵情山水，曾自题其梅花书屋："忽逢狼毒嗥河东，张口复来噬人血。抛却一官去如瞥，归来仍卧读书窟。"此诗形式自由，语言流利，格调奔放。杨大业先生曰："鹏之诗，如春风迎面，和煦而宁静之中，又时有英气。"②用于评价此诗亦是中肯。

洱海是与滇池齐名的高原湖泊。在古代它有许多称呼，诸如"叶榆水""西洱河""昆明池"等，因其外形如同耳朵，故名洱海。宛如一轮新月蜿蜒于苍山与大理坝子之间的洱海，山水相依，熠熠生辉。《景泰云南图经志书》云："其源自丽江过剑川、邓川而来，合十八溪之泉而潴于此。首尾一百里，周围三百余里，中有四洲三岛九皋之奇，浩荡汪洋，烟波无际。"③元朝元帅述律杰曾题诗洱海，诗曰："洱水何雄壮，源流自邓川。两关龙尾首，九曲势蜿蜒。大理城池固，金汤铁石坚。四洲从古号，三岛至今传。罗阁凭巇险，蒙人恃极边。要当兵十万，不数客三千。世祖亲征日，初还一统天。雨师清瘴疠，风伯扫氛烟。民物因蕃富，封疆近百年。点苍山色好，

① 袁行云：《清人诗集叙录》，文化艺术出版社，1994，第728页。
② 杨大业、杨怀中：《明清回族进士考略》，宁夏人民出版社，2001，第60页。
③ （明）陈文：《景泰云南图经志书》，载方国瑜主编《云南史料丛刊》（6），云南大学出版社，2001，第67页。

铭刻尚依然。"①

　　此诗以边关将帅的眼光肯定洱海依山偎关的重要地理位置，歌颂元世祖一统滇云的伟大功绩，更多地强调洱海的边关意义。清代回族文学家沙琛创作了多首歌咏洱海的诗篇，其艺术价值远在述诗之上。如《游洱水》一诗情景交融，描绘了洱海万顷碧波、云蒸霞蔚的美景："临水亭高揭，烟波面面佳。迹空唐使馆，人爱旧诗牌。樽俎情怀别，云山今古偕。闲闲鸥数点，天地渺无涯。"②

　　此诗前一部分描写烟波浩渺的洱海美景，后半部分抒发诗人因登高赏景而产生的情愫，由景生情，过渡自然。在这首诗歌中诗人很好地处理了景与情的关系，因而情景契合，具有打动人心的艺术效果。

　　孙鹏《登浩然阁观洱海赋》对洱海风光的描写生动贴切，且充满感情，赋曰："晴飞一片涵虚镜，光与雪风相掩映。如月抱珥皎然明，岂有蟾蜍在池莹。罢谷源高流自长，三江分合纤洱径。上洱直倒西洱来，兼天激浪忽澄定。远闻水龙动地吟，近吼鲸钟叩鼬馨。况纳一十八溪流，其势愈平水愈盛。珊瑚树老铁网深，潋滟堆横定练净。天然雾縠织无痕，微风击去闪纬经。日月出没于其中，龙伯长睡海童醒……上有蜃楼不可登，下有龙官不敢唾。我以羁旅来观海，沆瀣岂非天所借。天风吹堕浩然阁，海水直立百灵下。使我应接殊不暇，龙女酌酒欢相迓。水晶宫殿居上坐，阳瓜州里无九夏。把酒狂歌惟我大，使欲于此友造化。杨李昔时成快游，我生也晚不同过。幸留胜迹在水涯，待我以游为日课。且自作诗题壁间，先索

---

① （元）述律杰：《题西洱海》，载方国瑜主编《云南史料丛刊》（7），云南大学出版社，2001，第 79 页。

② （清）沙琛：《点苍山人诗抄》，载吴海鹰主编《回族典藏全书》（第 194 册），甘肃文化出版社、宁夏人民出版社，2008，第 335 页。

老龙来一和。何必要借琴高鲤鱼驾！"①

此赋先总写洱海的浩大壮美，它融汇三江之水、八十一溪之流，因而气势雄浑，继而描绘了众多充满灵性的海底生物和亭台楼阁，书写水天一色的浩渺之景。最后由景物联想到杨慎和李中溪两位文学大家，遥想他们当年畅游之乐，并立志效法他们行吟游乐，诗酒人生。此赋远近高低相结合，静景动景相映衬，沉郁苍劲，当属咏滇山水诗之翘楚。

除了滇池、洱海这些著名水景外，滇云还有许多井泉莲池，这是滇南特有的地质特征所决定的。"滇中遍地皆山，乃不能因高而燥……山多则随处有泉，流水被道。"② 如温泉、珍珠泉、冷热泉、黑龙潭、莲花井、昭通水等，明清云南回族诗人以此为题材作诗，寓目即是。以温泉而论，如明初孙继鲁《温泉偶浴》一诗："指点渊源碧溜清，火珠谁教讨波臣。始分灵窍三冬暖，常住离精一脉真。冷面宁趋严罅热，冰心独解玉壶春。何当共说骊山好，今古溶溶不染尘。"③ 云南可谓温泉之乡，有温泉4000多处，以腾冲、蒙化、大理等地的温泉为最。孙继鲁的这首诗描绘了温泉外冷内热、冰火交融的特点，赞美温泉冰清玉洁的美好品质，表达自己对此精神的仰慕之情。

此类作品还有《庶子泉》《理泉》《莲花池》《九龙池》《寒潭》等，如沙琛的《上关蝴蝶泉》："迷离蝶树千蝴蝶，衔尾如缨拂翠

---

① （清）孙鹏：《南村诗集》，载李伟、吴建伟主编《回族文献丛刊》（第7册），上海古籍出版社，2008，第3040页。

② （清）吴大勋：《滇南见闻录》，载方国瑜主编《云南史料丛刊》（7），云南大学出版社，2001，第5页。

③ （明）孙继鲁：《温泉偶浴》，载张文勋主编《云南历代诗词选》，云南人民出版社，2002，第203页。

湉。不到蝶泉谁肯信？幢幡幔盖蝶庄严。”① 此诗情景交融，写出了蝴蝶、蝶树、蝶庄相掩映的奇景，表达出回族文学家对滇云秀水丽景的喜爱之情。

总而言之，滇云回族文学家已具备高度自觉的山水审美意识，他们将深情的目光投向身边的山水景观，从中得到无尽的美感享受，同时利用山水素材从事文学形象世界的建构，使滇云山水景观转化为凝聚着作家审美意识和情感的精神产品，因而使这些精神产品打上深深的滇云地域文化的烙印。

第二节　花卉景观与地域文化

云南是一个山峦蜿蜒起伏的高原地区，自然地理条件复杂多样，植被物种丰富多样，因此形成了名扬全国的草木花果景观。历代吟咏滇云草木花果景观的诗文佳作不计其数，不能不提明清回族文学家的此类诗篇，他们以丰沛的情感，细腻的笔触，描摹出滇云植物的万千形态，或以之喻美人，或以此来比德，通过各种文学表达方式昭示着他们亲近自然的人生态度与审美情趣。

结合文本，笔者统计到明清云南回族文学家涉及草木花卉景观的作品都是以诗歌来表现的，共有68首（见表2－2）。

表2－2　明清云南回族文学家涉及植物景观诗歌统计

单位：首

作者	数量
孙鹏	14
沙琛	45

① （清）沙琛：《点苍山人诗抄》，载吴海鹰主编《回族典藏全书》（第194册），甘肃文化出版社、宁夏人民出版社，2008，第412页。

作者	数量
马之龙	8
马汝为	1
赛屿	0
总计	68

清代云南回族文学家的植物类咏物诗共 68 首，其中沙琛有 45 首，在这 45 首中，咏花卉类作品数量最多，所咏之花既有山茶花、梅花、兰花等名花，也有龙女花、木香花、玉翘翘等云南特有之花卉。除花卉外，草木及果实类植物也是其吟咏对象，如伞儿草、槟榔树、芭蕉果、松实、竹实、魁蓣等云南特有的草木果实，甚至连苔类植物也可以成为其审美对象，真是一位不折不扣的"绿色诗人"。马之龙的植物诗多是歌咏老树、落叶、春草等，这些植物在他的审美联想中被赋予一定的象征意义，寄寓着诗人对崇高人格美的赞誉之情。孙鹏所咏之花卉主要有桃花、茶花、菊花、梅花、昙花、海棠花和杜鹃花，所咏之树木主要有盘龙树、酸枣树。由草木花卉所构筑成的植物景观是自然景观的一部分，不仅具有史料价值和文化价值，还昭示着植物景观在审美活动中所发挥的重要作用，更昭示着回族文学家喜欢自然、亲近自然的个人情怀。

一　花卉景观

明清时期滇云的赏花习俗非常流行，春天的滇城百花齐放、万紫千红，太和府、云南府的花会展上，花团锦簇、人潮涌动，对此明人谢肇淛在《滇略》中有形象的描绘："滇中气候最早，腊月茶花已盛开。初春则柳舒桃放，烂漫山谷。雨水后牡丹、芍药、杜鹃、梨、杏相继发花。民间自新年至二月，携壶觞赏花者无虚日，谓之花会。衣冠而下至于舆隶，蜂聚蚁穿，红裙翠黛，杂乎其间，迄春暮乃止。其最盛者会城及大理也。"① 清代云南的花市规模更大，这给文学家们提供了可资写作的丰富材料。清代太和文人沙琛《点苍山花诗》序中云："滇地无大寒暑，花木多异，点苍冬夏积雪，花又以寒毓者，极清奇秾丽之致。近日山民搜岩剔穴，悉入花市并可移植焉。"② 每至花会时节，文人们亦会相约出游，赏花赋诗，留下了许多咏花诗。如"梨花好趁浮蛆瓮，碧草初匀射雉皋"（沙琛《花朝出游》），"鸟鸣高岸声犹湿，花放山亭色倍鲜"（马汝为《春郊》），"一日花前醉一回，春深何处不丰台"（孙鹏《花前》）。这些诗句所描绘的花卉景观，是明清时期云南地区所特有的景致，无论是勾画美景还是借花寄怀，无不以滇地花木的生物性为根据，因而具有鲜明的地域文化特色。

滇云花卉之最要数茶花，檀萃云："滇南茶花甲于天下，昔人称其七绝，而明巡按邓漾以十德表之，称'十德花'，此花宜为第一。"③ 谢肇淛云："滇中茶花甲于天下，而会城内外尤胜，其品七十有二。冬春之交，霰雪纷积，而繁英艳质，照耀庭除，不可正视，信尤物也。"④ 茶花以其娇媚艳丽的形态和芬芳高洁的品行而深受回族文学家们的喜爱，如孙鹏《颖明上人除夕送茶花一枝报谢》一诗即表达出这种情结，诗云："何处山中种紫霞，东风吹到野人家。隔年春染胭脂冷。向夕光含日月华。残雪几曾凋锦蒂，奇香多半植僧伽。尊

---

① （明）谢肇淛：《滇略》，载《影印文渊阁四库全书》（第494册），上海古籍出版社，1987，第138页。

② （清）沙琛：《点苍山人诗抄》，载吴海鹰主编《回族典藏全书》（第194册），甘肃文化出版社、宁夏人民出版社，2008，第460页。

③ （清）檀萃：《滇海虞衡志》（卷9），载方国瑜主编《云南史料丛刊》（7），云南大学出版社，2001，第210页。

④ （明）谢肇淛：《滇略》，载《影印文渊阁四库全书》（第494册），上海古籍出版社，1987，第123页。

前谁遣嫣然笑，爱杀人间七绝花。"① 茶花在滇被称为"七绝花"，作者抒发了对茶花傲雪怒放之精神的赞美之情。另一首《同刘效程归化寺看茶花得七虞》云："十德名葩天下无，临歧一炉晚枫朱。鲜凝槛外离人泪，光结山中照乘珠。欲举酒杯浇艳色，肯教蜡屐失丹株。非经冰雪频摧折，哪得晴霞放四卫。"此诗中的"十德名葩"即指茶花，豫章邓渼称曾指出茶花的十种品德："艳而不妖一也；寿经二三百年二也；枝杆高竦大可合抱三也；肤纹苍黯，若古云气尊罍，四也，枝条夭矫，似麈尾龙形，五也；蟠根轮囷，可几可枕，六也；丰叶如幄，森沈蒙茂，七也；性耐霜雪，四序常青，八也；自开至落，可历数月，九也；折入瓶中，旬日颜色不变，半含亦能自开，十也。"②

作者从形态、色泽、味道等方面对茶花进行描摹，后两句指出茶花之所以在晴霞放四卫，是因她曾历经冬日冰雪的洗礼，也使此诗歌超越一般抒情诗而具有哲理诗的意蕴。

滇地梅花居第二，檀萃云："红梅，莫盛于滇，而龙泉之唐梅，腾越之鲁梅，见于画与传者，光怪离奇，极人间所未有，此花宜为第二。"③ 梅花品种较多，颜色各异，滇中红梅为最，"滇之梅，玉蝶、绿萼颇少，红色者多……而花朵攒簇，又如锦片，如火球。坐玩其旁，清芬袭人"④。红梅以其娇艳的花朵和淡淡的香气而深受滇中文学家们的喜爱，如沙琛《城东园老红梅》云："荒榛断莽凋繁

① （清）孙鹏：《南村诗集》，载李伟、吴建伟主编《回族文献丛刊》（第7册），上海古籍出版社，2008，2925 页。

② （明）谢肇淛：《滇略》，载《影印文渊阁四库全书》（第494册），上海古籍出版社，1987，第123 页。

③ （清）檀萃：《滇海虞衡志》（卷9），载方国瑜主编《云南史料丛刊》（7），云南大学出版社，2001，第210 页。

④ （清）吴大勋：《滇南见闻录》，载方国瑜主编《云南史料丛刊》（7），云南大学出版社，2001，第39 页。

霜，春光荡荡扬孤芳。落霞一片晕红紫，雪肤仙人酣羽觞。权枒蟠郁大合抱，朱颜却诧梅花老。凄迷野雾飘艳香，缤纷彩虹凌清昊。太息何人旧此家，园亭颓尽一株斜。变换百年常姣好，不是夭桃儿女花。"①

沙琛在这首诗歌中以比兴手法描写老红梅的色泽、形态、香味，与沙琛的诗歌相比较，马之龙的咏梅诗则重在体物寓意方面，如"黑龙潭上催花雨，五老峰头落叶风"（马之龙《黑龙潭寻梅》），"一径横斜五老峰，寒潭倒影曲栏边。梅花笑认风尘客，不到山中已十年"（马之龙《五老峰寻梅》）。这些诗虽然也表现了梅花的神态，但诗人的主要目的不在于梅花本身，而是要托物寓意，借梅花来表达自己的淡泊情怀。因其托物抒情，借物论理，因而更上一层楼。清人沈祥龙《论词随笔》云："咏物之作，在借物以寓性情，凡身世之感，君国之忧，隐然蕴于其内，斯寄托遥深，非沾沾焉咏一物矣。"②

杜鹃花也是云南常见的花卉，俗谓之"映山红"，花色有十数种，鲜丽殊甚，家家种之。檀萃云："杜鹃花，满滇山。尝行环洲乡，穿林数十里，花高几盈丈。红云夹舆，疑入紫霄，行弥日方出林，因思此种花，若移植维扬，加以剪裁收拾，蟠屈于琼砌瑶盆，万瓣朱英，叠为锦山。"③ 杜鹃花种类数十种，五色俱有，以红色居多，明朝时永昌文学家张含曾将其与山茶合订为《二芳谱》，罗列分疏，各尽其妙，可见文学家们对其钟爱之情。

清代云南回族文学家孙鹏、马之龙、沙琛等创作了多首咏杜鹃

① （清）沙琛：《点苍山人诗抄》，载吴海鹰主编《回族典藏全书》（194 册），甘肃文化出版社、宁夏人民出版社，2008，第 322 页。
② （清）沈祥龙：《论词随笔》，载唐圭璋编《词话丛编》，中华书局，1986，第 4058 页。
③ （清）檀萃：《滇海虞衡志》（卷 9），载方国瑜主编《云南史料丛刊》（7），云南大学出版社，2001，第 38 页。

花诗。孙鹏对黄杜鹃花情有独钟，创作了七言古诗《咏黄杜鹃花》，并附以小序，云："所见杜鹃之红者颇多，小园亦有之。黄未之前闻，癸亥春，馆于提军署。于画舫斋前，见二本高八九尺，开时烂漫之至，一片金光照人，爱而咏之。"

正文曰："春开踯躅是花王，万绿千朱拥一黄。顿使姚家无国色，居然望帝在中央。临风直贱红裳艳，照舫犹衔落日光。可惜南漪堂阙北，氍毹空自满披香。"①

从小序来看，滇中黄杜鹃花较少见，被诗人喻为花中"望帝"，足见对其喜爱之情。正文描绘黄杜鹃花色泽艳丽少见，浅浅芳香沁人心脾，此花一开众芳皆失色，此种生物特性其实就是作者自己理想人格的缩影，在对黄杜鹃的赞美中寄寓着诗人对高尚纯洁情操的肯定与向往。

此外，吟咏对象还有荷花、牡丹、龙女花、波罗花、桃花、梨花等。例如沙琛的《王友榆寄龙女花》一诗描绘了龙女花的异香："盈盈玉钵花，云是龙女施。夜半异香起，炯炯白云气。"吴大勋《滇南见闻录》记载："龙女花，惟榆城外感通寺中一株，相传为观音大士手植。花之形色似白茶花，花心内有如意一枝，色殷红。傍有几株，为后人埋条分种，则无如意也。菩提本无树，乃留此雪中爪痕，以示后人，惟拈花微笑者，当领此意欤。"②

檀萃《滇海虞衡志·志花》卷9亦有相似的记载，可见此花与佛教有着不解之缘。吟咏牡丹花的有"玉龙山下牡丹好，雨寺烟村斗绮罗"（马之龙《忆故山牡丹》），吟咏水仙花的有"狯狡天公孕

---

① （清）孙鹏：《南村诗集》，载李伟、吴建伟主编《回族文献丛刊》（第7册），上海古籍出版社，2008，第3039页。

② （清）吴大勋：《滇南见闻录》，载方国瑜主编《云南史料丛刊》（7），云南大学出版社，2001，第40页。

玉团，幽香弱骨斗严寒。仙人梦影弄云水，落月晓烟留姗姗"（沙琛
《水仙》）。这首咏水仙花的诗篇，工物极尽精妙。吟咏桃花的有
"不放东风园外吹，乱红千树弄幽姿。桃花本是多情种，开遍春山人
不知"（孙鹏《李氏桃园看花》），吟咏荷花的有"晴晖荡珠露，宛
转濡庭莎。有美怀佳人，浩言泽之陂。含苞郁朱夏，迟此红婀娜"
（沙琛《新荷》）。这些咏花诗运用了多元的艺术手法，达到较高的
艺术水准，而且将诗人们独特的人格精神和人生感悟赋予其中，从
而呈现滇云大地特有的花卉民俗风情。

二　草木瓜果景观

明清云南回族文人笔下的草木景观也是一道亮丽的地域文化风
景线。他们所咏树木既有西南所特有的桂树、龙盘树、银杏树、竹、
芭蕉树、橄榄树等，也有遍及各地的松树、柳树、桑树等。这类文
学作品多是借对草木的描摹，寄托诗人的各种情思，体现出自然环
境对诗歌题材和表现方式的影响。

松树是滇地最常见的树木，清人吴大勋在《滇南见闻录》中云：
"一切树木无不有，而松柏为最，荒山古庙中，大可数抱者，往往而
有。松柏本耐久，又以位置得所，人不能扰，得以全其天年，物之
幸也。自永平至永昌中间，有万松岭，漫山遍野皆松树，约行十余
里，在松径中盘旋曲折，真创观也。"① 滇地的万松岭绵延数十里，
可见松树之多。描写松树的诗歌亦较多，主要有沙琛的《松杉箐》、
孙鹏的《万松行》《题龙盘树》和马之龙的《纪梦》等。

孙鹏的《万松行》是其中的名篇。以描摹松树形态的一段为例，
其诗曰："风中翁郁万树松，一半是松一半龙。或不化龙化为石，石

---

① （清）吴大勋：《滇南见闻录》，载方国瑜主编《云南史料丛刊》（7），云南大学出版社，
2001，第40页。

兮龙兮苍髯翁……几株犀甲玉鳞□，几株参尝乱鬃鬓。几株泥封半骨死，几株苔生皲裂皮。不然府躬如拱揖，能屈生铁以自卑。抑或怒与霹雳斗，左掔右撄力支持。或不可群昂然矗，或悬黑石崖倒垂。或折冰霜干不枯，或断礓砢节流脂。或出空心放夜光，或成合拱发祥枝。或高十丈或三尺，或号七星或九芝。或为胜友或隐士，或任横飞或斜攲。"①

此段描绘松树形貌可谓穷形尽相，诗人完全作为旁观者来描写、欣赏各种形态的松树，宛如一幅色彩鲜艳、形态逼真的松树图。

滇地有松杉合一的称法："杉，盖松之类，故二赋言松不言杉，良以杉统于松也。故滇人曰杉松，故其材中禅榜，南方诸省皆有杉，惟滇产为上品。"② 沙琛《松杉箐》对此有所描述："亭亭寒松标，劲直几千咫。回枝盘苍穹，积根状磷磳。摇荡悬泉落，孤峭断崖倚。"③ 沙琛的这首咏松诗不仅写了松树的孤高、劲直与境遇，而且托松喻人，象征诗人自己孤寂和不愿同流合污的高洁志趣，做到了物我合一，正如王士祯所云："咏物之作，须如禅家所谓不粘不脱，不即不离，乃为上乘。"④ 这是说"形"与"神"的统一，在统一中渗透了诗人的情思而能形神兼备。

除了沙琛之外，丽江回族诗人马之龙也创作了很多草木题材的诗歌。其《老桑树》云："剑湖堤上老桑树，不知何年植雨露。此方从不养春蚕，柔条零落有谁顾。纷纷霜叶充药囊，洗余老眼扫烟

---

① （清）孙鹏：《南村诗集》，载李伟、吴建伟主编《回族文献丛刊》（第7册），上海古籍出版社，2008，第3020页。
② （清）檀萃：《滇海虞衡志》（卷9），载方国瑜主编《云南史料丛刊》（7），云南大学出版社，2001，第219页。
③ （清）沙琛：《点苍山人诗抄》，载吴海鹰主编《回族典藏全书》（第194册），甘肃文化出版社、宁夏人民出版社，2008，第468页。
④ （清）王士祯：《带经堂诗话》（卷12），人民文学出版社，1963，第305页。

雾。目光直射青天外，独立苍茫悲秋赋。"① 此诗大概于诗人晚年留居丽江期间到剑川州行游访友时所作，此时一些老友故去，诗人贫病交加，故情绪极度低落，其笔下的树木皆具老病特点，如本诗中柔条零落的老桑树。诗人以老桑树托喻，抒发自己晚年悲苦凄凉的心情。其《银杏树》也是一首托物喻人的咏物诗，诗云："银杏大枝黄山前，气稳如山根石蟠。千年阅尽盛衰事，东枝鸡鸣日一竿。"② 气稳如山的银杏树是诗人的自我写照，表现出诗人历尽人世沧桑后的达观与慨然。马之龙的草木诗还有《春草》，诗云："轻轻绿染高低屐，细细香生折叠裙。不管离人千里外，窗前陌上尽含嚬。"③ 此诗从触觉、视觉、味觉等方面刻画春草的体态，"轻轻""细细"叠音词的运用，使整首诗歌情趣盎然。

竹子是滇地分布较广的植物，罗平、东川、顺宁、永平等地皆产此物，竹子以其凌寒不衰、宁折不弯的物性特征而深受昆明回族诗人孙鹏的喜爱。他创作了十多首咏竹诗，如《种竹四首》《种竹后喜其发生又得四首》《竹实》《山店》等。他在《种竹四首》中分别交代自己种竹的缘由，由"癖竹年年借屋栽，蒋诩径始自今开"之句可见诗人的"竹癖"。《种竹后喜其发生又得四首》重在抒情，尤其是最后两首借竹芽新发的美好情景表现自己的淡泊情怀与达观心态，其诗云：

　　一丛烟霞太模糊，千个萧萧瘦似吾。若使窗前无此物，愁

---

① （清）马之龙：《雪楼诗选》，载李伟、吴建伟主编《回族文献丛刊》（第 6 册），上海古籍出版社，2008，2723 页。

② （清）马之龙：《雪楼诗选》，载李伟、吴建伟主编《回族文献丛刊》（第 6 册），上海古籍出版社，2008，2737 页。

③ （清）马之龙：《雪楼诗选》，载李伟、吴建伟主编《回族文献丛刊》（第 6 册），上海古籍出版社，2008，第 2744 页。

来谁解慰狂夫。（其一）

嵇阮好延为侣伴，林于成势自条条。他时几代龙孙子，且
欲成阴过屋头。（其四）①

白居易曾概括出竹子的物性："竹本固，固以树德，君子见其
本，则思善建不拔者；竹性直，直以立身，君子见其性，则思中立
不倚者；竹心空，空以体道，君子见其心，则思应用虚受者；竹节
贞，贞以立志，君子见其节，则思砥砺名行，夷险一致者。夫如是，
故君子人多树之，为庭实焉。"② 可见竹子的坚固、挺直及贞洁等品
质是人们喜欢它的根本原因，也是孙鹏创作咏竹诗的原动力，中通
外直的竹在他的审美联想中被赋予坚贞不屈和高尚纯洁的象征意义，
从而进入作品成为主体心灵的显现物。

此外，明清云南回族文人还创作了一些关涉当地水果蔬菜的咏
物诗，这些咏物诗虽然数量不多，但也具有一定的文化价值与审美
价值。太和沙琛的此类作品最多，如《芭蕉果》《松橄榄》《绿荔
枝》等。"绿云山阁翠涵淹，蕉果秋香得味餍。半褪花房莲片片，密
排兰实玉纤纤。露华披折金双掌，素质清虚雪一奁。草木南方谁续
状？天生与涤瘴乡炎。"③ 此诗中的芭蕉果在滇地亦被称为青果，滇
中地区较多，《景泰云南图经志书》云："芭蕉实其状如藕，其色黄
绿，而味甘，无核。"④ 诗人称赞它清质似雪，功效多多。《松橄榄》

---

① （清）孙鹏：《南村诗集》，载李伟、吴建伟主编《回族文献丛刊》（第7册），上海古籍
　　出版社，2008，3029页。
② （唐）白居易：《白居易全集》，丁如明、聂世美校点，上海古籍出版社，1999，第253页。
③ （清）沙琛：《点苍山人诗抄》，载吴海鹰主编《回族典藏全书》（第194册），甘肃文化
　　出版社、宁夏人民出版社，2008，第468页。
④ （明）陈文：《景泰云南图经志书》，载方国瑜主编《云南史料丛刊》（7），云南大学出版
　　社，2001，第50页。

一诗云："苍松老翠岚,异药得幽探。圆缀蒙萝紫,滋回谏果甘。热中冰饮涤,苦口舌香含。遮莫红盐子,粗能解酒酣。"① 云南的橄榄多生长在江边瘴地,基叶如狗骨,子如苦楝,小儿喜食之,诗人喜欢其"热中冰饮"的奇效,褒扬之情渗透在字里行间。

菜实类作品主要以《架豆》和《魁蕈》为代表,《魁蕈》诗云:"灵苗滴露生,摇影翠轻盈。羽叶排轮扇,云浆浴玉婴。乳酥融点化,冰雪湛虚明。藜糁兼薯芋,多方骨董羹。"在明清时期冬虫夏草就是人所珍视的补品,云南的冬虫夏草主要来自西藏。"冬虫夏草,极温补之物,藏中所产。上苗下实,形如萝卜而细小,苗实共长二寸,其实细长约寸许,有细棱,形似虫。想夏则抽条发叶为草,冬则结实如虫,故名。外皮枯黄色,其里则淡绿色,和鸡鸭猪肉煮食之,脆嫩可口。竟能已恸症,培植精神,和公鸡食最有效。"② 沙琛《冬虫夏草》诗云:"离离山上草,跃跃雪中虫。玉踊翘根起,青萌坼尾丰。寒暄机出入,变化肺初终。乌足与蟛蝶,回环无此工。"③ 诗歌运用赋的手法描绘冬虫夏草随季节所发生的形体变化,不仅呈现出滇地植物景观,也具有了一定的植物学价值。

综上所述,由花草树木、水果蔬菜等构成的景观也是明清云南回族文人着力歌咏的物象,他们通过多种艺术方法和技能,全面地展出这些景观的形貌特征和文学价值。这一切皆立足云南的自然地理环境,他们以云南的风物产品为观照视野,对其细致描摹、深情讴歌,在一定程度上显现出回族文人的桑梓情怀。

---

① (清)沙琛:《点苍山人诗抄》,载吴海鹰主编《回族典藏全书》(第194册),甘肃文化出版社、宁夏人民出版社,2008,第468页。

② (清)吴大勋:《滇南见闻录》,载方国瑜主编《云南史料丛刊》(7),云南大学出版社,2001,第38页。

③ (清)沙琛:《点苍山人诗抄》,载吴海鹰主编《回族典藏全书》(第194册),甘肃文化出版社、宁夏人民出版社,2008,第197页。

第三节 人文景观与地域文化

人文景观是古代人类的社会活动遗迹和现在人类社会文化活动的形态，包括古代建筑、民俗宗教、文体娱乐以及历史遗迹和遗址①。它是人类可以感知的文化景色，不能脱离特定的地理环境而凭空产生。进入明清云南回族文人观照视野下的人文景观主要有城镇景观、农业景观和历史遗迹景观等类型，对这些景观的文学描述不仅是对云南地区物质形态如建筑、风俗等显性地域要素的表现，也是对云南本土精神形态如文化心理、审美倾向等隐性地域要素的表现。这些地域景观在被明清云南回族文人纳入观照视野的同时意味着其被纳入了文化的范畴，对它们的描述就是对云南本土文化的展示。因而，这些景观是凝结云南地域文化的精华之所在。

一 城镇景观的文学呈现

城镇的大发展是明清时期云南社会发展的重要基础，据《新纂云南通志》（城池篇）记载，明代云南有城 99 座，到清代发展至 160 座以上，远远超过以前任何一个历史时期。云南府、大理府、丽江府、永昌府是规模较大的几个府城，也是入滇回族文人的聚居之地。这些府城以优美绮丽的城市风光、历史悠久的古迹形胜，为回族文人从事文学创作提供了丰富多元的创作素材，他们以妙笔将其绘成了一幅幅独具特色的城镇景观图。结合文本，笔者统计到的吟咏州府风光和形胜古迹的诗歌有 73 首（见表 2-3）。

---

① 陈石：《略论景观文学》，《南京师范大学学报》（社会科学版）1992 年第 3 期。

表 2-3 明清云南回族文人涉及城镇景观诗歌统计

单位：首

城镇景观类	明代		清代		合计
	马继龙	7	孙鹏	33	
	闪继迪	2	沙琛	20	
	闪应雷	1	马之龙	5	73
	孙继鲁	0	马汝为	4	
	闪仲俨	0	赛屿	1	

明代回族诗人马继龙的城镇景观诗共 7 首，其中描绘城镇风光的诗歌有 5 首，描绘形胜古迹的有 2 首；闪继迪描绘城镇风光的诗歌有 2 首；闪继迪的此类作品只有 1 首。明代城镇景观类诗歌共 10 首。清代回族文人此类作品数量较多，孙鹏歌咏城镇风光的诗歌有 11 首，涉及形胜古迹的有 22 首，共 33 首；沙琛咏城镇诗有 11 首，关涉庙宇亭台楼阁类的有 9 首，共 20 首；马汝为有 4 首；马之龙有 5 首；赛屿有 1 首。这些诗歌涉及云南的诸多州府和形胜古迹，浸含着回族文人对家园的真情，表现出对滇云地域文化的认同与传播，具有彰显地域文化的价值。

二 明代城镇景观

至明清时期昆明已是云南经济文化最发达的地区，"国朝因之，渐摩既久，而夷疆化为乐土矣。东以曲靖为门户，西以大理为藩篱，镇抚夷族，控制蛮方，诚一大都会也"①。这些州府也是人文荟萃之地，"封建社会中建都之地，往往就是人文荟萃之地，一般也就是学

---

① （清）吴大勋：《滇南见闻录》，载方国瑜主编《云南史料丛刊》（7），云南大学出版社，2001，第 6 页。

术和文艺的中心"①。许多回族文学家会聚此地，并以诗歌反映城市生活，描绘城市风光，体现出浓郁的民族风情和多层次的市民审美情趣。

明代回族文学家闪继迪《追和用修先生春兴（其二）》一诗即描绘了昆明县城的秀美风光："太华嵯峨白露生，蹴空春浪卷昆明。江山半拥王褒碣，草树初春鄯阐城。千里关河迟雁影，万家烟雨湿莺声。伤心烂漫长杨赋，搔首低回细柳营。"②

诗歌第一联以太华山的巍峨、昆明池的浩荡描述昆明城的旖旎风光，第二联勾勒王褒碣的历史。据《汉书·王褒传》记载："后方士言益州有金马碧鸡之宝，可祭祀致也。宣帝使褒往祀焉，褒于道病死，上闵惜之。"③ 虽然王褒取碧鸡未果，但他撰写的《移金马碧鸡文》在明代被杨慎移刻于西山石壁之上。鄯阐之名得自元代，是段氏东城八府之一的府名。这些典故不仅与诗意相契合，且增加了诗篇的历史文化内涵。第三联进一步写昆明城的初春景象，第四联即景抒情，表现诗人对历史和人生的感慨，可以说整首诗情景交融、意味深远。

同样写昆明美景的还有明隆庆回族文学家辛联芳，其《螺峰春游》一诗云："山光野色丛青玉，石磕梯云频曲曲。松分细雨入瑶琴，竹摇翠影侵棋局。枝头红紫浅间深，陌上笙歌断复续。好将诗酒答韶华，莫遣花神笑人俗。"④ 这首诗前三联精心描绘了诗人到位于昆明府的螺山春游时的所见所闻，抒发了对昆明城的喜爱之

① 曹道衡：《南朝文学与北朝文学研究》，江苏古籍出版社，1998，第144页。
② （明）闪继迪：《闪继迪诗选》，载吴海鹰主编《回族典藏全书》（第181册），甘肃文化出版社、宁夏人民出版社，2008，第16页。
③ （汉）班固：《汉书》，中华书局，1982，第121页。
④ （明）辛联芳：《螺峰春游》，载张文勋主编《云南历代诗词选》，云南人民出版社，2002，第227页。

情，尾联"好将诗酒答韶华，莫遣花神笑人俗"巧妙地表达了留恋之情。

明代永昌府另一位回族文学家马继龙的《夏日喜晴》《元旦道中二首》等诗分别描绘了夏、冬季节的昆明城风景。"北窗睡起独登楼，碧树含烟宿雨收。高柳蝉声初入夏。澄江风色浑如秋，青山流影侵书案，白鹭分飞狎钓舟。"① 此诗先点明特定的背景即睡起和天晴，然后围绕这样的背景选取了碧树、高柳、蝉声、江水、青山、白鹭、钓舟等明快的诗歌意象，勾勒出夏天雨过天晴之后的昆明城美景，渲染出诗人归隐后的闲适自在。《元旦道中二首》其二云："旷野烟埋远树，平川风卷清沙。隐隐只闻箫鼓，不知卖酒谁家。"此诗妙在只写滇城冬日之景，全无诗人之意，但意在其中，给读者留下丰富的想象空间。正如《六一诗话》中说："诗家虽率意，而造语亦难。若意新语工，得前人所未道者，斯为善也。必能状难写之景，如在目前，含不尽之意，见于言外，然后为至矣。"②

三 清代城镇景观

清代回族文学家状写云南各个府州风光的诗篇也有很多，如元江马汝为《玉台积翠》《月射水池》、丽江马之龙《城南》、昆明孙鹏《姚楚道中》《楚雄远眺》和石屏赛屿《元江旅怀》等。这些诗篇均以滇地风光形胜为地域背景，在回族文学家的审美观照中转化为诗意的情感空间。

太和回族文学家沙琛《奉和王幼海太守丽江杂咏》组诗，描绘了丽江四时景色，以其一为例："倚槛平畴绿万家，龙湫荞翠染晴

---

① （明）马继龙：《马继龙诗选》，载吴海鹰主编《回族典藏全书》（第165册），甘肃文化出版社、宁夏人民出版社，2008，第388页。

② （宋）欧阳修：《六一诗话》，载何文焕辑《历代诗话》（上），中华书局，1981，第267页。

霞。云烟过雨鲜红叶，峭茜凝霜苗冷花。"① 具有滇地特色的诗歌意象渲染出平畴万里、层林尽染的丽江美景。石屏回族文学家赛屿《元江旅怀》赋陈玉溪元江夏日风光："白沙浅处见扁舟，日日人来古渡头。土屋千家环郭近，长江一水抱城流。云蒸烟树常疑夏，雨落郊原却似愁。"② 此诗即景抒情，尽写元江古渡头的繁华热闹。"泱泱乎大哉，自昔称威楚。地直当其阳，山川如织组。万峰争屼崪，相乱似无叙。一水穿其间，曲折出端绪。"这是昆明回族文学家孙鹏在《楚雄晚眺拈提楚字》一诗中勾画出的楚雄晚景，诗人笔端洋溢着无限豪气，诗篇饱含着诗人对祖国山河的热爱之情。另一首《旅次赵州》写赵州的风光，诗云："我从昆弥来，山路渐已平。人家倚飞泉，引水入田耕。春风吹满路，春花笑相迎。长松盘怪石，高岩挂古藤。麋鹿时出没，鸣鸟亦嘤嘤。娱人景物好，羚㺚衺入城。风仪与龙伯，相望似有情。波罗带州水，背郭礼社横。爱此天水郡，山高而水清。山水幽绝处，往往有耆英。"③

诗人的喜悦之情溢于言表，其笔下的赵川鸟语花香，一派勃勃生机，是诗人移情于物使然，正是"登山则情满于山，观海则意溢于海"。在审美过程中，诗人把情感、生命、情绪投射移注到客观对象之中，使客观对象具有与主体相同的情感生命。朱光潜先生在《文艺心理学》一书中说："大地山河以及风云星斗原来都是死板的东西，我们往往觉得它们有感情，有生命，有动作，这都是移情作用的结果。"④ 孙鹏的这两首作品均具有这样的特点，诗人把感情融

---

① （清）沙琛：《点苍山人诗抄》，载吴海鹰主编《回族典藏全书》（第194册），甘肃文化出版社、宁夏人民出版社，2008，第480页。
② （清）赛屿：《元江旅怀》，载白寿彝主编《回族人物志》（下册卷44），宁夏人民出版社，2000，第1040页。
③ （清）孙鹏：《松韶集》（卷4），载李伟、吴建伟主编《回族文献丛刊》（第7册），上海古籍出版社，2008，第3036页。
④ 朱光潜：《文艺心理学》，复旦大学出版社，2005，第336页。

入滇地的自然景物之中，又从对大自然景色充满感情的欣赏与描绘中进一步地寄托自己的情怀。

总之，此类诗歌不仅展现出明清时期云南城镇的独特风光，也为读者勾勒出一幅幅具体生动的节日风俗画卷。这些诗歌也是回族文学家心理空间在城镇的投射，蕴含着他们的审美情趣和文学理想。

四　历史古迹景观

明清云南回族文人还创作了许多有关云南历史景观的诗篇，仅以关口类作品为例析之。碧鸡关是云南最著名的古建筑，也是春城昆明的象征和标志。清《云南地志》记载，碧鸡山"在郡城西二十里，周围十数里，峰峦碧色，石壁如削，下瞰滇池，为诸山之最。其北为关，曰碧鸡关"①。此关以其悠久的历史积淀和文化魅力引无数文人流连忘返，吟咏不止。王褒曾作《碧鸡颂》："持节使王褒，谨拜南崖，敬移金精神马、缥碧之鸡，处南之荒，深溪回谷，非土之乡。归来归来，汉德无疆，广乎唐虞，泽配三皇。黄龙见兮白虎仁，归来归来，可以为伦。归兮翔兮，何事南荒。"②此赋虽旨在颂扬汉德无疆，却将碧鸡关的美名铭刻于历史中。明清回族文人吟碧鸡关的作品有10多首，有的描述碧鸡关的宏伟壮丽，有的突出碧鸡关地理位置的重要性，如孙鹏《上碧鸡关作》一诗"山色晚愈苍，山云晚愈碧。夕阳关衔山，三峰削如戟"，写出碧鸡关关山相衔、山云相依的美景。铁炉关是云南玉溪地区的古关隘（刺桐关），因其悠久的历史和险峻高耸的气势而深得历代文人的喜欢，"两州疆界一关

---

① （清）刘盛堂：《云南地志》（卷1），载方国瑜主编《云南史料丛刊》（卷11），云南大学出版社，2001，第30页。

② （汉）王褒：《碧鸡颂》，载方国瑜主编《云南史料丛刊》（卷12），2001，第208页。

分，险似铁炉自昔闻"，这是马汝为在《铁炉关》一诗中的深情吟咏，写出了铁炉关一关分两界的重要地理位置和以险闻名的历史事实。

除了关口类题材，还有吟咏其他历史文化遗存的，如沙琛的《南诏旧址》《题但当像》、马汝为的《澧江浮桥》《华严寺》和孙鹏的《万松庵》《五华楼》《观音庵》等，涉及关口、驿站、寺庙、桥梁等方面，既生动细腻地描述了这些历史古迹的风貌特征，也流露出诗人对家乡文化的喜爱之情。

第四节　农业景观与地域文化

与富裕繁荣的州府城镇相比较，明清时期云南的农村经济也有较大的发展，这主要表现在以下三个方面。其一，明清是云南屯田大发展时期，由民屯进入云南的回族人民被安置在广大农村，与当地人民共同开垦拓荒，农耕土地面积不断扩大。清朝继续实行屯田制，虽然规模没有明朝那么大，但入滇回族百姓进一步向边远地区屯居，移民垦殖范围更广，有助于云南农村经济的继续发展。其二，明清云南的水利得到极大发展，各州府对所在地的河道、堤坝、水渠进行修建，促进了农业经济的发展。其三，云南广大农村因自然气候适宜、资源丰富，在承担各种赋税之后，百姓们的日子还算温馨。如云南布政司参议谢肇淛在《滇略》中记载了云南广大村落情况，方圆300里，周围平地肥沃，有盐池田渔之饶。伴随着明时云南农村经济整体良性发展的好形势，回族文学家将关注的眼光投向广大农村天地，对这块土地上的民俗风情进行了浓墨重彩的书写，尤其是对广大农村居民的衣食住行、精神信仰、日常礼俗做了民俗志般的深度描述，显示了独特的地域文化风情。

一　风光类

创作农村风光类作品数量最多的诗人是太和回族文人沙琛，其诗歌描绘云南府、丽江军民府等地农村的风光景致，代表作品有《漾濞山中杂兴》《夏日即事》《白沙》等。《马汉才招游沙村北渚》描绘红河沙村风光："新晴揭山翠，映发洱波明。蒙蒙万柳烟，渚溆划纵横。藉草帏密叶，玲珑沙水声。故人妙清兴，鳞荐苀芎腥。夕阳鹳洲尾，岛屿豁峥嵘。东北巨山薮，鸡足首传镫。斜光见顶相，闪烁古金庭。溪壑瀹云起，雨气百千层。长虹挂余景，变幻瞥仙瀛。流观渺何极，怡此闲居情。"① 《白沙》写丽江军民府的农村风光："牛羊散原野，市肆杂浮图。雪水拥沙麦，茶粑腻塞酥。"

位于丽江古城北面的白沙古村，与玉龙雪山、芝山相邻，曾是木氏家族的发源地。在作品中，诗人提到了牛羊满原野和塞酥茶粑等滇藏地区特有的生活内容，凸显了此诗的地域文化特色。丽江田园之美也出现在丽江文人马之龙的诗歌之中，如《吉瓦村》一诗歌咏独特的古村景色："行尽玉泉林，寻源至吉瓦。盘桓不见人，日落归牛马。"② 诗人笔下的吉瓦村位于茶马古道之上，是一个风光优美、民风淳朴的村落，末尾两句的渲染将村居生活的怡然自得表现得委婉别致。

元江回族文人马汝为的《昆明道中》与《春郊》两首诗描绘昆明农村风光，是此类作品中的经典之作，其诗云：

---

① （清）沙琛：《点苍山人诗抄》，载吴海鹰主编《回族典藏全书》（第195册），甘肃文化出版社、宁夏人民出版社，2008，第38页。
② （清）马之龙：《雪楼诗选》，载李伟、吴建伟主编《回族文献丛刊》（第6册），上海古籍出版社，2008，第2739页。

滇郊百里草萋萋，万顷烟波望欲迷。近水千村天上下，凌霄双塔寺东西。碧鸡关远峰偏峻，石佛冈平势渐低。八十年间多感慨，纷纷兴废总难齐。"（《昆明道中》）

阳春景物画争妍，况是青郊雨后天。麦浪参差翻绮陌，柳丝摇曳带新烟。鸟鸣高岸声犹湿，花放山亭色倍鲜。（《春郊》）①

《昆明道中》描绘了滇郊深秋景象，诗境凄凉深邃，蕴含着诗人对历史与人生的万端感慨。与《昆明道中》不同，《春郊》中提到的小麦是云南主要的春冬粮食作物之一，诗人的家乡元江府，天气常热，其田多秫、麦等作物，一年两收，故元江人有"日春自给"②的习俗。诗歌通过麦浪翻滚、柳树摇曳及鸟语花香等场景状写滇郊初春的景象，色彩亮丽、意象明快，纯景物的描绘中渗透着诗人对田园生活的喜悦之情。

明代保山回族文人马继龙有多首作品反映永昌地区的农家风情，以下列两诗为例：

池亭浅水垂杨绿，麂眼篱边多种竹。菜羹一味自春风，半夜藜灯起茅屋。（《茅屋》）

桃花开尽柳花香，十里城南处士庄。烟树万里重岛屿，水

---

① （清）马汝为：《马悔斋先生遗集》，载《清代诗文集汇编》（第168册），上海古籍出版社，2010，第608页。
② （明）陈文：《景泰云南图经志书》，载方国瑜主编《云南史料丛刊》（7），云南大学出版社，2001，第58页。

云一派见潇湘。园遮紫笋为篱落，地长黄精作稻粮。(《次答梁大峨》)①

　　这两首诗中的麂、竹、黄精均是滇地常见的物种，哀牢气候阴湿，非常适宜黄精生长，黄精有较好的药用价值，故滇人有食黄精为粮的习惯。在诗人浓墨重彩之下，优美的乡村风光如在目前，那位藜灯夜读人不正是诗人自己吗？宁静秀丽的田园之境与诗人恬淡安宜的心静相契合，故能融情入景、自然天成。同时，田园之乐消解了诗人仕途失意的苦闷与悲愤，这不仅是滇云回族文人的情感体验，也是古代文人普遍的心路历程，因而明清滇云回族文人的此类诗在中国田园诗中亦熠熠生辉，其文学价值不能小觑。
　　此外，昆明文人孙鹏的《小庄漫兴》(两首)和《湖心亭和韵》亦写到了滇郊小庄的美景，其诗云：

　　油菜花开十亩黄，春是蚕豆荚新长。不知满地硷砑石，曾是何人所牧羊。(《小庄漫兴》其一)

　　江上盘龙向郭缠，春风吹绿满江边。好将阿育天山马，来放东郊苜蓿田。(《小庄漫兴》其二)

　　渔唱波心雨，农耕水底天。稻花香漠漠，荷叶净田田。(《湖心亭和韵》)②

① (明)马继龙：《马继龙诗选》，载吴海鹰主编《回族典藏全书》(第165册)，甘肃文化出版社、宁夏人民出版社，2008，第386页。
② (清)孙鹏：《南村诗集》，载李伟、吴建伟主编《回族文献丛刊》(第7册)，上海古籍出版社，2008，第2997页。

　　由油菜、蚕豆、苜蓿、水稻等滇地常见植物所组成的诗歌意象群，勾画出春满滇郊的美景，全然无骚客逐宦的失意与落寞。总之，此类描述农村景观的田园诗不仅展现了当地农村风貌，而且以其清新明快的文风给明清云南文坛带来了新气象。

二　风俗类

　　明清云南回族文学的地域文化特色还体现在对农村风土人情、社会习俗的描绘之中，因为风俗属特定社会群体的类型化的生活现象，它是影响地域文化内涵的重要因素。"一定文化区域中的人由于与该区域的其他成员文化同一而利害相关，自觉不自觉地在创作中表现出对该文化区域的认同与归属。"[①] 滇云特有的文化习俗决定了明清云南回族文人文学创作的思想内涵与审美视野。

　　明清云南回族作家笔下的村民淳朴善良、生活简朴自然、信仰真诚笃定，村民们田园牧歌式的生活在作家笔下熠熠生辉，表现出其对滇云文化的认同与理解。云南民物阜昌，民风淳朴质直，"井田桑麻以终老田间为乐也。其他牵田牛、远服贾者，百不一二，以故淳朴之气较他处为优"[②]。这种民风特点在明清云南回族文人作品中多有反映，如明代保山府回族文人马继龙《草堂漫兴》（其二）："闭门常谢事，不识处贫难。布褐原充体，蒲葵可当餐。客来棋一局，醉起日三竿。庭畔多余地，犹堪整药栏。"[③] 虽然此诗旨在抒发诗人的归隐之趣，但衣褐、食葵、饮酒、种药确实是当地人普遍的生活习俗。刘盛堂《云南地志》卷 7 云："滇人种类繁杂，深居山

① 叶潮：《诗歌与文化区域——对诗歌的文化学考察之一》，《当代诗坛》1991 年第 6 期。
② 《昆明县志》，载林超民、张学君等主编《中国西南文献丛书·西南稀见方志文献》（第 38 册），兰州大学出版社，2003，第 90 页。
③ （明）马继龙：《马继龙诗选》，载吴海鹰主编《回族典藏全书》（第 165 册），甘肃文化出版社、宁夏人民出版社，2008，第 388 页。

谷，数百里外即不同风，然事田牧豕，鲜饮鸡豕。"① 可见，古朴自
然的民风是滇地所特有的，明清云南回族作家的此类作品反映了此
特点。再如清代丽江文人马之龙的《访东村故人》与《西村田家饮
同马德远》两诗所云：

> 春来游兴动，携酒扣柴门。绿竹开三径，桃花成一村。翁
> 闲谈岁月，儿戏逐鸡豚。薄醉忘归去，盘桓落照昏。(《访东村
> 故人》)②

> 老桑枝上秋风起，楼头坐对剑湖水。连朝不怿风雨频，
> 趁晴相携过邻里。青山隐隐半规日，茆檐共酌菊花里。衰妪焚
> 香拜古佛，老翁无事弄孙子。析薪新妇始归来，洗手做羹蔬味
> 旨。吾辈穷愁胡为乎，有愧山村歌乐只。(《西村田家饮同马德
> 远》)③

两首诗有相同的创作缘由，即至村里拜访老友，均先写村落环
境，"绿竹开三径，桃花成一村"和"青山隐隐半规日，茆檐共酌
菊花里"，这是典型的滇地农村风景。再写村民的家居生活，其中
"做羹蔬味"和"焚香拜古佛"具有浓郁的地域文化特色。滇地多植
蔬，滇人有食蔬之习俗，"饮食疏薄，一岁所食，圆根半之。圆根

---

① (清) 刘盛堂纂修《云南地志》，载林超民、张学君等主编《中国西南文献丛书·西南稀
见方志文献》(第 39 册)，兰州大学出版社，2003，第 407 页。
② (清) 马之龙:《雪楼诗选》，载李伟、吴建伟主编《回族文献丛刊》(第 6 册)，上海古
籍出版社，2008，第 2753 页。
③ (清) 马之龙:《雪楼诗选》，载李伟、吴建伟主编《回族文献丛刊》(第 6 册)，上海古
籍出版社，2008，第 2723 页。

者，即蔓菁也"①。"俗尚浮屠"是滇地普遍的生活习惯，据《云南通志》卷 29 记载："僰人无间贫富，家有佛堂，老幼手不释珠，一岁之间，斋戒居半。"② 虽然这两首诗歌的抒情指向不同，但描绘滇地农村风光与村人生活的内容是相同的，呈现的民风民情与田园乐趣是相同的。

明清云南回族文人还创作了很多反映农村习俗的作品，体现出浓郁的民俗风情。沙琛《漾濞山中杂兴》一诗清新明快，具有鲜明的乡土文化特色："梯田折叠上层岗，云里飞泉插稻秧。一幅秧旗人一簇，山歌幽咽水山长。"此诗描绘大理府漾濞山区农村梯田纵横、百姓插秧的情景。"长瓶满浸乳膏融，山市山花下雪中"，"云山烟渚雨模糊，青草牛羊有塞酥"（《夏日即事》）这些诗句分别再现了大理府和丽江府的农村风情，形象鲜活，情景优美，具有打动人心的艺术效果。洱海一带每年七月二十三要举行盛大的渡洱河竞赛，沙琛观看之后以精彩的笔触生动翔实地再现了赛时的热闹情景："画船烟火连村社，土乐呕呀竞水嬉。"重阳节也是当地人民的重要节日，在九月九重阳节的这一天，沙琛与当地百姓一道远游登高，极目远眺之时滇云美景尽收眼帘，情不自禁赋诗曰："烂漫山城野菊花，西风吹酒动流霞"，游玩兴尽自认是"难得"的"佳游"。这些描述明清时期云南百姓风俗的诗篇大多情感充溢，令人有身临其境之感。可见明清云南回族文人对这方热土无限眷恋，对这儿的历史文化、风土人情有着深刻的了解和体会，故能对人民的衣食住行、日常礼俗进行民俗志般的深度描

---

① （清）戴綗孙：《昆明县志》，载林超民、张学君等主编《中国西南文献丛书·西南稀见方志文献》（第 38 册），兰州大学出版社，2001，第 89 页。
② 乾隆《云南通志》，载《影印文渊阁四库全书》（第 569 册），上海古籍出版社，1987，第 336 页。

述和表现，显示出滇云大地独特的地域文化风情。

综上所述，明清云南回族作家以其高度自觉的审美意识，将深情的目光投向滇云大地的秀山丽水、形胜古迹、草木花果，从中获取悦目怡情的美感享受，并利用这些自然材料从事文学形象世界的建构，将滇云特有的自然景观元素转化为凝聚着其审美情感的精神产品。

第三章

地域文化与明清云南回族文学的
形态特征

　　各种文学作品都是在不同的环境中生成的，它们的主题倾向、艺术特色和风格流派都会受一定区域自然环境和人文环境的影响，这已是古今中外人们的共识。刘勰云："山沓水匝，树杂云合。目既往还，心亦吐纳。春日迟迟，秋风飒飒。情往似赠，兴来如答。"①这是说自然界的山水草木花鸟作用于人，会引发诗人不同的艺术联想，因而产生了风格各异的文学作品。钟嵘进一步补充道："嘉会寄诗以亲，离群托诗以怨。至于楚臣去境，汉妾辞宫。或骨横朔野，魂逐飞蓬。或负戈外戍，杀气雄边。塞客衣单，孀闺泪尽。或士有解佩出朝，一去忘返。女有扬蛾入宠，再盼倾国。凡斯种种，感荡心灵，非陈诗何以展其义？非长歌何以骋其情？"②朱熹《诗集传》在谈到《诗经》中的国风"唐风"时，也突出了地理环境对文学创作的巨大影响："其地土瘠民贫，勤俭质朴，忧深思远，有尧之遗风焉；其诗不谓之晋而谓之唐，盖仍其始封之旧号耳。"③清初文学家

---

　　① 《〈文心雕龙〉译注》，周振甫译注，江苏教育出版社，2006，第634页。
　　② （南朝梁）钟嵘：《诗品》，载何文焕辑《历代诗话》，中华书局，1981，第3页。
　　③ （南宋）朱熹：《诗集传》，上海古籍出版社，1980，第68页。

孔尚任认为山川风土之气乃诗人性情之根柢，即使善学者也不能尽其所有："画家分南北派，诗亦如之。北人诗隽而永，其失在夸。南人诗婉而风，其失在靡。虽有善学者，不能尽山川风土之气。"① 几家之论均涉及客观环境对诗人情感的刺激，说明了地理环境对文学表达的影响。客观世界中的审美因素、作家自身的审美能力，以及相应的审美环境是诗歌艺术魅力产生之不可或缺的重要条件。作为创作主体的诗人，其精神个性受地域文化影响，进而影响文学的选择倾向。

第一节　地域文化与明清云南回族文学的题材特征

题材是作家根据其对生活的体验，从大量素材中选择、集中、提炼、加工而成的创作材料。明清云南回族文学家选择的文学题材是来源于现实生活的真实感受与艺术提炼，山水、闺阁、怀古、咏史、赠别、题画、边塞、田园、佛理等题材皆有所涉及，且每种题材的诗歌都有佳篇名句，都有较高的艺术成就。除了最能代表滇云地域文化的山水田园诗和交游题赠诗外，还有边塞类、闺阁类、咏史怀古类作品也颇具地域文化特色，散发着独特的艺术魅力。

一　边塞风情

作为古代诗歌常见类型的边塞诗与地域文化有着较为密切的关系，一方面是因其所反映的戍边守塞、保家卫国的军事行动是限定在一定的地域范围之内，另一方面是因为作为创作主体的诗人，其精神个性受地域文化影响，进而影响到文学题材的选择倾向。受滇

---

① （清）孔尚任：《古铁斋诗·序》，《湖海集》（第10卷），清康熙间介安堂本。

云独特地理文化和儒家道义精神的影响,明清云南回族文学家普遍具有爱国精神和民族情怀,歌颂正义的战争、歌颂杀敌报国的英雄行为、抒发立功边塞的豪情壮志是其边塞诗的主要内容,沉雄遒劲的艺术美是此类诗歌的突出特色。

反映云南人民立功边塞的豪情壮志是回族文学家比较关注的一个题材。此类作品的代表作者是明代永昌府的马继龙。他曾任兵部员外郎,有边地生活体验,故他的边塞诗颇具代表性。他的边塞诗师法盛唐,气势雄浑,格调激昂奔放。如《喜邓武侨参戎姚关大捷作姚关行以赠》一诗称颂邓子龙率军平定叛乱的英雄壮举:

> 一朝闻命即辞家,不作区区儿女语。单骑遥向碧鸡东,八月烟波渡霁虹。鼓角千山冲瘴雾,旌旗百道漾晴风。锦裘绣帽英雄客,金戈照耀城南北。闾阎争睹汉威仪,草木江山改颜色。驱驰铁马五更霜,路指姚关一线长。向说北门须锁钥,至今南诏有金汤。攒峰削壁修高垒,万丈丹梯天咫尺。鸟飞不过猿猱哀,蛟虬古木空中举。百年形胜此雄图,一卒当关抵万夫。①

在节选的这些诗句中我们看到了一位胆识超群、才能卓绝的将军形象,表现了一股立功报国的慷慨之气。作者写将军的翩翩英姿,写出征的浩大声势,写打通要道的艰险,写栈道高垒的险峻……皆具阳刚之美,显示出一种气势恢宏的境界。概因源自诗人的亲见亲闻,充溢着诗人昂奋激烈之情和满腔的报国热情。诗人大量地运用了铺排渲染、夸张比拟的艺术手法,使得诗歌情感跌宕起伏,气势恢宏博大,营造出一种豪爽开阔的阳刚之美。

---

① (明)马继龙:《马继龙诗选》,载吴海鹰主编《回族典藏全书》(第165册),甘肃文化出版社、宁夏人民出版社,2008,第832~833页。

再如《平九丝城铙歌》：

节镇西来第一功，指挥到处百蛮空。一朝露布子千里，天子传宣赐宝弓。（其一）

秋风秋水渡江来，霜月霜花奏凯回。曾美当年擒孟获，而今亦有卧龙才。（其二）

大将收兵阃外归，旌旗光映紫云飞。边庭石壁题名处，千载春风草木辉。（其三）[1]

铙歌泛指军歌，在乐府中属鼓吹曲，用于激励士气、宴享功臣或奏凯班师。马继龙的这三首铙歌具有凯歌性质，记录的是明万历年间川南地区的九丝城之役。"九丝城在四川省珙县东南。旧为都蛮巢穴，四面以丝围之，约重九两，故名。"[2] 明神宗派四川总兵刘显为元帅率领十四万大军，兵分三路围剿僰人，于万历元年（1573年）攻破九丝城，杀僰人无数，使川南地区的安全与稳定得到维护。从艺术效果来看，这三首诗歌节奏明快，语言铿锵有力，展现出大明将士们慷慨报国的英雄气概和胜利归来的喜悦之情。

反映边塞风情的诗篇大多具有沉雄遒劲的艺术之美。马继龙的不少边塞诗都表现出沉雄遒劲的艺术美。如《喜邓武侨参戎姚关大捷作姚关行以赠》一诗描绘敌寇对百姓生活的破坏："毒雾愁云锁不开，万落千村横杀气。人不奋义将奈何，外夷未竟内夷多。调发经

---

① （明）马继龙：《马继龙诗选》，载吴海鹰主编《回族典藏全书》（第165册），甘肃文化出版社、宁夏人民出版社，2008，第832页。

② 段木干主编《中外地名大辞典》，人文出版社，1981，第36页。

年愁抢攘，征求无地不沉疴。"还有描绘征场厮杀的残酷场景："折尽妖魔日月愁，天阴鬼哭声啾啾。火龙霹雳连飞矢，万骑惊亡象殪死。遍野横尸似斩蒿，潭流血染查江水。"第一个场景中描绘敌寇阴影笼罩下万落千村的肃杀，以此衬托诗人对战事的忧虑。第二个场景中"日月愁""声啾啾""惊亡""横尸""血染"等词渲染两军厮杀的惨烈，场面宏大，气氛悲壮淋漓。是诗人运用了对比、夸张、比喻、议论等手法，使诗歌语言明快、形象鲜明、主题含蓄深沉。尤其是对仗手法的运用，使诗歌情感一气贯穿，真挚感人。

此类作品还有《陈有峰别驾猛淋寄赠》《萧禹扬少府抚夷三宣》《赠别胡襟寰兵壹东归》等，其中《赠别胡襟寰兵壹东归》是一首赠别诗，但从其中"剑叱霜风腥草木，旗翻时雨洗干戈。至今玉树云雾隔，愁诵东人九罭歌"这四句所描绘的内容来看，其雄浑的境界远超一般的边塞诗，"剑叱霜风""旗翻时雨"表现出激战的血雨腥风，隐含着对将军的赞美之情。《萧禹扬少府抚夷三宣》深得袁氏肯定，"秋尽边庭草木黄，长驱铁甲省南荒。鼓声响振千山雾，剑气寒飞十月霜"确实极具杜诗之遗韵①。此诗雄浑境界的形成，除取象的高远外，还有赖于边庭草黄、十月寒霜的苍茫背景的烘托，后两句在客观的叙述中寄寓了诗人的情感，读之令人恻恻。

总之，如果说马继龙的边塞诗以其高远博大的意象、沉雄恢宏的艺术境界代表了明清云南回族文学家边塞诗的最高艺术成就，那么马继龙边塞诗中所表现出的爱国之情、忧患意识则代表着明清云南回族文学家的国家意识和民族情感，而有着独特自然地理与历史军事内涵的滇云大地为他们提供了实现这份情感的地理空间，所以才成就了其边塞诗的独特艺术魅力，从这个层面讲，明清回族诗人

① （清）袁文典、袁文揆辑《滇南诗略》，《丛书集成续编》（第150册），上海书店出版社，1994，第42页。

的边塞诗是具有浓郁地域文化特色的边塞诗。

二 闺怨情深

本书所言闺怨诗指明清云南回族文学家创作的有关女性的诸种作品，包括思妇诗、弃妇诗、悼亡诗、闺词、宫词等，此类作品或抒发女性的各种情感，或吟咏女性的品性与形貌，皆以女性为主题，其笔触无不力透女性的内心世界，刻画出复杂细致的情感状态，不约而同地表现出鲜明的"重情""颂情"的艺术特征，也因此浸染着低婉深沉的柔情美，呈现出迥异于其他类题材的独特的艺术魅力。

重情、颂情是明清云南回族文学家女性题材作品最突出的艺术特征，这首先表现在弃妇诗之中。"在中国古代，女人的存在和她的生存价值一直依附在以男性为主流的社会边缘。"① 尤其是在爱情婚姻生活中，女性更是处于一种被动、不稳定的状态，经常受到男性的冷落甚至抛弃，因此引发了她们深深的怨恨，弃妇诗也因此成为古典诗歌的常见主题。抒写弃妇怨女的忧愁苦恨也是明清云南回族文学家诗歌的重要主题，他们的笔下有的是寂寞冷宫中的后宫佳丽，有的是独守空房的"商人妇"，还有的是年老色衰而遭弃的家庭妇女。如马继龙的《妾薄命》就是一首反映落寞后宫佳人幽怨情感的诗歌："珠绣貂珰日月恩，至今门户生光辉。嗟予左右无失容，焉得寻常拜上封。"从这些诗句来看，佳人也曾风光无限，深受君王的宠爱，怎奈"东风偏不向芙蓉，芙蓉窈窕秋江暮"，概因青春不再而失君宠，但佳人宁愿憔悴落寞也不愿恳求于君。"词赋不得君不怜，自甘憔悴落花前。空闱夜月愁如海，何处恩光照绮筵。绮筵闭处散阳和，六宫粉黛共恩波。君恩自是如天地，落寞佳人奈命何。"这几句

① 李小江：《主流与边缘》，生活·读书·新知三联书店，1997，第147页。

将佳人遭遇冷落弃置的痛苦，独自品味着内心的寂寞哀愁，无处倾诉，无法宣泄而只能认命的内心情感细致地表现出来。"艺术表现人们的感情，也表现人们的思想，但并非抽象地表现，而是用生动的形象来表现，这就是艺术的主要特点。"① 此诗中落寞弃置之苦痛正是通过隐含在文本中的佳人形象而传达出来的。胡晓明在《中国诗学之精神》一书中指出："爱情是自由的特殊领域，这是爱情的第一个本质特征。两性之间因倾慕而心心相印而最终结合，乃是生命自由之实现；两性之间历经重重障碍而达到结合的过程，乃是人的自由本质之肯定；两性追寻自由致内外冲突及其悲剧结局，乃是人的自由本质之否定。从不自由到自由之种种形式中，最鲜明地反映超乎性爱本身的社会自由程度，所以，爱情诗具有社会意义。"②

丽江马之龙的《城南赋》同样表现了一位年老色衰而遭弃的女子的愁苦，从"君弃子以阔绝兮"之句来看，抒情主人公遭弃绝已很久，君之所以决绝地抛弃她，主要原因是年华老去、容颜不再。此赋值得肯定之处还在于作者以对景物的描绘、对环境气氛的渲染来烘托被弃女子孤独凄凉的处境，字里行间烘托出浓厚的悲剧气氛，应是作者以深邃的目光与悲悯的心灵体验到了女子的情爱感受，并以深情的笔调打开了女性充满哀怨苦痛的心灵之窗，使我们能够感受到被弃女子的心理世界，也因此构建了读者悲剧性的审美体验。另外一首题为《弃妇词》的作品同样出自马之龙手，与上一首被弃女子哀怨忧惧之情所不同的是，这位抒情主人公虽然被弃，但她并没有一味地幽怨期待、一味地悲戚伤感，而是告诫负心人："玉有瑕，珠有纇。寄君诗，请君诲。"并将往昔恩爱之时的温馨浪漫与现

---

① 〔俄〕普列汉诺夫：《论艺术——没有地址的信》，曹葆华译，生活·读书·新知三联书店，1973，第4页。
② 胡晓明：《中国诗学之精神》，江西人民出版社，2001，第183页。

在被弃时的冷漠决绝进行对比："昨日君爱妾，蝶绣红罗裙，鱼绣紫罗褶。今日妾辞君，麦腐不堪供，瓜朽不堪给。"此作摆脱了以描摹富有特征的景物意象来表露人物幽微心绪的传统手法，在冷静的叙述与比对中揭示被弃女子难以言表的苦痛。无论是绮丽之笔还是质朴之言，马之龙的弃妇诗词均呈现了其悲悯情怀，以重情、写情为艺术表征。

弃妇诗词寄寓着明清云南回族文学家对被弃妇女不幸遭遇的深切同情，思妇类诗作表现的则是女性对于所恋对象的眷恋、相思与怀念之情，回族文学家对此感同身受，并以细腻的笔触、多元的书写方式表现出对此种情感的理解与尊重，同样真情感人。如马继龙的《闺词》表达出闺中女子的春恨与秋苦："芳草王孙路，春来恨转多。鸟啼花落处，经月不曾过。"春是四季物候中最美的季节，是最宜人的时令，同时容易使人将其同女性的情爱心理联系起来，文学家常用春恨、春心等词表现女子的情感体验，此诗虽未直接交代女子"春恨"的缘由，但尾句"经月不曾过"暗示着女子遭冷落后的清醒与无奈，实为言在此而意在彼的点睛之笔。诗人重在对女子春恨心理的描摹与表现，其中渗透着女子对青春爱情的渴望与期待。"所思在远道，欲寄渺无从。绵绣岂不重，缠绵结我胸。持携坐客与，罗衣扬轻风。愿将随风飞，流君衣笥中。"[1] 这是太和沙琛《拟古》中的后八句，诗人对织妇的相思之苦寄予深切的同情，诗歌前八句写到织妇花容月貌、心灵手巧却闷闷不乐，只因惦念着远方的情郎，浓重的相思之情无处排解以至于想要化为一缕清风，相伴于远方人的衣笥之中。此诗之所以打动人心，其根本原因还在于作者以清新脱俗的语言表达出了深沉的情感，此诗胜在以情动人。情感

---

① （清）沙琛：《点苍山人诗抄》，载吴海鹰主编《回族典藏全书》（第194册），甘肃文化出版社、宁夏人民出版社，2008，第102页。

是诗歌的胚胎,情感越浓烈,诗味越醇美,正如别林斯基所言:"没有感情,就没有诗人,也没有诗歌。"① 但诗歌的抒情绝非华丽辞藻的简单堆砌,更不是矫揉造作的无病呻吟。开篇的景物描写"高楼隐春树,白日垂帘栊"之句实乃本诗的媒介,其指向在于所要表达的相思之情,只是借助一些具体物象加以表示,将无形的情感化为有形的物象,将抽象的观念化为生动的具象,把诗人的情感形象化。

明清云南回族文学家常通过妇女的怨恨来寄寓自己的人生失意或政治失意,即以怨夫思女之怀寓孤臣孽子之感。"借男女以喻君臣"是古典文学传统中极其普遍和重要的一种美学技巧,早在屈原的《离骚》中就已经出现了,其中的香草美人意象或是比喻君王,或是比喻自己。清代诗学家对此有较深入的论述,如朱彝尊云:"善言词者,假闺房儿女之言,通之于《离骚》,'变雅'之义。"② 李重华说:"天地间情莫深于男女,以故君臣朋友,不容直致者,多半借男女言之。"③ 现代学者也有类似的表达,袁行霈在《中国文学史》一书中指出:"以夫妇喻君臣不仅形象生动,而且也符合中国传统的思维习惯。早在西周春秋时代发展起来的阴阳五行观念里,就把君和夫、臣和妻放在同样的位置,这一观念可能影响了屈原的创作。"④ 蔡翔先生在《情与欲的对立——当代小说中的精神文化现象》一文中说:"在古代社会中,社会活动常常表现为男人的功名活动,形成一种畸态的功名心理,古典诗歌中的'怨妇诗'可以视作这种心理

---

① 〔俄〕别林斯基:《爱德华·古别尔诗集》,中国社会科学院外国文学研究所外国文学研究资料丛刊编辑委员会编译《外国理论家论形象思维》,中国社会科学出版社,1979,第114页。
② (清) 朱彝尊:《陈纬云红盐词序》,载唐圭章编《词话丛编》(第4册),中华书局,1986,第3265页。
③ (清) 李重华:《贞一斋诗说》,载丁福保编《清诗话》,上海古籍出版社,1978,第931页。
④ 袁行霈:《中国文学史》(第1册),高等教育出版社,1999,第136页。

模式的逆反现象。"① 这些论述均强调女子闺情与男子功业思想间的异质同构，概因女性悲凄伤痛的心理情怀，更能够映射出含义深广的个体人生感受，故古代文学家常以此来寄托自己的政治思想。

明代回族诗人马继龙虽有短暂的仕途经历，但从其作品多是抒发壮志难酬、仕途失意的感慨可以想见他的政治失意，这种心声除了在咏怀、酬赠类作品中有所抒发，在女子闺怨题材类作品中也有充分的表现。以他的两首宫词为例，"隐隐楼台绿树遮，莺声恰恰唤年华。深宫睡起无人伴，闲对东风数落花"，该作品的表现意蕴是宫女的孤寂落寞，而深层意蕴应该是词人自我无法消除的抑郁苦闷。其另一首作品中的两句"春来常自惜芳菲，玉辇巡行久未归"，虽然从字面来看是表达幽闭深宫的女子的伤春之情，但"玉辇巡行久未归"之句也包含着诗人遭君弃置而不被重用的忧郁之情，实则是作者借闺怨倾诉自己政治上的不幸遭遇和危苦。明代中后期，统治者耽于享乐，政治腐败，云南边塞战乱频繁，社会生产破坏严重，政治上的忧谗畏讥使文学家普遍情绪低落而转向山林隐逸。但文学家的担当情怀和家国意识又使他们不能彻底相忘于江湖，一些忧患意识较浓的文学家往往以象征手法通过咏物、闺情和游仙等题材表达自己对实事的见解及对个人遭遇的愤慨。在马继龙的其他女性题材作品中同样流露着此种情怀，如在题名为《妾薄命》的诗歌中，作者以凄凉的笔触表现出失宠女子的幽怨之情："芙蓉窈窕秋江暮，可惜芳心委朝露。此情欲诉与君知，那有黄金买词赋。词赋不得君不怜，自甘憔悴落花前。"② 这个远离喧嚣、自甘寂寞的佳人形象实则暗寓着作者不流俗、高洁自赏的品格，寄托诗人政治失意后的幽独

---

① 蔡翔：《情与欲的对立——当代小说中的精神文化现象》，《文学评论》1988 年第 4 期。
② （明）马继龙：《马继龙诗选》，载吴海鹰主编《回族典藏全书》（第 165 册），甘肃文化出版社、宁夏人民出版社，2008，第 372 页。

情怀。"人对现实的态度和与之相应的行为方式的独特结合，就构成了一个人区别于他人的独特的性格。"① 马继龙仕途不畅，多年颠沛流离的生活经历并未消磨他的意志，他依然保持着特立独行的性格特征，因此其作品具有深刻的意蕴和丰富的人文内涵。

清代云南回族文学家亦擅长运用此类题材来寄寓自己的人生失意或政治失意，如太和沙琛《拟古》中那位抒情主人公虽惦念着远方的心上人，但远方人并不理解和接受这种情感，"所思在远道，绸缪隔幽忧。人情各自怀，谁能相同心。采兰襟袖间，沉吟以至今"，抒情主人公失意落寞而只能孤芳自赏。沙琛之所以对这些女子的情感有如此细致生动的描摹，除了文学家的悲悯情怀之外，概与其自身经历有一定的关联。沙琛乾隆年间曾任过怀远、怀宁、建德、霍邱四县县令，"因事罣吏议论罪戍边，赖怀远、怀宁、建德、霍邱四县之民为之湔雪，为之营救，既不可得则为之醵金赎罪"②。沙琛的命运遭际与古代的很多文学家相似，这也是沙琛这类失意文学家以象征、隐喻等曲笔手法表达情感的重要原因。

闺情诗是丽江回族文学家马之龙抒发其失意情怀的一种载体。其《雪楼诗选》中不乏借弃妇怨女形象表达自己壮志难酬、怀才不遇的抑郁和无奈的作品。《城南赋》有感西城何氏"美而被废，幽居城南"故事而作，字里行间渗透着作者的无限深情，蕴含着作者的良苦用心。赋的开篇描绘女子盛年处空室的伤悲："西方有一美人兮，绝世而独立。处清净而不扰兮，居中而不劣。叹浮生之若梦兮，痛不觉而沉醉。譬日及之在条兮，朝荣华而夕瘁。"③ 尽管遭弃，但

---

① 叶奕乾等编《个性心理学》，人民教育出版社，1994，第172页。
② 任可澄：《点苍山人诗抄·序》，载吴海鹰主编《回族典藏全书》（第194册），甘肃文化出版社、宁夏人民出版社，2008，第101～102页。
③ （清）马之龙：《雪楼诗选》，载李伟、吴建伟主编《回族文献丛刊》（第6册），上海古籍出版社，2008，第2693页。

女子依然盼望君能够回心转意，来与她相会，特意准备了芍药之精馔与时熟之蔬果，然君最终还是没有出现，自己的希望最终破灭，只好独步月下而陷入无尽的悲伤之中，"恐君子之不悟兮，终斯世以见废"，这是佳人的最终慨叹。全赋处处从弃妇的哀怨着笔，句句暗寓作者的遭际，诗情与寓意浑然无间，意旨含蓄，笔致深婉，寄寓良深。黑格尔说："遇到一件艺术作品，我们首先见到的是它直接呈现给我们的东西，然后再追究它的意蕴或内容。前一个因素——即外在的因素——对于我们之所以有价值，并非由于它所直接呈现的；我们假定它里面还有一种内在的东西，即一种意蕴，一种灌注生气于外在形状的意蕴。那外在形状的用处就在指引到这意蕴……艺术作品应该具有意蕴，也是如此，它不只是用了某种线条、曲线、面、齿纹、石头浮雕、颜色、音调、文字乃至其他媒介，就算尽了它的能事，而是要显现出一种内在的生气、情感、灵魂、风骨和精神，这就是我们所说的艺术作品的意蕴。"[1]　马之龙因一篇文章触怒当政者而被褫革生员资格，自此与科考绝缘，"绝口时事，即使诗文中亦绝不道及"[2]。尽管此后他绝意仕宦，隐居雪山，在山水自然中寻找精神寄托，但时光易逝而壮志难酬的苦闷时时萦绕心头，如他在《暮春》一诗中云："哭罢穷途诗人味，愁来痛饮酒如神。诗狂酒醉空豪气，一事无成白发新。"[3]　在《骥叹》中云："古骥伏枥思飞腾，今骥垂头欲颠蹶。饮之何吝水一斗，饱之亦易刍一束。三骓五驽争奋骧，金鞍玉勒厌粱粟。呜呼已矣复何言，王良伯乐今无存。"从这些诗句中均可见马之龙对自己仕途失意的愤懑情怀，只不过这些作

---

[1]　〔德〕黑格尔：《美学》（第 3 卷），朱光潜译，商务印书馆，1981，第 190 页。
[2]　赵藩：《马子云先生传》，载李伟、吴建伟主编《回族文献丛刊》（第 6 册），上海古籍出版社，2008，第 2700 页。
[3]　赵藩：《马子云先生传》，载李伟、吴建伟主编《回族文献丛刊》（第 6 册），上海古籍出版社，2008，第 2733 页。

品直抒情怀而弃怨类闺情诗更多的是以曲折隐约的笔触进行书写，言在此而意在彼。

总之，明清云南回族文学家借弃妇、思妇以抒发自己仕宦失意、壮志难酬的情怀，在闺情离怨的表层意蕴背后隐藏着丰富的深层意蕴，且这种深层意蕴多是通过比兴手法来表现的，极大地丰富了闺怨诗的文学内涵。从形式上来看，这些诗歌既有着"天然去雕饰"的质朴语言和自然和谐的抒写方式，也有着低婉艳丽的感伤之音，更多的是象征与隐喻手法的运用，"寄深于浅，寄厚于轻，寄劲于婉，寄直于曲"①。在浓郁的抒情情调中交织着个人的身世感慨，也因此形成这类诗歌哀怨凄美与雄浑遒劲相交织的风格特征。

三　深邃的咏史怀古诗

怀古是人类普遍的感受，是文学永恒的主题，余秋雨言："中国传统文学中最大的抒情主题，不是爱，不是死，而是怀古之情、兴亡之叹。"② 的确如此，历数中国古代诗人，凡是青史留名者，无一不创作咏史怀古类③作品，此被称为"共同的精神现象""共同的文化心态"④。对明清回族文学家而言，在滇云特有的古迹遗貌的触引之下，他们抚今追昔，思古情生，创作了许多咏史怀古类作品，以此表现对云南历史文化的理性反思和深切追思，浓烈的历史气息裹挟着强烈的时代色彩，从而呈现出打动人心的历史苍凉美。

---

① （清）刘熙载：《艺概·词曲概》，上海古籍出版社，1978，第121页。
② 余秋雨：《行者无疆》（第1卷《兴亡象牙白》），华艺出版社，2001，第178页。
③ 虽然学界对咏史诗与怀古诗的分与合还有争议，刘若愚、施蛰存等学者认为两者是两种不同类型的诗歌，要区别对待，常乐、李翰、陈向春等学者主张不做严格区分，陈向春云："在中国人的笔下，无论怀古抑或咏史，就会注定有更多的相通和'缠连'，为此，我们宁愿以'模糊'的方式对待它们，而不去深究这两者的差异。"见陈向春《中国古典诗歌主题研究》，高等教育出版社，2008，第189页。笔者认为明清云南回族文学家的咏史诗与怀古诗均以咏怀为基底，诗歌本质相似，故将其放在同类题材中进行分析。
④ 陈向春：《中国古典诗歌主题研究》，高等教育出版社，2008，第179页。

　　明清云南回族文学家的咏史怀古诗呈现出鲜明的地域文化特征。他们多就滇地的历史遗迹或历史人物有感而作，其笔触延伸至滇云大地的各个角落，其内容涉及滇地诸种旧迹遗址和诸多历史掌故，其表现手法丰富多元，或古今对比，或寓情于景，或叙史与咏怀相结合，在纵横捭阖之间把历史立体化，将地域文化具象化，从而使作品呈现出浓郁的地域文化色彩。

　　昆明府孙鹏是云南明清回族文学家中创作咏史诗最多的作家，他以咏怀发生在昆明、大理、晋宁、镇沅等云南各州府的历史事迹和历史人物为内容，抒发自己对国家命运的忧虑、对社会前途的关切。以《晋宁怀古》为例，其诗曰：

　　　　一泓凝碧镜高城，镜里幽踪一一明。只道威侯能有子，谁知天女善行兵。阳城堡废英风在，大甫县荒战垒平。忠烈至今存庙貌，五苓遗种过犹惊。（其一）①

　　　　石子坡前水倒流，金沙寺外紫霞浮。金羁何处收龙马，青草长年恋石牛。兵向梁王屯处息，树偏圣女庙边稠。战场久作弦歌地，文物祇今似旧否？（其二）

　　第一首诗中的"天女"指晋武时宁州刺史李毅之女杨娘，史料载："晋武时南蛮校尉，治体明达，夷民信服，及卒，五苓夷叛，众推其女杨娘，领州事婴城，摆甲击蛮，破之。"②诗人称赞在五苓夷

---

① （清）孙鹏：《南村诗集》，载李伟、吴建伟主编《回族文献丛刊》（第 7 册），上海古籍出版社，2008，第 2913 页。
② （明）陈文：《景泰云南图经志书》，载方国瑜主编《云南史料丛刊》（7），云南大学出版社，2001，第 128 页。

之战中杨娘代父从军歼灭夷敌的飒爽英姿。虽然过去的城堡、战垒在历史烟雨的洗涤中已是残垣断壁，但作者借"忠烈至今存庙貌，五荟遗种过犹惊"之句表明杨娘的英雄壮举及伟大功绩是不会被历史烟云所湮灭的。清初云南历经兵乱，生产破坏严重，文学家们心忧时局却又无计可施，只能通过作品咏古伤今、抒发感慨。诗人期盼多一些杨娘这样的忠烈之士来保家卫国，可谓言在此而意在彼，正如刘熙载所言："昔人词咏古咏物，隐然只是咏怀，盖其中有我在也。"①

在《大理咏古》中诗人以大理古城为背景，从大理古城、南诏旧台联想到唐时发生在大理古城的兵事与斗争，以第二、第四和第五首诗为例，其诗曰：

甫城苍洱号西京，南诏从兹日纵横。铜柱铁桥皆拓地，封王拜爵复增荣。青牛骑后金为刹，彩鸟飞来石有盟。恨煞剑南王节度，贪开边衅请吞并。（其二）

夷情叛服亦何常，五世深恩背大唐。六陈陀罪三却使，两戕王师一收亡。悔更赞普钟年号，归款贞元皇帝疆。不是西泸令阴转，难将一彗扫沙场。（其四）

十四蒙传段始兴，思平既立岳侯丞。自经玉斧从图画，未见金沙入□□。□□□教华夏愧，尽忠合使怒雷应。始终后理惟高氏，宋史寥寥纪未曾。（其五）②

---

① （清）刘熙载：《艺概注稿》，袁津琥校注，中华书局，2006，第528页。

② （清）孙鹏：《南村诗集》，载李伟、吴建伟主编《回族文献丛刊》（第7册），上海古籍出版社，2008，第3041页。

第二首诗歌中的"南诏"是指649~902年在中国西南地区建立的以"乌蛮"蒙姓为国王，以"白蛮"大姓为辅佐的边疆民族政权南诏国。前四句写南诏国在唐王朝的扶植下日益强大，非但没有知恩图报，反而野心勃勃，伺机向滇东、滇中地区扩张，激化了唐王朝与南诏政权间的矛盾，引发了长时间的边疆纷争，给广大人民的生产和生活带来很大的破坏。在诗人看来，南诏政权的背信弃义皆因剑南节度使等人的"贪开边衅"，故在诗歌的末尾直接将批判的矛头指向他们。

第四首中由"五世深恩背大唐"之句可见作者进一步强化这种观念。中间四句回顾南诏权臣被杀，南诏政权灭亡的历史过程，其中也夹杂着诗人对历史的深度思考。咏史诗是一个诗人识见的体现，要求诗人具有卓绝过人的史识、较强的鉴别能力及精警的立意，方能通过作品咏叹的基本主题和特殊的悲剧气氛表现出来。

虽然第五首诗残缺不全，但诗人对段氏的肯定已从前两句的描绘中有所表露。"段思平，蒙氏清平官、段氏六世孙，晋天福中为通海节度使，灭杨贞而自立，国号大理。"① 段氏建政后逐渐消除南诏末期的腐败政治，还采取了举贤授能、兴修水利、减轻税粮等改革措施，完成了由奴隶制向封建制的转变，极大地促进了云南经济文化的发展。宋王朝统一中国后，大理国主动表示归附尽忠，这与两百多年前的南诏政权大相径庭，这也是诗人着力褒奖之处，故有"尽忠"之句的肯定。

张瑞君说："诗人的历史意识是更深沉的浸透在历史中的东西，它是体现在历史文化中的人类本质力量和精神，是诗人面对浩瀚的

---

① （明）陈文：《景泰云南图经志书》，载方国瑜主编《云南史料丛刊》（7），云南大学出版社，2001，第80页。

历史而发出的心灵的回声。"① 可以说，孙鹏的此类怀古咏史诗既是其咏叹历史的表征，也是云南地域文化具象化的载体，无论是对云南历史遗迹的吟咏还是对云南历史上的人与事发表自己的见解，均寄寓着他对历史的看法，既是其心灵的一种回声，也是云南地域文化的一种映射。

写景与叙史相结合是此类作品比较突出的一个艺术特征。明清云南回族文学家常将历史情思寄寓于形象的景物描写之中，以含蓄委婉的方式表达对现实的深切关怀。明代回族文学家马继龙的《沧江怀古》《巫山远眺》《江陵怀古》等作品中对自然景物的描绘所占比重较大，且多以景物描摹起兴，咏史之句常在尾联作结。以《沧江怀古》为例，前四句由江、桥、鸟道、山陵等意象构筑成的奇险之景，空阔邈远，触发诗人的无限情思，后四句吟咏历史："百蛮南诏襟喉地，万木荒祠鼓角中。象马年来归贡赋，土人犹说武侯功。"②数百年前南诏的恢宏已成为历史烟云，眼前的万木荒祠与当年的鼓角厮杀相交织，构成了一个古今相通的艺术时空，横向的空间广度和纵向的时间深度所构成的时空架构点自然地开阔了诗歌的艺术境界。还有孙鹏的《紫金台放歌》一诗，以融情入景的叙史方式将诗人对现实人生的感慨融进对历史的追思之中，诗曰：

　　高台昔作战垒雄，杀气横天掩郁葱。草根白骨堆台下，山鬼啾啾泣冷风。百战英雄化为石，砢砑刺天空列戟。山虽不改将军名，深林已是幽人宅。底事愁随落日来，对此茫茫百感哀。③

---

① 张瑞君：《李白精神与诗歌艺术新探》，上海古籍出版社，2012，第 105 页。
② （明）马继龙：《马继龙诗选》，载吴海鹰主编《回族典藏全书》（第 165 册），甘肃文化出版社、宁夏人民出版社，2008，第 832 页。
③ （清）孙鹏：《南村诗集》，载李伟、吴建伟主编《回族文献丛刊》（第 7 册），上海古籍出版社，2008，第 3019 页。

诗人对历史的深刻思考是由眼前的冷落景象所触发的，大跨度的时空比对使文本具有一种思考历史和人生的深度和力度，蕴含着作者苦难而又悲凉的情感。此类作品还有沙琛的《大观亭》，全诗以景开篇："风潮雨涨两喧豗，江上征帆不断开。忽忽去来成往事，悠悠天地一登台。"面对大观亭水天一色、舟帆往来的景象，诗人抚今追昔，感慨历史的变迁。后四句"露坛恍惚移潜柱，山色寻常落酒杯。独有吾忠亭下墓，丹青生气壮层嵬"，诗人运用对比和白描手法将历史情思寄托于景致描摹之中，委婉地表达出渴望忠贤、不满时局的忧惧之情。

明清云南回族文学家的咏史类作品大多笼罩着悲情色彩，呈现出淡淡的悲情美。"怀古文学表现作者亲历古代遗迹而产生的主体生命意识的悲剧性情绪体验，使怀古文学充满悲情特征。"[1] 其中有对时间与永恒之问题的沉思与感叹，也有对世态人情的洞察和对生活的感悟，更多的是融入了一定的哲理意蕴，从对王朝政权的忧虑、对个人命运的忧嗟走向了对人生、对历史的理性思索。"史事只是诗人情感的触媒，诗人着重表达的是对历史兴衰交替的内心感悟与情感震荡。"[2] 情绪体验是人的生命存在的一种形式，作为具体的人，肯定会时刻关心其生存状态，或忧或喜，这种内在的体验构成了人之当下的真实生活。诵读明清云南回族文学家的咏史怀古类作品，可以感受到他们复杂的情感世界，体味到深厚的情感意蕴，正是这种复杂而又深厚的情感，使其作品散发出淡淡的悲情美。

明清时期，少数民族文学家的国家意识渐强，《明太祖实录》记

---

① 田耕宇：《生命观冲突下的怀古文学意象》，《西南民族大学学报》2013 年第 10 期。
② 袁行霈：《中国文学史》，高等教育出版社，2005，第 421 页。

载："窃观近来蒙古、色目人，多改为汉姓，与华人无异，有求主官者，有登显要者，有为富商大贾者。"① 同大多数汉族文学家一样，广大少数民族文学家服膺中华文化，认同传统的价值观念。尤其是历经朝代的更迭后，其国家与民族的认同意识更强，创作的咏史诗多是抚迹寄慨，抒发今昔盛衰、人事沧桑之慨。如马继龙的《江陵怀古》以咏三国历史寄兴亡之慨："水国霜残草木黄，万家城郭入苍茫。波涛东下吴江尽，关塞西连蜀道长。夜雨郎当嘶铁马，寒烟萧瑟锁金汤。英雄千古兴亡处，只见鸦飞带夕阳。"此诗情景交融、虚实相济，表达物是人非、盛衰无常的无限感慨与叹惋之情。其中的残霜、夜雨、寒烟等意象营造出的凄凉萧瑟之景，使作品笼罩着淡淡的悲情美，诗人的悲哀之情便寄寓其中。

"亘古此夫妻，阴阳戾气齐。玩龙如弄雀，杀虎似刑鸡。挞处身曾痛？诃来面不红。黄金在何处？留得半腔铜。"（《铜铸破像秦桧夫妇》）此诗是闪继迪游览岳王坟时所作的一首诗歌，以通俗的语言批判秦桧夫妇生前玩弄权术并私通金邦还陷害忠良，可谓坏事干尽，以致死后赤身长跪于岳王坟前，千百年来备受世人唾骂。诗人有感于明朝后期国势日渐衰弱，奸佞当道致朝纲败坏，自己虽有才华但一生未受重用，其中蕴含着苦闷与悲愤，朱昌平等在《中国回族文学史》中所言："此诗看上去是对残酷狠毒的秦桧夫妇的嘲讽，实际上也是对当时奸佞当道的揭露与批判。"② 此种心声在闪继迪的其他作品中多有表现，如"有酒芳辰共潦倒，裁诗深夜破牢骚"（《寄王泰符侍御》）和"牢骚贫贱骨，潦倒圣明朝"（《仙政楼独坐》），这些诗句传达出诗人对人生追求无法实现的痛苦，于悲凉中带着感伤，

---

① 《明太祖实录·洪武元年》（卷109），南开大学图书馆藏书，中研院历史语言研究所校印本，第2407页。
② 朱昌平、吴建伟主编《中国回族文学史》，宁夏人民出版社，2007，第275页。

展示的是独立思考、努力挣扎的悲剧精神。这也是明代文学家普遍的情感体认，"明代咏史诗多为士人表达政治主张、道德观念和社会认识的有效工具。他们往往以学者的视野，从历史往昔中搜寻内涵或寓意，将可获得的道德观点、人生态度、政治主张等多方面、多层次、多角度的信息，注入一种意识的或精神的力量，在'怀古'、'览古'中表达对历史的评论与反思"①。这种力透纸背的评论与反思源于时代的伤悲，根源于历经人生苦难的诗人心灵，丹纳在《艺术哲学》一书中曾说："在悲伤的时代，周围的人在精神上能给他哪一类的暗示呢？只有悲伤的暗示，因为所有人的心思都用在这方面。他们的经验只限于痛苦的感觉和感情，他们所注意的微妙的地方，或者有所发现，也只限于痛苦的方面。"② 晚明社会整个时代的情绪是悲伤，明代云南回族文学家们借咏史怀古题材来表现这种浸染整个时代的末世感伤，既含蓄委婉，又悲情动人。

清王朝继续推进民族融合政策，在云贵等边疆地区设置"土司"，"头人"通过他们管理少数民族事务，后又实行改土归流政策，使这些地区逐步走向封建化，加快了多民族国家建设的步伐。清代少数文学家的国家意识较明时更明显，普遍认同中原文化，清代云南回族文学家亦是如此，他们的咏史诗既有家国时局敝乱之忧，又有匡救无力的忧患之感，总体上所表现的是少数民族知识分子为家国担忧的悲剧意识，也因此使这类作品浸染着淡淡的悲情色彩。如孙鹏的《镇沅感兴》其一曰：

> 晴看图画一支颐，画里江山百战遗。军戍霜空寒角断，林

---

① 詹福瑞主编《中国古代诗歌与文化：中国古典诗词专题解读》，河北大学出版社，2012，第 301 页。

② 〔法〕丹纳：《艺术哲学》，傅雷译，安徽文艺出版社，1998，第 36 页。

墟春动野梅知。夕岚化雾郭初冐，囊劫成灰风又吹。欲问沧桑十年事，巢居濮洛总侏离。（其一）①

全诗通过自然意象与人事意象，营造出一种哀伤的气氛。第二首通过追忆大理段氏对南诏的治理而使西南边境长时间维持稳定的局面，其诗曰："血战乾时花草斑，春风早放出岩关。乱余古寨风云在，醉后高歌岁月闲。孤嶂层城悬顶上，千山一水绕中间。谁将文治为兵甲，远控西南乌白蛮。"② 唐宋时期，乌蛮、白蛮迅速发展而成为西南地区人数最多、分布较广的民族政权，因势力日渐强大而屡次拓疆扩土并与唐宋王朝有边事战争，段氏政权逐渐消除南诏末期的腐败政治，推进乌蛮、白蛮等民族由奴隶制向封建制转变，促进了云南社会的全面发展。第二首具有更深的历史感，在怀古与现实的关联中、在时与空的错综交织中寄寓兴衰感慨："空间是相同的，但古今的时间流程却是可变的。空间经过时间的洗涤就沉淀了历史的沧桑意识。空间感受由时间感受所规范。相对不变的空间愈是作为历史的见证存在，愈是显得辽远，时间就愈是显得隔阂，反转过来也就使空间愈显得苍凉。这种时空特征的变化规定了中国怀古诗审美意识的悲剧性质而不是喜剧性质，规定了它的审美结构时空错综的模式。"③清代云南回族诗人孙鹏的咏史怀古之作也具有这样的特点，他能够打破传统的时空结构，从思索与抒情的融会中对时空关系进行重新剪辑，取得了全新的审美效果。

---

① （清）孙鹏：《南村诗集》，载李伟、吴建伟主编《回族文献丛刊》（第7册），上海古籍出版社，2008，第3011页。
② （清）孙鹏：《南村诗集》，载李伟、吴建伟主编《回族文献丛刊》（第7册），上海古籍出版社，2008，第3011页。
③ 吴功正：《中国文学美学》（上卷），江苏教育出版社，2001，第370页。

　　丽江回族文学家马之龙与科考绝缘后，有八九年的时间行游全国各地，曾短期滞留江淮一带，太白楼上、歌风台下都曾留下他的足迹，他也曾行吟洞庭湖畔、秦淮楼阁，每临览一处历史遗迹，他总要追昔抚今、不胜感慨，创作了许多咏史怀古诗。虽然表现手法与孙鹏、沙琛等回族文学家有所不同，但渗透在字里行间的悲剧意识、笼罩在作品中的感伤色彩是一致的。其在《太白酒楼》《歌风台》《舟中秋兴》《舟发洞庭》等作品中通过吟咏历史遗迹和历史人物抒发自己功业未酬之慨。《舟中秋兴》后四句以屈子作为情感寄托："三山巉崿青天外，九子苍茫落日阴。欲觅诗人埋骨庭，烟波不尽坐悲吟。"这种心声在《秋日黄鹤楼留别》一诗中表现得更为明显："秋风城上孙郎迹，芳草洲边祢子才。自笑萍踪无定在，明朝又去凤凰台。"在对英雄人物悲剧结局的慨叹中隐含自己失意潦倒、行踪无定的人生悲凉。遭遇人生种种不幸后，文学家们往往会以历史上存在的英雄人物来反观自身，发功业无成的慨叹。

　　综上所述，无论是对历史兴亡的深度思索还是对个人功名难就的慨叹，明清云南回族诗人的咏史怀古类作品总是将这些情感通过作品咏叹的基本主题和特殊的悲剧气氛表现出来。吴功正在《中国文学美学》中说："中国的咏史诗、怀古诗不是一种历史意识而是主体诗人现实意识的艺术符号形式。诗人自身的现时性和历史遗迹的往时性，是此类诗的基本框架。而诗人从往昔陈迹中所勾起的则是现实意识，包含着现实伤感、迷惘甚至绝望。思古幽情的动源及其审美目的是现时。空间未变而时间流变，是这类诗最基本的时空关系。"[1] 明清云南回族文学家的咏史怀古类作品也符合这样的审美特征。

---

　　[1]　吴功正：《中国文学美学》（上卷），江苏教育出版社，2001，第370页。

第二节　地域文化与明清云南回族文学的体裁特征

　　虽然明清云南回族文学家未形成流派，但因受滇云地域及社会文化的影响，在他们所采用的体裁和运用的语言等方面存在某些一致性，进而形成某些相近的艺术风格。本节将分析滇云地域文化对明清云南回族文学体裁特征和语言特征所产生的影响，以期把握明清滇云回族文学的艺术特征。

　　体裁是文学作品重要的构成因素之一，是文学风格的重要指标。作为文学作品的具体样式，文学体裁包括形象塑造的手法、结构安排的方式、语言运用的技巧以及文本篇幅大小、容量多少等外部形态。不同体裁对创作者的要求不尽相同，一个作家对文学体裁的选择除了受自身教养、素质、兴趣、才能等主观因素的制约，还受诸多客观因素的影响，其中就有自然环境因素。也就是说自然地理环境不仅是文学观照的对象，也是涵养其艺术气质、造就其艺术品位的文化场域，更是形成其艺术风貌的前提条件，对此周晓琳、刘玉平在《空间与审美——文化地理视域中的中国古代文学》一书中有详细的分析："在人类审美活动中，自然地理环境的意义不仅在于作为观照而存在，更在于它以特殊的方式培养人类的审美感受，潜在地影响主体审美心理结构的状态。感受、经验、创造是审美心理结构的三个基本层次，主体对对象的感受是美感的起点，对象外在形式的物理属性如音响、色彩、线条的不断刺激在给主体提供审美信息的同时，也在不断促进主体感觉接收器的发达，强化和提高主体感觉、辨认、接收信息的能力，为主体审美直觉的培养积累经验，而这种经验正是主体迅速进入美感共鸣状态的内在根据，亦是其进行审美创造的基础和前提。"①

明清云南回族诗歌的体式丰富多元，几乎古代诗坛中所有的诗歌形态都在作品中有所体现，笔者依据文本，对明清云南回族诗歌体裁进行统计（见表 3－1）。

3－1　明清云南回族文学家诗歌体裁统计

作家	七古	五古	七律	五律	七绝	五绝	四言	三言
马继龙	13	5	23	5	18		4	
闪继迪	8	4	11	9	6	3	1	
闪应雷			2				1	
闪仲侗			1					
孙继鲁			1					
孙鹏	123	91	89	26	45			
马之龙	35	43	24	24	7	32		1
沙琛	201	168	211	118	128	89		
马汝为	30	7	20	3	3	2		
总计	410	318	382	185	207	126	6	1

从表 3－1 来看，明清云南回族文学家的诗歌体裁形式多样，无论是古诗还是近体诗，无论是简短的四言还是长篇的杂言，几乎古代诗坛中所有的诗歌体裁都可以在他们的作品中找到。这些诗歌不仅数量众多，而且大多有较高的文学成就，无论是在中国文学史还是在少数民族文学史中都占有较高的地位。

一　地域文化与古体诗的艺术特征

古体诗是古代诗歌中最常见的体式，包括五言古诗与七言古

---

① 周晓琳、刘玉平：《空间与审美——文化地理视域中的中国古代文学》，人民出版社，2009，第 10 页。

诗。明清云南回族文学家创作的古体诗数量有上千首。明时大量创作古体诗的回族文学家有闪继迪和马继龙，沙琛与孙鹏是清时创作古体诗数量最多的回族文学家。虽然由于历史文化背景不尽相同，明清云南回族文学家的创作环境也不尽相同，其古体诗的主要内容与特色各有不同，但古体诗的概念是在明清时期才明晰起来的，受明清古体诗诗学观念的影响，明清云南回族的古体诗在诗歌风格方面有一定的相似性，故将其放在一起进行分析。

综观明清云南回族文学家的创作，他们的五言古体诗数量较多，且具有自然浑朴的风格特征。首先，在语言方面，明清云南回族文学家的五言古体诗大多自然朴质，少见人工雕刻的痕迹。五言古诗在体制上比较自由，除了五字一句、两句一韵外，几乎不受声律、篇制等的束缚，其句式平整、节奏舒缓、安稳有度，与这种体制特点相承合的语言也要平彻闲雅以适合表现诗人的情绪。如明人闪继迪的题赠五古诗《柬四明薛千仞》主要抒发对友人的思念之情。薛千仞即薛冈，字千仞，号天爵子，是金陵著名文学家，有《天爵堂文集》留世。闪继迪游历金陵期间与薛千仞性情相投而交友唱和，后因事务而各自天涯，一别二十余年。前四句"与君生离别，弹指廿余载。尺素断关河，寸心不曾改"① 即是交代自己与老友分别已二十余载，虽因关河阻塞书信难托，但对友人的思念之情丝毫不减。后四句写自己因生活与仕宦而辗转漂泊，其中"怅望高士庐，蛟门相对待"两句表明诗人厌倦凡俗而渴望方外生活。末尾两句"何当再把臂，深杯破愁垒"表明诗人盼望与友人重聚高歌饮酒，进一步表达对友人的思念之情。全诗自然流畅，语言自然平易，无一字造作。

---

① （明）闪继迪：《闪继迪诗选》，载吴海鹰主编《回族典藏全书》（第181册），甘肃文化出版社、宁夏人民出版社，2008，第6页。

《焦山》是五言古体咏物诗，全诗共 34 句，前半部分主要描绘金山的形貌，其中"江岸绕莓苔，松竹倍苍翠。鼓枻快一登，浮玉竞炫异"这四句尤其生动，描绘出金山水天一色、葳蕤苍劲的美景。后半部分写诗人游历金山寺的过程及心情，从尾句"遐哉焦孝然，结庐谢旌币。神魂若沐浴，徘徊驾懒税"可见诗人对方外生活的企慕与神往。整首诗歌语言洗练质简，少生僻的词语，无艰涩的用典，笔下之景是清幽寂静的，所抒之情也是平淡而真挚的，二者之间能够很好地融合，给读者的感觉是真切自然。此艺术效果如杨载《诗法家数》所云："（五言古诗）须要寓意深远，托词温厚，反复优游，雍容不迫。或感古怀今，或怀人伤己，或潇洒闲适。写景要雅淡，推人心之至情，写感慨之微意，悲欢含蓄而不伤，美刺婉曲而不露，要有《三百篇》之遗意方是。"①

从语言艺术来看，其他几位清代云南回族诗人的五言古诗大多表现出自然朴质的特点。沙琛的《门有车马客》是其五古代表之作。《门有车马客》属乐府古题，其解题云："曹植等《门有车马客行》，皆言问迅其客，或得故旧乡里，或驾自京师，备叙市朝迁谢，亲友凋丧之意也。"②沙琛此诗主旨与该题相符。全诗 28 句，前半部分写游子渴望建功立业而游历四海。出彩之句如"饥啮山头蕨，渴斧坚冰浆。三川扬鲸波，九坂折羊肠"，描绘游子的游历生活充满艰辛，长途跋涉、风餐露宿。下半部分写游子虽碰壁而归但受到家人的热情款待而倍感回家的温暖。"老亲出门前，欢颜得所望。仓皇走昆弟，颠倒书剑装。稚子跃我侧，妻孥罗尊觞。亲交接踵来，絮言各

---

① （元）杨载：《诗法家数》，载何文焕辑《历代诗话》（上册），中华书局，1981，第 731 页。
② （宋）郭茂倩：《乐府诗集》（卷 49）（陆机《门有车马客行》题解引），文学古籍刊行社，1955 年影印本。

温凉。"① 这几句深得曹子建五言之遗韵,家人的形貌如在目前。此诗亮点在于诗人以明白晓畅的语言刻画出鲜活灵动的人物形象。

另一首五古咏物诗《野菊》即物生景、天然而成。诗歌一开头就呈现一派静谧之色:"野菊被崖谷,独感秋气清。开花粲白石,濯根山水澄。潇洒出天然,恬淡有余馨。"野菊悄然独放,潇洒天然,诗人以平淡的语言称赞野菊纯净如仙的品质。末四句"至美非近玩,甘随秋草并。陶公已忘言,真意何由评"有寄至味于淡泊的陶诗风范。可见沙琛造诣深厚,得曹子建、陶渊明、李白等师之逸响,胡震亨云:"五言古,先熟读《国风》、《离骚》,源流洞彻,乃尽取两汉杂诗,陈王全集,及子桓、公干、仲宣佳者,枕籍讽咏,功深日远,神动机流,一旦呦毫,天真自露,骨格既定。"② 《志梦》是一首抒发思妻之情的五言古诗,分别从思妻、梦妻、忆妻三个片段进行描绘和抒发,尤其是梦妻这一节情深义重:"梦中忽相见,离恨此稍慰。笑语如生平,家计询琐碎。重翻金缕箱,零缣纷藻缋。"在梦中妻子的音容笑貌依然如故,妻子依然操持家务,询问家事、裁剪衣物……清人沈德潜曾这样评价唐代诗人韦应物的一首悼亡诗:"写离情不可过于凄婉,含蓄不尽而愈见情深,此种可以为法。"③ 借用此语来评价马汝为的这首悼亡诗亦是合适的。五言古诗因体制而尚温雅和平,深沉的悼亡之情与五言古诗平淡、舒缓的风格相配,使此诗情深动人,是难得的悼亡精品。

明清云南回族文学家还有数量相当的七言古诗,这些诗大多自由洒脱。七言古诗,又称为歌行,指的是一种七言或以七言为主间

---

① (清)沙琛:《点苍山人诗抄》,载吴海鹰主编《回族典藏全书》(第194册),甘肃文化出版社、宁夏人民出版社,2008,第147页。

② (明)胡震亨:《唐音癸签》,上海古籍出版社,1981,第18页。

③ (清)沈德潜:《唐诗别裁集》,岳麓书社,1998,第68页。

用杂言的古体诗，在体制形式上显得更为灵活自由。昌春荣在《甚原诗说》卷4中说："（七古）或杂以两言、三言、四言、五六言，皆七言之短句也，或杂以八九言、十余言、皆伸以长句，而故欲振荡其势，回旋其姿也。"① 这是说七古是一种比五古更富有表现力、更自由洒脱的艺术形式，其优势在于使作家充分展示艺术个性，最能反映作家特有的风貌。明清云南回族文学家的七古数量远胜其他诗体，不仅内容丰实，而且结构跌宕起伏、语言瑰奇、格调苍古，具有较强的抒情性和审美意韵。

首先，明清云南回族文学家的七古语言瑰奇流丽，音调婉转悠扬。七言古诗与五言古诗在语言和音调方面有很多不同之处，刘熙载在《艺概·诗概》中云："五言如《三百篇》，七言如《骚》。《骚》虽出于《三百篇》，而境界一新，盖醇实瑰奇，分数较有多寡也。"② 方东树云："七言古之妙，朴、拙、琐、曲、硬、淡，缺一不可，总归于一字，曰老。"③ 这些评论均指出七古在语言和音调方面与五古的不同。从语言艺术来看，明清云南回族诗人吸取唐人古体诗的营养，其七古骨力沉厚而极具盛唐气象。如闪继迪的七古《石梁观瀑》一诗跌宕生姿，语言苍劲有力，是明代云南回族文学家古体诗中难得的精品。石梁飞瀑位于浙江省天台县城北，有"天下第一奇观"的美誉。闪继迪游历吴越期间曾登临天台山，为其浪花朵朵、风雷激荡的奇特景观所折服，兴之所至而写了此篇。开篇照题，总写石梁瀑布壮美之景："匡庐水洒青莲崿，九天一派银河落。惊人秀句照千秋，山川日月同辉烁。天台石梁太幻奇，两崖挂搭龙头活。"这几

---

① （清）冒春荣：《甚原诗说》（卷4），载郭绍虞编选，富寿荪校点《清诗话续编》，上海古籍出版社，1983，第1616页。
② （清）刘熙载：《艺概·诗概》，上海古籍出版社，1978，第78页。
③ （清）方东树：《昭昧詹言》（卷11），人民文学出版社，1961，第232页。

句音韵和谐、节奏明快，可见作者的豪迈之气。后半部分具体描绘瀑水、石梁、苍藤的美景，"雪花怒闯秋涛恶""明珠散作千蟑霏"这两句尽现石梁飞瀑似堆雪撒珠而终年不绝的奇特之景。"冯夷颔下弄精灵""一线潜驱五丁凿"两句表现一石横跨天际的雄浑之境，换韵使语言呈现出瑰奇流丽的风格，这是形成其音调婉转的一个重要因素。

沙琛的七古长诗《黑龙潭值老梅盛开，感怀旧游，用壁间芷湾太守韵次之》全诗共 34 句，前一部分写诗人的生平与思想变化。诗人由老梅树花红似玉、杆如龙眠的生长过程联想到自己的一生历程。少年时无忧无虑，就像老梅树吐蕊怒放，勃勃生机；中年时"一从薄宦各奔走，云摇雨散尘涨天"，因一场风波而结束了仕宦生涯。后半部分写诗人晚年的思想状况："老梅作花如笑我，我老何似花不言。低回酌酒别花去，天涯别道谁驱奔……人生执著虱处裤，水行习坎天行云。鸿飞东西那复计，花前一醉缘分存。"头白之时的诗人，看到故地的梅花依然绽放而自己却萧瑟落寞，终是幡然醒悟，虽伤感仍不失洒脱豪放。此诗音韵和谐，有平声支韵，仄声侧韵，使得音调悠扬婉转。此类作品还有很多，如马汝为的记游七古长诗《塔密左山茶花歌》，其诗曰：

羲和宾日升扶桑，晴云闪烁临炎方。偶遗火伞在禅室，幻作奇花红耀日。宝珠人竞推滇中，花谱流传鹤顶红。滇人习见何足异，花时万树摇东风。独有一株生僻壤，不与群花同俯仰。地远偏教过客稀，花开未被名人赏。有如海底沉珊瑚，搜罗还待携铁网。尚书到处求奇材，拔枳往往山蒿莱。此花受赏掉无愧，拂拭为尔别莓苔。看花出郭减骑从，从宾三两相追陪。小队安舆临道左，瞥眼花光艳如火。入门恍讶到丹天，高枝照耀低枝觯。异哉此树生南交，蜀茶未许矜高标。得公品藻复何恨，吐气直欲干晴霄。游人目眩朱英粲，夕阳一抹横天半。归路回头望树梢，红云高处擎香案。青山处处花欲然，都借余辉成灿烂。公归题句兴淋漓，文采直共花争奇。我读公诗为花喜，人间遇合有如此。吁嗟乎！大材难用古所嗟，岂无杞梓委泥沙。寻春旧说云安寺，谁信山村有此花。①

前一部分主要渲染山茶花王的繁茂与惊艳，中间部分写赏花的经过，最后诗人不禁发出感慨："吁嗟乎！大材难用古所嗟，岂无杞梓委泥沙。寻春旧说云安寺，谁信山村有此花。"作者将描写、叙述、抒情、议论相结合，通过细节传神写态，有烘托、渲染，并借助平仄韵的交错互换，表现了诗人对山茶花清高品质的欣赏之情，寄寓着诗人怀才不遇的感慨。

其次，从结构布局来看，明清云南回族文学家的七言古诗大多起落无端。与五言古诗的谨严布局所不同的是，七古不太注重节次之间的过渡自然，而是依循诗人感情之流的波动起伏，表现出跌宕腾挪、起落无端的特点。明清云南回族诗人的七古遵从此体制特点，七言古诗开合自如、摇曳生姿。

一般来说，慷慨激昂的情绪适宜以七古的形式加以表现。清人钱泳说："七古以气格为主，非有天姿之高妙，笔力之雄健，音节之铿锵，未易言也……若无天姿、笔力、音节三者，而强为七古，是犹秦庭之举鼎而绝其膑矣。"② 萧涤非说："七古是一种'长句'，是一种'大刀阔斧'，同时又容许兼用长短句，这就规定了它本身具有

---

① （清）马汝为：《马梅斋先生遗集》，《清代诗文集汇编》（第 219 册），上海古籍出版社，2010，第 341 页。

② （清）钱泳：《履园丛话》，载丁福保编《清诗话》，上海古籍出版社，1978，第 892 页。

一种便于作者驰骋纵横、发扬蹈厉的优越条件，所以最适宜于表现较大的事物和大喜、大悲、大怒一类奔放豪宕、勃不可遏的感情，因而也就形成了七言古体诗那种汪洋恣肆、波澜壮阔的独特格调。"① 这些评语均指出七古与诗人性情间的关系。云南为西南重要之地，山川明秀、民物阜昌而且气候适宜，俗尚诗书。受此种地域文化的影响，明清云南回族文学家大多性情豪迈。

昆明孙鹏正是此种类型的诗人。其为人豪迈傲岸，其诗"英辞浩气，磊落出群，有不可一世之概"②。在诸多诗体中，他最钟情、最擅长的是七古，概因此体最适合他那自由洒脱的个性特征，最能宣泄那抑郁不平的激愤之情。《紫金台放歌》是一首笔力雄健、音节铿锵的七言歌行体。此诗一开篇就突兀而起，不同凡响。"紫金台，界穹壤，秀拔云根一千丈。飘渺直平太华掌，洞天福地此为长。除却老禅一二人，只有飞鸟时上下。"朱庭珍说："七古起处宜破空陡起，高唱入云，有黄河落天之势，而一篇大旨，如帷灯匣剑，光影已摄于毫端。"③ 是说七古起步宜高唱，须有气势，孙鹏此诗的开篇即是如此。接下来写诗人登临时的所见所闻："但见石色古，松影寒，满山浮沉砀。苍虬起舞带风雨，紫翠飞来挂帘幌。"石色苍苍、寒松摇曳是诗人登临塔顶所见之景，"风中坐听金琅珰，断续声杂寒棕响"，松涛声、流水声、风声等多种声响交织在一起，似天籁之音。这样的光景使诗人的情绪陡转，想到过去发生在紫金台上的厮杀而今物是人非，不禁发出了"对此茫茫百感哀"的感慨。但这伤感的情绪来也匆匆去也匆匆，"天风为吹怀抱开，一笑飞花坠酒杯"。

① 萧涤非：《杜甫研究》，齐鲁书社，1980，第 121 页。
② 李根源：《刊南村诗集序》，载李伟、吴建伟主编《回族文献丛刊》（第 7 册），上海古籍出版社，2008，第 2895 页。
③ （清）朱庭珍：《筱园诗话》（卷 1 话续），载郭绍虞编选，富寿荪校点《清诗话续编》（第 4 册），上海古籍出版社，1983，第 2335 页。

诗人的心情一下子又开朗起来，表示自己要抛开功名的羁绊，"浮名于我直等闲"，要效法高僧大德乘云远游。此诗以诗人感情的波动起伏来建构全篇，抑扬结合，妙在起落无端、跌宕多变而又不留痕迹，充分表现出作者在理想与现实矛盾碰撞中的忧愤心情。"七言古诗，要铺叙，要有开合，有风度，要迢递险怪，雄俊铿锵，忌庸俗软腐。须是波澜开合，如江海之波，一波未平，一波复起。又如兵家之陈，方以为正，又复为奇，方以为奇，忽复是正。出入变化，不可纪极。"① 这是元人杨载对七古之法的描述，孙鹏的七古正是践行了这些法规，因而多有精品。如《尖山放歌》一诗跌宕起伏、大气磅礴，极具李太白之遗风。其诗序曰：

予以暇，偶登兹山。山人刘言白髯酡颜，年八十余，上下山如飞，携壶饮予，自言二子九孙婚嫁已毕。与之语，类有道者，其石门张氏之流亚欤？因作诗记之。

正文前一部分主要描绘尖山的形貌：

尖山非山云所变，崛岉亦似泰山尊。云之所变终为云，我从云裏抄云根。乃于尖山最尖处，得一洞穴吐氤氲。洞口谽谺如列戟，不辨是云与是石。但见呵护有鬼神，砰訇忽自飞霹雳。到此却步不敢前，栩栩白云生雨腋。羽翼一成遂翩翩，飞仙招手随咫尺。飞仙出入此洞中，我亦从之探鸿蒙。千盘石磴万纡折，黑黝不知其所从。徘徊绝壁开玉屏，侧身一转天地红，亲瘤恍与人间同。左欹一石鼓，右悬一石钟。石钟不叩亦时鸣，

---

① （元）杨载：《诗法家数》，载何文焕辑《历代诗话》，中华书局，1981，第731页。

石鼓击之声隆隆。石门石桥更几重，青苔滑人不扶筇。满地琼蕊长茸茸，守阍暗虎时相逢。暗虎见人惊又伏，欲挽飞仙去无踪。只闻碧鸡红翠交啼声雍雍，仰看朱楼万丈崇。楼上金仙参差坐，天然道貌俱方瞳。独立平台竦而躬，穷幽更欲穷其极。奈无别径可以通，游兴几欲为之减。微茫罅隙皴楼东，是路非路掩红茏。以身仰就穿玲珑，亦有日月窥璇窗。瑶簪玉柱划然空，为堂为室只谬碇。龙蛇倒挂紫霞壁，瀑水千尺作帘栊。水声潚湱使耳聪，河县屋后源不穷。直泻龙湫连□□，爱此一堆全滟濒。

在这一段中诗人以自己寻幽的路径为依据，移步换景，次第描绘洞穴、石磴、石门、石桥、朱楼和瀑布等景致，从宏观上勾勒出尖山"尖""幽""险"的形貌特征。

中间部分主要写诗人下山的过程：

回首归路已云封，四顾茫茫心忡忡。谁遣指迷白玉童，衣裳翡翠巾芙蓉。导我出洞乘天风，乘天风兮且从容。半空吹下金银宫，玉皇端坐香烟里。旖□缤纷飘长虹。群真斋肃齐来朝，或骑红凤或茅龙，复有黄麟赤鲤背上之老翁。精诚我已贯北斗，相与逐队一稽首。风外灵璈始得闻，仙家礼数我何有，趋跄闿闾良非偶。山人告我巧石埠，巧石棱棱毓浅沙。丰岁山开六出花，亦作人物禽鱼状。岂非奇云一变成山，再变鬼斧神工不能加。

时至黄昏，四周雾气腾腾，光影昏暗使得返途迷离难辨，诗人驰骋想象勾画出一副群仙驾乘飞龙红凤为其导路的欢悦图景，可是又想到自己不懂仙家礼数而自觉并非仙家良偶，所幸有山人相助而终得以顺利返回。

后半部分主要抒发对白髯酡颜的登山老翁逍遥洒脱生活的感慨：

> 醉倚虬松发浩歌，丈夫坎坷不称意。忽忽岁月已蹉跎，若不行乐空鬓皤。西眺阆里，东望琅琊，徂来北蠹，凫峄南峨。美哉！洋洋乎表里山河。与尔裁云弄石，临风舞婆娑，尽舍愁心泻泗波。向子平，孙公和，一出柴门即五岳，携手飞云头上过。婚嫁已毕去则那，功名富贵奈我何。呜呼！功名富贵奈我何。①

这一段中诗人的情绪再度高涨，告诫自己要像登山老翁学习，忘却世间的坎坷和不如意，过一种诗酒相伴、及时行乐的生活。此类作品还有《万松行》《贡象行》《舆夫》《同李其材潭园看海棠》《自题梅花书屋六十一小照》等，大多运用散句和通俗化、口语化的语言抒情写意，行文舒畅流利，一贯而下，其句式错综复杂、变化多端，讲究诗歌的气势与感染力，更多表现为一种壮阔博大之美，可以说是清代云南回族文学家七古诗中的代表之作。

在七古记游诗《游雪山》中，马之龙以雄健的笔力描绘玉龙山的奇特之景。从结构布局来看，此诗笔势变化多端，充分表现了诗人对玉龙山的喜爱之情。中间写雪山松柏的那一段可谓跌宕生姿："森森乔木三千春，阿房柏梁求无因。林尽茫茫草皆偃，劲如箭竹白如银。"似天马行空，尽现松柏万千形态。另一首七古《骥叹》以精心的行文布局、起落无端的结构著称，开篇四句"龙潭地生千里

---

① （清）孙鹏：《南村诗集》，载李伟、吴建伟主编《回族文献丛刊》（第7册），上海古籍出版社，2008，第2957页。

足，龙潭水涸惊流俗。村翁欲杀除不祥，村妪独怜赐奴仆"，自然而然地交代老骥因流俗而险遭杀害的命运。中间几句"驮负粪土常劬劳，渴不得饮饥不谷"，是对老骥无辜受人虐待情形的铺陈，尾句"呜呼已矣复何言，王良伯乐今无存"，表达对老骥不幸遭遇的同情，同时寄寓着诗人生不逢时、有志难酬的苦闷之情。全诗有叙事、描绘、抒情和议论，有平仄韵的转换，更多的是依诗人情绪的起伏而变化，使得诗歌呈现出苍古雄健的风格特征，很好地契合了七古的体制特征。马之龙因文触怒权贵而与科举绝缘，但其豪迈洒脱的性情并未因此而改变，他的古体诗大多苍劲雄健而如其人。"一般擅长七古诗的人们在性格上往往都是属于豪放一面的。它特别适宜于诗人们驰骋雄健丰富的想象。所谓'黄河之水天上来'这种形象，正是出现在七古之中的。这就是七古的特色。"[1] 此语很好地概括了马之龙七古的艺术特色。

对明清云南回族作家而言，滇云大地的"江山之助"诱发他们的创作灵感，刺激他们的创作热情，并对其审美取向、感情力度以及艺术手法的运用发挥着潜在的引导作用，最终使其创作打上深深的地域文化烙印，也正如周晓琳、刘玉平在《空间与审美——文化地理视域中的中国古代文学》一书中所言："作家群体的艺术优长与个体创作个性均在地理形象的描写和塑造中得到充分表现。"[2]

二　地域文化与近体诗的艺术特征

人们常说的近体诗包括五言、七言的八句律诗，五言、七言的长篇律诗，还包括五言、七言绝句，这也是本书采用的概念。明清

---

[1]　林庚：《唐诗综论》，人民文学出版社，1987，第58页。

[2]　周晓琳、刘玉平：《空间与审美——文化地理视域中的中国古代文学》，人民出版社，2009，第33页。

云南回族文学家大多功底深厚，其近体诗熔诗经、楚辞、乐府诗、齐梁体等诸体精华于一炉，有的语言清真流丽，有的想象奇特奔放，有的意象含蓄蕴藉，因而呈现出多样化的风格特征。此艺术特征的形成主要是作家的个人喜好、创作经验和技巧使然，也离不开滇云大地对作家禀性、才情的涵养与成就。

　　律诗是近体诗的基本形式之一，亦是中国古代诗歌的重要形式。明清云南回族文学家的律诗是在中国传统古诗基础之上，对齐梁体与唐代律诗进行改进和补充而形成的，在不同的时期有不同的表现，整体上呈现内容丰赡、章法精警的特征。明代云南回族文学家较擅长创作律诗，尤其钟情七律。他们的七律涉及范围较广，主要有咏怀、唱和、酬赠、山水、田园、边塞、隐逸、游览、送别等题材，在章法结构上起承转合自然巧妙。孙继鲁《温泉偶浴》①是一首七律写景诗，对温泉的洁净品质予以赞美，表达了他洁身自好、不愿被污浊浸染的精神追求，颔联"始分灵窍三冬暖，常住离精一脉真"与颈联"冷面宁趋岩罅热，冰心独解玉壶春"对仗工整，语言精练，全诗起承转合自然恰当，尾句"今古溶溶不染尘"翻出新意，合得巧妙。马继龙的《雨中忆梁大峨》（其二）是一首怀友七律诗："大江东望水云浮，几度怀人独倚楼。老去功名成画饼，向来天地一虚舟。镜中白发添新恨，梦里青山忆旧游。鸿雁忽来秋正杪，锦官风雨满汀洲。"此诗中间两联对仗工整，平仄相符，使全诗呈现出工致绮丽而雄浑蕴藉的风格特征。《怀诸兄弟》同样工整流丽，"客边久病愁听雨""江上思家独看云"两句字琢句雕、文辞精工。另一首七律悼亡诗《蜀中悼亡》情深义重，其诗曰：

---

　　① （明）孙继鲁：《温泉偶浴》，载张文勋主编《云南历代诗词选》，云南人民出版社，2002，第203页。

明镜当年双凤凰，春风琴瑟侍高堂。一朝花露芳容歇，千里江流别恨长。辛苦风尘三入蜀，渺茫魂梦独还乡。遥知太保山前路，唳鹤啼猿总断肠。[①]

此诗首联回忆生前，颔联写死别，颈联写梦忆，末联言哀伤。诗人念念不忘的是妻子生前的深情笃意，丧妻的凄凉悲苦与个人功名难就的愁苦抑郁交织在一起，使诗歌悲凉苍劲。袁氏《滇南诗略》对此诗有"一语胜人千百"[②]之高评。此诗的结构章法亦有可圈可点之处，二、三联对仗工整，语言精工深情，"五律清丽稳成，已臻佳境，至七律则风流跌宕，一往情深"[③]。

闪继迪的七律意境浑融完整，以他的一首题咏诗《望湖亭》为例："葳蕤青巘小亭孤，座下横铺白练湖。落日平沙迷雁鹜，晴光疏树带菰蒲。秋霞不散城头紫，海月俄悬镜面珠。莫遣柳丝萦客棹，西风临眺自踟蹰。"[④]前六句写了登高所见，末句抒发观湖所感。首联写了亭、湖、雁鹜、树、霞光、海月，包蕴丰富，用语凝练。诗的尾联用意曲尽，顿挫见情。身世潦倒之苦、羁旅行役之愁诸种情绪齐集心头。从结构章法来看也是一意贯串，疏畅流动，整个风格清俊深沉。明人胡应麟言之："五十六字之中，意若贯珠，言如合璧。其贯珠也，如夜光走盘而不失回旋曲折之妙；其合璧也，如玉匣有盖而绝无参差扭捏之痕。綦组锦绣相鲜以为色；宫商角徵互合

① （明）马继龙：《马继龙诗选》，载吴海鹰主编《回族典藏全书》（第165册），甘肃文化出版社、宁夏人民出版社，2008，第381页。
② （清）袁文揆、袁文揆辑《滇南诗略》，载《丛书集成续编》（集部第150册），上海书店出版社，1994，第161页。
③ （清）袁文揆、袁文揆辑《滇南诗略》，载《丛书集成续编》（集部第150册），上海书店出版社，1994，第162页。
④ （明）闪继迪：《闪继迪诗选》，载吴海鹰主编《回族典藏全书》（第181册），甘肃文化出版社、宁夏人民出版社，2008，第22页。

以为声。"① 可见诗人也在章法结构上做足功夫，才使此诗达到浑融完整的意境。

　　另一首七律《泊宁波友薛千仞携阿郎佐美茂才过访》是诗人漫游吴越拜访友人薛千仞时所作，描绘自己与友人欢会的场景。颔联"玉轮关塞怀人梦，雪浪云霄献赋才"，既写友人间的牵挂思念之情，也有对友人及自己才气的称赞之意，可见诗人自命不凡的心态。从颈联"龙气夜深横合剑，凤毛秋霁照御杯"之句来看，诗人与友人聚会时热闹非常，大家酒酣兴尽至深夜。闪继迪虽有才华，但一生未受重用，所以怀才不遇之慨时有表露，这首七律题赠诗表现高朋欢会的愉悦之情，同样包含着人生失意的愤激之情，体现出其豪爽不羁的性格特征。从体制上来看，此诗颔联、颈联对仗严谨工整，有畅达悠扬、纡徐委折之效。因律诗对字数与句数有严格的规定，在既定的格律框架中，诗人多用曲折层递、意象跳跃等方法扩大诗歌的表现内容。此诗的意象数量不多但跳跃性较大，从关塞到云霄，从深夜到秋霁，从雪浪到龙气，把几组关联性不强的物象并置以增强语言的凝练性。七律对诗人的创作才能有很高的要求，需要有较高的语言驾驭能力，正如沈德潜所言："七言律平叙易于径遂，雕镂失之俏巧，比五言为尤难。贵属对稳，贵遣事切，贵捶字老，贵结响高，而总归于血脉动荡，首尾浑成。"②

　　清代回族文学家的七律婉转畅达，体现出诗人较强的创作能力，如孙鹏的七律酬赠诗《罗次同杨攸叙访惺上人于善化寺》，诗云：

---

① （明）胡应麟：《诗薮》（内编卷5），上海古籍出版社，1979，第82页。

② （清）沈德潜：《说诗晬语》（卷上），载贾文昭编《中国古代文论类编》，海峡文艺出版社，1988，第622页。

　　曾入远公莲社中，相携杨子共雕虫。二三人外无知己，八九年来尽作翁。萧寺晨昏放白鹤，空山往来骑青骢。重逢金水欢如昔，犹让老僧诗兴雄。①

　　作品描绘老朋友相聚之时的热闹场景。首联开门见山破题立意，交代聚会的场所与人员，并且起拍定调，韵律明确。颔联看似另起一端，实则意脉暗连。结句的"犹让老僧诗兴雄"正是从上联"放白鹤"与"骑青骢"中联想出来的思绪。另一首七律《同熊公持过赵永锡书馆赏残菊》以菊喻己，对其"开时独傲百花香"的品性予以称颂，开篇描绘菊花在百花杀后迎风独放的样子，颔联与颈联叙议结合，既写出了朋友间的深情厚谊，又表现出诗人傲岸不屈的精神风貌。马汝为的咏怀七律《遣兴》气韵悲壮，起合有道，其首联"龙性年来渐渐驯，稻粱谋拙困风尘"自喻有龙性，即本性腾跃不羁，然而在生活的磨砺中渐已平顺。颔联与颈联回忆自己过去胸有大志，想同班超、陈遵一样建立功勋。尾联叙题，"氍毹共笔羊公鹤，不舞谁知懒是真"直抒诗人年华易逝的无奈与壮志未酬的悲凉。

　　五言律诗只有40个字，篇幅短小，所以写景抒情贵简重、尚典雅。虽然现存明清代云南回族文学家的五言律诗数量不多，但也有一些上乘之作，如马继龙的五律《归舟晚渡》：

　　晚唤归舟渡，江高月上弦。石惊晴喷雪，波练暝生烟。猿啸空山树，渔归别浦船。自怜萍水客，笑向酒家眠。②

---

① （清）孙鹏：《南村诗集》，载李伟、吴建伟主编《回族文献丛刊》（第7册），上海古籍出版社，2008，第2916页。

② （明）马继龙：《马继龙诗选》，载吴海鹰主编《回族典藏全书》（第165册），甘肃文化出版社、宁夏人民出版社，2008，第384页。

　　首句照题，是读者由题目进入作品具体鉴赏的切入处，用倒装句摹写诗人晚归之状，既破题涌出又显得挺拔有力。颔联与颈联进一步写景，通过石雪、烟波、山树、渔舟等意象勾勒出一个清新淡远的境界，寄寓着诗人高远的情怀，此两联是情意与景物的交汇之处，决定诗歌的艺术境界，也是诗人最用力之处。尾联宕出远神，使全诗饶有余韵，正如冒春荣说："一诗之气力在首尾，而尾之气力视首更倍，如龙行空，如舟破浪，常以尾为力焉。"①

　　闪继迪的五律《发西兴》放笔快意，一气呵成。前两联交代游程，诗人坦言自己虽已年老但游兴高涨，从西湖、定海至钱塘均留下了他的足迹。"碧草鲜残雨，青枫赤早霜。好山千万叠，争向马头望"这四句倒装写景，既写了江南景致的秀美，又表现出诗人的自信豪迈。另一首五律《携儿子侗同千仞登鳌柱峰》一诗情景交融，以众多意象展现出一幅水天一色、雄浑壮丽的美景。首联直接点题，颔联、颈联对仗工整、承转自然，尾联"三山何处是，两掖挟凤翔"两句就本位收住而首尾契合，最能表现出诗人面对浩荡天宇而渴望归隐的心情。孙鹏的《湖心亭和韵三首》（其二）云："小湖三十顷，一半种红莲。照水千花烂，蒸霞一阁然。南风吹雨至，白鸟破烟还。尔但纳凉坐，莫惊海变田。"此诗首联以赋起点题，颔联与颈联写景，这两联虽对诗歌的主旨不起关键作用，却是营造诗意的重点之所在，其中有阴晴、静动的变化，有花鸟、风雨的点缀，不仅很好地完成了承上启下的过渡作用，而且意脉不断，实为上乘之句。尾联相机取神，余韵悠长。全诗行云流水、舒卷自如、意境恣逸，体现了孙鹏诗风清新自然的本色。马汝为的律诗大多以意运法、神

① （清）冒春荣：《葚原诗说》（卷2），载郭绍虞编选，富寿荪校点《清诗话续编》（第3册），上海古籍出版社，1983，第1577页。

明变化、情景交融而有着较高的艺术价值。五律《雨过》开篇就入手不凡，洒然而来，"寂寂雨初过，萧萧秋满林"，既点出时令又渲染心境。颔联承接首联而进一步写景，通过团风、斜月、拗花等意象所构成的清冷画面衬托出诗人的孤寂。颈联与尾联抒发情感，从描写到议论，自然生发，笔墨流动，措辞苍劲有力。在《海门桥道中》，诗人将自己真挚的感受投注到自然景物之中。颔联与颈联一一对仗、韵律优美、意象清新，似是信手拈来却因有细致入微的情感融入而使景色描摹生动不已。尾联"策马垂杨下，逢帘问酒樽"应是酒不醉人人自醉之语，给读者回味咀嚼的无限空间，有如泉流归海，有尽而不尽之意。

总之，明清云南回族文学家的律诗大多内容丰赡、章法精警，既能收纳大量典故于比喻中，其构思与比喻、对仗精细、巧妙而有机地融合于一体，又能在章法结构上精心设置，具有启得挺拔、承得自然、转得恰当、合得神妙的特点，呈现出情味无尽，意蕴无穷的气息与活力，达到了出神入化的妙境。

明清云南回族文学家的绝句诗体具有精心布局、含蓄蕴藉的美学风貌。绝句是我国古代诗歌中的重要体裁，它有五言和七言两种不同的样式。绝句不同于八句律诗，受诗律的束缚相对较少，既可对仗，也可以不用对仗，显得比较自由。它既有律诗的声韵和谐之美，又有古体诗的某些自由，因而深受人们的喜爱。明清云南回族文学家创作了200多首七绝和100多首五绝，在整个近体诗中所占比例还是比较大的，可见明清云南回族文学家喜欢创作绝句，不仅在数量上超过了律诗，而且还形成了自己的鲜明特色。

首先，明清云南回族文学家的绝句含蓄蕴藉，有语绝而意不绝之效。绝句作为一种独立的诗歌样式，"语半于近体，而意味深长过之；节促于歌行，而咏叹悠永倍之，遂为百代不易之体"①。因为其篇幅短小，对于所要表达的内容就有严格的选择性，无论是状物写景还是表情达意都要小中见大、以少总多，具有概括性与典型性。

　　明清云南回族文学家的七言绝句情景妙合、意深情切、以少总多。如明代回族文学家马继龙的七言绝句《晓发重庆》能从个别中体现一般，意境深远。其诗曰："惆怅春风江上亭，东流不尽别离情。凄凉篷底孤灯夜，千里相思对月明。"这是一首思乡诗，刻画了一位倦游江湖、久客思归的游子形象。从现存史料来看，马继龙或因仕宦或因漫游而长期远离家乡，浓郁的思乡之情是难以化解的情愫。前两句写自己日暮时分行至江上孤亭，滔滔江水勾起诗人无限思乡之情。后两句通过孤灯、明月的意象进一步强化此种情感。全诗托情于景，言约意足，宛如眼见，真正体现了绝句简明扼要的体式特点，元代杨载言："绝句之法，要婉曲回环，删芜就简，句绝而意不绝。"②另一首题名为《侨居乡客见访》的绝句同样表达了诗人对故乡的思念之情，尾句"故园山水常牵思，风景还如旧日非"在表现手法上运用疑问句，问而不答，从而收到余竭不尽的艺术效果。用七绝体表达乡关之思的还有闪继迪的《西湖逢里人》，此诗表现的是诗人他乡遇故知的喜悦之情，所不同的是诗人开篇就点题，"三吴水尽越山出，五色云中乡梦长"，用俊逸清爽的语言表达真挚的情思，令人耳目一新。

　　在清代云南回族文学家的绝句中，七绝占很大比例。清代回族文学家中孙鹏与沙琛是创作七绝数量最多的诗人，他们的七绝有着较高的艺术价值，在一定程度上代表了清代云南回族文学家的近体诗水平。与明代云南回族文学家相同的是，他们的七绝也都尚含蓄

---

① （明）胡应麟：《诗薮》（内编卷6），上海古籍出版社，1979，第105页。
② （元）杨载：《诗法家数》，载何文焕辑《历代诗话》（下册），中华书局，1981，第732页。

重余韵。孙鹏的七绝抒情诗既有弦外之音，也有言外之意，可谓绝妙千古。如《出东门书所见》："茅屋山村老圃家，尽编苦竹作篱笆。累累实结秋田雨，谁种东门二顷瓜。"前两句写所见之景，呈现出山村老屋的农家风情；后两句抒情，用东门瓜的典故表达自己弃官归隐田园的思想。尾句的疑问使诗歌跌宕生情，字外含远神，句中有余韵。"山阴兴纵浓于我，其奈春光一片何？"这是孙鹏《偕何屏山由河堤访范先生不值》（其三）中的疑问，问中有答，余音袅袅。沙琛的七绝同样有着含蓄悠长的艺术特点，如他的《泉河晚眺》一诗就巧妙地抒写自己的情怀："西风吹雪响蒹葭，立马关河落日斜。烟水渺茫鸿雁杳，无边黄叶是天涯。"诗人远眺之景皆为其情感的寄托，透过那苍凉萧瑟的画面，可以感受到诗人的孤寂与悲凉。他的绝句体咏物诗同样缠绵回环，令人回味深远。吟咏芙蓉"群芳零落独开迟，袅袅霜风竹外枝。好是天然清艳绝，苎萝秋水浣西施"，讴歌芙蓉超越群芳、卓尔不群的品性特征；咏梅"瓯岭无寒意，梅花也自芳。风吹一林雪，春涨满溪香"，这悄然绽放在深谷中的梅花象征着诗人冰清玉洁的品质；咏野鹤"毡毦自啄荒田雪，嘹唳一声天地空"，这是诗人恬淡心境的形象写照。此类作品还有很多，大多注重意境的创造和情思的浑融，虽篇幅短小却余韵不绝，以含吐不露为主，深情婉转为上，正如潘瑛在《点苍山人诗抄序》中称赞的："向之风神谐畅，意致深婉者，进而萧疏清靓，简远淡泊矣。"①

其次，明清云南回族文学家的绝句表现出言简意赅、重心突出的艺术特点。受制于绝句篇幅短小的体制特点，它无法像古体诗那样汪洋恣肆，而是精心构思，将重心凝聚在一个点上，各句围绕这

---

① （清）潘瑛：《点苍山人诗抄·序》，载吴海鹰主编《回族典藏全书》（第194册），甘肃文化出版社、宁夏人民出版社，2008，第113页。

个点而伸展推宕，从而形成了其重心突出的结构特点。马继龙的五绝《闺词》（二首）是明代回族文学家绝句中的代表，袁氏《滇南诗略》评曰：“二十字一气呵成，却是千回百折，是为五绝正宗。”①《元旦道中》同样流丽精工，其一曰：“鸡唱方惊客梦，莺声又度年华。陌上青含杨柳，陇头香动梅花。”首句点明诗人客居他乡的现实处境；第二句是全诗的重心，表明时光流转，诗人在相思苦闷中又度过一年；后两句进一步具体描绘时光暗转的情景，给人一种言有尽而意无穷之感。闪继迪的绝句也有此特点，如七绝《九日》表现诗人闲散无赖的心理状态，其二曰：“九日杭州菊未开，西山相对亦悠哉。最怜多病当杯怯，恰少江州使者来。”前两句交代诗人游踪至杭州，虽未赶上菊花盛开，但游历西山亦令其兴致悠然。第三句是全诗的重点，用“怯”字将诗意宕转，引出正意，隐含功名未就而年华虚度的悲凉。这一句转折生情，是诗人着力用意之句。沙琛《客思》是一首五绝怀乡诗，其重心放在第一句“客思如春色”之上，开篇就直接点明客思之情。后三句“春江春路遥。杨花吹不尽，袅袅万千条”是对客思之情的展开描述，以春江、杨花比喻思乡之情的浓烈与绵长。沙琛的另一首七绝《己未七夕》表达思乡之情，其重心放在尾句“银河西尽是乡关”之上，前三句“满城箫管拜仙鬟，弹指年华鬓有斑。望澈星桥终恍惚”从不同的角度进行描写，为第四句做铺垫，最终为抒发思归之情而营造氛围。

再次，明清云南回族文学家的绝句体诗歌还具有情景妙合、情深意切的艺术特点。他们的绝句不但给人以美的享受，而且情感充溢、富有趣味、耐人寻思。如闪继迪《新月泛湖》“餐胜楼头醉夕晖，西风白练不知归。六桥一棹烟波远，回首虚棂却欲飞”，描写的

---

① （清）袁文典、袁文揆辑《滇南诗略》，载《丛书集成续编》（集部第150册），上海书店出版社，1994，第40页。

是作者羁旅怀乡的愁思，作者寄情于景，浪迹天涯的愁苦与由夕阳、西风、烟波等意象构筑的凄凉之景巧妙地融为一体，真可谓一切景语皆情语，《滇南诗略》评曰："此种七绝得太白右丞神髓"①。马继龙的七绝《访隐者不遇》曰："杜若春香十里溪，深林行尽日初西。主人不在云留屋，满地松花听鸟啼。"此诗的抒情特色在于平淡中见深情，诗人走过溪水、行尽深林并至日暮去拜访隐者，而竟然不遇。按照常理，这一定会使诗人产生无限失落惆怅之意。但这首诗的第三句却荡开一笔，去表现隐者的居住环境。此诗看似平淡无华，其实造型自然，色彩鲜明，由满地松花与悠悠白云所构成的图景既有形象的展现又有色彩补充，两相调和而与云山深处的隐者身份相符。作者的高明之处还在于借不遇之题抒发自己的幽情雅趣和旷达胸怀，似乎比相遇更有收获也更为高兴。最后两句给人的感觉是诗中有画、画中有诗、自然天成，应是诗人"以我观物，物皆著我之色彩"的结果，也因此使得诗歌呈现出深远的意境。"'梅樵五律清稳，七律风流跌宕，一往情深'，梅樵诗流传仅有抄本，五七近体，声调流美，有弹丸脱手之妙。"②从前文分析来看，马继龙的七律堪当此高评。

马汝为《赠进耳山语莲上人》同样笔简言繁："住锡空山五十年，中更兴废总悠然。闭关白首凉秋夜，有客同参柏子禅。"这首题赠诗描绘耳山语莲上人超然世外的淡泊情怀，具有佛教意蕴的诗歌语象加上委婉含蓄的抒情方式，共同营造出诗歌的天然之趣。马之龙的《梅花山人》一诗也是情景妙合、韵律和谐。"溪南溪北踏春晴，村后村前弄笛声"这两句写梅花山人闲云野鹤般的生活，后两

---

① （清）袁文典、袁文揆辑《滇南诗略》，载《丛书集成续编》（集部第150册），上海书店出版社，1994，第41页。

② （清）陈田：《明诗纪事》（乙八），上海古籍出版社，1993，第2008页。

句"昨夜山中风雪满，不知何处卧孤清"，想象山人昨夜风雪夜行不知借宿何处，既有对山人绝世独立风范的欣赏之意，也包含着自己对这种自然任性生活的向往之情，末句的有问无答，令人沉思不尽，具有"句中有余竭"①的艺术效果。

由上述可见，明清云南回族诗歌的体式丰赡多元，无论是古体诗还是近体诗，无论是简短的四言还是长篇的杂言，几乎古代诗坛中所有的诗歌形态都有所体现。这不仅得益于滇云大地优美山水的熏染，更得益于诗人淡泊安然、风轻云淡的性格。诵读此类作品不仅可以获得艺术上的陶冶和滋养，也让我们对"江山之助""山川发雄文"等观念有了进一步的体认，客观世界中的审美因素、作家自身的审美能力，以及相应的审美环境是诗歌艺术魅力产生不可或缺的重要条件。总之，各种文学作品都是在不同的环境中生成的，它们的外部形态诸如主题倾向、艺术特色和风格流派都会受一定区域自然环境和人文环境的影响。

---

① （清）王夫之:《姜斋诗话》（下卷），载丁福保编《清诗话》（上册），上海古籍出版社，1978，第 20 页。

第四章

明清云南回族文学对其他民族文学的
学习与接受

——以对杨慎、刘大绅的接受为例

　　文学总是根植于社会文化土壤之中，并在一定程度上体现着这种文化认同的审美理想。只有通过对本民族文化的认同及与其相关历史的理解与沟通，一定的文化观念才会在文学中被反映出来。"在种种象征认同形态中，语言和文学扮演了极为重要的角色。"① 文学是文化的载体，在文学接受过程中，接受者对文学作品的某一对象、思维或方式自觉不自觉地企图或力求与之等同，并因此而将其归入自己的思维、生活方式之中，这就是认同。这些论述强调了在文学接受过程中，认同所扮演的重要角色与所起到的重要作用，其是连接"读者"② 与文本的桥梁。

　　几乎所有的优秀古典文化、文学遗产都对明清云南回族文学产生了或深或浅的影响，换句话说，明清云南回族文学认同、接受了

---

① 周宪：《文学与认同》，《文学评论》2006 年第 6 期。
② 接受美学认为最早的读者除了一般意义上的读者之外，还包括研究者、批评家及作家。研究这些"读者"的接受反应史就包括以普通读者为主体的效果史研究、以诗评家为主体的阐释史研究，以及以诗人创作者为主体的影响史研究。见陈文忠《中国古典诗歌接受史研究》，安徽大学出版社，1998，第 13 页。

中国古典文化、文学的一切优秀因子，如庄子的逍遥与浪漫、曹植的深情与华美、陶渊明的无为自适、李白的恣意洒脱、杜甫的忧惧深沉、东坡先生的达观通透……都见诸明清云南回族文学家的笔端。

第一节　明清云南回族文学家对杨慎的学习与接受

　　了解文学所植根的文化是理解文学生命真谛的基础。明清云南回族文学家对云南本土文学的认同与接受首先因为他们是植根于云南大地的云南人，虽然他们的祖先是来自不同地区的色目人，历经元到明清，在本民族文化与中原文化碰撞、交汇融合的过程中，在对自身文化与异质文化的对比与反思中，他们表现出了积极的文化认同态度和主动的文化选择与接受行为，最终华化为中国人、内化为云南人。如果要对影响其文学创作的文化因素进行排序的话，那么云南本土文化一定是排在第一位的。因为"每个人都降生于先于他而存在的文化环境中。当他一来到世界，文化就统治了他，随着他的成长，文化赋予他语言、习俗、信仰、工具等等。总之，是文化向他提供了作为人类一员的行为方式和内容"①。

　　谪戍云南37年之久的明代著名文学家杨慎在云南文坛有至高的地位和深远的影响。《明史》称："明世记诵之博，著作之富，惟慎为第一。"② 时人李元阳称其"以文章学魁天下，以文章教后学"。今人武谊嘉在《杨慎对西南区域文化的贡献》一文中对杨慎对云南乃至中国文化、文学的贡献和影响予以较全面的概括：

　　　　明代是西南地区特别是川滇地区文学的昌盛时期，人才辈

---

① 〔美〕怀特：《文化科学》，曹锦清译，浙江人民出版社，1988，第159页。
② （清）张廷玉：《明史》（卷47），中华书局，1987，第5084页。

出，诗文如林……而杨升庵在这一带与各族人民接触，交友讲学，著书立说，创作诗文所造成的影响也是功不可没的。他对祖国大西南壮丽山河、民风、民俗的讴歌，是对西南文学史的补充；他对西南的历史、文学进行了搜集、整理、研究，对少数民族的历史文化也进行了搜集、整理、研究工作，这是一项具有开创性的工作。①

这些评语指出杨慎在明代云南历史文化中的地位和重要作用。从文学层面来看，杨慎对云南文学家的影响是巨大的，在一定程度上代表了明代云南文学的最高成就。作为云南文坛的重要成员，明清云南回族文学家不能不受他的影响，在文学创作上体现出对杨慎的学习与接受。

一　对杨慎高洁人格的钦佩

杨慎（1488～1559 年），字用修，号升庵，四川新都人。正德六年（1511 年）殿试第一，授翰林院修撰，时年 24 岁。嘉靖三年（1542 年），杨慎因"大礼议"被谪戍永昌卫，永远充军，开始了长达 37 年的投荒生活。"国家不幸诗家幸"，谪戍云南是杨慎个人的不幸，却是云南文学的大幸，正如孙秋克所言：

他的到来使远处边陲的云南诗坛，成为嘉靖时期全国文学中一个引人注目的亮点，揭开了云南文学史上光辉的一页……在滇云的岁月中，杨慎的学识之博赡，才情之超迈，人格之高洁，皆为人敬仰。他犹如一轮明月，以万里清辉笼罩了嘉靖间

---

① 武谊嘉：《杨慎对西南区域文化的贡献》，《南京师范大学学报》（社会科学版）2009 年第 4 期。

的云南文坛，并深远地影响着云南后世的文学。①

　　此语从人格风范、诗歌创作等方面肯定杨慎对云南后世文学的深远影响。对明清云南回族文学家而言，杨慎对其的影响是由内而外的，可以说是一种心灵共振的情感认同，大理名士李元阳的评语颇能反映滇云士子对杨慎的情感态度。其云："始尝得告归吾乡，闻流寓有升庵先生者，以弱冠魁天下，风节在廊庙，博闻强记，当世无比。余固疑其峻如断崖绝壁，不可迳而造也。及见而揖之，则温然有恭，浑然无饰，退然恐先人也……又十五年，余既归田。见先生之温然、浑然、退然者，犹夫二十年前不改其度也。"②

　　李元阳字里行间洋溢着对杨慎的钦佩之情、仰慕之意，此心声代表了时人对杨慎的态度。虽然明清云南回族文学家没有像李元阳那样直接表达对杨慎的钦佩之情，但从闪继迪《追和用修先生春兴》、沙琛《写韵楼谒杨升庵侍御画像》、孙鹏《登浩然阁观洱海赋》等作品的追和来看，其对杨慎的认同与接受已浸在其中。"艺术价值之判定，不在向外之所获得，而更重要在其内心修养之深厚。"③作为"读者"的明清云南回族文学家大多具有忧国忧民的国家情怀和忠孝亲友的伦理意识，关怀意识在其文学创作中时有显现。孙鹏、沙琛及马之龙均创作了一些现实主义的诗篇，如孙鹏《泗上杂咏》其五曰："南山赤地北山疵，父母斯民者是谁？昨夜凤衔丹诏下，重颁玉食食氓饥。"④忧民之情溢于言表。马之龙《迎官厅雪山》曰：

---

① 孙秋克：《明代云南文学研究》，云南人民出版社，2010，第114～116页。
② （明）李元阳：《送升庵先生还蜑川客寓诗·序》，载《李元阳集·散文卷》，云南大学出版社，2008，第197页。
③ 钱穆：《现代中国学术论衡》，岳麓书社，1986，第241页。
④ （清）孙鹏：《南村诗集》，载李伟、吴建伟主编《回族文献丛刊》（第7册），上海古籍出版社，2008，第2955页。

"贪吏来，云不开。廉吏到，雪先笑。"以拟人手法表现出对贪官的憎恶、对廉吏的欢迎之意。沙琛此类作品更多，《民事诗》五首、《慨农》、《豆腐歌》、《人日》和《晬感十二律》等皆属悯农伤时题材。这种保世、经世的创作主张与升庵公的价值观念相一致。杨慎始终积极用世，矜尚气节，即使被贬戍，依然主动协助官府抗击乱兵，多次为民请命。他在实际行动中从未放弃追求，最终选择以"立言"的方式来完善自己的人生，求得生命意义在现实世界的超越。这也是明清云南回族文学家认同从游的根本原因。孙鹏几次表白对杨慎的追慕之情，如《登浩然阁观洱海赋》中云："杨李昔时成快游，我生也晚不同过。幸留胜迹在水涯，待我以游为日课。"《望点苍山五首》其五曰："拟把游踪继杨李，一峰一月住山家。"从这些诗句来看，杨慎已成为明清云南回族文学家的精神偶像，其人格风范深深地影响着他们的价值观念和行为方式。

二 对杨慎忧世精神的认同

杨慎一生忧国忧民，特别是戍滇之后的大部分时间都生活在民间，对民生疾苦有着切身的体验。如《悯雨》一诗写嘉靖三十三年（1554 年），泸州大雨给当地百姓带来的灾难："立秋淫雨连腊月，漏天陷淖何所终。城中换米衾绸尽，厨下烘薪榱桷空。"[1] 诗人对受雨灾而饥困羸弱的百姓给予深深的同情。"坏却滇南好风景，只因乡讪数弓田"（《滇池涸》），"撒却金针破银河，反向台司诉干旱"（《后海行》），这些诗句讽刺地方官吏将干涸的滇池霸占为私田的行为。"敢辞白首御魑魅，眼见木夫尤苦辛"（《普市》）是对雪山伐木农民辛苦劳作的体恤之句。可见在杨慎的诗作中处处体现着对国家、

---

① （明）杨慎：《升庵集》（卷 36），载《影印文渊阁四库全书》（第 1270 册），上海古籍出版社，1987，第 252 页。

对人民的忧患之情和心系社稷、心忧民疾的精神境界。

这种优良的人文传统在明清云南回族文学家的作品中得到传承与延展。如明代永昌府回族文学家闪继迪在《定海演武场怀李于鳞先生》一诗中表达对明后期国势衰微的忧虑，《铜铸破像秦桧夫妇》抒发自己对奸佞当道、陷害忠良的社会现实的不满之情。受杨慎的影响，清代云南回族文学家的诗歌具有很强的现实精神和人民情怀。太和沙琛、元江马汝为、丽江马之龙等回族诗人，以诗歌指陈时弊、同情民疾，体现出古代文学家的忧世情怀。沙琛创作了几十首以雨为题材的诗歌，这些写雨诗字字句句关乎民情。当涝雨成灾之时，他写《苦雨》诗，抒发"微官好赖年丰乐，蓄目中田麦待晴"的心愿；当久旱不雨，他写《祈雨》诗，表达"毒热烦愁交互集，何当雷电起前溪"的殷切之情；当及时雨从天而降之时，他写《喜雨》诗，表达"盛夏苦亢旱，得雨人惬怀"的喜悦之情。百姓苦雨他则苦，百姓喜雨他则喜，正如张迎胜所言："沙琛关心农民的命运，以他们的苦乐为自己的苦乐，常常表现出十分深厚的感情。"①

在元江马悔斋先生的诗文中，其忧国忧民之作多不胜举。如《题侬人图》中有"但苦长官急催科，吾愿仁人善抚育"，为故乡元江少数民族"侬人"面临的苦楚鸣不平。《长椿寺观前九莲菩萨遗像》一诗中又写道："为民祈福兴梵宇，岂以土木劳苍生！"对统治者大兴庙宇、劳民伤财的行径表示愤恨。"闻说昆明池上路，劫灰埋没旧雨庄"（《秋夜》）为边疆遭遇的劫火而哀思。明清云南回族文学家的忧世情怀与杨慎一脉相承，这既与他们性情相似、风雅相承相关，更与明清回族文学家所处的文化环境相关，"艺术品的产生取决于时代精神和周围的风俗"②。这是我们解析其文化认同心理的重要依据。

---

① 张迎胜：《清代回族诗人沙琛》，《宁夏大学学报》（社会科学版）1981 年第 2 期。
② 〔法〕丹纳：《艺术哲学》，傅雷译，人民文学出版社，1988，第 34 页。

三 对杨慎贬谪遭际的体认

"在文学接受中，受众主体的认同心理并不是真正外投于作品中的对象，而是在向内投于自己的基础上，扩展到那些与自己相似的文学对象身上，其实质是以自己为标准来衡量他人，如契合自己则选择接受。"① 明清云南回族文学家对杨慎贬谪遭际的体认很能说明这一点。

很多明清云南回族文学家仕路坎坷，颇不得志，但最终能超越苦闷，徜徉于滇云的青山绿水中，躬耕于乡野的菜圃小园中，醉心于与高僧大德的交游中……这份淡泊的情怀、宁静的心绪将现实中的诸种不畅都化作清风雨露，静静地流淌在他们的诗篇之中。在他们参透这一切之前，嘉靖时期的戍滇名士杨升庵公已将这份情怀谱写在滇云大地和读者心中，其咏史词《临江仙》即是最好的明证：

> 滚滚长江东逝水，浪花淘尽英雄。是非成败转头空。青山依旧在，几度夕阳红。白发渔樵江渚上，惯看秋月春风。一壶浊酒喜相逢，古今多少事，都付笑谈中。②

此词熔铸进了参悟生命之后的无尽感叹，词人这份高远而深邃的历史眼光令后人钦佩不已。情感认同既是文本价值实现的前提，也是文本艺术生命得以延续的保证。在明清云南回族文学家的文本

---

① 马振华：《幻想·移情·认同——浅析文学接受主体的几种心理活动》，《中国校外教育》2008 年第 8 期。
② （明）杨慎：《廿一史弹词》，载王文才主编《杨慎词曲集》，四川人民出版社，1984，第 2 页。

中也能找到这种感觉，以马继龙《江陵怀古》为例：

> 水国霜残草木黄，万家城郭入苍茫。波涛东下吴江尽，关塞西连蜀道长。夜雨郎当嘶铁马，寒烟萧瑟锁金汤。英雄千古兴亡处，只见鸦飞带夕阳。[①]

虽然此诗的格调、境界逊于杨公的《临江仙》，但是同样道出了诗人尝尽人间辛酸后的通透了悟，有历史兴衰之感，更有人生沉浮之慨，体现出一种高洁的情操、旷达的胸怀。诗品出于人品，从他们的诗作中我们可以看出其人格魅力和精神风范。

万里投荒，杨慎经受了远离故乡亲人的孤独，仕途无望的哀伤与迷茫，以及年华虚度、生命消磨的无奈与绝望。他曾无数次地在诗文中抒写岁月蹉跎、漂泊无依的人生痛感，"夜夜相思头欲白"（《渔家傲》），"独愁相思两蹉跎"（《西江月》），"天涯游子悬双泪，海畔孤臣谪九年"（《春兴》其一），"旅鬓年年秃，羁魂夜夜惊"（《七十行戍稿·寒夕》），"寂寥孤馆坐愁人，小窗横影梅枝亚"（《踏莎行》）等，反映了诗人壮志难酬、羁旅戍境的抑郁心境。

作为审美的文学接受是一种有别于生理趣味的高级心理能力，审美快感的获得是接受主体在一定的功利性基础上通过心理活动来完成的。虽然明清云南回族文学家没有杨慎被永远谪戍边地的苦难经历，但他们大多有过或被贬谪或被革去功名的不幸遭遇。相近的苦难体验缩短了横亘在他们之间的时空距离，在过去和今天、传统和现实的经纬中认同、接受。下面两首作品颇能反映这种认同心理：

---

① （明）马继龙：《马继龙诗选》，载吴海鹰主编《回族典藏全书》（第165册），甘肃文化出版社、宁夏人民出版社，2008，第368页。

万事投荒出玉关，露盘霄汉有无间。张骞河渚槎浮远，贾谊长沙去不还。金马大江通蜀水，点苍晴雪象燕山。汉庭莫问飘零客，潦倒风骚两鬓斑。①

翩翩超宗凤，摧残冒逆鳞。可怜宗国义，伉直不谋身。爨䰟占云紫，虫鱼入注新。僧楼搔白首，作么了同尘。②

杨慎寓居昆明池边之高峣时创作《春兴》八首，借异乡的春景抒发自己一生沦落边荒的悲怆。闪继迪《追和用修先生春兴》一诗表达对杨慎不幸遭遇的同情，其中寄寓着自己的悲苦失意。沙琛《写韵楼谒杨升庵侍御画像》一诗措辞更为激烈，喻升庵公只宗国义而未明哲保身，此叹慨是沙琛历经宦海风云之后的了悟，可见杨慎对其影响之深。

与古代失意的士大夫一样，当杨慎置身旖旎优美的山水风光，或探访厚重丰赡的历史遗迹，或与云南文学家交游唱和之时，诸种失意在老庄思想的慰藉中得到消解。在贬谪之地，杨慎访山水、探古迹、拜访名士、谒拜寺庙，创作了大量关涉云南山川风物和民风民情的诗篇，如《滇海曲》《元宵雪》《滇海竹枝词》《安宁温泉》《游点苍山记》等。这些诗或描绘滇地的秀美风光，或介绍滇地的诸种风物，在浓郁的诗情画意中给人身临其境之感，如写点苍山美景：

---

① 闪继迪：《追和用修先生春兴》，载吴海鹰主编《回族典藏全书》（第181册），甘肃文化出版社、宁夏人民出版社，2008，第21页。
② （清）沙琛：《点苍山人诗抄》，载吴海鹰主编《回族典藏全书》（第194册），甘肃文化出版社、宁夏人民出版社，2008，第45页。

己亥，由上关水月楼放舟遵岛屿而南，至金榜寺，摇落无僧。又南观青巅寺前巨人迹，已乃南泛，有崖飞出水面，曰鸡额山、维舟山。陳徒步而升，石磴盘旋，可三百武，见削壁卷阿，正向点苍，十九溪峰，尽在几席。山巅积雪，山腰白云，天巧神工，各呈其伎。①

苍山雪是大理"风花雪月"四绝之一，在诗人的描绘之下苍山积雪的壮丽景观如在目前。受杨慎的影响，明清云南回族文学家亦创作了很多描绘云南秀山丽水的诗篇，其中描绘点苍山的诗有孙鹏的《望点苍山五首》、沙琛的《普淜道中望点苍》、闪应雷的《登秀岭望点苍山》等。孙鹏《望点苍山五首》（其四）借景抒情，表达了诗人对杨慎、李中溪两位文坛领袖的仰慕之情："数来十九玉槎牙，一半濛濛雾又遮。晴黛酿成飞郭雨，春风开遍满山花。每因酒渴思岩乳，亦以楼高得翠华。拟把游踪继杨李，一峰一月住山家。"②诗歌前半部分写初春时节点苍十九峰的美景，"一半濛濛雾又遮。晴黛酿成飞郭雨"这两句写出了点苍山晴雨瞬息万变的特征。与杨慎的"山巅积雪，山腰白云，天巧神工，各呈其伎"之句写点苍山积雪有异曲同工之妙。

杨慎嗜好佛老，常走访佛寺道观并与高僧大德交游酬唱，佛道的濡染使他创作了一些游仙、悟道的作品。杨慎几乎遍游云南的大小寺庙道观，一塔寺、曹溪寺、东岩寺、感通寺等寺庙都曾留下他的游踪。如"传灯留圣制，演梵听华云。壁古仙苔观，泉香瑞草闻"

---

① （明）杨慎：《游点苍山记》，载《升庵集》（卷81），《影印文渊阁四库全书》（第1270册），上海古籍出版社，1987，第1045页。

② （清）孙鹏：《南村诗集》，载李伟、吴建伟主编《回族文献丛刊》（第7册），上海古籍出版社，2008，第3038页。

（《感通寺》）是写感通寺的幽深寂静，"旧围红袖题诗处，指点银屏索酒尝"（《鹧鸪天·重游东岩寺壁间见韩飞霞题字》）描绘诗人到东岩寺拜访高僧并与之参禅论佛的情境。亲佛染禅的体验既缓解了他在尘世间的苦痛，又使之与老庄那种逍遥适意的审美情趣相接近。"作者本身人格不朽，生活不朽，始是其文学不朽之重要条件。"①因为欣赏杨慎的为人、钦佩他的人格风范，故对杨慎作品的接受更多的是一种情感的认同，李泽厚先生言："如何超越苦难世界和越过生死大关这个问题，正由于并不可能在物质世界中现实地实现，于是最终就落脚在某种精神——人格理想的追求上了。"②明清云南回族文学家的诗文著作中表现亲佛染禅的不胜枚举，兹举以下两首：

> 海水弥天卤，崖泉涌露甘。境愁人迹绝，石倩鬼工钳。潮猛衣盛雪，僧枯洞作龛。缔观三浩叹，狋坐一深谈。（闪继迪《小潮音洞》）③

> 万壑参天路阻修，停舆立马望增愁。梯因树折能人履，崖作云崩压寺楼。炼液仙还丹灶热，观心客去石房幽。罡风不断吹衣袖，愿接卢敖汗漫游。（马之龙《石宝山宝相寺》）④

这两首作品均表现出诗人亲佛染禅的情怀，文艺作品往往是作者人

---

① 钱穆：《中国文化传统中的史学和文学》，载姜义华、吴根梁、马学新编《港台及海外学者论中国文化》，上海人民出版社，1988，第433页。
② 李泽厚：《中国思想史论》，安徽文艺出版社，1999，第187页。
③ （明）闪继迪：《闪继迪诗选》，载吴海鹰主编《回族典藏全书》（第181册），甘肃文化出版社、宁夏人民出版社，2008，第22页。
④ （清）马之龙：《雪楼诗选》，载李伟、吴建伟主编《回族文献丛刊》（第7册），上海古籍出版社，2008，第2722页。

格的一面镜子，是诗人心灵的真实书写。诗人们徜徉于大自然，在湖光山色中求得心灵的解脱与生命的超越，表现他们对佛禅的体认与感悟。

四　对杨慎文学观念的尊崇

文学作品从根本上讲注定是为读者而创作的。"在作者、作品与读者的三角关系中，读者绝不仅仅是被动的部分，或者仅仅作出一种反应，相反，它自身就是历史的一个能动的构成。一部文学作品的历史生命如果没有接受者的积极参与是不可思议的。因为只有通过读者的传递过程，作品才进入一种连续性变化的经验视野之中。"①作为杨慎的"读者"，明清云南回族文学家不仅在人格风范、生活情趣、人生追求方面同他一脉相承，在文学观念方面与他也有一些相近之处。

明代诗歌存在的共同问题是，如何在唐宋诗的基础上更好地传承与创新，因而出现了不同的主张和流派以促成明诗的嬗变。永乐以来的诗坛呈现出一种演迤气弱、空洞无物的创作倾向。成化、弘治年间李东阳率先批评诗歌的理化和俗气，提出诗文有别，强调诗歌的文学性，力图恢复诗歌的言情性特征。到正德年间，以李梦阳、何景明为首的"前七子"结成文学社团，他们对当时文坛的积弊深为忧虑："自洪武以来，运当开国，多昌明博大之音；成化以后，安享太平，多台阁雍容之制作；愈久愈弊，陈陈相因，遂至咟缓冗沓，千篇一律。"②主张"古体必汉魏""近体必盛唐""使天下人勿读唐以后书"。到嘉靖中期，又有以李攀龙、王世贞为首的"后七子"

---

① 〔德〕H. R. 姚斯、〔美〕R. C. 霍拉勃：《接受美学与接受理论》，周宁、金元浦译，辽宁人民出版社，1987，第 24 页。
② （明）李梦阳：《空同集》（第 66 卷），吉林出版集团，2005，卷首。

出现，继续阐释"前七子"的复古主张，称雄一时。作为李东阳的门人，杨慎自然受到复古思潮的影响，但"杨慎对待复古思潮的态度是复杂的，他反对泥古，提倡独自树立"①。胡应麟赞曰："用修才情学问，在弘、正后，嘉、隆前，挺然崛起，无复依傍，自是一时之杰。"② 杨慎揽采六朝，融会三唐，成一家之言，即尚古与尊情并举，"诗缘情"与"求其美"并重。明清云南回族文学家对杨慎文学观念的认同，可从以下两点进行分析。

（一）尚古而不拘泥于古

杨慎主张尚古而不拘泥于古的文学观念在明清云南回族文学家的文学思想中有所传承。杨慎认为文章还是古的好，而且越古越好。他在《杨子卮言》《谭苑醍醐》等著作中表明宗先秦之古文，宗崇《诗经》的风人之旨：

> 予尝谓汉以上，其文盛，三教之文皆盛。唐宋以下，其文衰，三教之文皆衰。宋人语录去荀、孟何如？犹《悟真篇》比于《参同契》，《传灯录》比于《般若经》也。③

> 二《南》者，修身齐家其旨也，然其言琴瑟钟鼓、荇菜茉苣、夭桃秾李、雀角鼠牙，何尝有修身齐家字耶？皆意在言外，使人自悟。④

杨慎的这些观念在明清云南回族文学家的文学思想中得到了很

---

① 罗宗强：《明代文学思想史》（上），中华书局，2013，第372页。
② （明）胡应麟：《诗薮》（续编卷1），上海古籍出版社，1979，第348页。
③ （明）杨慎：《升庵集·谭苑醍醐》（卷36），《影印文渊阁四库全书》（第1270册），上海古籍出版社，1987，第252页。
④ （明）杨慎：《升庵诗话》（卷53），载《影印文渊阁四库全书》（第1270册），上海古籍出版社，1987，第459页。

好的传承。昆明孙鹏云："太白云'大雅久不作，吾衰竟谁陈'。开口即以大雅自命。大雅者，正始之音也，岂徒以词？即以词，亦必择其言之尤雅者。十三经尚矣。次亦必取诸子史，他无可采。"① 这是孙鹏《答某翰林书》中指出正始之音、诸子百家都是要择采学习的对象。沙琛在《点苍山人诗抄·自序》中亦有类似的表述："庄子曰：'有生黬也'，移是不移，是鸣蜩学鸠，不同而同。予于诗夫，亦移是为快耳。"② 可见其有意诗宗先秦诸子，"移是为快"的文学主张。

明清云南回族文学家在其文学实践中体现着这些文学理念，如孙鹏《偶书》两首：

列子御风犹待风，其能无待以无己。谁知蝴蝶抟风鹏，总一神人而已矣。（其三）

太和元气郁氤氲，野马尘埃亦白云。不立秕糠尘垢外，焉得陶铸舜尧君？（其四）③

经典文学在一次又一次的解读中，不断地扩大着读者的视野，这两首诗从艺术形式到内容均有庄子的审美旨趣，这也说明在接受过程中接受主体依据各自不同的审美需求，对文本意义的生成和自我审美需求的满足做出选择，从而体现出文学接受的自主性。

---

① （清）孙鹏：《答某翰林书》，载李伟 、吴建伟主编《回族文献丛刊》（第 7 册），上海古籍出版社，2008，第 3040 页。
② （清）沙琛：《点苍山人诗抄·自序》，载吴海鹰主编《回族典藏全书》（第 194 册），甘肃文化出版社、宁夏人民出版社，2008，第 115 页。
③ （清）孙鹏：《南村诗集》，载李伟 、吴建伟主编《回族文献丛刊》（第 7 册），上海古籍出版社，2008，第 2909 页。

(二) 尊情重性

杨慎主张诗歌尊情的文学观念对明清云南回族文学家有一定的影响。杨慎针对宋元以来诗歌创作中理性化的积弊,认为六经各有体,而诗歌的特性就是言情,他强调诗必发于情:

> 诗之为教,逖矣玄哉!婴儿赤子,则怀嬉戏抃跃之心;玄鹤苍鸾,亦合歌舞节奏之应。况乎毓精二五,出类百千!六情静于中,万物荡于外,情缘物而动,物感情而迁,是发诸性情而协于律吕,非先协律吕而后发性情也。以兹知人人有诗,代代有诗。①

在杨慎看来,情是诗的本源。人的情感本是静止的,是因感于物而动于中,形于言就是诗。他反对宋人以理为诗,"性情欲其理也,不欲其梏也。是故周人理之,宋人梏之……是故风标其性情,神明其律吕,而诗在其中矣。诗者,持也,持其情性,理在其中矣。宋人曰'我不好色也'乌得淫,我不怨诽也乌得乱。过求所为理之也,乃端所为梏之也"②。宋人诗为理所囿,有极端、粗糙之弊。在他看来,诗中之理应张,并在其诗论著作中有所阐述。孙鹏注重诗文创作的法度、情感与体格:"唐诗以情胜,宋诗以气胜。气之不如情也,审矣。"③认为唐诗的品格高于宋诗,其根本原因在于唐诗有充溢的情感,胜在情感上。

---

① (明) 杨慎:《升庵集·李前渠诗引》(卷3),《影印文渊阁四库全书》(第1270册),上海古籍出版社,1987,第43~44页。
② (明) 杨慎:《升庵集·云诗解》(卷5),载《影印文渊阁四库全书》(第1270册),上海古籍出版社,1987,第66页。
③ (清) 孙鹏:《答某翰林书》,载白寿彝主编《回族人物志》(下册卷44),宁夏人民出版社,2000,第1030页。

杨琼在分析孙继鲁与孙鹏诗文风格之异时指出：

今读南村所吟，则大半为嘤鸣和平之雅调。方谓祖孙一气，格律顿殊，为之诧然。既而思《诗》、《骚》各体，固有正变之殊。若《三百篇》中，二《南》为正风，《下泉》则变风也；《文正》为正雅，《小弁》则变雅也。又若有唐一代，永嘉之有王孟，其正格也；豫章之仿少陵，则变格也。所谓正变，皆缘于所丁之穷通夷险为之。或者不察，而以为出乎学人一时之好尚，抑亦颇矣。清愍处乎季世，抑挫扼塞，故发为愁叹之音。南村处乎盛时，赠答优游，故饶有闲适之趣。要之视乎其遇，发为其情，虽以父子祖孙，有不能相假者，而何致疑于格律之不相侔邪？后人论诗，不更及于所生之世，而漫谓若者能学杜陵，若者能师王孟，优此劣彼，主出奴，岂通论哉？①

虽然杨琼旨在说明孙清愍公与孙鹏祖孙文风不同，在于两人所处的社会环境不同，强调知人论世、追根溯源是进行文学批评的重要标准，但"视乎其遇，发为其情"之句也客观地指出了孙鹏诗歌的抒情性特征。

再如永昌府马继龙的诗歌深得保山袁氏之肯定，主要原因还是其诗歌流溢着真切的情感，"至七律则风流跌宕，一往情深。自是得力于盛唐诸公"，"深情逸韵纯是唐音"②。从其作品内容来看，这样的评价还是比较中肯的。以他的一首《闺词》为例："芳草王孙路，

---

① 杨琼：《印泉师长刊辑孙南村诗集序》，载李伟、吴建伟主编《回族文献丛刊》（第7册），上海古籍出版社，2008，第2897~2898页。
② （清）袁文典评《滇南诗略·马继龙诗选》，载《丛书集成续编》（第150册），上海书店出版社，1994，第161页。

春来恨转多。鸟啼花落处，经月不曾过。"（《闺词》其一）历代文学中描写思妇、盼归的作品非常多，此词独特之处在于不言情而情溢，闺中女子的期盼都体现在一个"恨"字上，可谓意淡远而情深切。由此可见，明清云南回族文学家大多重视文学的情感性，并在创作中加以实践，留下大量真情动人的诗篇。

（三）重视文采

除了尚古尊情的诗学主张外，杨慎还重视诗歌的文采性，这种文学观念也在明清云南回族文学家的诗文创作之中得以践行。尚丽的文学观念自先秦之时就已出现，"如《诗经》对韵律的运用已很完善，它的四言诗体，句式参差多变，古朴而不呆板；至于《楚辞》，更是以情采芬芳，婉丽动人而衣被后世"[1]。魏晋以后文学进入自觉时代，文学从经学的附庸地位中独立出来，创作主体更加注重文学形式美，至六朝尚丽成为文学的突出特点和基本风貌。到明弘治、正德时期，杨升庵诗学六朝，缘情绮靡，佁怅切情。《四库全书总目提要》云："慎以博洽冠一时。其诗含吐六朝，于明代独立门户。"[2] 杨慎追求文学形式美的诉求在《大招》一文中可见一斑：

> 《楚辞·招魂》一篇，宋玉所作。其辞丰蔚秾秀，先驱枚、马，而走僵班、扬，千古之希声也。《大招》一篇，景差所作，体制虽同，而寒俭促迫，力追而不及。《昭明文选》独取《招魂》而遗《大招》，有见哉！朱子谓《大招》平淡醇古，不为词人浮艳之态，而近于儒者穷理之学，盖取其尚三王、尚贤士之语也。然论词赋，不当如此，以六经言之，《诗》则正而葩，

① 袁济喜：《六朝美学》，北京大学出版社，1989，第 282 页。
② （清）永瑢、纪昀主编《四库全书总目提要》（卷 172 集部 25），《升庵集》（第 81 卷），中华书局，2003，第 1502 页。

《春秋》则谨严。今责十五国之诗人曰："焉用葩也，何不为
《春秋》之谨严？"则《诗经》可烧矣！止取穷理，不取艳词，
则今日之五尺之童，能写仁义礼智之字，便可以胜相如之赋，
能抄道德性命之说，便可以胜李白之诗乎？①

"诗赋欲丽"是曹丕在《典论·论文》中提出的观点，在杨慎
这里得到了极大的发扬。他认为《文选》选取《招魂》而不选《大
招》是因为《招魂》"其辞丰蔚秾秀"受到人们喜爱而获得认同，
《大招》"寒俭促迫"力追不及而不能泽被历代。这些文学观念被明
清云南回族文学家实践在自己的诗歌创作之中。无论是明代文学家
还是清代文学家，无论是隐逸文学家还是庙堂文学家，他们都追求
诗歌的韵律美、语言美，主动向"诗赋欲丽"的传统观念靠拢。试
以明代云南回族文学家马继龙《妾薄命》为例，其曰：

　　妾薄命，妾薄命，日日含颦羞对镜。花落长门白昼间，莺啼
春树黄昏近。白昼黄昏岁月悲，玉箫牙管久停吹。蛾眉已是为人
妒，金屋而今贮阿谁？阿谁金屋应年少，个个笙歌双凤诏。珠绣
貂珰日月恩，致今门户生光耀。嗟予左右无先容，焉得寻常拜上
封。红杏碧桃春自富，东风偏不向芙蓉。芙蓉窈窕秋江暮，可惜
芳心委朝露。此情欲诉与君知，那有黄金买词赋。词赋不得君不
怜，自甘憔悴落花前。空园夜月愁如海，何处恩光照绮筵。绮筵开
处散阳和，六宫粉黛共恩波。君思自是如天地，落寞佳人奈命何。②

---

① （明）杨慎：《升庵集·大招》（卷47），载《影印文渊阁四库全书》（第1270册），上海
古籍出版社，1987，第462页。
② （明）马继龙：《马继龙诗选》，载吴海鹰主编《回族典藏全书》（第165册），甘肃文化
出版社、宁夏人民出版社，2008，第374页。

　　此赋辞采华美、情感幽怨，怨妇形象如在目前，堪抵一篇《长门赋》。此赋之所以华采优美、气韵深沉，离不开铺陈、虚构、想象、夸饰等艺术思维和艺术手法的运用。（艺术家）"在自己心里唤起曾经一度体验过的感情，在唤起这种感情之后，用动作、线条、色彩、声音以及所表达的形象来传达出这种感情，使别人也能体验到这同样的感情——这就是艺术活动"①。马继龙深受六朝诗学和杨慎文学观念的影响，注重诗歌的形式美，张履程《滇南诗选·序》对其有"清奇朗润，跌宕风流"②的评价，还是相当准确的。

五　对杨慎诗歌意象的借鉴

　　基于对杨慎人格境界的钦佩、对其文学主张的尊崇，明清云南回族文学家自觉不自觉地师法、借鉴杨慎诗歌创作的艺术手法与艺术技巧，主要体现在诗歌意象的借鉴与运用方面。

　　意象是我国古代重要的哲学范畴，刘勰是第一个在文学创作领域指认"意象"审美功能的人。他在《文心雕龙·神思》中云："是以陶钧文思，贵在虚静，疏瀹五脏，澡雪精神。积学以储宝，酌理以富才，研阅以穷照，驯致以绎辞，然后使元解之宰，寻声律而定墨；独照之匠，窥意象而运斤；此盖驭文之首术，谋篇之大端。"③是说意象是具有"意"与"象"双重意义的一种寄托隐含手法。敏泽先生在《钱锺书先生谈"意象"》一文中对此有比较准确的解释："诗中的意象应该是借助于具体外物、运用比兴手法所表达的一种作者的情思，而非那类物象本身。那些物象本身如果离开了作者的艺

---

　①　〔俄〕别林斯基：《别林斯基选集》（第1卷），满涛译，上海译文出版社，1979，第249页。

　②　（清）张履程：《滇南诗选·序》，载白寿彝主编《回族人物志》（明代卷），宁夏人民出版社，2000，第626页。

　③　《〈文心雕龙〉译注》，周振甫译注，江苏教育出版社，2006，第397页。

术想象和构思，就只能是单纯的'象'，而非诗歌的意象。"① 通俗地说，意象就是物与心、象与意、现实存在与心灵世界的有机统一，如同宗白华所言，"向外发现了大自然，向内发现了自己的深情"②，是对自己与外物间相互关系的一种审美性的认识及把握。

秋雁、落叶、雨雪及流水等自然意象是我国古典文学中具有特殊意义的文学意象，它们在发展和演变的过程中形成了较为固定的抒情象征体系。如鸿雁南北迁徙的物性与文学家的漂泊具有相似之处，落叶飘零之状与游子漂泊在外、有家难回的情境何其相似。在漫长的贬谪戍滇生涯中，思乡的惆怅与壮志难酬的郁闷，和着秋雁、落叶、雨雪及流水等物象，弥漫在杨慎心头，化为笔下的绝美诗篇。那秋雁、落叶、雨雪及流水则是其贬戍生活情感的一种投射，以下几首作品颇能反映这种心情：

关塞渺茫魂梦隔，山川迢递别离多。汀洲春雨骞芳杜，茅屋秋风带女萝。(《怀归》)③

罗甸愁山雨，滇阳怯海风。可怜风雨夜，长在客途中。(《风雨》)④

关塞骅骝迷去路，朔风鸿雁滞归音。仙游御宿山川远，白露清霜日夜深。(《丁丑九日》)⑤

---

① 敏泽：《钱锺书先生谈"意象"》，《文学遗产》2000 年第 2 期。
② 宗白华：《艺境》，北京大学出版社，1999，第 122 页。
③ 《杨慎诗选》，王文才选注，四川人民出版社，1981，第 107 页。
④ 《杨慎诗选》，王文才选注，四川人民出版社，1981，第 14 页。
⑤ 《杨慎诗选》，王文才选注，四川人民出版社，1981，第 91 页。

客鲤何时到，宾鸿昨夜惊。离心似芳草，处处逐春生。
（《乙酉元日新添馆中喜晴》）①

夕阳暝色三叉路，流水空江一叶萍。孤馆可逢梅蕊白，乱
山不见酒旗青。（《怀简西峃》）②

杨慎以流刑最重一级被逐出朝廷而贬谪到云南，王世贞云："杨
用修自滇中戍暂归泸，已七十余，而滇士有谗之抚臣晟者。晟俗戾
人也，使四指挥以银铛锁来。用修不得已至滇，则晟已墨败。然用
修遂不能归，病寓禅寺以没。"③ 由秋风、鸿雁及落叶等物象所撩起
的乡愁与抑郁是无法消解的，其内心的伤痛可想而知。

同杨慎相似，明清云南回族文学家也常用这些意象表达乡关之
思、羁旅之愁。"芙蓉城上雨霏霏，浊酒清吟独掩映。泽国水寒云不
散，江天风急孤雁飞。"④ 马继龙《雨中漫述》一诗写自己滞留蜀地
思家盼归的心情。孙鹏《九日舟中有感》一诗写于漫游吴越之时，
"江上烟寒易作阴，授衣时节雨涔涔。架空石屋留人住，挂月银壶待
客斟。十载风波存病骨，一生山水是知心。天涯归路孤舟晚，独抱
离忧向碧涛"⑤，羁旅行役之愁尽在江上烟波中。"花残人尽去，月
皎影相随。岂不思亲故，飞蓬岁转移"⑥，此诗描绘马之龙客居他乡，
居无定所而不得已移居僧楼的凄惨处境。马汝为在《秋日感怀》一

---

①　《杨慎诗选》，王文才选注，四川人民出版社，1981，第 68 页。
②　《杨慎诗选》，王文才选注，四川人民出版社，1981，第 138 页。
③　（明）王世贞：《艺苑卮言》（卷 6），陈洁栋、周明初注，凤凰出版社，2009，第 101 页。
④　（明）马继龙：《马继龙诗选》，载吴海鹰主编《回族典藏全书》（第 165 册），甘肃文化
　　出版社、宁夏人民出版社，2008，第 386 页。
⑤　（清）孙鹏：《南村诗集》，载李伟、吴建伟主编《回族文献丛刊》（第 7 册），上海古籍
　　出版社，2008，第 2972 页。
⑥　（清）马之龙：《雪楼诗选》，载李伟、吴建伟主编《回族文献丛刊》（第 6 册），上海古
　　籍出版社，2008，第 2736 页。

诗中借夜雨、秋风、北鸿等意象表达思乡之情:"葛衣初换早凉中,天际冥冥起北鸿。万里乡关愁夜雨,千家砧杵动秋风。"① 此种情形不胜枚举。

由这些意象所构建的文学之境充满了凄凉之美,虽然人生遭际各不相同,文学才情各有千秋,但借鸿雁、落叶及雨雪等自然物象表达自己悲凉失意心境的初衷与手法是相似的。当然,不能仅因相同意象的运用就认定明清云南回族文学家在创作上一定师法杨慎,从而实现了对杨慎的文学接受。但是在文学接受中,认同心理的一种特征是接受者因喜爱作家的某些特点,进而接受或欣赏作品中同样的特点并体现在自己的文学创作之中。

综上所述,因为明清云南回族文学家和杨慎生活在相同的地域文化环境之中,都曾深深地受到云南地域文化环境的影响,作为"读者"的明清云南回族文学家对其虽遭谪戍却能超越苦难的人格风范钦佩不已,对其量多质高的文学成就钦佩不已。因此他们对杨慎的文学表现出一种趋同态度,可以说明清云南回族文学家对杨慎的接受既是他们个人的选择,也是明清云南地域文化影响的结果。

第二节　明清云南回族文学家对刘大绅、师范(荔扉)的学习与接受

目标定向性认同是认同的另一种类型,同样适用于文学接受的过程分析。目标定向性认同的特征是"接受者往往以作品中的某个认同对象,作为自己的楷模或榜样,力求自己与之等同一致。即在现实中没有满足或得不到实现,而在文学作品中有这样的形象或情

---

① (清)马汝为:《马悔斋先生遗集》,载《清代诗文集汇编》(第219册),上海古籍出版社,2010,第605页。

境而且得到了完美的结果，那么接受者以其作为仿效的对象，并力求与之一致"①。需要指出的是，在文学接受过程中，认同的是模仿对象的个别特点而非全部，但也存在扩展认同的可能性，即接受者因认同模仿对象的某一特点进而认同与之关联的其他特点。此种情形明显地体现在清代云南回族文学家对清代云南本土文学的认同与接受中。本节探讨清康乾嘉时期云南回族文学家对云南本土文学的认同与接受，以此说明地域文化在文学传播与接受过程中的重要作用。

清代的康乾嘉三朝是中国古代文学发展的鼎盛时期，也是云南地方文学发展的重要时期，更是云南回族文学发展的黄金期。康乾嘉时期云南文坛活跃着许多享誉全国的优秀文学家，如张汉、刘大绅、师范等，一些回族文学家也崭露头角，如孙鹏、马汝为、沙琛、马之龙等。回族文学家广泛地与云南本土著名文学家交游往来，共同的地域文化环境为他们架起了一座文学的桥梁，勾连着文学的传播与接受。"择其善者而从之"是云南回族文学家接受本土名家的基本准则，其创作能力也因此得到提高，诚如周圣弘所言："从群体认识角度看，诗歌接受，是改善提高一定的社会群体的审美水准、文化素质和感受认知能力的活动，结果会成为推进人们在更先进文化视野上建设、创造更高水平的文化内在因素之一。"②

一 对刘大绅的学习与接受

乾嘉时期宁州文学家刘大绅是云南文教界的泰斗，尤其他晚年主讲云南五华书院，以经、史、诗文教授诸生，要求士子躬修德行，

---

① 马振华：《幻想·移情·认同——浅析文学接受主体的几种心理活动》，《中国校外教育》2008 年第 1 期。
② 周圣弘：《接受诗学》，中国传媒大学出版社，2011，第 94 页。

使云南文风大振，故在当地颇有影响。追慕他的云南士子甚众，除了著名的五华书院诸学子外，还有马之龙、沙琛等回族文学家，刘大绅与他们亦师亦友，常常诗文赠答、交游往来，既建立了深厚的友谊，又在文学创作上互相借鉴、彼此影响，推动了云南本土文学水平的提高。

（一）生活方式的选择

刘大绅淡泊自适的人格境界及绝意仕进的价值观念深得马之龙、沙琛等的尊崇。沙琛以得到刘大绅的指导为人生幸事，正如他在《抵昆明呈寄庵前辈》一诗中所云："所乐见夫子，证向开谜方。为我正声诗，为我画行藏……去来恰一载，得诗近百章。再拜坛坫陈，槁草晞春光。"[1] 字里行间洋溢着对刘大绅的敬仰之情。与此同时，刘大绅对沙琛的文学才能亦十分钦佩，他在《点苍山人诗抄·序》中以"气奇、情迈、绝众离群"之言高度称赞沙琛的诗歌创作，对沙琛即使在"失意暂息"之时，亦"周揽名胜，交游贤豪，蓬蓬勃勃，不可遏抑之概"[2] 的超然洒脱之风范更是欣赏有加。刘大绅曾建议马之龙卖刀买耕牛，马之龙听后即表示"会当归故山，刀耕种瑶草"（《奉酬刘寄庵先生西洋刀歌》）。后来他回到故乡隐居雪楼，躬耕自给，"归来雪山服初服，年年采药随樵呼"（《窗中对五华山》），"日涉已成趣，门关可养真"（《题方友石石芝园图》）。生活极是简淡，这种生活方式的选择不能不说是深受刘大绅的影响，刘大绅在迁武定府同知后即以母老辞官归里，看淡名利，绝意仕进，可见两人性情相投。这从马之龙的"安得其清唯，篱边共采菊"（《对

---

① （清）刘大绅：《点苍山人诗抄·序》，载吴海鹰主编《回族典藏全书》（第194册），甘肃文化出版社、宁夏人民出版社，2008，第103页。

② （清）刘大绅：《点苍山人诗抄·序》，载吴海鹰主编《回族典藏全书》（第194册），甘肃文化出版社、宁夏人民出版社，2008，第116页。

菊》），"先生知我把钓习，近华浦上备蓑笠"（《刘寄庵先生邀泛舟
近华浦登大观楼饮作赠》）等诗句中也能看出，他们都喜欢篱边采
菊、把钓江上，表现出相同的淡泊适性情怀。

（二）文学创作理念的践行

刘大绅"为道作诗"的创作精神及老朴真挚的诗风对清代云南
回族文学创作有较大的影响。刘大绅的诗歌量丰质高，或沉郁抑扬
或淡雅清新，深受时人追捧，对马之龙、沙琛等人的创作观念与创
作方法有一定的影响。

刘大绅的诗作大多言真意切，味淡情深，具有较高的艺术价值，
正如张履程所评："因寄所托，写性灵，发旷思，言真而情愈深，味
淡而旨弥远，亦杜，亦陶，机趣洋溢。"① 这也正是马之龙、沙琛等
对其倾心向学的主要原因。刘大绅主张诗歌创作要"为道"，而不
"为技"。从文艺学范畴来说，道就是诗道，司空图《诗品》中讲
"道不自器，与之圆方"②。这与庄子所推崇的自然之道相契合，"真
者，所以受于天也，自然不可易也"③。自然天成就是真，真的就是
美的，追求自然之美是艺术活动的目的，也是诗歌创作所应遵循的
规律。刘大绅认为如果在诗歌创作中一味追求技胜，那么写出来的
诗只能达到"研声病，究格律，探风气，窥好尚，以取悦人耳目"④
的艺术效果与目的，偏离了"为道"的创作原则，故他主张"终不
得以技而废乎道"。无论是反映现实还是咏物抒怀，刘大绅始终贯彻
这一创作理念，以两首作品为例：

---

① 李春龙、牛鸿斌等点校《新纂云南通志》（卷197），云南人民出版社，2007，第197页。
② （唐）司空图：《诗品》，载张少康编《中国历代文论精品》，时代文艺出版社，2001，第
346页。
③ 陈鼓应：《庄子今注今译》，中华书局，1983，第373页。
④ （清）刘大绅：《寄庵诗抄续》（卷11），载《清代诗文集汇编》（第218册），上海古籍
出版社，2010，第353页。

夫子无为者，萧然此赋闲。新疏泉一道，小筑屋三间。避俗偏邻市，参禅不闭关。匆匆归太早，何日再追攀。（《潭西精舍晤桂未谷广文时未谷暂请假》）

河水东流不复回，老夫彻夜自悲哀。日长莫枕锄头睡，门外催租吏早来。（《午后行田间》）①

第一首诗歌以描绘潭西草堂清新雅致的环境衬托自己赋闲生活的自适，第二首诗歌以东流水比喻自己对百姓苦难生活的同情与伤悲。虽然两首作品内容迥异，所表达的思想情感亦不甚相同，但其直抒胸臆、不假装饰的书写方式及通俗流畅的语言风格是相似的，也就是说其为道而诗的创作原则是贯穿其中的。

作诗"为道不为技"的观念为马之龙、沙琛等人所接受并践行在他们的创作之中。马之龙 30 岁之前所作的诗歌大多质朴循矩，传情达意比较直露，而 30 岁后的作品则更加自然圆润，言淡而寄意深远，与刘大绅的诗风有相似之处，以《雨后坐月》和《孤山》两诗为例：

雨洗一轮月，照我庭轩洁。如坐冰壶中，不思故山雪。（马之龙《雨后坐月》）②

---

① （清）刘大绅：《寄庵诗抄续》（卷 11），载《清代诗文集汇编》（第 218 册），上海古籍出版社，2010，第 354 页。
② （清）马之龙：《雪楼诗选》，载李伟、吴建伟主编《回族文献丛刊》（第 6 册），上海古籍出版社，2008，第 2735 页。

远忆孤山上，无人有明月。荒林绝虎迹，晚饭饱鱼羹。醉数雁千点，卧闻钟一声。遨游及此日，秋水片帆轻。（刘大绅《孤山》）①

马之龙的《雨后坐月》语言清新通俗，所传达出的思乡之情真实自然。刘大绅的《孤山》一诗意象清新，语言质朴自然，以明月、孤山、秋水等意象勾画出诗人远离亲人、孤寂无依却又闲适洒脱的复杂情感。虽然这两首诗所表达的情感不同，但自然天成的文学风格是一脉相承的。

沙琛咏物诗深得刘大绅作诗为道之意旨，其咏物诗体现得较为明显。如"蓓蓓残红乱雨枝，渔郎重到舣舟迟。垂杨也为飞花惜，踠尽重重水面丝"（《桃花》），"十载青春一瞬移，更无人在款花厄。呼门欲乞花间坐，曾与梅花是故知"（《忆梅》）。这两首诗自然清新，节奏明快，诵读起来朗朗上口，与刘夫子的咏物诗难分伯仲。这说明在沙琛学习刘大绅诗歌创作之道的同时，刘大绅亦借鉴学习了沙琛诗歌创作的优良之处，故而他们的诗歌风格或多或少总有相近之处。这种现象的出现并不难理解，因为文学活动是社会交流活动的一种，在文学雅士的交游酬唱中，他们"互相交流、互相影响，就引起了各自视界的某种改变或扩大，各自吸收了对方视界中的某些自己原先没有的因素，从而使双方的视界在某一点或某一局部上达到了迭合和交融。不同读者个人、群体之间，因而就有了某些共通之处，也就有了可以对话的共同语言"②。

---

① （清）刘大绅：《寄庵诗抄续》（卷11），载《清代诗文集汇编》（第218册），上海古籍出版社，2010，第630页。
② 周圣弘：《接受诗学》，中国传媒大学出版社，2011，第105页。

二　对师范（荔扉）的学习与接受

师范（1751～1811 年）是乾嘉时期云南的社会名士，也是海内皆知的诗人，他的诗学思想对云南本土文学家有着深刻的影响。对沙琛而言，师范浓厚的诗教意识及"以杜陵之笔，与阮籍之志"的诗歌风貌深刻地影响着他的创作。

（一）认同其诗教主张

重视诗教传统是师范与沙琛所共有的创作意识。提倡温柔敦厚的诗教观念始自春秋，从孔子提出"兴观群怨"到《礼记·经解》的进一步确认："入其国，其教可知也。其为人也：温柔、敦厚，《诗》教也。"[1] 这一诗学传统以强大的社会功能深刻地影响着中国文化，正如闻一多所言："诗似乎也没有在第二个国度里，像它在这里发挥过的那样大的社会功能。在我们这里，一出世，它就是宗教，是政治，是教育，是社交，它是全面的生活。维系封建精神的是礼乐，阐发礼乐意义的是诗，所以诗支持了那整个封建时代的文化。"[2] 体现在文艺创作方面则要求"发乎情，止乎礼"，要符合"中庸"之道。此后，这一思想在不同历史时期或强或弱，但从未消失，成为中国古代文艺思想的主流。

清初、中期，诗学思想复归传统，大家们虽取径各不相同，但为"治世之音"的创作趋向是一致的。云南虽远在边地，流风所及，秉承儒家文化观念的云南各族文学家们自幼学习并接受儒家文化观念，师范、沙琛亦是如此。师范曾明确表示："温柔敦厚，诗教也。

① 杨天宇：《礼记译注》，上海古籍出版社，2010，第 650 页。
② 闻一多：《文学的历史动向》，《闻一多作品集》，现代出版社，2016，第 239 页。

即间涉讽刺，要使言者无罪，闻者足戒，方无戾三百篇之旨。"① 从六岁开始学诗至逝于望江，几十年的时光中，他行吟不止，"凡耳之所闻，目之所摄，足之所径，心之所游，无不于诗发之"，始终遵从温柔敦厚的诗教传统。他在《骄枝集·自序》中所云："予年甫束发，即爱为声韵之学，风雨、寒暑、羁旅、疾厄有专焉，无或间也。"② 沙琛亦重视诗教传统，为官之时"以宁静廉平为治"，"本乎儒术，养民重以教民"③。诗歌创作立足现实，"大旨归本于忠厚"④。沙琛这种忠厚的诗歌风范深得师范先生赏识，其曾以"不必愁漂泊，书能读等身。讲堂趋弟子，客路老诗人"⑤ 之句鼓励沙琛。由此可见，沙琛无论身处逆境还是顺境，不管身在庙堂还是还乡为民，其真实温婉的创作风格始终未变，说明其性情之真之纯，"有温柔敦厚之性情，乃能有温柔敦厚之诗"⑥。相同的文学家情怀和相似的性情特征，使两位惺惺相惜、彼此赏识，也因此互相影响、互相认同与互相接受，并由此串联起了创作主体、文学文本及接受主体间的链条，实现了文学接受的过程与效应。无论是在价值观念、主题思想、创作倾向，还是在艺术方法、文体风格和表现技巧上，都会彼此影响、相互接受。从这个层面来说，沙琛除了受传统诗教文化的影响之外，也在一定程度上认同与接受了本土名士师范的诗教观念，因

① （清）师范：《荫春堂诗话》，载张国庆选编《云南古代诗文论著辑要》，中华书局，2005，第 8 页。
② （清）师范：《骄枝集·自序》，载《清代诗文集汇编》（第 223 册），上海古籍出版社，2010，第 298 页。
③ （清）沙琛：《怀宁县绅民呈请捐赎文》，载吴海鹰主编《回族典藏全书》（第 194 册），甘肃文化出版社、宁夏人民出版社，2008，第 131 页。
④ 唐继尧：《点苍山人诗抄·序》，载吴海鹰主编《回族典藏全书》（第 194 册），甘肃文化出版社、宁夏人民出版社，2008，第 131 页。
⑤ （清）师范：《点苍山人诗抄·序》，《清代诗文集汇编》（第 218 册），上海古籍出版社，2008，第 318 页。
⑥ （清）朱庭珍：《筱园诗话》（卷 1），载郭绍虞选编，富寿荪校点《清诗话续编》（第 4 册），上海古籍出版社，1983，第 2391 页。

而形成了其温婉的诗风。

（二）学习其写实精神

　　同为"乾嘉盛世"的诗人，师范以杜陵之笔揭盛世之弊的写实精神为沙琛所欣赏、接受，因此在创作中呈现出与之相似的艺术风貌，突出地表现在题材、手法等方面。以纪实类作品为例，在师范的 5000 余首诗歌中，纪实类作品占了 1/3 多，可以说是一位名副其实的现实主义诗人。他广泛地反映了"乾嘉盛世"掩盖下的社会弊病，其中反映涝灾之害的作品就有《秋涨行》《碱滩》《施摸行》等 10 多首，如"车腾马骤声何处，青溙决岸横奔注""但念编户饥寒迫，十家九家逃关东""去年河决徐州府，前年河决考城县"，这些诗句活画了一幅幅洪涝灾害图，形象地再现了涝灾给人民生活和生产造成的巨大破坏。沙琛的作品中也有大量反映涝灾之祸的佳作，如"乱梗萦回空巷寂，炊烟零落绿杨低"（《九月十日黄水至倪邱》）、"流浊日以高，厄塞难久持。仰流下平地，城邑荡如糜"（《流水》）、"菽价渐平牟麦续，可怜万殍已冤沉"（《查灾》）等诗句记录了洪涝灾害带给百姓的灾难。同样的主题、同样的题材和相似的表现手法使两者的作品呈现出相近的文学风格，如果说师范的诗作是在心为志、发言为诗，那么沙琛的诗则是本乎自然、出于性情，这无疑是温柔敦厚的诗教观的另一种表达。沙琛本人"不蕲于为诗，而诗肤积矣"[1]，姚鼐称其"无病于为诗，明矣"[2]。怀宁潘瑛称其诗："论古怀人、感时纪实诸作，崇论宏议、远见卓识，缠绵悱恻之思、温柔敦厚之旨，使读者肃然而起，悄然而悲，感人之深何以至此？此

---

[1]　（清）沙琛：《点苍山人诗抄·自序》，载吴海鹰主编《回族典藏全书》（第 194 册），甘肃文化出版社、宁夏人民出版社，2008，第 114 页。

[2]　（清）姚鼐：《点苍山人诗抄·序》，载吴海鹰主编《回族典藏全书》（第 194 册），甘肃文化出版社、宁夏人民出版社，2008，第 105 页。

岂拘于读句音律者之所知焉?"① 这些评语指出本乎自然、发于性情是沙琛诗歌最突出的艺术特色。这是因为社会交流性是文学作品(诗歌)特有的存在方式,在文学接受的过程中,创作主体的审美创造为接受主体所欣赏、理解,使两个主体之间形成一种沟通,表现出创作风格与艺术特征的趋同性特征。

---

① (清)潘瑛:《点苍山人诗抄·序》,载吴海鹰主编《回族典藏全书》(第194册),甘肃文化出版社、宁夏人民出版社,2008,第113页。

第五章

明清云南回族文学家的社会交往

自然环境在一定程度上塑造了人的性情并且影响人们适应环境和社会交往的方式，而人的性情和语言文化交往方式则是影响文艺风格的重要因素。文学信息的互动是社会交往的一种形式，诗文赠答是必不可少的交流方式，考察地域文化与明清云南回族文学家的交游状况对了解明清云南回族文学家的文学创作活动有着重要的意义。云南虽然地处西南一隅，山川阻隔，交通不便，但明清时期的回族作家们并不囿于一里，他们或行游乡邦，或出滇远游，足迹遍及云南各州府乃至全国各地。无论是本土作家还是入滇文学家，只要情趣相投、品性相近者，均是他们交往酬唱的对象。无论是闲居家乡还是外出远游、仕宦，他们广结天下英才，以文会友，因文成交。考察明清云南回族文学家的社会交往状况对于了解明清云南回族文学家的文学创作活动有着重要的意义。

第一节　明代云南回族文学家的社会交往

明代云南回族文学家主要分布在新兴州、寻甸府、永昌府等地，其中永昌府保山地区数量较多，代表人物有嘉靖丙午年（1546 年）

举人马继龙和万历三十七年（1609 年）举人闪继迪。本节主要考察马继龙与闪继迪的交游与文学创作活动。

一 马继龙交游

马继龙，字云卿，号梅樵，保山人，嘉靖二十五年举人，历官南兵部车驾司员外郎，著有《梅樵集》（未刊）①。马继龙一生壮志难酬，潦倒失意，如诗人自云"壮志于今萧瑟尽"（《春日出仁寿郭门有感》）②，"老去功名成画饼"（《雨中忆梁大峨》）。他看淡功名，否定追逐功名，认为"世味从来浑嚼蜡"（《雨中漫述》），辞官归乡后常与友人酬唱题赠，创作了一些酬赠诗，这些诗歌不仅见证了他与朋友间的深情厚谊，也记载着他的心路历程。从马继龙现在遗留的作品来看，与其交往的人员身份多元，有文学家、官吏、武将、僧道、村民等。在他的作品中多次提到的是云南本土文学家，如邓武侨、张玉洲、闪应雷、任治山、邵缨泉、梁大峨等。

（一）与张玉洲交游

在诸多本土文学家中，与马继龙交往最善的是保山张玉洲。张玉洲，名枢，禺山从侄，嘉靖巳酉年举人，广西宾州知州③。张玉洲家族是明代云南的名门望族，也是当地颇负盛名的文学家族。其叔祖张志淳，叔父张含、张贲皆是声名卓著的诗人，正如李根源所言："世皆羡眉山父子文章之盛萃于一门，求之吾滇，若南园之后，禺山、

---

① （清）袁文典、袁文揆辑《滇南诗略》（卷 8），载《丛书集成续编》（第 150 册），上海书店出版社，1994，第 1631 页。
② （明）马继龙：《马继龙诗选》，载吴海鹰主编《回族典藏全书》（第 168 册），甘肃文化出版社、宁夏人民出版社，2008，第 383 页。
③ （清）袁文典、袁文揆辑《滇南诗略》（卷 8），载《丛书集成续编》（第 150 册），上海书店出版社，1994，第 1632 页。

贲所，各以文章门业著称，殆可颉颃苏氏。"① 他的叔父张含是当时永昌府的大文豪，张含（1479～1565），字愈光。正德二年（1507 年）中举，为"杨门六学士"之一。张含在明代云南文坛享有很高的声誉，可谓诗名遍及海内，周钟岳将其与杨慎相提并论："固当与安宁杨文襄，为有明一代□中二大家，质之海内而无愧色者也。"② 他以杰出的文学成就和盛德高标的品性对永昌府文学家产生了深远的影响。其从侄张玉洲亦淡泊功名，嗜好老庄，深得马继龙的认同与钦佩，从他的几首答玉洲诗可见他们交往甚密，曾同游山水，切磋文艺：

> 海内诗人张玉洲，才名籍籍并元刘。草玄爱住青山宅，作赋常登故国楼。新筑池亭招鹤伴，醉眠天地看云浮。床头剑匣犹龙吼，何日风流续壮游。（《次答张玉洲》）

> 青春何事恋沧洲，未让当年刺史刘。抚剑一歌招隐曲，归家还起看山楼。谪仙诗赋双南重，汉史勋名一叶浮。只恐苍生犹人念，征书旋返赤松游。（《再答张玉洲》）③

虽然有关张玉洲生平情况的材料阙如，但从马继龙这两首诗歌描绘来看，张玉洲为人洒脱豪迈，纵情山水。这也正是马继龙的精神追求，虽然他一生壮志难酬，潦倒失意，但并无牢骚激愤之词，而是看淡功名，心系老庄，他的一些诗句，如"世味从来浑嚼蜡"（马继龙《雨中漫述》）表现出对古代知识分子追逐功名行径的了

---

① 李根源：《重刊南园漫录序》，云南民族出版社，1999，第 12 页。
② 李春龙、牛鸿斌等点校《新纂云南通志》（卷 74），云南人民出版社，2007，第 316 页。
③ （明）马继龙：《马继龙诗选》，载吴建伟主编《回族人物志》（上册，卷 29），宁夏人民出版社，2001，第 671 页。

悟,"淡泊吾儒事"(《勉诸儿赴试》)、"冷热不须悲世态"(《用韵自述》)表现出对功名的淡泊、对世态炎凉的体认。虽然没有发现张玉洲答马继龙的文学材料,但从这两首诗可见他们关系密切,相似的人生经历和相同的价值观念使其惺惺相惜。

(二) 与邵缨泉交游

与马继龙交往较多的本土文学家还有邵缨泉。邵缨泉(1515～1589年),字希舜,名惟中,保山人,嘉靖二十六年(1547年)进士,历官太仆寺卿①。《马继龙诗选》存有两首赠答邵缨泉的诗篇,内容如下:

> 昆明遥隔海云东,红树千山一画中。泽国烟霞丞相府,太华钟鼓梵王宫。百年翰墨留金马,千里音书度霁虹。闻道乌台新有荐,五云天上看征鸿。(《寄邵缨泉》)

> 五华城外积波池,一托萍踪住几时。潮落海门秋瑟瑟,梦回江上草离离。百年忧国常看剑,千里怀人独赋诗。木脱霜飞寒又至,山中猿鹤怨归迟。(《再寄邵缨泉用玉洲韵》)②

从《滇南诗略》袁注知,当时邵缨泉流寓安宁杨文襄公宅,与乡居永昌的马继龙相隔万里,概老友许久未见,诗人只能万里传书以寄牵挂之情。第一首中诗人称赞邵缨泉杰出的文学才能并对他辗转流离的人生遭际表示同情,第二首借思友抒发自己壮志难酬、孤

---

① (清)袁文典、袁文揆辑《滇南诗略》(卷8),《丛书集成续编》(第150册),上海书店出版社,1994,第1361页。
② (明)马继龙:《马继龙诗选》,载吴海鹰主编《回族典藏全书》(第168册),甘肃文化出版社、宁夏人民出版社,2008,第387页。

独凄凉的心情。此二诗见马、邵虽相隔甚远，但距离并没有影响到他们的友谊，概因二人遭际相似，加之性情相投，故彼此情谊深重。

（三）与梁大峨交游

马继龙诗文中提到的永昌府文学家还有梁大峨、闪应雷、任治山等，寄赠诗主要有《叠韵答闪明山》《春日过沙河访梁大峨》《次答梁大峨》《送任治山北上》。这些诗歌无论是反映友人间的真挚友谊，还是回忆曾经同游的美好时光，抑或是抒发离别时的不舍之情，均情溢其中、感人肺腑。

保山人梁大峨（一名梁大山）是马继龙交往密切的朋友，在马继龙十几首赠答类作品中就有四首是写给梁大峨的，从作品内容来看，两人志趣相投，以第一首为例：

迟迟春日正晴阳，闲访幽人到薜萝。水漾陂塘芳草绿，鸟啼村巷落花多。风流诗酒今陶社，偃仰乾坤一邵窝。兴尽欲回还驻马，海门新月上沙河。（《春日过沙河访梁大峨》）①

诗歌首联交代诗人于晴阳日专门去拜访梁大峨，后三联描绘诗人与大峨饮酒赋诗、兴尽而归的惬意。阅尽人间沧桑，倍感知音珍贵，诗人无时无刻不在思念牵挂着老友，《雨中忆梁大峨》一诗就表达了这种情感：

十月江城日日阴，高人寥阔费长吟。草堂积雨寒江涨，丹塈连云古树深。千里尘氛多浊眼，百年流水是知音。兴来欲遣

① （明）马继龙：《马继龙诗选》，载吴海鹰主编《回族典藏全书》（第168册），甘肃文化出版社、宁夏人民出版社，2008，第388页。

山阴棹，渺渺沧波不可寻。（其一）

　　大江东望水云浮，几度怀人独倚楼。老去功名成画饼，向来天地一虚舟。镜中白发添新恨，梦里青山忆旧游。鸿雁忽来秋正杪，锦官风雨满汀洲。（其二）

从作品内容来看，此诗当作于诗人任职四川锦城期间，与友人山水阻隔，思友之情与仕途失意的落寞孤寂交织在一起，将深沉情感熔铸在凄凉萧瑟的艺术情境之中，具有打动人心的艺术效果，可以说此诗代表了这类酬赠诗的较高艺术水平。

马继龙还与保山闪明山交游往来，如《叠韵答闪明山》两首诗云：

　　与君同里巷，门舍隔西东。深院莺声碎，高楼树影重。雅怀今叔度，豪气旧元龙。湖海烟花地，还思往日踪。（《叠韵答闪明山》其一）

　　老来无别事，日夕只加餐。松柏坚梧操，风霜耐岁寒。结交天下广，知己个中难。我有高山调，同君试一弹。（《叠韵答闪明山》其二）①

闪明山即闪应雷，保山人，岁贡生，生卒不详。白寿彝《回族人物志》卷29有记载。第一首诗交代诗人同闪明山同居里巷，并描绘闪明山的居住环境和文学家气度，诗人可能离乡外出，与老友分

---

① （明）马继龙：《马继龙诗选》，载吴海鹰主编《回族典藏全书》（第165册），甘肃文化出版社、宁夏人民出版社，2008，第387~388页。

离日久因而无比思念。第二首写晚年的诗人视闪明山为知己，并表达出了与之交好的心愿。

（四）与省外文学家交游

马继龙曾在四川一带任职，与四川陈雨泉、刘九峰等文学家交往，马继龙与陈、刘二人往来赠答的作品现仅存《呈陈雨泉方伯》《沧江遗爱题赠刘九峰侍御》两首，其内容如下：

> 解佩东归著彩袍，江花落月锦堂高。文章声价推山斗，钟鼎勋名直羽毛。猿鹤于今成老友，烟霞原自属仙曹。后生知遇悲迟暮，门下诸生总隽髦。（《呈陈雨泉方伯》）

> 石楼新向大江开，虹跨长空亦快哉。缥缈星河天畔落，苍茫风雨树间来。关山独抱忧时老，词赋新题吊古台。不为壮游留胜迹，风流原是济川材。（《沧江遗爱题赠刘九峰侍御》）①

第一首作品中提到的陈雨泉是曾任四川右布政使的陈鎏，陈鎏（1508~1575 年），字子兼，号雨泉，吴县（今江苏苏州）人，嘉靖十七年（1538 年）进士，是我国著名书法家、文学家，著有《己宽堂集》，除工部营缮主事，累官至四川右布政使②。从首句"解佩东归著彩袍"推知此诗当写于陈雨泉被劾去官之后，《明史》记载陈鎏因拒上官苛索而遭弹劾去官③。颔联与颈联表达自己对陈公的感激之情。尾联称赞陈公门下英才辈出，其中蕴含着诗人自己壮志难酬

① （明）马继龙：《马继龙诗选》，载吴海鹰主编《回族典藏全书》（第 165 册），甘肃文化出版社、宁夏人民出版社，2008，第 383 页。
② 俞剑华主编《中国美术家人名辞典》，上海人民美术出版社，2009，第 1048 页。
③ （清）张廷玉等：《明史》（卷 49），上海古籍出版社，1974，第 1440 页。

的深深悲哀。全诗起承转合错落有致，显现出较高的创作水准。从题目来看，第二首诗应写于诗人仕宦沧江一带的时期，诗歌主要描绘了西南边陲的险峻风光，表现了诗人悼古悲今之情，此诗苍莽古朴、耐人寻味。

此外，马继龙也常与方外人士交往，创作了几首涉道、涉佛类题赠诗。马继龙交往的僧道主要有碧潭上人、张竹庵山人等，《马继龙诗选》中描绘其与僧人情谊的代表作品有《月下访碧潭上人》《别渝州张竹庵山人》等。他们情趣相投，酬唱往来，留下了篇篇蘸裹着深情厚谊的题赠佳作。

二　闪继迪交游

闪继迪是明代永昌府继马继龙之后的又一著名回族诗人。《永昌府志》卷 24 记载闪继迪"天性笃孝，家法严正，生来喜奖掖人，不喜人谀"①。以闪继迪飞扬的文采来看，他是一位杰出的文学家，但一生并未受到重用，故常在山水纵游之中排解抑郁之情。闪继迪喜好游赏山水风光，曾携季子闪仲侗漫游吴越各地，康熙《永昌府志》卷 19 记载"父欲游览山川，遂贷乎金以随游吴越匡庐，父唱子和"②。闪氏父子与吴越文人墨客酬唱往来，留下了许多感情真挚、动人心弦的诗章。

（一）与薛千仞交游

闪继迪作品中提到最多的是甬东文学家薛千仞。以《柬四明薛千仞》《泊宁波友人薛千仞携阿郎佐美茂才过访》两诗为例：

---

① 康熙《永昌府志》（卷 19），载林超民、张学君主编《中国西南文献丛书·西南稀见方志文献》（第 10 册），兰州大学出版社，2003，第 1020 页。

② 康熙《永昌府志》（卷 19），载林超民、张学君主编《中国西南文献丛书·西南稀见方志文献》（第 10 册），兰州大学出版社，2003，第 1020 页。

一棹西风万里来，甬东江上片帆开。玉轮关塞怀人梦，雪浪云霄献赋才。龙气夜深横合剑，凤毛秋霁照御杯。天涯此夕知何夕，星聚应烦太史推。(《泊宁波友人薛千仞携阿郎佐美茂才过访》)

与君生离别，弹指廿余载。尺素断关河，寸心不曾改。天风堕狂客，万里薄南海。怅望高士庐，蛟门相对待。何当再把臂，深杯破愁垒。(《柬四明薛千仞》)①

薛千仞即薛冈，字千仞，鄞县人，生于嘉靖四十年（1561 年），卒年不详。朱彝尊《明诗综》卷 65、陈田《明诗纪事》卷 26 有小传。其工古文诗词，诗宗杜甫，以"古文诗辞负四海大名"。第一首写泊宁波时薛千仞携阿郎佐美茂才拜访诗人时的欢乐情景。从内容推测，第二首诗概写于诗人晚年乡居时期，前两联交代与老友分别廿余载，虽关河断音信但对老友的思念之情从未改变过。后两联进一步表达思念之情，以及期待再见的心愿。这两首诗歌情真意切，真挚的友情是不需要华丽辞藻点缀的，此评价不仅指出这首诗歌的语言特点，亦是对闪、薛之间诚挚友谊的肯定。

（二）与王元翰交游

滇内文学家中与闪继迪交往较多的是宁州王元翰。王元翰（1565～1633 年），字伯举，号聚洲，宁州人，先世居凤阳，洪武时因跟从颍川侯征滇拜军功而诰授武略将军，遂家于滇，其后世子孙

---

① （明）闪继迪：《闪继迪诗选》，载吴海鹰主编《回族典藏全书》（第 181 册），甘肃文化出版社、宁夏人民出版社，2008，第 16 页。

散在各地，王元翰即为宁州一支。王元翰为万历二十九年（1601年）进士，其著作有《凝翠集》《南岳草》《德领草》等①。

虽然有关闪继迪与王元翰交游往来的细节资料阙如，仅从有限的交游诗来看，二人性情相投是肝胆相照的挚友。以《嘉兴道中怀王伯举给谏》一诗为例：

> 练湖肝胆人，谏议常在口。自从发金陵，心旌照杯酒。姑苏挂残月，沙棠南北首。书信石头城，浮沉复何有。悬悬盼启事，音耗间断久。挂颊淮上楼，扁舟屡回首。②

作品中一开篇就指称王伯举耿直敢谏的性格特征，可见诗人对其人品的肯定。明末朝政腐败，宦官弄权，党争不息，法度松弛。王元翰上疏极言时事败坏，天子尽斥不复，疏奏束之高阁。又因与孙治则不相投，被其门人诬告，终遭贬谪，此后仕途更是不顺，终岁流寓南都，郁郁而卒。《明史》载："元翰谏垣四年，力持清议。摩主阙，扞贵近，世服其敢言。然锐意搏击，毛举鹰鸷，举朝咸畏其口。"③ 他主政谏垣的四年中，力持清议，闪继迪服其敢言直谏而称其为"肝胆人"。后面描述诗人客居吴越与老友音信中断而倍感思念。此诗以质朴自然的语言抒发了自己对王伯举的思念之情，传情写意自然天成，颇能反映闪继迪的诗风。

此外，闪继迪父子曾与明代旅行家徐霞客交游酬唱，《滇游日记》对此有所记录。徐霞客于崇祯九年（1636）作"万里长征"，

---

① （清）张廷玉：《明史》（卷260 王元翰条），中华书局，1973，第1222页。
② （明）闪继迪：《闪继迪诗选》，载吴海鹰主编《回族典藏全书》（第181册），甘肃文化出版社、宁夏人民出版社，2008，第16~17页。
③ （清）张廷玉：《明史》（卷260 王元翰条），中华书局，2000，第4108页。

于九月十九与江阴僧静闻泛舟赴浙江，经过江西、湖南、广西、贵州至云南，周历滇东、滇西，西至腾冲，并长居洱海之鸡足山。至崇祯十三年始归江阴，居滇长达四年。据《滇游日记》记载，他在永昌寓居四个多月中与闪氏家族文学家多有往来，闪氏兄弟热情相助。"崇祯十二年（1639），己卯四月，徐霞客在永昌访闪仲俨及其弟侗"①，"以所作长歌赠，更馈以赆。其歌甚畅，而字画遒劲有法"②。虽然现存闪氏父子作品中未有与徐霞客寄赠唱和的记载，但从《滇游日记》的些许记录中我们可以遥想当年他们把酒言欢的愉悦场景，足令人心向往之。

第二节　清代云南回族文学家的社会交往

到了清代，云南回族文学在明代的基础上又有了新的拓展，进入最繁盛的时期，一批文学家如春风吹拂草木勃发，出现在滇南大地，主要有昆明孙鹏、楚雄萨天璟、元江马汝为、丽江马之龙、太和沙琛、石屏赛玙等。这种局面的出现离不开回族文学家与滇内外文学家的交流往来、技艺切磋。

一　清代回族文学家交游的社会条件

在清初顺治、康熙年间，云南社会处于大动乱之中。先是滇南土司沙定州与明镇国公沐天波争权，致云南大乱。接着张献忠余部入滇平定战乱，建立了农民政权。随后大西军内部争权动乱，李定国拥南明永历帝入滇。顺治十八年吴三桂率领清军入滇平定李定国后又

---

① 《徐霞客游记》（卷17），上海古籍出版社，1980，第94页。
② 康熙《永昌府志》，载林超民、张学君主编《中国西南文献丛书·西南稀见方志文献》（第10册），兰州大学出版社，2005，第1021页。

反清割据,直到公元 1681 年被康熙帝平定。这段时间云南战乱频繁,整个社会处于动荡不安之中,社会生产受到严重破坏,《云南备征志》载:"二十年仲春,各路大兵会剿,沿途杀贼,直抵滇城……斯时满汉官兵数十余万随行,既无粮饷,州县又无官员,逆渠拒守,省城四面余孽未靖,民心风鹤,兽散鸟惊,且各官兵悬釜待炊,皆从权寻粮为食;又有溃贼乘机劫抢,百姓仓皇惊惧,近者骨肉离散,远者避窜山谷,竟致数百里无烟。"[①] 此时许多文学家有性命之忧,常常选择隐逸独居,文学家间的交游酬唱活动相对较少。

云南文学家走出乡邦,走向广阔的社会始自时局稳定之后。康熙年间统治者在云南实行"改土归流"政策,使回族、纳西族等少数民族聚居区的社会经济得到恢复和发展,至雍正时云南的经济文化有较大的发展。基于这种社会现状,清初云南回族文学家开始进行各种交游集会结社活动。

二　清代云南回族文学家的交游特点

与明代回族文学家的交游有所不同,清代云南回族文学家的交游有以下几个特点。

其一,出现了以昆明为中心的两大文学家群体。一是清初以张汉为中心的昆明多民族文学家群体,这个群体成员众多,主要有孙鹏、张汉、马汝为、萨开璟、陈沆、王畴五等,其活动地点以昆明为中心,旁及石屏、建水、元江等云南各个州府;二是清代中期以刘大绅为中心的五华书院多民族文学家群体,成员主要有李于阳、赵玉廷、师范、沙琛、马之龙等,他们的活动以昆明五华书院为中心,衍射至大理、宁州、丽江、赵州等地。

---

① 康熙《云南通志》(卷29),清康熙三十年刻本。

其二，交往方式多元。他们或聚会，饮酒赋诗；或一同登高览胜，赋诗对联；或出滇远游、仕宦，诗文赠答。

其三，交往成员的身份多元。他们大多出身于诗书世家，不仅文学素养较高且学识渊博，有多重身份，如马之龙既是诗人又是器乐演奏家，师范既是文学家又是史地学家和草本学家。

其四，交往成员大多科举成功，文学创作丰富。如张汉为1713年进士，著有《留砚堂文集》《留砚堂诗集》《留砚堂骈文》；孙鹏为1708年举人，著有《南村诗文抄》；马汝为是1703年进士，著有《马梅斋先生遗集》；陈沆为1724年进士，著有《湖亭文集》；王畴五为1706年进士，著有《见山楼集》；刘大绅为1772年进士，著有《寄庵诗文抄》；钱沣为1771年进士，遗著有《钱南园遗集》；师范为1771年进士，著有《金华山樵集》；沙琛为1780年举人，著有《点苍山人诗抄》；萨纶锡为1715年进士，著有《燕山诗集》；戴絅孙为1829年进士，著有《味雪斋诗文抄》。

其五，交往成员民族多元。孙鹏、马汝为、沙琛为回族，赵廷玉、师范为白族，桑映斗为纳西族，刘大绅、李于阳、戴絅孙等为汉族。

其六，交往成员大多性情相投，都有贬谪遭迁的人生经历，抒发仕途失意的苦闷是他们诗文赠答的一个常见主题，也因此形成相近的文学观念。

表5-1　清代云南回族文学家部分交游成员

成员	地区	族属	科考	文集	身份
马汝为	元江	回族	康熙四十二年（1703年）进士	《马梅斋先生遗集》	诗人、书法家
张汉	石屏	汉族	康熙癸巳（1713年）进士	《留砚堂文集》《留砚堂诗集》《留砚堂骈文》	诗人、散文家

成员	地区	族属	科考	文集	身份
孙鹏	昆明	回族	康熙戊子（1708年）举人	《南村诗文抄》	诗人、散文家
李南山	曲州	汉族	康熙戊子（1708年）举人	《南山遗稿》	诗人
陈沆	石屏	汉族	雍正二年（1724年）甲辰科	《湖亭文集》	诗人、散文家
赵亘舆	通海	汉族	康熙己未（1679年）进士	《亘舆诗存》	诗人
王畴五	昆明	汉族	康熙丙戌（1706年）进士	《见山楼集》《滇乘》	诗人、历史学家
萨纶锡	楚雄	回族	康熙乙未（1715年）进士	《燕山诗集》《德庆堂诗稿》	诗人
刘大绅	宁州	汉族	乾隆壬辰（1772年）进士	《寄庵诗文抄》	诗人、散文家
戴䌹孙	昆明	汉族	道光己丑（1829年）进士	《味雪斋诗文抄》	诗人、历史学家
李于阳	昆明	白族		《苍华诗文集》《即园诗抄》	诗人
沙琛	太和	回族	乾隆四十五年（1780年）举人	《点苍山人诗抄》	诗人、散文家
马注	昆明	回族		《经权》《樗樵》《滇真指南》	经学家、诗人、翻译家
赵廷玉	太和	白族	乾隆四十年（1775年）恩贡	《晴虹诗存》	诗人、笛奏家
师范	赵州	白族	乾隆三十六年（1771年）进士	《金华山樵集》《二余堂稿》《二余堂文稿》	诗人、历史学家、文学家
钱沣	昆明	汉族	乾隆三十六年（1771年）进士	《钱南园遗集》	诗人、书法家
马之龙	丽江	回族		《雪楼诗选》《阳羡茗壶谱》《卦极图说》《临池祕钥》	诗人、笛奏家

成员	地区	族属	科考	文集	身份
杨竹庐	丽江	纳西族	乾嘉间秀才	《黄山老人诗稿》	诗人
牛焘	丽江	纳西族	道光乙酉（1825年）优贡	《寄秋轩吟草》	诗人、教育家、古琴艺师
桑映斗	丽江	纳西族		《铁砚堂诗抄》	诗人

当然，清代云南回族文学家大多有过出滇仕宦或外出漫游的经历，也创作了一些与外地文学家交友寄赠的诗歌，本章重点考察云南回族文学家与滇内文学家交游状况。

三　清初云南回族文学家的社会交往

本章重点考察孙鹏、马汝为与张汉、陈沆等滇中文学大家的交往情况，因为张汉在清初云南文坛有着至高的地位，在云南府一带形成了以张汉为中心的昆明文学家群，孙鹏、马汝为是这个文学家集团中的重要成员，他们与张汉、陈沆等人的交往情形颇能反映当时云南文学家们的交往情况及其文学创作活动。

（一）孙鹏交游

在清初云南文坛中，回族诗人孙鹏以其量多质高的文学创作发挥了重要的作用。很多与孙鹏同时期的滇云文学家都与他交往酬赠，正如孙鹏自云："惟老友张集庭、朱子眉、范弗如、徐德操、杨又仁辈，时时过从，作为诗歌，以相娱乐。"①还有曲州名士李南山、昆明郭仲炳等。

首先，与张汉交游。清初云南文坛执牛耳者张汉与孙鹏是十年

---

① （清）孙鹏：《徐云客先生诗·序》，载白寿彝主编《回族人物志》（下册附卷7），宁夏人民出版社，2005，第1113页。

风雨之交。《昆明县志》卷 6 载："孙鹏字图南，康熙戊子举人，知泗水县，鹏负气傲岸，工诗古文，布政使通海赵诚侍御、石屏张汉皆极重之。"① 孙鹏与张汉相交最善，孙鹏 30 多首赠答诗中有 10 多首是寄赠张汉的。张汉（1680～1759 年），云南石屏人，字月槎，号莪思，晚号蛰存。康熙癸巳年进士，为庶吉士，授翰林院检讨，出为河南府知府，因与当道不合，解官。乾隆丁巳年（1737 年）以博学鸿词复授检讨，迁山东道御史，因病辞官归里。著作甚丰，主要有《留砚堂文集》《留砚堂诗集》《留砚堂骈文》《过庭诗话》等。

张汉在清代云南文坛有着举足轻重的地位。孙鹏赠张汉的赠答诗主要有《寄怀张太史月槎》（四首）、《过张太史月槎》、《次来韵答张太史月下见怀之作》、《月槎冒雪过访偶不相值归以诗次韵奉答》、《下第后与月槎亘与话旧即以作别》、《月槎先期订酌桃花及过但见壁上诗谓桃先杏放矣而不使闻戏题而去》和《送月槎出守河南》（四首）等。以《寄怀张太史月槎》（四首）为例，其诗云：

由来学士重词章，为我题诗远寄将。顿使巴人荣下里，如吹寒谷变春阳。二千石罢归金马，五七言余吐凤凰。拟谢瑶华无好句，西风万里断人肠。（其一）

生成野性恋烟波，醉扣船舷好放歌。贱子一从弄湖月，故人两度上金波。升沈流水归乌有，谈笑生风近若何？颠倒名场吾已老，肯轻脱去钓鱼蓑。（其二）

红兰省是旧词场，应诏重登又几霜。藜火杖来仍太乙，琲

① 道光《昆明县志》，载林超民、张学君主编《中国西南文献丛书·西南稀见方志文献》（第 39 册），兰州大学出版社，2003，第 427 页。

珠唾落总文章。边韶书自充便腹，李白诗还具绣肠。底事蛰存今不蛰，唉名天下亦何妨。（其三）

赵叚才名亦绝俦，同君昔在凤池头。两人东道为贤主，几载南归别旧游。公等文章看报国，吾生漂泊信虚舟。况邀绝妙好词寄，一砚当年幸已留 （其四）①

这是一组带有叙事色彩的寄怀诗，第一首诗表达诗人对张太史题诗远寄的感激之情。第二首诗叙述诗人自己与张太史不同的人生追求，当时张汉由翰院除河南守，寻罢去，又以博学鸿词科考取入翰林院，故云"故人两度上金波"，而诗人自己看淡功名喜好泛舟湖月，据载："乙卯，丙辰，本县令及郡县两学博先后皆举予充鸿博科，坚以母老辞。"② 诗人在《自题烟波棹图三十岁小影》一文中也表达了同样的思想："不能报亲恩，绝意于仕宦。抱书山水间，于船入葭荻。"③ 第三、第四首诗抒发对张太史的思念之情，再一次表白自己淡泊功名、嗜好老庄的志向。这组寄怀诗借对友人的挂念之情寄托自己的归隐情怀，可谓"忠厚之至，亦沉郁之至"④。

诗文互寄是孙鹏与张汉交往的重要形式，从孙鹏写给张汉的赠答诗中可以看到孙鹏对张汉的真挚友谊。在张汉寄赠孙鹏的诗文中，也能看到张汉对孙鹏落第的悲悯。张汉的《送同年友孙乘九下第南旋序》和《孙母深太君八十征诗叙》两篇诗文也能反映他们"十年

---

① （清）孙鹏：《南村诗集》，载李伟、吴建伟主编《回族文献丛刊》（第7册），上海古籍出版社，2008，第3046页。
② 袁行云：《清人诗集叙录》，文化艺术出版社，1994，第728页。
③ （清）孙鹏：《南村诗集》，载李伟、吴建伟主编《回族文献丛刊》（第7册），上海古籍出版社，2008，第2899页。
④ （清）陈廷焯：《白雨斋词话》（第1卷），人民文学出版社，1959，第4页。

风雨之交"的深情厚谊。以《送同年友孙乘九下第南旋序》为例,
其序文云:

> 十里长安,琼圃杏花朝雨,一声短笛,玉门杨柳春风。忽
> 别泪深于酒杯,客在孙山而外,乃赠言托于诗卷。人游祖道之
> 中,十年风雨之交,四海文章之伯,辟诸草木臭味何殊,如彼
> 丝桐宫商叶应。文以斯人而备,集曹刘沈谢,伟矣。六朝器为
> 谁氏之珍,总求图鼎钟,居然三古而乃五穷不送,三宿莫追冠。
> 屡恨其空□裘,且伤其全敞,年年恋。却只存舌以为耕,岁岁
> 求官又折腰,而不屑交游,非不贵毂,无借以谁? 推去住,总
> 难禁骊已歌而仍絷。每携吾手,动怆客心,睥睨古今,流连诗
> 酒。或孤情而独往,美人迟暮之伤,或千载以为期,名士风流
> 之目,或仰天长啸诗以鸣其不平,或据地狂呼,醒亦忧其如醉。
> 昔人可作同此牢骚,才子良多于焉感赋⋯⋯岂福慧难嵌一手,
> 穷达定于三生,君日读斯言尤信夫。[1]

此序文声情并茂,既称赞孙鹏的杰出文学才气,又有对孙鹏傲
岸负气品性的钦佩,以及对其久困场屋,"岁岁求官又折腰"不幸遭
遇的同情。如果说文学也是一种社会交往信息,那么此序则是通过
诸多文学形象把对人生际遇的感慨和对友人的怜悯之情传达出来,
达到社会交往的目的,发挥文学的社会交往功用。

孙鹏与张汉之间的寄答诗还有很多,"便倒中郎迎客屣,漫倾北
海醉人樽"(《过张太史月槎》)、"已为连日醉泉民,又揭绿瓷小瓮
春"(《谢昆皋宫谕招同西民亘与月槎饮慈源寺》)等,描绘和老友

---

① (清)张汉:《留砚堂诗集》,载《清代诗文集汇编》(第248册),上海古籍出版社,
2010,第214页。

聚会醉酌的欢愉，"对此将离恨分手，送君南浦褐乘春"（《送月槎出守河南》）、"碧汉伊人远，青秋客路疏"（《次来韵答张太史月下见怀之作》）等，抒发与老友分别之时的依依难舍之情，这些诗句记录了孙鹏与张汉之间的交往情景，见证了两人之间的真挚友情。

其次，除张汉外，孙鹏与昆明徐翔昆、通海赵城、曲靖李南山等人亦交往甚密。赵城，字亘舆，通海人。康熙乙未（1715 年）进士，选庶吉士，授编修，官江南道御史，雍正四年典试贵州，还京擢湖南布政使，缘事落职。赵城性至孝，为官著贤声。"其诗特著雄奇，似学太白而近大苏。"① 著作主要有《亘舆诗存》《梅斋札记》。孙鹏与其相交善，创作多首赠答诗，如《赠湖南赵大参亘舆》《留别赵大参亘舆》等，以第二首为例：

> 胡床留客过三伏，但觉清风入簟凉。不袜不冠容见客，忽歌忽泣岂非狂。有时畏热思寒玉，无事驱愁倒醉乡。况照碧天一轮明，多情夜夜送辉光。②

此诗写诗人三伏天客居湖南时受到老友盛情款待的温馨。

徐翔昆，字云客，昆明人，好学工诗，然不得志，著有《云客诗集》，惜已佚。孙鹏在《徐云客先生诗·序》中云：

> 云客先生，生长滇池之涯，于书无所不读，为时文甚工，而困于场屋者数十年。抑塞之气，往往发泄于诗。其登临怀古也，则多苍凉悲壮之词；其赋物咏怀也，则有幽忧悄丽之思；

① 陶应昌编著《云南历代各族作家》，云南民族出版社，1996，第 266 页。
② 孙鹏：《南村诗集》，载李伟、吴建伟主编《回族文献丛刊》（第 7 册），上海古籍出版社，2008，第 2969 页。

其往来赠答也，则又沉郁顿挫、缠绵悱恻，不自知其意气之深者。短律长歌，一唱三叹，不与舟屋同一格，而皆酝酿于唐贤者也。乃诗益工，而家益贫。①

此序对徐云客的品性及诗文创作给予了较高的评价，孙鹏还创作了《赠徐云客先生》《徐云客先生招饮》《答徐云客先生见赠》等赠答诗描绘他们饮酒赋诗的欢畅情景。

李知玉，字其人，号南山，曲靖人，康熙戊子举人，工诗古文辞，有《南山遗稿》等，孙鹏肯定其善师唐宋诗学的精神，"南山古文似学晚唐，而诗则不能盛唐，当在晚唐与宋间。要之言均蔼如，均善学夫子者也"②。孙鹏还在《九西民礼部招同张赵二太史王进士小饮醉中题壁》《下第后与月槎亘与话旧即以作别》等诗作中反映高朋满座、诗酒欢会的场景。

（二）马汝为交游

清初云南回族文坛另一文学巨擘是元江的马汝为。马汝为曾游学滇中各地，交友四方。马汝为与张汉、陈沆等多有往来，常诗文赠答，创作了许多寄答类作品，如《和南汉文寄怀韵》《送侯于东归里》《和侯于东新构书屋韵》《和南汉雯寄怀韵》《送郑公泽之任靖江》《春日怀张月槎何石民》《何石民招饮西园》《庚午九日同王畴五祭圆通山》《寄陈存庵》《答陈存庵寄书》等，这些作品反映了他们的交往情况，解读这些作品有助于了解马汝为的社会关系及其对文学创作的影响。

---

① （清）孙鹏：《徐云客先生诗·序》，载白寿彝主编《回族人物志》（下册附卷7），宁夏人民出版社，2000，第1113页。

② （清）孙鹏：《李南山遗稿序》，载白寿彝主编《回族人物志》（下册附卷7），宁夏人民出版社，2000，第1111页。

首先，与"滇中三杰"交游。马汝为与昆明王思训、石屏陈沆被誉为"滇中三杰"，他们常在一起切磋文艺、诗文赠答。陈沆与马汝为相交最善，陈沆（1679～1761 年），字存庵，号湖亭，石屏人，雍正甲辰科进士。历任湖南武陵县知县，升迁吏部稽勋司员外郎、浙江处州知府、湖南衡州知府，为官廉能，诗文雅切，著有《湖亭文集》。马汝为赠陈沆诗主要有《寄陈存庵》和《答陈存庵寄书》，陈沆赠马汝为诗主要有《答马悔斋书》。从双方的互答诗来看，他们的价值观念与情趣爱好大相一致，彼此情深似亲人，以《寄陈存庵》和《答陈存庵寄书》两诗为例：

海内情亲独见君，天涯十年怅离群。高斋对局闻鸡唱，匡坐谈诗到夜分。吴子未由扬杜牧，冯公深愧失刘蕡。谁为狗监怜才士，忆尔情怀似酒醺。（《寄陈存庵》）[1]

大雅文章续正声，几番药榜遗无名。夜听杜牧阿房赋，转笑司衡愧老兵。《答陈存庵寄书》）[2]

《滇南诗略》在第一首诗《寄陈存庵》尾注陈沆"与先生交最善"，这种亲密的关系也体现在作品之中。此诗概作于陈沆出滇为官，与诗人分别长达十年之久，在此期间诗人也历经宦海沉浮，仕途失意的苦闷时时缠绕心头，想起过去与老朋友高斋对局、"匡坐谈诗到夜分"的美好时光而更加思念老朋友。第二首诗歌以寄答友人

---

[1]　（清）马汝为：《马悔斋先生遗集》，《清代诗文集汇编》（第 219 册），上海古籍出版社，2010，第 605 页。
[2]　（清）马汝为：《马悔斋先生遗集》，《清代诗文集汇编》（第 219 册），上海古籍出版社，2010，第 610 页。

的书信为媒介，直抒自己不被重用的悲愤。第一首诗在思念之情中寄寓着自己仕途不畅的落寞与无奈，这种情感表现得更为隐约。

王思训，字畴五，号永斋，昆明人，康熙丙戌年进士，官至翰林院侍读，曾督学江西，著有《滇乘》25 卷、《见山楼集》若干卷。他擅长古文和骈文，督学江西时所作文章被时人传抄诵读，被视为考试范文，"奉为瓣香"①。他也是著名的历史学家，其著《滇乘》是一部具有方志价值的史学著作。在吴三桂割据云南时，他远遁在外，公元 1681 年康熙帝发动削藩，派大军入滇统一云南后，才回到昆明。"王思训工诗古词，尤擅长律，风格在梦得、义山之间，中有沉雄激荡之处，又近前明王李；骈体追徐、庾。"②《诗略》记载他与马汝为交善，从马汝为的《庚午九日同王畴五登圆通山》这首诗歌中可见一斑：

> 挈榼高登月石台，黄花径绕傲霜开。烟含万树秋将老，云满千峰雨欲来。漠漠远村余战垒，萧萧红叶蔽莓苔。升沉本是寻常事，莫为登临客思哀。③

圆通山位于昆明郊区，从"庚午"推测此诗当作于诗人早年之时，反映诗人离开故乡到滇中各地游览访友的经历。诗歌主要抒发自己与王畴五等友人登圆通山看到秋景萧瑟而引发的诸多感慨。除此之外，还有《秋日感怀》《九日》《九日登报国寺阁归饮钱亮采斋中》等，其中《九日登报国寺阁归饮钱亮采斋中》描绘了高朋佳会

---

① （清）袁文典、袁文揆辑《滇南诗略》，载吴海鹰主编《回族典藏全书》（第 181 册），甘肃文化出版社、宁夏人民出版社，2008，第 339 页。
② 陶应昌编著《云南历代各族作家》，云南民族出版社，1996，第 250 页。
③ （清）马汝为：《马悔斋先生遗集》，载《清代诗文集汇编》（第 219 册），上海古籍出版社，2010，第 605 页。

的情景，诗曰：

访罢优岩兴转奢，重阳不信在天涯。摩挲书卷花应笑，爱惜秋光酒再赊。涉世自怜同待兔，乘时常怪类添蛇。高斋刻烛真佳会，莫向西风感鬓华。①

武定人钱亮采与王思训都是诗人的老朋友。钱熙贞，字亮采，号飞涛，康熙辛酉年（1681 年）举人，官至兵部侍郎。喜吟咏，与安宁段昕（康熙庚辰进士）、昆明王思训齐名。著有《亮采诗集》，《滇南诗略》录其诗 42 首。马汝为的这首作品描绘了他们秋游归来，兴致高涨，在钱亮采斋中诗酒欢会的场景。

其次，马汝为在作品中多次提到的文学家还有侯于东、郑公泽、李娄山等本土文学家，所作赠答诗中《送侯于东归里》情深意切、感人肺腑，其诗曰：

忆昔廿年前，同战文墨场。声称伯仲间，美君势更张。挟策赴皇州，仕路各翱翔。我读中秘书，君任楚蕲黄。相思不相见，时时叹参商。卯秋应帝命，校士在湖湘。相遇黄鹄矶，各惊鬓发苍。燕台重握手，晨夕乐未央。君任渐享嘉，我反见摧伤。春明送归旌，殷勤进酒浆。君时勤定省，我亦念高堂。昫町古名郡，昔为吾祖乡。少小此从师，切磋多俊良。翘足瞻云树，友生极不忘。秋风忆鲈脍，逝将理归装。焕山泸水间，与君其徜徉。②

---

① （清）马汝为：《马悔斋先生遗集》，载《清代诗文集汇编》（第 219 册），上海古籍出版社，2010，第 604 页。
② （清）马汝为：《马悔斋先生遗集》，载《清代诗文集汇编》（第 219 册），上海古籍出版社，2010，第 605 页。

马汝为旅居湖湘期间，偶遇同里人侯于东，后来侯于东归乡之时作此诗。诗歌别开生面，笔旨不在"别"而在"归"，上半部分写与侯于东的分别及对其的思念。下半部分写思归情怀，侯于东之归指日可待，而自己漂泊天涯在外，对家乡亲人的惦念之情如此强烈，所以遥想自己回乡后与老友徜徉在故乡的山水中，真挚的思乡之情以朴实的语言表达出来，具有打动人心的艺术效果。

四　清中期云南回族文学家的社会交往

（一）沙琛交游

清代中期，即所谓的"乾嘉盛世"，是云南文学发展的鼎盛时期，涌现出了许多优秀的文学大家，这其中有一些崭露头角的回族文学家，如太和沙琛、丽江马之龙、石屏赛屿等。他们广泛地与同时代的著名文学家如刘大绅、师范、李于阳、赵廷玉、钱沣、王乐山等往来，形成以云南五华书院为中心的文学家群体，活动内容以聚会宴饮、游览景胜、诗文赠答为主，活动范围从大理至昆明甚至发展到全国各地，核心人物有晋宁刘大绅、赵州师范、太和沙琛。任可澄在《点苍山诗抄序》中言："前清乾嘉之际，滇中人才号极盛，昆明钱南园，晋宁刘寄庵，赵州师荔扉，洱源王乐山，太和沙献如诸先生，其最著者也。"① 他们交往互动、切磋文艺，共同促进了云南文学的发展。

首先，沙琛与刘大绅的交游情况。从沙琛《禄礼张耀南五华诸同舍生也，老健远游过榆城遍诸故友感喟然》一诗来看，他曾在五华书院师从刘大绅学习作诗，此诗云："四十年前上舍逢，白头访旧

---

① 任可澄：《点苍山人诗抄·序》，载吴海鹰主编《回族典藏全书》（第 194 册），甘肃文化出版社、宁夏人民出版社，2008，第 101 页。

未龙钟。藏锥布袋俱无用，却不出头是善峰。”在清中期的云南文学家之中，刘大绅是沙琛最敬重的一位。刘大绅（1747～1828年），字寄庵，号潭西，云南华宁人。乾隆三十七年（1772年）进士，乾隆四十八年授山东新城知县，调曹县。赈灾课士，勤政爱民，有循声。后因事罢职遣戍，两县人出资请赎，得归。官至武定府同知，授例请养，遂不复出。刘大绅善书，著有《寄庵诗文抄》。曾经主讲五华书院。他以经、史、诗文教授诸生，造就后学甚众。他将戴絅孙、杨国翰、池生春、李于阳、戴淳五人的诗合刻为《五华五子诗抄》①。

刘大绅曾指导沙琛作诗，沙琛在《抵昆明呈寄庵前辈》一诗中表达自己对刘大绅的敬仰感激之情：

出山不无心，中道自回翔。白云随天风，东西适飞扬。行行抵南海，岭峤披炎荒。故人鬐太守，卸病归夜郎。杪秋酷暑徂，同溯粤江航。苍梧吊古帝，柳柳酬心香。山水奥离奇，同会逾平庆。更期夏首月，共道游华阳。出陇望京华，驱车下太行。闲云与霖雨，各自骋所长。却顾无定操，垂老尤猖狂。黔中今便道，驾言省故乡。故乡何所乐，再远不能忘。所乐见夫子，证向开谜方。为我正声诗，为我画行藏。前日大雨雪，连山堆琳琅。逶迤界岭行，及兹元正良。去来恰一载，得诗近百章。再拜坛坫陈，槁草晞春光。②

诗歌先叙述自己长途跋涉回故乡的过程，接着描绘见到刘大绅夫子并得到其教诲指点的喜悦与感激之情。

---

① （清）赵尔巽：《清史稿》（卷477），中华书局，1997，第2331页。
② （清）沙琛：《点苍山人诗抄》，载吴海鹰主编《回族典藏全书》（第195册），甘肃文化出版社、宁夏人民出版社，2008，第111页。

虽然刘大绅在滇云文坛的声誉远在沙琛之上，但他们志趣相同、彼此欣赏，刘大绅还为沙琛的《点苍山人诗抄》作序，在序文中对沙琛的文学创作给予很高的评价，其序曰：

> 所谓诗人者，或数十年一遇，或数百里一遇，盖遇之如此其难也，矧在荒陬僻壤如吾乡者。而吾乃得见太和沙献如先生，始吾甲戌岁秋读献如《荒山纪游》诸诗，气奇情迈，绝众离群。尝题辞其后矣。丁丑岁暮，又得近作数册。读之，其气奇如故，其情迈如故，其绝众离群亦如故。诗人乎！①

此序中刘大绅指出气奇、情迈、绝众、离群是沙琛一贯的文学风格，虽然他历经仕途坎坷，但始终持一种积极乐观的人生态度，这是寄庵先生最为人欣赏的地方。刘大绅一生仕途并不畅达，在山东为官多年也只是七品小官，但他性质恬淡，无论是外出仕宦还是回乡教学，始终尽心尽力，毫无牢骚愤懑之辞。正是基于这种心性，刘大绅极力称赞其品性与文采，可见他们在精神上有着相通共鸣之处。

其次，沙琛与师范交游。师范是清代中期云南文坛名人，沙琛与其为莫逆之交。师范（1751～1811 年），白族，字端人，号荔扉，又自号金华山樵，赵州人，乾隆甲午年（1774 年）举人，曾历任剑川训导、安徽望江县令。善诗文，作品主要有《金华山樵前集》《金华山樵后集》《二余堂文稿》《二余堂诗稿》《抱瓮轩诗汇稿》等②。他还是有"史氏一家之美"（姚鼐之语）之美誉的著名史地学

---

① （清）刘大绅：《点苍山人诗抄·序》，载吴海鹰主编《回族典藏全书》（第 194 册），甘肃文化出版社、宁夏人民出版社，2008，第 116 页。
② （清）赵尔巽：《清史稿》（卷 477），中华书局，1997，第 2333 页。

家，是知名的史料辑刻家，还是著名的书法家。他为官清廉，体恤士民，深受百姓爱戴，史书如是评价："公明慈惠，甚著贤绩，士民讴歌之。"① 他的《荫椿书屋诗话》是第一部白族地区诗话，所以他在云南乃至全国都有着至高的声誉，对云南文化圈更有较大的影响。

师范与沙琛情谊深厚，他在《荫椿书屋诗话》中对沙琛有如下评价：

> 沙雪湖以开爽之才，锐意吟咏，素从栗亭、美门游。其《舡溪早行》（五言）云："溪深迟见晓，上马怯孤峰。雾重冰生石，云消雪在松。"写景清真。《雪后夜行》云："山雪照行路，不知寒夜深。梅花一万树，明月生空林。"结体超逸。《荆州》云："江风信有雌雄势，人事难凭出没洲。"《武陵道中》云："孤村人静烟生竹，野渡舡过鸟上汀。"皆新稳可诵。予谓其魄力可企竹林，而气象极似簦崖。②

不仅称颂沙琛的才气，还指出其诗歌创作的艺术特色与体式特征。沙琛寄赠师范的《师荔扉之望江任过怀远》曰：

> 淮水清秋夜，荆岩逼槛凉。十年方一见，两鬓各皆苍。问旧多零落，谈山欲远翔。人生难得处，万里共杯觞。作吏殊堪叹，遍难老遁藏。我方厌尘鞅，君已入锥囊。世路饶盘错，民生忌诗张。问途无可赠，名士慎疏狂。江上逾淮上，千山接混茫。小姑暮行雨，彭泽对开堂。下里能歌舞，平沙足稻粱。政

---

① （清）赵尔巽：《清史稿》（卷477），中华书局，1997，第2333页。
② （清）师范：《荫椿书屋诗话》，载张国庆选编《云南古代诗文论著辑要》，中华书局，2001，第9页。

余吟兴恰，邮寄慰愁肠。①

1801 年，师范被选任安徽望江县令，他从滇云出发至淮水与时任怀远县令的沙琛相遇，此次相见距上次会面已有十年之久，所以诗人感慨良多，既谈自己又谈朋友，最后叮嘱老友仕途路上慎疏狂，牵挂之情令人感动。1811 年，师范卒于安徽望江旅次，闻此噩耗，沙琛悲痛万分，写下《闻荔扉师三化及》一诗以寄哀思，其诗曰：

> 大雷江口送登临，却问归期暗欲喑。三载寓公知肮脏，半生薄宦自浮沉。飞扬竟为谁雄者，著述犹余未了心。屈大夫傍增一冢，枫林烟雨最萧森。②

此诗情辞凄切，通篇无一哀字却将哀悼之情表现得淋漓尽致，实属悼亡作中的佳品。

此外，沙琛还与钱南园、赵紫笈、杨丹亭、张西园、张懋斋等滇云名士相交甚善，并在诗歌中描绘他们之间的交往过程和真挚的友情。以沙琛与赵紫笈、钱沣的交往为例。赵廷玉，字梁贡，又字紫笈，号晴虹，太和县（今大理）人，恩贡生，是乾隆、嘉庆年间大理有名的诗人。其创作有《晴虹诗存》《紫笈老人诗草》《求斋文集》三部诗文集，遗憾的是这些著作都失传了。沙琛与赵紫笈间酬唱类作品较多，主要有《和赵紫笈山人歌》《再和赵紫笈》《三和赵紫笈》《雨中赵紫笈馈酿》等，其中《雨中赵紫笈馈酿》一诗写自

---

① （清）沙琛：《点苍山人诗抄》，载吴海鹰主编《回族典藏全书》（第 195 册），甘肃文化出版社、宁夏人民出版社，2008，第 89 页。

② （清）沙琛：《点苍山人诗抄》，载吴海鹰主编《回族典藏全书》（第 194 册），甘肃文化出版社、宁夏人民出版社，2008，第 436 页。

己客居青州时赵紫笈雨中馈赠酿饭一事:"忽到青州从事佳,闭门十日雨淆淆。寥寥天地古人远,裹饭舆桑别调谐。"① 在诗人寂寥失意的时候,老朋友的一饭之馈既慰藉了他的客旅之愁,又见证了他们之间的深情厚谊。

(二) 马之龙交游

马之龙曾漫游全国各地,足迹遍及十三行省,但与他交相往来最多最善的还是滇云本土文学家,他与五华书院师生的关系尤其亲密,创作了许多寄答酬唱之作,这些作品是《雪楼诗选》的重要组成部分,它们反映了马之龙的社会交往情形和创作倾向。本节主要考察马之龙与刘大绅、"五华五子"和沙琛的交往情况。

首先,与刘大绅交游考。嘉庆二十三年(1818 年)秋天,马之龙从江南归来回到昆明,与五华书院主讲刘大绅相识相交,赵藩云马之龙与刘大绅游处最契②。马之龙与刘大绅之间寄赠答往的作品有30 多首。刘大绅寄答马之龙的有《赠马子云》《寄马子云》《再赠马子云》《送子云归丽江》《喜马子云至》《子云归后却寄》《送马子云赶昆明》等,马之龙寄答刘大绅的作品有《寄刘寄庵先生雪山石》《别寄庵先生》《怀刘寄庵先生》《检刘寄庵先生寄诗怅然有怀》《哭刘寄庵先生(十首)》等。这些寄答诗不为公宴游乐而作,也不以求引攀援为旨,而是因情而发,托情而寄,诚如《文心雕龙·明诗》所云:"人禀七情,应物斯感,感物吟志,莫非自然。"③

1818 年秋,马之龙自江南归至昆明,访刘大绅于五华书院,刘大绅见到这位来自雪山的客人非常高兴,称其为"奇士",并创作

① (清)沙琛:《点苍山人诗抄》,载吴海鹰主编《回族典藏全书》(第 195 册),甘肃文化出版社、宁夏人民出版社,2008,第 58 页。
② 赵藩:《马子云先生传》,载李伟、吴建伟主编《回族文献丛刊》(第 7 册),上海古籍出版社,2008,第 2899 页。
③ 《文心雕龙今译》,周振甫译注,中华书局,1986,第 54 页。

《赠马子云》《再赠马子云》等诗相赠，以《赠马子云》为例：

> 点苍山有沙雪湖，天方之域今则无。又见子云丽江上，才名不服东西都。雪山刺天白虹起，倒影玉壶清如水。高寒飘渺净尘滓，人生其间宜有此。贾雪一堆点苍市，恨未雪山著朱履。诗卷读之冰牙齿，梦中直欲跨绿耳，追逐沙君与吾子。①

诗歌前四句指出马之龙的才子气质令诗人无比钦佩。后半部分描绘马之龙居住地丽江的寒冰美景，表达了诗人的向往之情。

马之龙寓居昆明这段日子，与刘大绅等人共度了一段美好时光，刘大绅在《诸生祖饯圆通寺留别》《五华诸子螺峰山祖饯》等诗中描绘他们一起交游祖饯的情景。马之龙亦在《黑龙潭访梅》《从刘寄庵先生即园小饮同郝大来史明之杨丹亭马骊房分得竹字》《奉酬寄刘寄庵先生西洋刀歌》作品中反映他们欢会宴饮的愉悦。嘉庆二十三年冬，马之龙由昆明返丽江，刘大绅依依不舍，创作《寄马子云》一诗相赠："我所思兮在雪山，万丈玉龙蜿蜒间。我所思兮在玉湖，千寻雪水渣滓无。化为神人下清都，绰约处子冰肌肤。化为神诗与时殊，一字一颗鲛宫珠。泣尽不惜双眼枯，投向人世莹青颜。按剑频顾胡为乎，有椟不如且藏诸。留待千秋知己须，高悬十乘光彩俱。灵蛇匍匐骊龙趋，千金声价愁难沽，取石况敢轻揶揄。呜呼！维人维诗有是夫，我思雪山与玉湖。"② 此诗中刘大绅对马之龙耿直高古品性的称赞、对其仕途坎坷的安慰与同情都寄寓在对雪山与玉湖的

---

① （清）刘大绅：《寄庵诗文抄》，载《清代诗文集汇编》（第421册），上海古籍出版社，2010，第353页。

② （清）刘大绅：《寄庵诗文抄》，载《清代诗文集汇编》（第421册），上海古籍出版社，2010，第353页。

深深思念之中。

道光七年（1827年）冬，马之龙由丽江至昆明，再从昆明到宁州探望已返回家中居住的刘大绅，此时刘大绅年已八十，闻听友人到来，其喜极而泣，创作了《喜马子云至》（两首）组诗，表达自己的惊喜："玉龙山下客，郁郁抱其材。忘记何年别，惊传此日来。生存便自好，老丑不须哀。却道逢长路，多应姓氏猜。""孤村移宅久，鹤去少知音。门径埋尘厚，庭阶落叶深。驰驱千里路，倾到一生心。问讯无端绪，寒宵泪湿襟。"①他们一起作诗、赏梅、出游，此间刘大绅创作了几首诗歌反映他们的欢聚时光。"长忆寒梅树，高枝拟其攀。一林堆落叶，半日坐空山。岁暖雪犹秘，村孤云自闲。更随流水云，凭吊小桥间。"（《同马子云李翊旧草堂侧寻梅》）马之龙也创作了《欲游潭东诸山呈寄庵先生》《从寄庵先生游山至潭西旧庐侧归》《潭西草堂同刘云门刘醒园李翊待月》等诗描绘当时交游相会的愉悦。

道光七年冬末，马子云要返回昆明，刘大绅约马子龙来年春会于昆明并创作《送子云赴昆明》以赠别，其诗曰：

纵到昆明不是归，西望冬日有光辉。可能水底黄金尽，未必云间白雪稀。壮士投鞭辞驿路，老人扶仗启山扉。还家乐事身亲历，相送歧途亦色飞。②

此后又创作了组诗《子云归后却寄》（四首）：

---

① （清）刘大绅：《寄庵诗文抄》，载《清代诗文集汇编》（第421册），上海古籍出版社，2010，第393页。
② （清）刘大绅：《寄庵诗文抄》，载《清代诗文集汇编》（第421册），上海古籍出版社，2010，第394页。

关山几千里，到此计旬三。人老朝迟起，天寒夜倦谈。师资既无所，交道亦何堪。昨日窥君意，艰难独觉甘。（其一）

虚声人不识，往往远方来。呓语成诗卷，空筵索酒杯。斋心忘肉味，焦尾少琴材。试问五都市，几人空手回。（其二）

见来闻去后，相戒入荒村。哭石偏多泪，掐梅尚有魂。何干嘉客事，休言妄人言。渺渺飞鸿影，谁留爪雪痕。（其三）

高士丽江产，雪山千里明。纵然思老子，未足事长征。我欲乘云去，君先带月行。玉湖残夜影，入梦亦移情。（其四）①

这组诗名为怀人实为写己，年届八十的刘大绅独居荒村，因寂寥无依而更加思念远在雪山的马之龙。马之龙创作《别寄庵先生》《怀刘寄庵先生》《检刘寄庵先生寄诗怅然有怀》等诗回寄。其中《检刘寄庵先生寄诗怅然有怀》一诗最为凄切："秋风挟刀剑，刑花罚草木。秋雨生齿牙，凿瓦穿墙屋。悲哉秋客心，怀人千里独。一岁来一诗，句句精神足。安得侍清吟，篱边共采菊。"② 诗歌描绘了诗人与刘大绅分别后的孤独惆怅之意及对他的思念之情。

马之龙与刘大绅潭西之会结束时约定来年春城再会，但没想到此别竟成永诀，此后他们再也没有见过面。刘大绅卒于道光八年正月初六，马之龙《哭刘寄庵先生》诗序云："五华别后音问诗歌往

---

① （清）刘大绅：《寄庵诗文抄》，载《清代诗文集汇编》（第 421 册），上海古籍出版社，2010，第 394 页。
② （清）马之龙：《雪楼诗选》，载李伟、吴建伟主编《回族文献丛刊》（第 6 册），上海古籍出版社，2008，第 2732 页。

来绝，及此一别，音问诗歌亦不可得矣，岂不痛哉！"① 其正文如下：

　　畴昔相思二千里，欲见不难越山水。而今相去咫尺间，有情不得通生死。死者十日便九人，生者仅存一孙耳。青山何日许埋骨，归去来兮雪山里。

　　诗歌共八句，前四句抚今追昔，想过去自己远在千里之外，想见朋友翻越山水即能相见，现在自己身居昆明与朋友家咫尺之间却生死相隔。后两句叙述道光滇南瘟疫对朋友家庭的巨大破坏，"死者十日便九人，生者仅存一孙耳"。末尾两句抒发失去友人的悲痛。这首诗语言明白如话，但情感表达真挚深沉、细腻绵长。

　　其次，马之龙与五华诸子的交往情况。

　　与马之龙相交善的五华诸子主要有戴䋲孙、李于阳、戴古村、池生春等。他们交游酬唱，建立了深厚的友谊。

　　戴䋲孙（1796～1856），原名恩诏，字袭孟，号筠帆，昆明人。道光九年（1829年）进士，选翰林院庶吉士。自幼颖慧勤学，专力诗古文辞，尤长骈体，著作有《味雪斋诗抄》及《昆明县志稿》。"戴䋲孙有才，于书无所不读。工诗文，与池春生、李于阳、戴淳、杨国翰称五华五才子。许印芳称其才高学博，能为古文，兼工古今体诗。其诗雄建古丽，自成一家。文亦淡雅简净，骈体似初唐人。在五华五子中足称巨擘。"②

　　李于阳（1784～1826），始名鳌，字占亭，号即园。原籍大理，白族，后迁居昆明，著有《苍华诗文集》，今传有《即园诗抄》14

---

① （清）马之龙：《雪楼诗选》，载李伟、吴建伟主编《回族文献丛刊》（第6册），上海古籍出版社，2008，第2734页。
② 陶应昌编著《云南历代各族作家》，云南民族出版社，1996，第535～536页。

卷。《新纂云南通志》称其"诗名满昆华、苍洱之间"①。

池生春，字龠庭，一字剑芝，原籍楚雄，道光癸未年（1823 年）进士，一生兴办书院、选拔人才、奖掖后学，著有《池司业遗集》。

戴淳，字古村，呈贡人，寄居昆明，著有《晚翠轩诗抄》。

杨国翰，字丹山，云县人，嘉庆庚辰年（1820 年）进士，著有《步华吟草集》。

牛焘（1795～1860 年），字涵万，号笠午，丽江人。历任镇沅、安宁、邓川、罗平等县学官，著有《寄秋轩吟草》。他善于弹琴，通晓乐理，能自谱自奏，与马之龙齐名，被称为"牛琴马笛"。马之龙在《黑龙潭访梅》《从刘寄庵先生大观楼吹笛同张亮功朱丽川李艺圃杨丹山李即园池篱庭戴云帆马驷房牛含万郑点与分得楼字》等诗歌中描绘了他们一起游宴集会赏梅作诗，到大观楼听其吹笛子的情景。后一首诗曰：

> 凭栏昆水秋，仙侣同画舟。中有三江五湖客，始辞岳阳黄鹤楼。先生爱我吹玉笛，风起云飞蛟龙愁。波涛倒流三百里，太华千仞随惊鸥。是时眼前洞庭水，胸吞万里长江流。须臾山定水还旧，兴酣落笔诗相投。先生仰首发微笑，梅花一片杯中浮。②

马之龙与五华诸子游园赏景，公宴赋诗，这些活动具有建安名士"傲雅觞豆之前，雍容衽席之上。洒笔以成酣歌，和墨以藉谈笑"③ 之情趣。

---

① 李春龙、牛鸿斌等点校《新纂云南通志》，（第 23 卷），云南人民出版社，2007，第 1178 页。

② （清）马之龙：《雪楼诗选》，载李伟、吴建伟主编《回族文献丛刊》（第 6 册），上海古籍出版社，2008，第 2721 页。

③ 《〈文心雕龙〉译注》，周振甫译注，江苏教育出版社，2006，第 615 页。

马之龙离开昆明返回故乡之时，五华诸子依依不舍，分别作诗以寄离思。戴绗孙《送马子云还丽江》夸赞马之龙意气风发："黄金散去千两无，新诗换来一卷有。高歌不唱行路难，意气公然薄济偶。"最后表示，如果将来又有豪游之举，自己情愿抛弃笔墨，追随左右。在宽广的天地间，"伤今思古浇闲愁，博得狂生名不朽。归来结店点苍峰，闭户著书廿百首"①。戴淳《马子云过访，即送其旋里》也表示以后要在雪山十九峰旁结庐相伴："今日相逢神奕奕，明朝作别恨滔滔。安能十九峰头去，胜处依君结屋牢。"②还在《红毛刀歌再送子云归丽江》一诗中表示要与他行游赋诗："谁云孤客亲童仆，三尺相从万里游。水犀山虎不足数，仍旧刀头唱乐府。"③文士们以情相交，情之所至不能自已，发而为文，诚如钟嵘所说："嘉会寄诗以亲，离群托诗以怨。"④

再次，马之龙与沙琛交友考。

马之龙也数度到过大理，与当地著名诗人沙琛往来较多。

道光二年（1822 年），沙琛到丽江探访马之龙，他们一起踏雪寻梅，饮酒赋诗，沙琛在《与马子云顾惺斋野寺看梅》一诗中对此有所反映："大雪山前老野梅，泉声瀰瀰花乱开。溪亭客醉不知晚，花底摩挲月上来。"他们还一同赏游雪山诸景胜，游兴勃勃的沙琛创作了《玉峰寺遇雪》《雪山神庙》等作品，描绘雪松院、玉峰寺、玉柱碑、白云窝等的雪景。"林影翻云浪，风铃发海汇"写玉柱碑景区林海茫茫的样子，"风马云旗影，却敌靖纷挐"写大雪掩映下神庙

---

① （清）戴绗孙：《味雪斋诗文抄》，载《清代诗文集汇编》（第 591 册），上海古籍出版社，2010，第 323 页。
② （清）戴淳：《晚翠轩诗抄》，载《清代诗文集汇编》（第 568 册），上海古籍出版社，2010，第 267～268 页。
③ （清）戴淳：《晚翠轩诗抄》，载《清代诗文集汇编》（第 568 册），上海古籍出版社，2010，第 267～268 页。
④ （南朝梁）钟嵘：《诗品》，曹旭整理，上海古籍出版社，2007，第 2 页。

的壮丽景象。马之龙在《点苍歌赠赵紫笈沙雪湖》《沙雪湖明府雪中游雪山玉柱碑所作赠》等作品中予以回赠:

> 十九苍峰十八溪,溪奔峰立谁敢挤。上有阴崖昼夜白如月,下有龙关首尾封以泥。玉龙山客寻山倒,萧萧白发共歌啸。万事莫如擎一杯,仰天不顾旁人笑。君不见富春渚严陵钓,又不见柴桑里陶潜傲。(《点苍歌赠赵紫笈沙雪湖》)①

> 江头昨夜雪山裂,众山分得雪山雪。点苍诗人兴不凡,擎杯仰看碑靳岩。刚风拔木横山路,前后行人隔烟雾。高峰不动寒日沈,笑谓玉京我将住。(《沙雪湖明府雪中游雪山玉柱碑所作赠》)②

后来沙琛返回故地,创作《龙泉庵怀马子云》一诗表达思念之情:"远游近已归,近出复何因。人事重婚宦,何乃如浣尘。我有一樽酒,念欲致殷勤。踌躇忆子归,恍惚难可询。格格水禽飞,天寒林影曛。"③ 此后不久,沙琛病故于家中,闻此噩耗的马之龙悲痛不已,创作《哭沙雪湖明府》一诗:

> 点苍赏雪忽思我,远游欲共雪楼坐。时余西去游剑湖,归来除夕灿灯火。见面未吐离别情,各谈旧迹东南溟。四座如见

---

① (清)马之龙:《雪楼诗选》,载李伟、吴建伟主编《回族文献丛刊》(第6册),上海古籍出版社,2008,第2704页。
② (清)马之龙:《雪楼诗选》,载李伟、吴建伟主编《回族文献丛刊》(第6册),上海古籍出版社,2008,第2724页。
③ (清)沙琛:《点苍山人诗抄》,载吴海鹰主编《回族典藏全书》(第195册),甘肃文化出版社、宁夏人民出版社,2008,第136页。

水天景，深杯不觉皆酩酊。南海诗卷果奇绝，北林梅放笛声裂。人生难得一百年，十年一会暂欢悦。来朝相送七河关，邀我明年苍洱间。岂意伊人逝不返，含悲空望点苍山。①

诗歌前半部分回忆过去交游赏景、高朋聚会的快乐时光，后半部分写诗人与沙琛相约来年再游点苍，没想到老友驾鹤西去，内心无比伤感，只能"含悲空望点苍山"，全诗饱含着对沙琛的哀思之情。

综上所述，在滇云特有的地域文化条件之下，明清云南回族文学家与滇地各族文学家因相似的人生经历、相近的审美情趣和人生理想而相互交往和诗词酬唱。他们以文会友、因文成交，所创作的佳篇丽句记录了他们交往的情形，留下了许多文坛佳话。

第三节　明清云南回族文学家社会交往的地域文化意义

明清云南回族文学家交游活动的主要内容是与朋友们游山玩水，云南特有的山川风物陶冶了他们的性情，并使之以饱蘸深情的笔墨让苍山洱海、碧鸡滇池等云南特有的地方风物焕发出神韵，让自然与人文相互生发，影响深远。云南回族文学家的交游活动对提升云南地域文化有着一定的促进作用，他们用一种诗意的语言展示出滇云特有的风土人情之美，其作品读起来让人怡然陶醉，使这个多民族融汇地区更添魅力。

景因人而彰、因文而显，此乃历代文学家之共识。元人刘仁本

---

① （清）马之龙：《雪楼诗选》，载李伟、吴建伟主编《回族文献丛刊》（第6册），上海古籍出版社，2008，第2725页。

言："山水林泉之胜，必有待夫骚人墨客之品题赋咏，而后显闻。若匡庐见于太白之诗，天台见于兴公之赋，而武夷九曲，见于朱紫阳之《棹歌》也。盖其胜处，多在深僻遐旷寂寞之滨，非得好事者杖履之追游，觚翰之赏识，则夫仙踪佛迹，巨灵幽秘，亦何由而得传闻于世耶！凡游览之士，又皆即其清淑之气，蕴于胸中者，感发而形诸言，则其游也，为不徒行矣。"① 这是说山水形胜因文学家的追游而名显天下。宋人滕子京也有类似的表述："窃以为天下郡国，非有山水瑰异者不为胜。山水非有楼观登览者不为显；楼观非有文字称记者不为久；文字非出于雄才巨卿者不成著。"② 强调山水形胜与文学家间相得益彰的关系。

在明清云南文化景观生成的过程中，云南回族文学家行游滇云的流风余韵或者掌故及其品题赋咏山水的作品在景观价值的提升过程中起到了促进作用。如提及闻名遐迩的丽江玉龙雪山，就不能不提清代回族诗人马之龙的《游玉龙山记》，此游记人传诵之，使得玉龙雪山之名彰显。再如，"入林始信无机事，出世方知有道情"是清代回族文学家萨纶锡为剑川茶花寺所题之诗句。从今天来看，这些题诗不仅见证着回族文学家出游乐游的逸情雅志，记载了一段段文学家交游的历史佳话，而且提升了当地山水景观的文化价值。

再以云南的石林为例，云南石林闻名遐迩，其成为凝聚着作家审美意识和审美情感的精神产品始自清人孙鹏。其所著《石林歌》在小序中介绍游赏背景："辛丑秋，予过之，留数日。携酒邀同广文查髦士、明经杨攸叙从来游，路从五棵树入，穷极幽胜，非居人导

---

① （元）刘仁本：《东湖唱酬集·序》，载周博琪主编《永乐大典》（第 2 册），中国戏剧出版社，2008，第 469 页。
② （宋）滕子京：《与范经略求记书》，载何林福、李翠娥著《君山纪胜》，湖南地图出版社，2014，第 16 页。

几不能出。"① 并饶有兴趣地叙述了有关石林"李子菁"之名的来历："昔有人严冬入林中深处，仰见崖上李数珠，朱实垂垂，羡欲取之，暮不及，明日复至，则仙人幻术也。至今名'李子菁'，硉兀森屹，莫可名状。芝墙悬空，似人间屋，千门万径，曲直上下，引人入胜，水淙淙从涧出。"

其正文曰：

路甸多山山多石，高插冥穹低过额。城南十里李子菁，李子李花落何夕？不见李花烂漫垂，空有仙人来往迹。仙人来时鹤飞环，仙人去后云幄帝。仙人去后石床留，仙人来时此博弈。只今一去不复来，纵横磊砢尚狼藉。狮子之子三台孙，一凸一凹亦岝崿。何年北斗陨魁勺，满地七星错确礊。莲花一茎上矗天，缤纷花蕊突千百。点苍十九五华五，何似此山狡狯极。石势争攒不相让，嶙峋总向江村逼。中有五城十二楼，往往不为人所获。其旁五棵树葱茜，门户由兹开一隙。使君好奇兼好客，不惜触我于幽僻。登山正及头未白，要访林中赤玉潟。到来大石立当门，蹲如猛虎磨牙吓。世无饮羽飞将军，乃敢据地怒咫尺。行行数武至飞岩，横天一壁忽阻厄。徘徊欲入入不得，但见猱升玃复掷。谷回峰轻细径生，袅袅钩梯容假借。燕磊蜂房嵌足底，以手援蕾一跌踱。天风摇摇几欲堕，毛发竖立悚危厄。平生历险多奇胆，至此不觉竟踉踏。惊定复愁万仞高，因风吹上轻鼯鼪。悠忽谽谺敞平台，跌坐久之憩魂魄。凭虚好把洞箫吹，吹之欲裂石林壁。一吹再吹凤飞来，御花落在瑶台席。主人向前致词曰，一重生著几两屐。爱得一栈一线窄，巨灵掌上

---

① （清）孙鹏：《南村诗集》，载李伟、吴建伟主编《回族文献丛刊》（第7册），上海古籍出版社，2008，第2915页。

真逼仄。①

袁行云《清人诗集叙录》云："此文作于康熙十六年，恐无此先矣……云南诗人独钟山水雄杰之胜，肆为驰骋，绝诣亦在是。"②从作品内容来看，确是如此。诗人驰骋想象，开篇先引入关于石林之名的传说，为写石林的奇特做一铺垫。接下来用大量的笔墨描绘石林的地势、周边植被、洞中情形，以突出石林"狡狯"的总体特征。此诗一经传唱，馆阁诸公为之动容，石林之誉更盛。此文之所以彪炳千秋，是因为生长地的自然地理背景为其提供了可资利用的丰富物质材料，再通过形神并重的艺术提炼和加工而转化为文学世界中具有地域特色的艺术形象，随着时间的流逝，这些艺术形象逐渐成为该地域的文化名片，对提升云南地域文化有着不可小觑的作用。

要言之，明清时期云南回族文学家从地方民族的局限中走出来，以开放的人文视野和丰富的行游体验把民族地方意识与国家意识结合起来。他们在酬赠唱和的过程中既交流了思想、增进了友谊，又彼此学习创作技巧、相互借鉴创作经验，促进本土文学的繁荣。明清云南回族文学家交往活动中的题诗吟联等作品具有彰显地域景观价值的作用。考察明清云南回族文学家的社会交往状况对于了解明清云南回族文学家的文学创作活动有着重要的意义。

---

① （清）孙鹏：《南村诗集》，载李伟、吴建伟主编《回族文献丛刊》（第7册），上海古籍出版社，2008，第2915页。
② 袁行云：《清人诗集叙录》，文艺出版社，1994，第728页。

第六章

地域文化与明清云南回族文学家的
文化情怀

地理环境与文学的关系十分密切，它既是文学直接描写的内容与对象，也是影响作家性情气质的重要因素。这一点古人早有认识，如《管子·水地篇》指出不同地域文化影响下人的性格气质、行为方式是不同的：

> 夫齐之水道躁而复，故其民贪粗而好勇。楚之水淖弱而清，故其民轻果而贼；越之水浊重而洎，故其民愚疾而垢。秦之水泔最而稽，淤滞而杂，故其民贪戾，罔而好事。齐晋之水枯旱而运，淤滞而杂，故其民谄谀而葆诈，巧佞而好利。燕之水萃下而弱，沉滞而杂，故其民愚戆而好贞，轻疾而易死。宋之水轻劲而清，故其民简易而好正。①

《汉书·地理志》也指出人的气质性格、精神状态与水文环境有很大关联："凡民函五常之性，而其刚柔缓急，音声不同，系水土之

---

① （唐）房玄龄注，刘晓艺校点《管子》，上海古籍出版社，2015，第289页。

风气，故谓之风；好恶取舍，动静亡常，随君上之情欲，故谓之俗。"① 梁启超在《地理与文学关系》一文中云："地理与历史之关系，一如肉体之与精神。有健全之肉体，然后活泼之精神生焉；有适宜之地理，然后文明之历史出焉。"② 如果说前人之论稍嫌笼统，那么在探讨文学对文学家性情气质的影响方面则更加具体通俗，如岳友熙在《生态环境美学》一书中认为自然生态环境对人类有积极的"精神效用"，即生态环境及其要素对提高人的精神生活质量和促进人类精神健康发展有积极的作用和意义③。文艺学研究学者刘小新对此有更为通俗的解释：

> 所谓地理因素包括气候、土壤、河流、海洋、山地、交通、地理位置、森林植被乃至自然风景等等，这些因素对文学的影响是不言而喻的。首先它们构成了文学直接描写的内容与对象；其次，一方水土养一方人，人的性情气质的确与其生长的自然地理条件有着微妙的关系，而文学是人学，通过人这个中介，地理因素与文学之间产生了十分密切的关联。④

以上这些观点肯定和强调地域生态环境对人（文学家）性格气质、生活习性、文化情怀均有一定程度的影响。事实上，在文学作品中，我们经常发现奇山秀水会对文学家的精神世界产生积极的影响，使其普遍具有乐游尚隐、亲佛染禅等文化情怀。

---

① （汉）班固：《汉书》（卷28），中华书局，1962，1640页。
② 梁启超：《地理与文明之关系》，载葛懋春、蒋俊编选《梁启超哲学思想论文选》，北京大学出版社，1984，第74页。
③ 岳友熙：《生态环境美学》，人民出版社，2007，第87页。
④ 刘小新：《文学地理学：从决定论到批判的地域主义》，《福建论坛》2010年第10期。

第一节　喜好游赏

明清时期的云南回族文学家普遍喜爱登山临水，对山水具有一种炽热的恋情，无论是居乡读书还是外出仕宦、访学，他们都会出门游赏，在湖光山色中怡情养性。可以说，游赏是明清云南回族文学家的普遍嗜好，乐游是明清云南回族文学家的共通情怀。

一　适宜的游赏之境

明清时期云南特有的社会环境和地理环境为回族文学家好游、乐游创造了条件，主要表现在以下几个方面。

其一，云南有着奇特秀美的自然风光和丰蕴深厚的历史文化，其四季气候温和，空气湿润舒适，这是回族文学家出门行游的地理条件。如清代昆明回族文学家孙鹏游赏石林之后，创作《石林歌》一诗，此诗在百姓中广为传唱，馆阁诸公为之动容，纷纷作诗以赠。孙鹏作《馆阁诸公读予石林歌各以诗见赠奉答二首》回赠，并在第一首中指出自己创作成功的很大原因在于"江山之助"，"曾到石林里，林中得句回。江山助我思，凄婉有从来"①。这种情形同样出现在马上捷、马之龙、沙琛等云南回族文学家中，表明明清时期云南良好的生态环境是文学家乐游的重要条件。

其二，自明朝中期以后，商品经济的发展刺激了新型的消费观念，人们的思维模式、价值观念、生活方式和审美情趣都发生了较大的转变，追求个性解放和抒张个人性情已成为文人雅士的普遍精神要求。文学家们不再把自己封闭在书斋里，纷纷走进大自然，他

---

① （清）孙鹏：《南村诗集》，载李伟、吴建伟主编《回族文献丛刊》（第7册），上海古籍出版社，2008，第2934页。

们认为富贵非乐，只有湖山才是乐。如陈献章在《湖山雅趣赋》中所言："放浪形骸之外，俯仰宇宙之间。当其境与心融，时与意会，悠然而适，泰然而安。物我于是乎两忘，死生焉得而相干？亦一时之壮游也。"① 社会上出现了一股前所未有的旅游热潮。清代虽有思想禁锢，但文学家们追求山水之乐的雅趣并未受到太大影响，相反，由于文风森严，更多的文学家走进山林，寻找心灵栖息的空间，山水之游更加兴盛。具体到云南行省，其地虽远在边徼，但随着明代中央政府在云南实行行政区划管理，云南各个州府的经济文化得到很大程度的发展，交通状况也得到相应的改善，云南与中原的文化交流加强，云南文学家受到江南旅游风气的影响，普遍好游。

其三，明清时期云南的书院教育比较发达，有些书院是以讲学为主，到了讲学时期，读书人会从各个地方会集而来，听名师讲学。如清初刘大绅主讲的五华书院就曾吸引了马之龙、沙琛等回族文学家去修学。书院多位于风光优美的山水佳境，这为文学家提供了一定的游赏环境。

二 乐好游赏的文学表现

明代永昌府文学家闪继迪与其子闪仲俨、闪仲侗均是好游成癖的回族文学家。玉溪马明阳亦好山水，游赏不止，在"值滇乱，遂隐不仕。即其居之桃园，卜幽筑室，陈几设关，日优游其中，于经史百家之文，极深研几之理，无不探赜钩玄……稍暇，兴发，则步龙门河曲，弄潺湲，歌沧浪曲，徜徉于云沙烟树间"②。马继龙亦好

---

① （明）陈献章：《陈献章集》（卷4），中华书局，1987，第275页。

② （清）赵士麟：《读书堂彩衣全集》（卷13），载白寿彝主编《回族人物志》（上册附卷5《碑传题跋酬赠》），宁夏人民出版社，2000，第882页。

游赏，他曾遍游云南州府各地，并创作了许多山水诗文。可以说，云南的灵秀山水是马继龙创作取之不竭、用之不尽的材料宝库。在他的诗歌作品中我们常能看到有关游玩的字眼，如"几度春游闻管龠，一霄云卧冷衣裳"（《题雪堂》），"镜中白发添新恨，梦里青山忆旧游"（《雨中忆梁大峨》），"过尽无人境，新烟起戍城"（《益门道中》），"自知无钱供酒债，看山只共野云游"（《秋兴》）。从这些诗句中可以看出，游赏已是马继龙的生活常态，只有徜徉在青山绿水之中，诗人仕途失意的苦闷才能得到消解，只有置身于清泉白石之间，诗人疲惫负重的心灵才能获得解放。

清代云南回族文人雅士的山水游赏之好并未因改朝换代而有所减弱，反而对自然山水表现出更加痴迷的心态。昆明诗人孙鹏可以说是一个有"山水癖"的回族文学家。无论是居于乡里还是出滇远游仕宦，他从未停下自己访胜寻幽的脚步，足至祖国的大江南北。为官山东泗水期间，他足至晋宁、呈贡、泰安等地；外出远游期间，他足至京华、吴越、湖湘等地，西子湖畔、黄鹤楼头、鹦鹉洲上、石头城下都曾留下他的游踪。

元江马汝为先生经常行游在云南各个州府的道路之上，他习惯在诗题里标明自己创作的地理位置。《新兴道中》则从时间和空间两个维度体现出鲜明的纪实性，每一个地名都关联着诗人一段行游的人生经历。可见行游吟诗是马汝为的一种生活方式、一种价值观念。

太和沙琛在任怀宁、建德、太和、霍邱等地县令期间，借仕宦、出访等公事之便游历南北各地，他游览过的山川有壶头山、明月山、姊妹山、夸父山、绿萝山、荡山、罗山、黑肴山，游历过的名胜有岳阳楼、洞庭湖、姑苏台、鹦鹉洲、石头城、西湖等。游览山水美景的同时亦考察各地的民风民情，"对于各地的风土人情和老百姓的传统习俗，沙琛爱得深，写得真"①。沙琛晚年回归故里，常与滇云诸州府文学家、名士交游聚会，他曾与马之龙同游雪山，与五华诸子同登大观楼，与宋芷湾共游洱海，与赵西园至波罗崖观佛……所赏之景，所行之路，均化为笔底的佳篇丽句，其嗜游成性，概可见也。正如刘大绅所言："诗人乎！其点苍山、西洱河灵秀之所钟毓……而其周揽名胜，交游贤豪，蓬蓬勃勃，不可遏抑之概，皆于是乎见之。"②

与前几位诗人有着相似的乐游情怀，丽江回族诗人马之龙和石屏回族文学家赛屿也都是不折不扣的旅行家。马之龙弃绝科场，"携红毛剑一、铁笛一，作汗漫游者八九年。足迹遍十三省"③。回乡后，他徜徉于家乡的青山绿水间，荡涤心胸，陶铸文思，创作了许多关涉云南山水风情的诗文游记。赛屿在其82岁高龄时，接受门人的延请，乘船东行，历时八月而归，并写下了《南游草》《行源堂诗文集》《回舟草》诸集。

大理回族诗人沙琛更是一位嗜游如命的文人，他解官归里后周览名胜，寄情山水，行游不止，佳作频出。刘大绅称其荒山、记游诸诗"气奇、情迈、绝众、离群"④。家乡的苍山、洱海是沙琛常驻足之处，他眼中的点苍山"千峰万壑朗晴川，积翠澄澄海日鲜"，"币岁含苞久，花当杪叶中。芳菲春自媚，峭茜雪初融"，"依微三百里，点苍高出彩云天"，"西溪雨脚渡斜晖，离合烟云鹭岭飞"。他也常漫步洱海之畔，"暑气蒸云贴地铺，漫漫银海天模糊"（《游

---

① 张迎胜：《清代回族诗人沙琛》，《宁夏大学学报》（社会科学版）1981年第2期。
② （清）刘大绅：《点苍山人诗抄·序》，载吴海鹰主编《回族典藏全书》（第194册），甘肃文化出版社、宁夏人民出版社，2008，第115页。
③ （清）赵藩：《马子云先生传》，载李伟、吴建伟主编《回族文献丛刊》（第7册），上海古籍出版社，2008，第2700页。
④ （清）刘大绅：《点苍山人诗抄·序》，载吴海鹰主编《回族典藏全书》（第195册），甘肃文化出版社、宁夏人民出版社，2008，第170页。

戏洱水》)。在故乡的湖光山色中，诗人心情大好，发出"前梦宛然"之慨。沙琛也曾游览过五华楼、木马邑、大观楼、一真院、凤山寺等景观名胜。"浩然发龙尾，忆切少时年。心有功名计，身为父母怜。头颅伧更老，奔走债犹缠。身世边隅远，劳生属定缘。"(《发龙关》) 这是沙琛在出龙尾关时所作的一首咏怀诗。行走在东大路上，眼见"山田处处趁春耕"，笑叹自己"垂老年华万里行"(《东大路上》)。重游白岩后，诗人发出了"人事如云促变迁，彩云桥畔画楼前"的感慨。重游黑龙潭时，看到老梅树依然怒放似红玉，不禁想到自己无忧无虑的少年时光是那么美好，中年时期遭遇仕宦波折不得不回籍侍养。归里十多年虽然"满镜白发黯销魂"，但赏游之兴丝毫未减，如其自云："闲居郁郁发远想，等闲重山叠水间。磨牛步步踏陈迹，名山胜友心相关。"(《黑龙潭值老梅盛开，感怀旧游，用壁间芷湾太守韵次之》) 他还创作了《漾濞山中杂兴》组诗，捕捉了很多极具滇云地域文化特色的自然景观和人文景观，在《丽江杂咏》组诗中对丽江的山川风物进行细致的描绘……由此可见，沙琛是一位实至名归的旅行家。

马之龙生长在风景奇特的丽江地区，这里人杰地灵，"虽荒徼而江流岳峙，雪净沙莹，地不灵欤？意磊落琦瑰之士挺生其间"①。他居家玉龙山脚下，年轻的时候就遍游玉龙十三峰，创作了《游玉龙山记》《玉龙山白云歌》《游雪山》等作品。在他的心中，玉龙雪山不仅是一座风景秀丽的山脉，更是自己精神品质的象征，如其在《游雪山》一诗开篇所述"立品须立最高品，登山须登最高顶"。在《玉泉杂咏》组诗中，紫云楼、雪池、玉泉精舍、柳塘等景观描绘形貌毕现，使人有身临其境之感。在《芝山杂咏》九首中，诗人借景

---

① 乾隆《丽江府志》，载林超民、张学君等主编《中国西南文献丛书·西南稀见方志文献》(卷25)，兰州大学出版社，2005，第217页。

抒情,将自己的人生体验与石窟、无为庵、蹲石庵、翠屏山等景观结合起来书写,达到了一种言有尽而意无穷的艺术效果。洞庭湖畔、秦淮楼下、衡山渔舟里、师山月下、虎丘亭上……都留有他的游踪。《雪楼诗选》中有20多首作品描绘诗人的出游见闻和心情,如《秋日黄鹤楼留别》就是此类作品中的代表,颇能反映他彼时的心境,诗云:"至今黄鹤未飞回,袖笛楼头吹落梅。西望乡关千里远,南来鸿雁一声哀。秋风城上孙郎迹,芳草洲边祢子才。自笑萍踪无定在,明朝又去凤凰台。"秋日黄鹤楼景观的萧瑟引发了诗人对千里之外乡关的思念之情,可见嗜游的人都是恋家的人。

三 乐好游赏的缘由

明清云南回族文学家喜好游赏,自有其复杂的形成原因,简单归为以下两点。

其一,文章得"江山之助"。"江山之助"这一命题出自《文心雕龙·物色》:"若乃山林皋壤,实文思之奥府,略语则阙,详说则繁。然屈平所以能洞监《风》、《骚》之情者,抑亦江山之助乎?"①不仅概括出山水与文学创作的关系,也包含着文学家好游山水的心理归因。山林皋壤确有激发文学家创作灵感之功用,古今文学家无不喜欢游山玩水。在山水之境,心与天地相融,创作灵感得到激发,正所谓"山水藉文章以显,文章亦凭山水以传"②,也就是说好的文章是离不开自然山水孕育的。对此历代文学家都有体会,"而山川之秀美,风俗之朴陋,贤人君子之遗迹,与凡耳目之所接者,杂然有

---

① 《〈文心雕龙〉译注》,周振甫译注,江苏教育出版社,2006,第633页。
② (清)尤侗:《天下名山游记·序》,载张璟主编《中国旅游文选》,福建人民出版社,2007,第307页。

触于中，而发于咏叹"①，这是苏轼的观点。明清文学家对此更有体
会。袁中道指出游赏的文学功用："一者吴越山水，可以涤浣俗肠；
二者良朋胜友，上之以学问相印证，次之以晤言消永日。"② 清初江
南宣城才子施闰章亦认杜甫诗最夔州是得江山之助："司马相如、王
褒、扬雄诸人，皆生于蜀者也。杜甫诗最夔州，盖久客于蜀者也，
说者皆谓得江山之助。"③ 可见，文章得江山之助已成为文学家们的
共识。

　　佳句得自江山之助在云南回族文学家孙鹏、马之龙等人的创作
中体现得较为明显。辛丑秋孙鹏与友人相约同游石林，并创作第一
篇有关石林的诗文著作——《石林歌》。概此诗创作出来之后在馆阁
诸公中反响很大，他们纷纷作诗以赠，孙鹏又创作了《馆阁诸公读
予石林歌各以诗见赠奉答二首》回赠，他在第一首中明确指出此文
创作成功得益于"江山助我思，凄婉有从来"④。还在《送人游粤东
三首》其三中云"君爱文章好，应乘春色游"⑤，奉劝朋友若想创作
佳篇就要乘着春色远游。马之龙在听游天竺蕃僧讲述了"天竺三奇"
之后当即表示自己要去寻觅奇景，"我闻便欲往，路远昆仑西。奇景
不可没，援笔成新诗"⑥，说明探访奇景并化为诗篇是马之龙远游昆
仑的心理旨归。"投笔欲何往，入山殊未能"（马汝为《感怀》）⑦、

---

① （宋）苏轼：《南行前集叙》，载李之亮笺注《苏轼文集笺注·诗词附2》，巴蜀书社，
　　2011，第40页。
② （明）袁中道：《珂雪斋集》（中册），上海古籍出版社，1989，第564页。
③ （清）施闰章：《施愚山先生学馀堂文集》（卷6），清康熙四十七年刻本，第3页。
④ （清）孙鹏：《南村诗集》，载李伟、吴建伟主编《回族文献丛刊》（第7册），上海古籍
　　出版社，2008，第2925页。
⑤ （清）孙鹏：《南村诗集》，载李伟、吴建伟主编《回族文献丛刊》（第7册），上海古籍
　　出版社，2008，第2975页。
⑥ （清）马之龙：《雪楼诗选》，载李伟、吴建伟主编《回族文献丛刊》（第7册），上海古
　　籍出版社，2008，第2707页。
⑦ （清）马汝为：《马梅斋先生遗集》，载《清代诗文集汇编》（第219册），上海古籍出版
　　社，2010，第623页。

"丹青妙笔写嶙峋，摹得灵奇气未真"①（沙琛《漾濞山中杂兴》）等诗句中均肯定游赏山水能助创作。通过游历可以拓宽眼界、丰富阅历，从而使体验更加深刻，诗文的情感更加丰富、意味更加深长。梅新林在《中国游记文学史》一书中指出："游记文学诞生，需要的是'游'的审美精神与'游'的实践活动以及'游'的文学创作的密切结合与同步出现，这是游记文学得以产生所必需的前提条件。"② 这是对文学创作与游赏山水的现代阐释，正是因为明清云南回族文学家对这种关系有着深刻的理解，故而他们在游山玩水的过程中创作出了这些优秀的诗篇。

其二，"驾言出游，以写我忧"③。这是云南回族文学家好游的又一心理归因。明清时期云南回族文学家大多仕途失意、壮志难酬，游山玩水成了他们排解苦闷的常见方式。明代永昌府回族文学家马继龙《妾薄命》中最后两句"君恩自是如天地，落寞佳人奈命何"，委婉地抒发了自己对现实的不满与报国之志未酬的无奈。永昌府另一回族文学家闪继迪在《寄王泰符侍御》《山阴道中》《秋兴》等作品中也表达了自己怀才不遇、仕途不畅的悲伤。清代云南回族文学家的社会地位并未随着改朝换代而有所提高。孙鹏屡试不第，为官生涯短暂且仅至地方县令级别；进士出身的马汝为曾任大理寺右寺副、贵州铜仁知府，一生并无太大的施展空间；丽江马之龙虽然"少慧，嗜学，试辄前茅……思有以匡济于世"④，却因"嘉庆末，吏治日窳，而西洋英吉利输鸦片烟入广州，浸淫遍中国，滇处僻远，害尤及之。之龙慨

---

① （清）沙琛：《点苍山人诗抄》，载吴海鹰主编《回族典藏全书》（第194册），甘肃文化出版社、宁夏人民出版社，2008，第178页。
② 梅新林、俞樟华主编《中国游记文学史》，学林出版社，2005，第7～8页。
③ 《诗经译注》，程俊英译注，上海古籍出版社，1985，第112页。
④ （清）赵藩：《马子云先生传》，载李伟、吴建伟主编《回族文献丛刊》（第6册），上海古籍出版社，2008，第2700页。

然草《去官邪锄鸩毒论》千余言，于提学试经吉日，附试卷上之，讽以入告。提学骇诧，以狂妄违功令褫其衿"①，也因此与事功决绝；云南府沙琛虽以名进士的身份在怀宁、建德、太和等地任县令，在百姓中有很高的威望，但也有"因事罢吏议论罪戍边"②的坎坷经历。

亲近自然、纵情山水是明清云南回族文学家消解仕途失意的重要途径。灵秀的滇云山水，是他们苦闷心情消解之地。如诗如画的滇云田园，是他们心灵的栖息之地。他们以诗歌为载体表达这种心声，如以下几首作品：

金风初动赤云残，指点蒹葭水阁寒。日拥石淙浮蜃市，烟生珠窦护龙滩。青山欲向樽前堕，明月偏宜水上看。同调可怜饶选胜，醉歌何处不盘桓。（闪继迪《龙池秋饮》）③

早晚寻幽处，秋深事事宜。日高开紫雾，树老长金芝。闲坐生云石，爱看濯月漪。青琴流水外，或者有钟期。（孙鹏《杂兴二首》其二）④

澄潭竟无底，身疑坐天外。落花仍胃树，游鱼自成队。相赏久忘归，夕阳远峰挂。（马之龙《白马潭独坐》）⑤

---

① （清）赵藩：《马子云先生传》，载李伟、吴建伟主编《回族文献丛刊》（第6册），上海古籍出版社，2008，第270页。

② 任可澄：《点苍山人诗抄·序》，载吴海鹰主编《回族典藏全书》（第194册），甘肃文化出版社、宁夏人民出版社，2008，第101页。

③ （明）闪继迪：《闪继迪诗选》，载吴海鹰主编《回族典藏全书》（第181册），甘肃文化出版社、宁夏人民出版社，2008，第17页。

④ （清）孙鹏：《南村诗集》，载李伟、吴建伟主编《回族文献丛刊》（第7册），上海古籍出版社，2008，第3010页。

⑤ （清）马之龙：《雪楼诗选》，载李伟、吴建伟主编《回族文献丛刊》（第6册），上海古籍出版社，2008，第2704页。

浅草平沙信短筇，出城秋色倍欢惊。千山花翠浓于染，一点金沙大雪峰。(沙琛《同赵紫笈、杨永叔游凤冈寺宿董绍西书楼，张槐堂、杨雨苍两生招赵次芝诸友来会，泛两湖，复饮海亭上》其一)①

这几首作品比较典型地反映了明清时期云南回族文学家以畅游山水实现对社会角色和现实依凭的超越。只有面对自然山水，他们才能更多地感受到心灵的自由，才能真正地找到自身的价值。"人是在自然中生成的，尽管他是自然进程中偶然形成的具有高贵心灵和自觉活动的特殊产物，最终却仍然属于自然界，生存于宇宙自然中。人对自然的依恋和向往，本质上关涉着人的生存意义和归宿。"② 明清云南回族文学家在畅游山水的过程中，超越了现实的羁绊，实现了诗意地栖居。

第二节　崇尚隐逸

明清云南回族文学家大多有着较强的自我意识和个体意识，虽然他们都曾有过仕进事功的人生追求，但终能超越世俗功利之囿，有的中举后退隐，有的彻底与科场绝缘，表现出来的共同倾向是淡泊功名，喜好游山玩水，追求一种闲适隐居、超尘脱俗的生活。

---

① (清)沙琛：《点苍山人诗抄》，载吴海鹰主编《回族典藏全书》(第195册)，甘肃文化出版社、宁夏人民出版社，2008，第177页。
② 方红梅：《庄子之乐与中国文人的审美襟怀》，《中南民族大学学报》(人文社会科学版)2003年第2期。

一　崇尚隐逸的文学表现

古典教育制度影响下的知识分子普遍以出仕为主导价值观念，以再造尧舜之治为最终理想，然而政治环境的诡谲难料常使他们深感无力改变现实而选择归隐，正所谓"得志，泽加于民；不得志，修身见于世。穷则独善其身，达则兼济天下"①。儒家的穷达观使封建文学家从仕途失意的苦闷中解脱出来，这种心理归因也适用于大多数事功不畅的明清云南回族文学家。他们常常寄情于湖光山色、田园菜蔬，并把自己的切身体会融于诗中，如明代永昌府回族文学家马继龙在他的诗歌中描绘隐居生活的恬静舒适、悠然自得：

> 看花犹记少年时，转眼而今两鬓丝。负郭无田唯有债，杜门少事却多诗。水亭带雨移新竹，药圃锄云种紫芝。冷热不须悲世态，绝交久已谢相知。（《用韵自述》）②

诗歌描绘诗人的隐居生活，虽冷清贫困，但躬耕自种、读书作诗能让心绪平静，使灵魂获得升华。诗人将自己的生命和自然山水紧紧联系起来，以超尘出世的情怀同化于自然。

清代丽江回族文学家马之龙晚年隐居雪山脚下，吟诗作赋，对酒当歌，隐居生活怡然自得，且看以下几首作品：

> 岩关接蕃地，古雪消江瘴。巍峨十三峰，岂独边城壮。我得面山居，山灵时相贶。无月亦晶莹，非秋恒飒爽。乐此不下

---

① 《孟子译注》，杨伯峻注，中华书局，2012，第214页。
② （明）马继龙：《马继龙诗选》，载吴海鹰主编《回族典藏全书》（第165册），甘肃文化出版社、宁夏人民出版社，2008，第380页。

楼，身世两相忘。(《雪楼》)①

　　山有此楼楼有雪，雪山不动白云出。云间雪古年加年，雪上云间日复日。擎杯不觉心迹清，醉来斜日醒来月。数声栖鸟高枝头，山水无人意空阔。(《雪楼独饮》)②

　　雪山置身高，铁堂自俯众。不是神仙人，到此空悲痛。仰望擎青天，天宇得隆栋。群山状破碎，银河声低送。既无松柏姿，况能桃李种。姮娥开镜匣，清辉共夜永。回望生云处，灵窟深如瓮。但见白毫光，羽衣群侍从。自顾雪肌肤，冰心离喧闹。惜哉瑶池游，不出白云洞。(《游铁堂》)③

　　这几首作品反映了诗人静居雪楼，在雪山、玉壶中寻找自身的价值，在这种本真的生活中，我们看到了一种纯真的智慧，回归真实的生命本源，归附自然。诗人以一种冷静平淡的笔调描绘自然景物，以表现超越世俗之我的艺术境界，"'无我之境'就是以超尘出世的情怀，以同化于客体的态度对待世界，即'以物观物'"④。

　　清代元江马汝为晚年"解组归，以桑梓风教为拳拳，卜筑丛桂山庄以终老焉"⑤。他在《移居丛桂山庄》一诗中表达自己欲谢绝尘俗的牵羁，享受恬淡的田园生活：

---

① (清) 马之龙：《雪楼诗选》，载李伟、吴建伟主编《回族文献丛刊》(第6册)，上海古籍出版社，2008，第2701页。
② (清) 马之龙：《雪楼诗选》，载李伟、吴建伟主编《回族文献丛刊》(第6册)，上海古籍出版社，2008，第2709页。
③ (清) 马之龙：《雪楼诗选》，载李伟、吴建伟主编《回族文献丛刊》(第7册)，上海古籍出版社，2008，第2709页。
④ 成复旺：《中国古代的人学与美学》，中国人民大学出版社，1992，第366页。
⑤ 刘达武：《马梅斋先生传略》，载《清代诗文集汇编》(第219册)，上海古籍出版社，2010，第603页。

我昔住城市，今移住山巅。非独畏炎蒸，欲谢尘俗牵。结屋仅如斗，筑墙甫及肩。居处虽云陋，吾意实悠然。何以供饘粥，督仆耕山田。山田仅数亩，复与菜畦连。花木皆手植，生意满窗前。有暇课儿侄，时复亲简编。避暑榕荫密，娱目山色妍。夕阳欲西沉，景物倍澄鲜。扶笻数归鸟，倚树听鸣蝉。峰峦云嵽嵲，尽夜水潺湲。闭门绝人事，日出犹高眠。此中差何乐，勿向外人传。①

此诗写诗人移居丛桂山庄，虽然居住环境比较简陋，但诗人顺应自己的天性，在田园美景中所得到的乐趣只有他自己能体会得到，从中不仅可以看到他对这种隐居生活甘之如饴。

昆明孙鹏自年轻之时在《自题烟波棹船图三十岁小影》一文中就明确表示"绝意于仕宦，抱书山水间，于船入荥获"。到六十岁时"抛却一官"还是他的心声，《清泗水县令南村孙公家传》云："孙鹏自题梅花书屋小照诗，'忽逢狼毒嗥河东，张口复来噬人血。抛却一官去如瞥，归来仍卧读书窟'之句，知公殆以遭轧轹去官，志所谓负气傲岸者是也。"② 可见绝意仕宦、隐居田园是他一生的追求，我们从诗人的描绘中可以想见他的隐居生活是何等的惬意与舒畅：

混茫天水黏，荡潏光练练。清绝万顷波，琉璃铺平案。日月船底翻，凫鹥镜中散。晴命小奚奴，棹依汀洲雁。龙眠抱骊珠，照我读书慢。读书倦来时，把酒浇澎湃。饮酒醒又醉，读

---

① （清）马汝为：《马梅斋先生遗集》，载《清代诗文集汇编》（第 219 册），上海古籍出版社，2010，第 605 页。

② 方树梅著，李春龙校《滇南碑传集》（卷 24），云南民族出版社，2003，第 1201 页。

书昏复旦。有时试钓竿，鲤鱼长尺半。菰菜起秋风，采采堪入馔。是非不到湖，热客不来见。自入水云庄，其为乐无算。百年于此间，朱颜应不变。回头埲塕扬，蛮触蜗角战。(《自题烟波棹船图三十岁小影》)①

天晴之时泛舟汀洲，读书疲倦之时酒浇澎湃，可以垂钓江上，可以种蔬自馔，没有是非缠身的烦恼，没有迎来送往的劳累。至60岁时隐居乡野，蛰居梅花书屋的生活更加恣意。

深山谁藏一坞霞，买断春风家吾家。老翁卷幔常兀坐，忧哉游哉过岁华……此图此翁年六一，飘飘长须黑如漆。颜如嵝山之红雪，头上不加漉酒巾……归来仍卧读书窟，读书窟在白云边。蜗角吾庐草一间，竹摇窗影花为栏。磊砢满地苔斑斑，猿鹤比邻月往还。油素铅椠常在手，朝朝披弄至黄昏。此翁前身马文元，为人口吃笔如椽。抽思乙乙若淹迟，一落剡藤便足传。不作扬州馆阁梦，倏觉孤山诗兴动。舩心酒凸欲醉时，题此长篇为梅颂，不使花来笑入梦。(《自题梅花屋六十一小照》)②

诗人借田园为自己营造一个精神家园以安放在尘世中感到疲惫的身心，驱除凡尘中的纷扰杂念，真正回归心灵之家，正如诗人自云："自入水云庄，其为乐无算。"

---

① (清)孙鹏：《南村诗集》，载李伟、吴建伟主编《回族文献丛刊》(第7册)，上海古籍出版社，2008，第2899页。
② (清)孙鹏：《南村诗集》，载李伟、吴建伟主编《回族文献丛刊》(第7册)，上海古籍出版社，2008，第2978页。

明清云南回族文学家大多曾有过从仕宦到隐退的人生历程，也就是说晚年的他们大多选择远离污浊的官场，结庐于山水田园之间，山水之乐成为他们的感情寄托。如清代元江回族文学家马汝为晚居乡里，在其《偶感》《养拙》等诗中，诗人的淡泊情怀表露无遗：

> 彭泽年来晤昨非，初心不是慕轻肥。书因性懒尘常积，门为官闲客到稀。空似野葵倾白日，难将寸草报春晖。（《偶感》）

> 春来常早起，排闷强裁诗。恋阙丹心破，归山独鸟迟。美花多映竹，小水细通池。此意陶潜解，幽偏得自怡。（《养拙》其二）①

如果说前一首诗中诗人只是兴之所起而畅想田园之乐，表达意欲归隐的想法，那么在后一首诗中诗人对归隐田园进行了理性的思考，诗人看破了红尘，识透人情冷暖，将自己喻作"不为五斗米而折腰"的彭泽令陶潜，"恋阙丹心破"之句隐含着诗人怀才不遇的愤慨，"隐是兼济不成的士大夫在精神上的最终归宿"②。诗人在山水田园之乐中超越了世俗的羁绊，达到了"幽偏得自怡"的本真状态。

孙鹏在《移居》、《初春移居》（六首）和《九日》（二首）等作品中描绘隐居生活的诗情画意和自己淡泊宁静的情怀：

---

① （清）马汝为：《马梅斋先生遗集》，《清代诗文集汇编》（第 219 册），上海古籍出版社，2010，第 628 页。

② 韦凤娟：《悠然见南山》，济南出版社，2004，第 216 页。

一上飞云居五华，松涛声里好为家。西风昨夜吹来早，寒菊当门独自花。(《移居》)①

就喧非上策，避地且频频。未有陶朱术，三迁今尚贫。松篁为老友，花鸟属闲人。风雨闭门后，萧然物外身。(《初春移居》其二)②

大厦庇寒士，平生愿已虚。老惟一区宅，富不九楼书。分菊编篱落，开畦种蔬蔬。市门去不远，更懒出柴车。(《初春移居》其五)③

精舍千峰上，不登亦已高。菊寒才有蕊，松老欲无涛。听瀑泉边枕，饮僧药浸醪。山中闲无事，只将诗自豪。(《九日》其一)④

这些诗主要描绘诗人退隐田园后的生活，虽然清贫寂寞，但诗人乐天知命、安贫乐道。儒家主张的"天下有道则现，无道则隐""用之则行，舍之则藏"等思想在诗人身上得到很好的体现，这些诗歌反映出诗人日常生活的慵懒和闲适。孔子《述而》中所述："饭疏食饮水，曲肱而枕之，乐亦在其中矣。不义而富且贵，于我

---

① (清) 孙鹏：《南村诗集》，载李伟、吴建伟主编《回族文献丛刊》(第7册)，上海古籍出版社，2008，第2911页。
② (清) 孙鹏：《南村诗集》，载李伟、吴建伟主编《回族文献丛刊》(第7册)，上海古籍出版社，2008，第3022页。
③ (清) 孙鹏：《南村诗集》，载李伟、吴建伟主编《回族文献丛刊》(第7册)，上海古籍出版社，2008，第3022页。
④ (清) 孙鹏：《南村诗集》，载李伟、吴建伟主编《回族文献丛刊》(第7册)，上海古籍出版社，2008，第3010页。

如浮云。"① 无论穷还是达，都要坚持自己的人格操守，这不仅是一种人生境界，而且是一种审美境界。

明清云南回族文学家的隐逸心理与隐逸行为对文学创作具有一定的促进作用。罗大经在《鹤林玉露》中云："自古士之闲居野处者，必有同道同志之士相与往返，故有以自乐。"② 处在隐逸心态下的文学家才有可能进入适合的创作状态，从而营构佳篇。梅之焕《叙谭概》言："士君子得志则见诸行事，不得志则托诸空言。"沈德潜《姜自芸太史·序》中谈韩愈时也说："大抵遭放逐，处逆境，有足以激发其性情，而使之怪伟特绝，纵欲自掩其芒角而不能得者。"③ 指出主体境遇不顺对于文学创作的良性激活作用。如明代永昌府回族文学家马继龙早年颇有抱负，有立功边塞的豪情壮志，但历经艰阻的宦游生活，对社会和人生的认识更加深刻，决然告别官场，隐居乡里。读诗人归隐后的诗歌会发现其内容更加丰赡，诗风也由前期的壮阔苍劲变得清爽淡雅。诗风发生变化的原因有很多，其中不能忽视隐逸心理的影响。

综上所述，明清云南回族文学家生活在一个相对静逸的环境，远离政治纷争，与山间明月为友，与石上清泉为伴，登高望远，临溪汲水，或仰望长空，或低酌浅饮。他们用诗意的生活方式荡涤尘世蒙在自己身上的污垢，洗濯心灵的浮华，还原生命的本真，山水润泽了他们疲惫的心灵，激活了他们创作的激情，他们的作品如山间清风，清新自然，如清泉汩汩，灵动鲜活。需要说明的是，明清

---

① （宋）朱熹：《朱子全书》（第6册《四书集注》之《论语集注》），上海古籍出版社，2002，第124页。
② （南宋）罗大经：《鹤林玉露》（卷9），载程毅中主编《宋人诗话外编》（下册），1996，第1285页。
③ （清）沈德潜：《姜自芸太史·序》，载吴宏一编辑《清代文学批评资料汇编》，台湾成文出版社，1979，第391页。

云南回族诗人的隐逸不是逃避、畏缩，不是不负责任、反社会，而是追求一种通透洒脱的人格精神，正如许建平在《山情逸魂：中国隐士心态史》一书中说："人生需要追求，也需要一种修养，一种精神上的修养，一种释化种种烦恼的心理调节，使自己摆脱物的奴役和缠绕，处于一种自省、自明的精神状态，保持一种人格的独立和精神自由。"[1]

二　崇尚隐逸的缘由

从上文的分析可见，隐逸是明清云南回族文学家自觉的人生选择，此种生活趣味的形成与选择离不开其所赖的文化土壤，云南特有的自然条件与人文环境是形成明清云南回族文学家闲居隐逸情怀的重要因素。

（一）地理环境的影响

首先，自元时在云南设立行省，到明清时期，云南的经济和文化得到极大的发展，云南府、大理府等地成为经济富庶、文化发达的都会城市，再加上滇云地域辽阔，大部分地区气候适宜，物产丰富，人们的生活空间较开阔，谋生手段多样，生活相对富裕，对多数出身较好的回族文学家而言，其几无衣食之累，故在仕途不畅时可以抛却功名，纵情山水，退隐不出。

其次，云南地区有不乐仕宦的士风与乡俗。《景泰云南图经志书》云："吾滇人重去乡，昆明为尤重。县中自士大夫之服官于外，惟乡举赴礼部试，乃出其里门。否则井田桑麻，以终老田间为乐也，其他牵车牛远服贾者，百不一二见，以故淳朴之气较他处为优"，"士大夫多才能，乐事朝廷，不乐外官"，"素重名义，民性纯良，不

---

① 许建平：《山情逸魂：中国隐士心态史》，东方出版社，1999，第41～58页。

好争讼……野安耕凿，户习诗书，民无告奸之风，士有干谒之耻"①。杨慎也指出云南上人不为科举所羁的价值取向，"又以远方不乐仕宦，故学不为科举而恒嗜律"②。这些史料记载了当时首府云南府士子读书不为做官、不为科举的习俗。首府读书人有这样的习俗，其他地方的士子亦是如此。明代谢肇淛在《滇略》（卷6）云："而太和段锦文，金齿汤琼，曲靖项瑄、柴宗儒，鹤庆奚谦，姚安李敝，先后隐居不仕，咸有时称。"③ 到了清代，滇中文学家隐逸之风更炽，清人袁文典、袁文揆曰："胜国时滇中诗人每多隐君子。"④ 受这种士风的影响，明清云南回族文学家普遍乐好退隐。

（二）社会环境的影响

高敏在《隐士传》一书中指出士人隐逸心态或行为产生的客观因素在于封建社会选官制度具有不合理性，主观方面在于士人自身的价值追求、性格因素等⑤。明清云南回族文学家隐逸情怀的形成概与此有相似之处。

其一，功名不就、壮志难酬的苦闷以隐逸的方式得到消解。治国平天下是古代知识阶层最基本的价值追求，但由于封建社会的科举制度、官吏制度本身存在局限性和腐朽性，因此很多回族文士都有怀才不遇、壮志难酬的悲叹，正如冷成金先生在《隐士与解脱》一书中所说："封建王朝的巩固与意识形态的一元化，使得士人被严

① （明）陈文：《景泰云南图经志书》，载林超民、张学君等主编《中国西南文献丛书·西南稀见方志文献》（卷1），兰州大学出版社，2003，第413页。
② 杨慎：《溪渔诗集·序》，载 古永继点校《滇志》（卷24《艺文志》），云南教育出版社，1997，第806页。
③ （明）谢肇淛：《滇略》，载李春龙、刘景毛等点校《正续云南备征志精选点校》（下编卷4），云南民族出版社，2000，第247页。
④ （清）袁文典、袁文揆辑《滇南诗略》，载《丛书集成续编》（第150册），上海书店出版社，1994，第40页。
⑤ 高敏主编《隐士传·序》，河南人民出版社，1994，第8页。

重地'臣仆化'了,且臣仆化来自帝王地位的绝对化……这样就使得士人在理想和现实冲突的时候,除了屈服和出世之外,很难再找到其他出路。"① 汤用彤云:"中国社会以士大夫为骨干,士大夫以用世为主要出路。下焉者欲以势力富贵,骄其乡里。上焉者怀璧待价,存愿救世。然得志者入青云,失意者死穷巷,况且庸庸者显赫,高者沉沦。遇合之难,志士所悲。"② 这使得一些文士们在经历了仕与隐的矛盾纠结后选择了归隐,如袁中道云:

> 古之隐君子,不得志于时,而甘沉冥者,其心超然出尘韬之外矣,而犹必有寄焉然后快。盖其中亦有所不能平,而借所寄者力与之战,仅能胜之而已。或以山水,或以曲蘗,或以著述,或以养生,皆寄也。③

明代永昌府马继龙在经历科考的不畅和宦游的艰辛后,走上隐居不仕的道路;闪继迪结束短暂的仕宦生涯后开始长时间地漫游吴越,在青山绿水中消解对现实的失望与无奈。

清代前中期云南境内战乱频繁,社会破坏严重,当时许多诗人淡泊功名,崇尚山林隐逸,回族文学家亦是如此。如昆明孙鹏"官山东泗水知县,著循声,未几,挂冠去。乙卯、丙辰,郡县两举博学鸿词科,皆以母老辞"④。丽江马之龙因直言得罪权要而绝意科场,晚年"倦游归,仍侨寓昆明,博涉佛藏,寄情诗酒,绝口时事,即

---

① 冷成金:《隐士与解脱》,作家出版社,1997,第58页。
② 汤用彤:《魏晋玄学论稿》,上海人民出版社,2015,第83页。
③ (明)袁中道:《歊庵集》(卷9),载袁宗道等著《三袁随笔》,四川文艺出版社,1996,第32页。
④ 袁行云:《清人诗集叙录》,文化艺术出版社,1994,第728页。

诗文中亦绝不道及"①。回归故乡后马之龙更是隐居雪楼，终日与雪山相对，并创作了一系列雪山诗，书写自己的隐逸情怀。明清云南回族文学家以退隐山林的方式化解现实生活中的失意与苦闷，这种隐逸方式意味着不与世俗同流合污，让自己的心灵有了相对独立的空间，正是这种隐遁与拒绝才能凸显出隐逸者的高雅与飘逸。

其二，隐逸成为回归心灵港湾的途径。冷成金先生指出，隐逸是一种生活、生存方式，是对现实生活秩序的反叛，而解脱则是由隐逸而产生的精神文化追求，更是对现实禁锢的主流价值观念系统的深层反叛，其精神价值在文化的深层运动，对现实和历史发挥着直接和间接的积极作用②。受云南读书不为科举、不求仕宦的士风影响，明清云南回族文学家在追求事功的道路上并未陷得太深、走得太远，他们中的很多人都有"今是而昨非"的感慨。闪继迪以行游为人生乐事；马继龙隐居乡里躬耕自足；孙鹏 30 多岁就绝意仕宦；马汝为隐居丛桂山庄以读书作诗度日；马之龙隐居雪楼，长年与雪山相伴；沙琛身存魏阙，心在江湖……他们最终回归山水田园，栖息于宁静的心灵港湾，生活充满了静谧和安然。

第三节　亲近佛老

明清云南回族文学家受佛老思想的影响，在他们的作品中涉及佛老思想的诗歌有近百首。这些诗歌或吟咏佛道的思想内涵，表达对禅宗之境的向往；或描写道观禅寺的风光胜景，展现诗人的淡泊情怀；或反映与僧、道交往的情形，抒发彼此的深情厚谊，

---

① （清）赵藩：《马子云先生传》，载李伟、吴建伟主编《回族文献丛刊》（第6册），上海古籍出版社，2008，第2700页。

② 冷成金：《隐士与解脱》，作家出版社，1997，第12页。

显现出诗人们亲近佛老的生活喜好。需要说明的是，明清云南回族文学家很少在自己的作品中反映伊斯兰教思想，却与僧道交往并创作了一些涉佛、涉道诗，这是一个值得深入研究的问题。在笔者看来，亲近佛老并不能说明他们彻底放弃了自己原有的文化原则，背弃了自己的信仰，而是在主流文化影响下的一种文化认同意愿与行为选择。

一　亲近佛老的文学表现

其一，反映与僧道的交往情形，表现对佛老生活的向往之情。

从明清云南回族文学家的诗歌内容来看，他们广泛地同佛、道人士交往酬唱，《马继龙遗文》《马悔斋先生遗集》《雪楼诗选》《南村诗集》《点苍山人诗抄》等著作中涉及佛、道内容的作品非常多，其中有名可考的禅师、道长有 10 多人，佛寺、道观有 10 多个，这些作品记载了诗人们与高僧大德的交往情形，见证了他们之间的深情厚谊。永昌府马继龙在仕宦渝州期间寻访名僧古刹，与碧潭上人、张竹庵山人志趣相投。《别渝州张竹庵山人》一诗表达了对张竹庵这位得道高士的钦佩之情："闻君曾受异人传，海上遨游二十年。骑鹤欲寻三岛客，吹箫独泛五湖船。春明园圃花千树，云净巴江月一天。衰朽于今思避世，不知何处有丹田。"① 张竹庵山人遨游海上二十年，飘飘不可一世的仙风道骨令诗人无比神往。

清代初中期云南境内战乱频繁，文学家们施展抱负的空间相对狭小，很多人崇尚山林隐逸之路，喜好走进山寺精舍，与僧、道交好往来，羡慕神仙世界的逍遥自在。清代云南回族文学家与僧、道交往的现象更普遍，如元江马汝为与石屏诗僧洞虚交好，并在《和

---

① （明）马继龙：《马继龙诗选》，载吴海鹰主编《回族典藏全书》（第 165 册），甘肃文化出版社、宁夏人民出版社，2008，第 384 页。

何洞虚妙应讲寺韵》一诗中记载了洞虚的佛缘异事。

其小序曰：

丁酉岁，梦游昆明山寺，能一一记起其曲折，今春登陬山，妙应讲寺，宛然梦中所见。内悬老僧画像，上题句云"何年得遇洞虚子，石鼎当窗煮露芽"。与兄号相符，亦异事也。

正文曰：

文士前身多老衲，重逢底事转悲伤。传衣梵宇留遗像，煮石长廊馥妙香。圆泽怀人情未尽，天珍有梦事殊常。陬山我欲同君往，坐看飞花点石床。①

洞虚名其倓，字天成，号洞虚，一号六谷，石屏人，工诗文，善苏黄书法，著有《墨雨楼集》。马汝为与他相交甚善并在诗歌中描述了他与佛的不解之缘，最后两句表达了诗人对佛家生活的神往之情。

再如，丽江马之龙喜欢佛禅，自号"雪山居士"，赵藩在《马子云先生传》中记载了他对佛的参悟之事：

倦游归，仍侨寓昆明，博涉佛藏，寄情诗酒，绝口时事……惟与学使吴存义、五华书院长刘大绅游处最契。所止多就僧舍，僧徒多从之学诗，其名者丽江妙明、昆明岩栖，然于禅奥未之许也。独存义时与讲讨内典，相悦以解。存义偶问：

---

① （清）马汝为：《马悔斋先生遗集》，载《清代诗文集汇编》（第219册），上海古籍出版社，2010，第616页。

"梵书'呵嘛唎吧唎吽'六字何解?"之龙曰:"此关音不关义,盖如来以此六声抒六气,可随时持诵,犹诵字母耳。"存义大心折。①

　　牟宗三先生曾用"清逸之气"概括名士:"'名士'者清逸之气也。清则不浊,逸则不俗。沉堕而局限于物质之机括,则为浊;在物质机括中而露其风神,超脱其物质机括,俨若不系之舟,使人之目光唯为其风神所吸,而忘其在物质机括中,则为清。"② 佛家讲究悟,世间如子云先生这般对佛有如此通脱之解读者能有几人。若没有通脱达观的精神、没有超越凡俗的心性是很难至此境界的,故我们亦为马子云先生"清逸之气"的名士风范所折服。

　　跟随马之龙学习诗歌创作的僧人有丽江的妙明、昆明的严栖。他们一起谈禅论佛,赋诗吟句,在马之龙的指点下,妙明后来成为著名的诗僧,著作有《黄山吟草》和《云游集》。在寓居昆明期间马之龙寄宿僧舍,与葵向寺的僧人严栖相交善,严栖拜其门下学习诗文创作,后来"诗学大进,负一时盛名",著有《岩栖诗草》。太和沙琛在丽江游览期间,也曾到黄山寺与妙明和尚探讨佛理,两人建立了深厚的友谊。沙琛在《元夕黄山寺访妙明上人》一诗中描绘他们会面时的情景:"孤岑突平野,览尽雪千峰。庞老西江水,当机个里逢。何时师返锡,一笑我行踪。相对不知晚,冰轮上碧峰。"③ 前半部分写黄山寺的周围环境,以衬托寺院的幽静。后半部分写诗人与妙明探讨佛理、同游碧峰的情景,两人志趣相投,相互砥砺,

---

① （清）赵藩:《马子云先生传》,载李伟、吴建伟主编《回族文献丛刊》（第6册）,上海古籍出版社,2008,第2969页。
② 牟宗三:《才性与玄理》,吉林出版集团,2010,第62页。
③ （清）沙琛:《点苍山人诗抄》,载吴海鹰主编《回族典藏全书》（第195册）,甘肃文化出版社、宁夏人民出版社,2008,第145页。

以求得心灵的超脱。

由上述可见，明清云南回族文学家广泛地与僧人交游往来，其诗歌或赞美秀丽雅致的寺院环境，或反映清净高雅的方外生活，浸透着诗人们对佛家生活的向往之情。在寂静澄明的佛禅之境中，诗人们的现实之忧得到淡化。

其二，表现对佛理道韵的体认与感悟，追求诗歌的自然平淡之境。

佛禅的空灵之境在明清云南回族文学家的诗歌作品中屡有投射，他们善于将空寂明净的禅境，外化于疏林朗月，显现于清拔雅洁的诗行，形成了其独特的诗歌意境。明代云南回族文学家的此类作品主要有闪继迪的《融光寺藏经阁》《鹤林寺》《十八夜上方寺》，马继龙的《月下访碧潭上人》《怀吴石二年丈》等。如马继龙的《月下访碧潭上人》一诗即充满了佛禅寂静之旨味：

> 一望平川暮霭收，千家城郭月华流。人从萝径寻幽寺，僧占名山起绀楼。洗药经年潭水碧，参禅入夜雨花浮。空门原自能超世，野鹤孤云任去留。①

诗歌描绘月夜拜访碧潭上人的美妙情景，在一个暮霭才收、月华流照的夜晚，诗人穿过丛丛绿萝盘绕的小径来到碧潭上人的居所，清澈的碧水和幽静的佛寺构筑成幽静澄明的佛禅之境。再如闪继迪《韬光能仁殿》一诗：

> 深谷疑无路，潺潺涧水声。松篁天畔结，鸡犬树头鸣。湖

---

① （明）马继龙：《马继龙诗选》，载吴海鹰主编《回族典藏全书》（第165册），甘肃文化出版社、宁夏人民出版社，2008，第390页。

练争江白，山城带石横。到来云在下，头上月轮明。①

此诗以动衬静，由深谷、松篁、湖练、明月等静态物象和涧水声、鸡犬声等动态物象共同构成一个奇妙的佛禅之境，此境亦是诗人心中之境，是诗人"借匠心独运的艺术手法熔铸所成，情景交融、虚实统一、能深刻表现宇宙生机或人生真谛，从而使审美主体之身心超越感性具体，物我贯通，当下进入无比广阔空间的那种艺术化境"②。

清代云南回族文学家的此类作品主要有马汝为的《赠进耳山语莲上人》《和吴果亭副总戎九日沥青寺雅集韵》《游盘龙寺杂诗二首》，沙琛的《南泉精舍晚坐》，以及马之龙的《访山人》《师山寺月下》等。沙琛的《南泉精舍晚坐》和马之龙的《玉泉精舍》代表了此类诗歌的艺术风格：

　　人定梵钟鸣，听彻百八杵。余响拂松云，涛声杂风雨。寂坐耿虚明，繁星烂秋宇。耽闲懒就眠，栖禽喋梦语。（沙琛《南泉精舍晚坐》）③

　　小庭花竹幽，上界钟鱼寂。不见往来人，但闻泉乳滴。（马之龙《玉泉精舍》）④

---

① （明）闪继迪：《闪继迪诗选》，载吴海鹰主编《回族典藏全书》（第181册），甘肃文化出版社、宁夏人民出版社，2008，第18页。
② 韩林德：《境生象外——华夏审美与艺术特征考察》，生活·读书·新知三联书店，1995，第58页。
③ （清）沙琛：《点苍山人诗抄》，载吴海鹰主编《回族典藏全书》（第195册），甘肃文化出版社、宁夏人民出版社，2008，第417页。
④ （清）马之龙：《雪楼诗选》，载李伟、吴建伟主编《回族文献丛刊》（第6册），上海古籍出版社，2008，第2704页。

　　幽静空寂的自然是参禅悟佛的重要物境，也是营造文学之境的物理环境。诗人们栖居幽僻之所，静心参禅达到心境的澄明，外化为文学中的清风明月，构筑成天然自成的诗歌之境。闻一多曾评王维《辋川集》是心静之作："王维独创的风格是《辋川集》，最富于个性，不是心境极静是写不出来的，后人所谓诗中有画的作品，当是指这一类。这类诗境界到了极静无思的程度，与别家的多牢骚语不同，在静中，诗人便觉得一切东西都有了生命。"① 虽然明清云南回族文学家的诗歌未臻诗佛之境，但他们远离尘嚣、淡泊自守的节操及诗歌所呈现的自然平淡之境是值得推崇的。淡泊的精神、平淡的文风在中国文化传统中一直被视为高雅的格调，是评价诗人创作水平高下的一个重要标准或尺度，为历代文学家和艺术家所崇尚，正如陈望衡所言：

　　　　中国的诗以恬淡清纯者为高；中国的画以水墨为色，可谓恬淡之致，金碧山水遂遭湮没。宋代以后文学画大兴，从题材到形式到总体风格都以恬淡为贵；中国的小说，重视白描；中国的戏曲，无布景，无换景，无烦琐道具，舞台上除演员，别无其他，而大千世界尽在其中。中国艺术的意境讲究淡而有味，淡而有致，不求形式上的花哨、华丽，而求意味之隽永、深邃。②

　　道家主张清静无为，归隐田园，返归生命本源，恢复纯真无染的清净本心，回到人的精神家园。受这种思想的影响，明清云南回

---

① 郑临川述评《闻一多论古典文学》，重庆出版社，1984，第85页。
② 陈望衡：《中国古典美学史》，湖南教育出版社，1998，第44页。

族文学家喜欢徜徉于大自然，在湖光山色中求得心灵的解脱与生命的超越。如马继龙《怀吴石二年丈》一诗通过对友人隐居环境和隐居生活的誉美，表达自己对方外生活的企慕之情，诗云：

> 青山连屋伴烟霞，路倚龙门曲径斜。药圃云香穿野寺，石床风细落藤花。草亭谢客常悬榻，方外求仙学炼砂。偃蹇怜余生计拙，而今白首向天涯。①

对现实的失望、对宦游漂泊生活的厌倦，使诗人身心疲倦，渴望这种隐居自适的生活，这是人性自然欲望的展现，只有回归自然才能使劳顿的心灵得到解放。"庄子要求人们从人为的功利状态中解脱出来，顺和各自的发自内心的'自然'之道……庄子所重'生'不仅仅是指自然生命，而是指养怡保真的自然之道，是一种澄化消解个体意志之后的自我之境，是一种陶然忘我、超越了相对的物我的绝对境界。"② 如果说马继龙的退隐是对现实无奈的选择，那么马之龙则是义无反顾地与官场决绝，其诗歌的庄情道思更浓郁，《一枝庵》《寻梅》《芝山杂咏》《游山》《游仙》等作品蕴含清静无为的道家情趣，以《一枝庵》为例：

> 亦是鹪鹩鸟，深林借一枝。山中无伴侣，片月自相随。竹静无为庵，松喧太极院。抚松看竹时，幽径落花片。屋上几株松，阶前一池水。临窗短榻闲，竟日清音里。③

---

① （明）马继龙：《马继龙诗选》，载吴海鹰主编《回族典藏全书》（第 165 册），甘肃文化出版社、宁夏人民出版社，2008，第 384 页。
② 高文：《中国古代隐逸文化之和谐内蕴》，《学术界》2007 年第 5 期。
③ （清）马之龙：《雪楼诗选》，载李伟、吴建伟主编《回族文献丛刊》（第 6 册），上海古籍出版社，2008，第 2712 页。

此诗正文前有一段小序介绍"一枝庵"之名的来历,"庵初无名,余借居中读书。一日,感《南华》'鹪鹩巢林,不过一枝',乃叹曰:'人生世间,此身毕竟非有,况立身之地乎?'遂题今名,庵僧可之"。正文主要描绘自己在一枝庵中静居的闲适之趣,诗人不以物累心,无知无欲,过着一箪食、一瓢饮、安贫乐道的自适生活。可以说,此诗既反映了诗人对道家思想的参悟和体认,也显现着诗人回归精神家园的圆满自足。

综上所述,明清云南回族文学家在一定程度上受到佛老思想的影响,喜好寻访高僧古刹,与僧道交往,放浪于山林江湖之间,过着与世无争的闲散日子,"甘心畎亩之中,憔悴江海之上"①。以诗自适,以诗为媒介构建自己的"快乐老家",在诗歌中谱写自己好佛乐道之心曲,对生活的诗化而形成这份情怀。"文化总是要求心性能抵御外物的诱惑,要求心性支配的意志行为能'节文'而不致让心性'流宕';但心性处在日常空闲之内,'流宕'或放纵几乎难以避免。越是空闲的心越需要安顿,需要寄托,此亦人类需拥'精神家园'的本意……对于中国传统社会而言,支撑这种日常生活的艺术和美,主要就是诗,是与传统文化最相配合的诗的写作和吟玩。因此,也可说传统的人的'精神家园'主要借助诗的中介形式来发挥功用、显示其价值的。"②

二　亲近佛老的缘由

明清云南回族文学家走进寺庙与高僧大德相交善,具有亲近佛老的情怀,这是一个复杂的问题,笔者认为以下两点或许可以简单

---

① (南朝宋)范晔:《后汉书·逸民传》,中华书局,1997,第2755页。
② 陈向春:《中国古典诗歌主题研究》,高等教育出版社,2008,第157页。

阐释这一现象。

其一，明清云南各民族文化相交融的大环境的影响。自元时色目人赛典赤·赡思丁主政云南行省，大力推进各个民族文化的融合与交流，至明清时云南省已发展成为一个多民族杂居共处的民族大家庭。生活于这个大家庭中的回族人，积极融入政治、军事、经济、文化等各个领域并做出了积极贡献。中央王朝也积极通过科举考试，选拔了一批回族官员，在文化上，加深了汉文化对回族社会的影响；在政治上，吸纳回族上层人士，为其统治服务。科举考试完成了朝廷选拔官员、促进人才向上流动的职能。这些途径和措施加速回族人对汉文化的认同，促进回族与其他各个民族的融合。

儒释道文化是中国传统文化的重要组成部分，尤其是佛、道二教对中国封建文学家所产生的影响是绵延无尽的，正如陈寅恪所言："二千年来华夏民族所受儒家学说之影响最深最巨者，实在制度法律公私生活之方面；而关于学说思想之方面，或转有不如佛道二教者。"[1] 释家主张离尘出世，超然物外，寻求心灵的寂静。道家提倡顺性无为，回归人的心灵家园。这些思想对文学家有着极大的诱惑与吸引力，尤其是对那些遭遇了仕宦挫折的文学家更是一剂疗伤化痛的良药。李泽厚先生认为"庄、玄、禅"可以代替宗教来作为心灵创伤、生活苦难的某种安息和抚慰，这也是中国历代士大夫、知识分子在巨大失败或不幸之后并不真正毁灭自己或走进宗教，而更多是隐逸遁世以山水自娱、洁身自好的道理[2]。生活在滇云大地上的回族文学家不能脱离这种精神文化，其内心潜藏着或深或浅的释道情结。

---

① 陈寅恪：《冯友兰〈中国哲学史〉审查报告》(3)，陈寅恪《金明馆丛稿二编》，上海古籍出版社，1980，第251页。

② 李泽厚：《中国古代思想史论》，天津社会科学院出版社，2003，第206页。

其二，受云南本土佛道信仰的影响。云南自古就有尚浮屠的习俗。如云南府"僰人无间贫富，家有佛堂，老幼手不释数珠。一岁之间，斋戒居半，朔望到则裹饭袖香入寺"①；永昌府人多好佛，"家无贫富皆有佛堂，少长手念珠"②；丽江府居民"俗尚古朴，惟好佛信鬼"③；大理府"居人能农不能贾，习俗信儒亦信释"④。生活于滇云大地的回族文学家不能不受到当地文化习俗的影响，因为地域人文精神对创作主体的感情世界与审美判断有着或深或浅的影响，"一个人的文化天性不像一件衣服那样可以随意扔掉，换上另一种新的应时的生活方式。它更像一条安全毯，尽管对某些人来说似乎已经破烂、过时和可笑，但对其主人却有着重大意义"⑤。虽不能因此认定明清云南回族文学家崇佛奉道，但其总会或多或少地受这种文化习俗的影响。他们中有很多人倾心佛老，佛家讲究绝尘去累、随意顺缘，道家主张清静无为、归隐田园，这些思想影响着他们对待生活的态度，他们喜好在山水自然中忘却现实的诸种不快，在佛老之境中体味生命的真谛。

第四节　忧惧情怀

忧惧怅惘是一种潜藏在人心灵最深处的情感体验。虽然在日常生活中可以暂时将它藏于心底，暂时将其忘却，然而它始终存在，

① （明）陈文：《景泰云南图经志书》，载林超民、张学君主编《中国西南文献丛书·西南稀见方志文献》（卷20），兰州大学出版社，2003，第294页。
② （明）李元阳：《云南通志》，载林超民、张学君等主编《中国西南文献丛书·西南稀见方志文献》（卷21），兰州大学出版社，2003，第69页。
③ 光绪《丽江府志》，载林超民、张学君等主编《中国西南文献丛书·西南稀见方志文献》（卷22），兰州大学出版社，2003，第254页。
④ （清）冯甦：《滇考》，《影印文渊阁四库全书》（第364册），上海古籍出版社，1987，第255页。
⑤ 钱中文：《文学理论流派与民族文化精神》，吉林教育出版社，1993，第149页。

如影随形，时时牵制着人的思想和行为，正如庄子所言："人之生也，与忧俱生。"

一　忧惧情怀的文学表现

明清云南回族文学家的忧惧怅惘之感首先源于时光飞逝、生命短暂而功业未就。与大多数中国古代文学家的价值观念相一致，明清云南回族文学家向来以济天下为己任，他们怀远大抱负，积极入世，力图有所作为，成就一番功业。然而，许多文学家终老一世却不能实现其理想，或受各种压抑而不得施展其才能，于是沉潜于心底的忧惧之感始终不能摆脱。春秋代序、繁华凋零等自然环境的触动，或科场蹭蹬、客居异乡等现实处境的影响，更易使诗人联想到生命的短暂、仕途的不畅，其忧惧易老的情感体验更加深刻。"个体生命的有限性引起人类普遍的焦虑，时间的有限性在于人类生命旅途上横亘着不可逾越的死亡之谷。"① 这是中国古代文学家普遍的生命体验，在明清云南回族文学家的作品中常能看到"白头""两鬓丝""白发""两鬓华"等语词，作为时间标尺的自然物象承载着他们对时间、自身生命的思辨和追问。以下列几位回族诗人的作品为例：

摩碑嗟往事，风雨并生愁。（马继龙《谒昭烈祠陵》）

看花犹记少年时，转眼而今两鬓丝。（马继龙《用韵自述》）②

白发无情中岁老，苍天相爱壮时闲。（马之龙《正月三日叠

---

① 傅道彬：《晚唐钟声：中国文化的精神原型》，东方出版社，1996，第82页。
② （明）马继龙：《马继龙诗选》，载吴海鹰主编《回族典藏全书》（第165册），甘肃文化出版社、宁夏人民出版社，2008，第385页。

旧韵》)①

百折归来铩羽翰，老来独自带儒酸。小窝晴暖留冬雨，短
榻凄凉刻舟求。（马汝为《偶感》)②

华发何堪岁月催，贾岛祭诗凝兴僻。神仙大药几时逢，年
去年来成白鬓。（沙琛《漫游》)③

诗人们深感岁月蹉跎，产生了年华老去而事业无成的忧惧，以
及悲观、怅惘和无奈的心境。这种心境因"短榻""秋风""冬雨"
而更加强烈，"春天的落花、秋天的枯叶，夕阳的余晖——所有这一
切无不使敏感的中国诗人联想到'时间的飞车'，而且引起诗人对自
己青春逝去、年纪已老和死将来临的无限忧伤"④。这种无处不在的
忧惧心理负载着云南回族文学家对生命意义的思索和追问，这种思
索和追问最终化为那一篇篇充满忧惧之感的绝佳诗篇。

其次，明清云南回族文学家的忧惧怅惘之感还表现为"独在异
乡为异客"的孤独感伤。明清云南回族文学家大多有过因科考、仕
宦、交游而远离家乡、漂泊异地的人生经历。云南山高林密、谷深
流急，古人称为"不毛之地""瘴烟之乡"，《华阳国志·南中志》
云："自僰道至朱提有水、步道。水道有黑水及羊官水，至险，难

---

① （清）马之龙：《雪楼诗选》，载李伟、吴建伟主编《回族文献丛刊》（第6册），上海古
籍出版社，2008，第2727页。
② （清）马汝为：《马梅斋先生遗集》，载《清代诗文集汇编》（第219册），上海古籍出版
社，2010，第610页。
③ （清）沙琛：《点苍山人诗抄》，载吴海鹰主编《回族典藏全书》（第194册），甘肃文化
出版社、宁夏人民出版社，2008，第365页。
④ 刘若愚：《中国诗学》，长江文艺出版社，1991，第61页。

行。"① 僰道、朱提、黑水、羊官水是汉时入滇的交通之道,"至险"
"难行"说明行人出入极其不便。至明清时,云南的交通状况有了很
大的发展,但与较远之地的交通依然比较落后,人们出行所用时日
较多,"迨镇远登陆,崇山峻岭,相续不绝,由黔入滇,不啻历阶而
升,至于极西之永昌、丽江、俯视镇远高卑之相去,又不知其几旬
由也"②。不甚便利的交通使故乡与他乡的时空割据扩大,文学家们
"独在异乡为异客"的孤独忧惧之感也愈加深刻。以下作品颇具代
表性:

　　惆怅春风江上亭,东流不尽别离情。凄凉逢底孤灯夜,千
里相思对月明。(马继龙《晓发重庆》)③

　　暮心难复壮,旅境易生悲。况复秋风起,僧楼独坐时。(马
之龙《移寓僧楼夜坐》)④

　　万里游京国,征人恨寂寥。山高行已倦,金尽路仍遥。夜
雪堆茅屋,炊烟压板桥。天空频贳酒,顿觉客添烧。(马汝为
《三板桥早发》)⑤

① (东晋)常璩:《华阳国志》(卷6),载方国瑜主编《云南史料丛刊》(7),云南大学出
　　版社,2001,第233页。
② (清)吴大勋:《滇南见闻录》,载林超民、张学君等主编《中国西南文献丛书·西南稀
　　见方志文献》(卷22),兰州大学出版社,2003,第1023页。
③ (明)马继龙:《马继龙诗选》,载吴海鹰主编《回族典藏全书》(第165册),甘肃文化
　　出版社、宁夏人民出版社,2008,第389页。
④ (清)马之龙:《雪楼诗选》,载李伟、吴建伟主编《回族文献丛刊》(第7册),上海古
　　籍出版社,2008,第2736页。
⑤ (清)马汝为:《马梅斋先生遗集》,载《清代诗文集汇编》(第219册),上海古籍出版
　　社,2010,第626页。

孤篷秋雨夜萧萧，梦里功名上碧霄。三十余年情境在，萧
萧篷底梦渔樵。(沙琛《夜雨》)①

向人羞短发，何日买归舟。羁旅心中草，空余百斛愁。(赛
屿《南陵秋感》)②

在儒家思想的濡染下，明清云南回族文学家大多怀有强烈的济
世之心，敢以天下为己任，而不屑于以一介书生终老陇亩，因此，
在他们的生命历程中，多数都曾走出家门以求发展，扮演过"游子"
的角色。虽然这些诗歌有不同的写作背景，但所表达的基本情感大
致相同，即客居他乡的孤苦无依，由此让人深切地体会到，远离故
土的游子是何等的寂寞。

二　地理因素的影响

自然地理环境对人的影响是不言而喻的，尤其是气候地理对人
类的影响超过了其他地理因素，这已是古今中外学者的共识。司马
迁云："沂、泗水以北，宜五谷桑麻六畜，地小人众，数被水旱之
害，民好蓄藏，故秦、夏、梁、鲁，好农而重民。"③ 司马迁认为一
个地方的自然气候会对当地的人文气候产生影响，如果说我国古人
关注更多的是自然地理与人文气候间的关系，那么近代西方学者具
体论述了自然气候对于文艺的重要作用。孟德斯鸠在《论法的精神》

① (清)沙琛：《点苍山人诗抄》，载吴海鹰主编《回族典藏全书》(第194册)，甘肃文化
出版社、宁夏人民出版社，2008，第245页。
② (清)赛屿：《南陵秋感》，载白寿彝主编《回族人物志》(下册卷44)，宁夏人民出版
社，2000，第1040页。
③ 《广注史记精华》，周宇澄选注，商务印书馆，2013，第259页。

中说:"气候的影响是一切影响中最强有力的影响。"① 丹纳亦认为
"所谓地域不过是某种温度,湿度,某些主要形势,相当于我们在另
一方面所说的时代精神与风俗概况。自然界有它的气候,气候的变
化决定这种那种植物的出现;精神方面也有它的气候,它的变化决
定这种那种艺术的出现"②。斯达尔夫人认为西欧各国文学差异的原
因在于气候,"气候是产生这些差别的主要原因之一"③。我国当代
学者对其有更为细致独到的见解,如曾大兴指出自然地理环境以气
候为触媒激发作家的创作灵感或审美感受④。周晓琳、刘玉平认为:
"自然地理环境之所以能够带给人类美感,不仅因为自然地貌本身显
示的种种优越之处,还因为它与人类心理结构具有同构关系,是人
类特定精神状态的表现与象征。"⑤ 这些观点均强调自然气候对文学
创作的影响。

　　云南位于纬度较低的高原之上,山川裹挟,地形复杂,受大气
控制明显,具有低纬气候、季风气候、山原气候的特点,整体自然
气候环境较好,但气候的区域差异和垂直变化十分明显,有些地区
常会出现糟糕的天气,这一点古代方志、史地等书籍中均有所记载。
"各地惟普洱、元江为最热,热故多瘴,乃地气之恶劣,非关天时
也。东北之东川、昭通,西北之丽江最冷,冷则水平和,无有瘴
毒。"⑥ "其出入也,常挟以冰雹,伤人禾稼,其气凛冽阴惨,使大
地亦受其制,无由以回春。滇风之恶,古人称为堁风。盖其盛怒,

①　〔法〕孟德斯鸠:《论法的精神》(上册),张雁深译,商务印书馆,1963,第372页。
②　〔法〕丹纳:《艺术哲学》,傅雷译,人民文学出版社,1963,第243页。
③　〔法〕史达尔:《论文学》,载伍蠡甫主编《西方文论选》(下卷),上海译文出版社,
　　1979,第125页。
④　曾大兴:《文学地理学研究》,商务印书馆,2012,第84页。
⑤　周晓琳、刘玉平:《空间与审美——文化地理视域中的中国古代文学》,人民出版社,
　　2009,第132页。
⑥　(清)吴大勋:《滇南见闻录》,载林超民、张学君等主编《中国西南文献丛书·西南稀
　　见方志文献》,兰州大学出版社,2003,第4页。

土壤凭陵高城，骇混浊，扬腐余，总以堀堁扬尘，庶人雌风，名之曰堁风。此非长养之风，而败坏之风，其风中人，是生百病，唇胲目瞙，往往而然……雨于滇最不均，半年晴而半年雨……一雨而成秋，一雨便成冬。"① 这些恶劣的自然气候对明清云南回族文学家的情绪与心理具有负面的影响，间接造成其忧惧怅惘的情感体验。

综上，在云南良性地理环境的影响下，明清云南回族文学家以畅游山林江湖为快，以躬耕自种为乐，在山水田园中体味生命的真谛，形成了乐游尚隐、好佛老、常忧惧的文化情怀。

---

① （清）檀萃：《滇海虞衡志》（卷12），载林超民、张学君等主编《中国西南文献丛书·西南稀见方志文献》，兰州大学出版社，2003，第225页。

第七章

地域文化与明清云南回族文学家的
情感书写

　　情感是人类的一种心理基质和心理需要。《说文解字》对情的解释是："人之阴气有欲者，从心青声。"① 王充《论衡·本性篇》云："情，接于物而然者也。"② 这些解说大概勾勒出情的基本内涵，即情感是人与生俱来、自然萌生的喜、怒、哀、乐、惧等形式的心理反应。虽然其类型丰富、形式多元，但家国之情、亲情、友情等是几种基本的情感，是维系人与人关系的纽带，更是文学着力表现的内容与主题：

　　　　文学乃是人性情志的表征，书写着心灵世界的喜怒哀乐。然而令生命感动的因子是多元性的，大地山川浩荡的物则或幽玄的韵致可以摇荡人心，全幅社会的人伦牵系更是血肉之躯情志起伏的因缘。所以，个人生命高昂炽热的关爱之怀，是与整个现实时空绾结在一起的。文学，在看似弹奏个人生命之弦的

---

① 《说文解字新订》，臧克和、王平校订，中华书局，2002，第695页。
② （东汉）王充：《论衡·本性篇》，岳麓书社，1991，第48页。

同时，实与整个社会、整个人伦关系发生密切的共鸣。①

情感是维系人伦的纽带，是文学书写的主题。人类的情感或多或少地受到地域环境的影响，这是不争的事实，而文学在抒写情感、表达情志时更是会受到地域文化因素的影响，从而染上浓郁的地域文化色彩。

对于生于斯、长于斯的明清云南回族文学家而言，滇云大地既是其生养扎根之地，亦是其精神安顿之乡、诗意栖居之所。那里有生养他们的父母和手足情深的兄弟姐妹，有纯朴真实的邻居乡亲和永世难忘的各种友谊。那里的山川水土、一草一木，都铭刻在了他们的心上，那里的民风民情都定格在了他们的脑海中，对此他们有心灵深处的认同感和归属感。他们的地域情怀体现在对国家、对亲人、对故土故园的无限依恋与深情讴歌之中，滇云大地则是承载这份情怀的特定地域空间。

第一节　家国之忧

我国古代由于农耕经济的影响，形成了一种家国同构的社会政治结构，这对中国文学家心态的影响是十分深刻的。"家天下"的文化心理自然而然地集中在君王身上，忠君和爱国是紧密联系在一起的。杨士彬在《我国古代社会的国家观念》一文中准确地描述了古代的国家观念及古人的国家情感，颇具启发性：

在我国古代社会，"家国一体"这种基于经济二重性之上

① 吴璧雍：《人与社会——文人生命的二重奏：仕与隐》，载蔡英俊编《中国文学的情感世界》，黄山书社，2012，第117页。

的家庭、阶级和国家关系的二重性，在意识形态领域，便观念化为政治伦理与血缘伦理糅合——"忠、孝"。事君以"忠"，"齐家"以孝，修身、齐家、治国连为一体，个人道德修养、家庭伦理观念与国的政治社会伦理相融合，这其中就具有了强烈的情感色彩……因而，每当国家遭受不幸时，人们便自然地把祖国比作"母亲"，纳入伦理情感的范畴，进而产生一种极为强烈的沉痛感和伦理道义感。正是这种绵绵不绝的情感，形成了数千年来国家聚而不散的内在维系力，也正是这种独特的国家观念，引导着历史上千百万的仁人志士在国家兴亡之际"担国纲"、"赴国难"，写就了古代社会的一页页爱国主义的不朽篇章。①

杨士彬所描绘的"强烈的沉痛感和伦理道义感"及"担国纲""赴国难"等国家观念和情感是我国古代士人普遍具有的一种意识和情怀，"爱国主义是千百年来巩固起来的对自己祖国的一种最深厚的感情"②。这是一种最崇高、最深厚、最坚毅、最具有激奋力量的感情。笔者的研究对象亦不例外，他们普遍具有深沉的爱国情怀，他们的诗文，既抒发建功立业的雄心壮志，也歌颂边疆将士戍边卫国、克敌平叛的英雄气概，更多的是壮志难酬的叹惋和国泰民安的祈愿。

一　忧国忧民之情

元明之时，儒家思想作为封建王朝的思想在云南推广，同时云南开始发展按教育。建立孔庙，创办学堂，促进云南文化水平的提高。由于全国开科取士，通过科举考试进入封建王朝的云南各族士

---

① 杨士彬：《我国古代社会的国家观念》，《河北学刊》1996 年第 6 期。
② 列宁：《列宁全集》（第 28 卷），人民出版社，第 168 页。

人越来越多，这些制度措施有助于云南各族知识分子融入汉文化圈，积极认同儒家的思想观念。忠君爱国、忧世不治是儒家基本的价值观念，也是历代回族文学家的基本价值观念。

（一）明代云南回族文学家的家国之忧

虽然明代云南回族文学家大多仕路坎坷不畅，晚年退隐乡里，但他们始终心忧天下，心系乡邦，对国家和人民有着深沉的赤子情怀。孙继鲁、马继龙、闪继迪、马上捷、丁璟等回族文学家以深深的忧患意识表达了对时局的关注、对权贵的鞭挞以及对民瘼的同情，可以说书写家国之忧是明清云南回族文学家的基本创作主题。

嘉靖二年（1523年）进士孙继鲁，为人正直耿介，不论在何地为官，都心系民生、忧国忧民，因而深受百姓爱戴。杨琼《滇中琐记》载："公名继鲁，号松山，云南右卫人，嘉靖进士。历官山西巡抚，有善政，卒以慷直得罪，下诏狱，至疽发项而卒，其惨苦可想而知。然公怡然安之，与同狱之杨御史爵相对作诗，清愍诗云'忧国忧民意志深，谏章一上泪沾襟。男儿至死心无愧，留取芳名照古今'。爵亦有'劝君努力加餐饭，浩荡乾坤在两肩'之句。狱无楮，以破碗书壁，因名其狱中诗为《破碗集》。呜呼！慷直之士，往往罹此而志不终衰，亦可悲已。"①

忧患意识是古代文学家的传统意识，它不仅是一种心理状态，一种人生态度，更是一种精神动力，正因为孙继鲁"忧国忧民意志深"，才有消除忧患的意愿，才敢于和权臣祸国殃民的行为做斗争。其在《习杜祠堂记》一文中借称赞习凿齿、杜甫忠君爱国的精神而表达自己的家国情怀，尤其是这几句："又齿之博雅，自少已然。甫

---

① （清）杨琼：《滇中琐记》，载方国瑜主编《云南史料丛刊》（11），云南大学出版社，2001，第253页。

之属辞，乃自七龄。大抵天性略同。夫齿能裁正桓温，则心晋，心晋则帝汉，帝汉则篡魏，诮温非望，在于史。甫能忠君爱国，则心唐，心唐则刺安，刺安则诛史，在于诗。其于昭烈、孔明，史以正之，诗以美之，则君父之道著见。奸雄为魏，既成尚诛。况如温之蓄非望，如安、如史之贼且乱者，天诛其能逭乎？则二公之史、之诗诚深远矣。"① 虽然认为蜀汉为正统的观念稍显偏颇，但作者本人希望国家安定统一、人民安居乐业，反对安、史叛乱的主张是显而易见的，"表现了一个有良知的知识分子关注国计民生的伟大胸襟"②。

嘉靖丙午年（1546 年）举人马继龙致仕返乡后仍然心忧天下，情系黎元，时刻关注家国时局，他的《喜邓武侨参戎姚关大捷作姚关行以赠》《慰留邓武侨将军》《陈有峰别驾城猛淋寄赠》等诗表达了对邓子龙（1527～1598 年）平定永昌叛乱之事的关注。万历十年（1582 年），永昌本邦部土司罕拔和陇川宣抚岳凤与缅甸统治者相互勾结，发动叛乱，屡犯姚关，滇西形式十分危急，明神宗派邓子龙到云南平定叛乱。马继龙在《喜邓武侨参戎姚关大捷作姚关行以赠》一诗中对此有详细的描述，开篇描绘时局的危急和良将难求的困境：

> 昨年缅甸妖氛起，烽火相连数千里。木邦失守顺宁破，贼兵直犯姚关里。象马纷驰入境来，急时那得折冲才。仓皇莫定战守计，毒雾愁云锁不开。万落千村横杀气，边氓日望官兵至。羽檄招呼几万人，并无一人能奋义。人不奋义将奈何？外夷未翦内夷多。

---

① （明）孙继鲁：《习杜祠堂记》，载白寿彝主编《回族人物志》（上册附卷 4），宁夏人民出版社，2000，第 653 页。

② 朱昌平、吴建伟主编《中国回族文学史》，宁夏人民出版社，2012，第 210 页。

接下来渲染邓子龙将军临危受命的出征情形，重点描绘平定叛乱的过程：

> 一朝闻命即辞家，不作区区儿女语。单骑遥向碧鸡东，八月烟波渡霁虹。鼓角千山冲瘴雾，旌旗百道漾晴风。锦裘绣帽英雄客，金戈照耀城南北。闾阎争睹汉威仪，草木江山改颜色……奇兵突出攀枝花，雷霆一阵妖魔折。折尽妖魔日月愁，天阴鬼哭声啾啾。火龙霹雳连飞矢，万骑惊亡象殪死。遍野横尸似斩蒿，潭流血染查江水。耿马渠魁势更强，乘马直捣如擒羊。①

这些诗句洋溢着杀敌报国的慷慨之气。结尾进一步称赞邓子龙建麟阁第一功："不是将军夺其魄，安得功成如破竹。君不见周吉甫，薄伐之勋高万古。又不见汉孔明，南人千载传芳名。君今樽俎惟谈笑，一旅之师平六诏。勋名直与古人匹，麟阁应推功第一。"整首诗中作者写将军的临危受命，写出征的浩大声势，写两军交战的酷烈场景，写战后沙场的血流成河，足见战斗之激烈。通篇蕴含着诗人希望边关稳定的强烈意愿，进一步凸显了邓子龙将军的神勇和巨大功勋。

在《萧禹扬少府抚夷三宣》一诗中称赞萧禹扬受命对云南西部边境民族进行安抚，成功加强对其的管理，用"旬宣事迹追江汉，行见勋名纪太常"之句进行了高度的概括。在《沧江怀古》一诗中生动描绘了沧江流域的壮丽风光和险要地势，而且字里行间洋溢着维护国家统一、祈愿边陲稳定的家国情怀。

---

① （明）马继龙：《马继龙诗选》，载吴海鹰主编《回族典藏全书》（第165册），甘肃文化出版社、宁夏人民出版社，2008，第387~388页。

明后期云南保山地区的另一位回族诗人闪继迪，同样有着心忧乡邦的赤子情怀。据《云昌府志》记载："漕涧贼临城，建议主剿，施甸激变，建议主抚，皆中机宜。乡人立祠报德。"① 表达对国运的担忧是其诗歌的常见主题，这在他的很多作品中都有所体现，如《秋兴》一诗云："十年双阙散鸣珂，高枕承平卧薜萝。忽诧星妖天汉表，还惊水变帝城波。辽东鬼哭阴风急，塞北酋骄燧火多。厚禄清朝才俊满，莫教汉主忆廉颇。"作者对边陲战乱忧心忡忡，希望出现更多的忠臣良将去驱除强酋、靖边卫国。

还有《定海演武场怀李于鳞先生》一诗表达了诗人对明朝后期国事衰败的担忧之情：

东南重译来王道，贡雉输琛入招宝。壁立江头键江门，中军帐插金鳌岛。节钺楼船下甬东，韎鞈藩僚并总戎。炮炮砰轰鲸鳄徒，旌旗烂漫鼋鼍宫。阵云已化洋澜雾，白雪不散潮头风。歌回宫阙金银动，醉后毛发珊瑚红。虏氛那能诗赋退，国运却仗文章雄。隆万年间岂无事，欃枪迅扫如发蒙。麒麟凤凰布郊野，犬羊蛇豕王庭空。虎竹千言太行坂，龙门泰历徂徕松。词客常遭世人厌，春华殿最嗤雕虫。亦有拈弄骨力薄，格卑气弱如儿童。不见古来全盛世，矫矫著作鸣洪钟。②

在这首诗歌中，诗人运用比兴手法渲染隆庆、万历年间人才济济、军备强大、国运昌盛的情形。明世宗中后期，经历隆庆新政和

---

① 康熙《永昌府志》（卷19），载方国瑜主编《云南史料丛刊》（7），云南大学出版社，2001，第253页。
② （明）闪继迪：《闪继迪诗选》，载吴海鹰主编《回族典藏全书》（第181册），甘肃文化出版社、宁夏人民出版社，2008，第18页。

万历中兴，国力得到恢复，开始出现中兴局面，但此后的政治环境并未好转，统治者穷奢极欲，各级官吏对百姓横征暴敛致使各地反抗不断，整个时局处于动荡不安之中。诗尾"不见古来全盛世，矫矫著作鸣洪钟"表达对明后期衰微时局的担忧之情。整首诗歌首尾贯穿，酣畅淋漓，体现了诗人对现实的忧思，对人生的关注，这是一种典型儒家忧患意识的显现，儒家强调"故君子有终身之忧，无一朝之患也"①，主张"入则无法家拂士，出则无敌国外患者，国恒亡。然后知生于忧患，而死于安乐也"②。它赋予中国文学家深沉的使命感和责任感，使他们写下了大量关心国计民生的作品。

（二）清代云南回族文学家的家国之忧

清代云南回族文学家秉承儒家忧国忧民的传统观念，无论是在朝为官还是退居乡里，他们始终心系家国之事，身怀社稷之愁。昆明孙鹏、元江马汝为、太和沙琛等文学家为官时清廉耿直，造福百姓，深受当地百姓的尊敬和爱戴。

马汝为"甲午，迁大理寺右寺副，持平有声。寻奉父讳北归。服阕起用，补贵州铜仁府知府，治声甚著"③，沙琛"本诗道以治民……捐金赎台为千古服官之佳话"④，孙鹏"性岸介，绰有祖风"⑤。作为文学家，他们的关怀意识融进文学，诉诸笔端，通过文学作品指陈时弊，反映民生百态，从而曲折地表达出其忧国忧民之情。

---

① 《孟子译注》，杨伯峻注，中华书局，2012，第214页。
② 《孟子译注》，杨伯峻注，中华书局，2012，第214页。
③ 刘达武：《马梅斋先生传略》，载《清代诗文集汇编》（第219册），上海古籍出版社，2010，第603页。
④ 唐继尧：《重刊点苍山人诗抄序》，载吴海鹰主编《回族典藏全书》（第194册），甘肃文化出版社、宁夏人民出版社，2008，第102页。
⑤ 袁行云：《清人诗集叙录》，文化艺术出版社，1994，第728页。

　　昆明孙鹏是明代孙继鲁六世孙，在任职泗上期间，他创作了许多反映百姓疾苦的诗篇，其中《舆夫》《纪灾》《泗上杂咏》等作品饱含着诗人对民生维艰的深深同情。《舆夫》一诗描写一位79岁的老年舆夫，听闻他的不幸遭遇之后，作者发出了"盛朝养老典空悬"的悲叹，并"重买酒肉与之吃"，由此可见诗人的悲悯情怀。《纪灾》一诗记载雍正八年夏发生的一场暴雨灾害：

　　　　雨急风愈狂，抱屋夜号怒。雨点大如拳，风声吼似虎……十室无一存，存者俱不堵。十人有一死，死者亦无数。泉外更涌泉，河崩摇砥柱。一碧水连天，东山为岛屿。紫龙白龙啼，鼋鳖向人群。人在水中央，以水为仰俯。忍见天吴来，荇藻我黍稌。仓庾付沉浮，图圉空仍庚。东蒙峰内外，尽报灾灾鲁。无异庆历间，重涝救莫补。风伯与雨师，毋乃非仁者。罢官不能归，沟壑不免予。高高天姥山，遥向云中吐。望之生羽翮，天涯奈逆旅。忧患白发长，何当同为鱼。我鱼不足惜，所息惟万户。大厦千万间，庇人庶期许。奈何徒彷徨，不能若子煦。安能画长图，入告圣主明。自天颁帑金，百万以噢咻。庶几此残黎，可少为慰抚。①

　　诗人对洪涝给人民生活造成的破坏进行了细致的描绘，并由农民受洪涝之灾而联想到自己逆旅天涯、罢官不能归的凄苦无奈。"我鱼不足惜，所息惟万户"之句表明诗人并不只是一味地哀叹自己，而是期望千家万户的百姓们不再受暴雨之害，能居有定所，这是诗人对他人、对社会的一种终极关怀。

---

① （清）孙鹏：《南村诗集》，载李伟、吴建伟主编《回族文献丛刊》（7），上海古籍出版社，2008，第2953~2954页。

忧国忧民之情也是孙鹏散文的主要情感基调，如其在《滇中兵备要略》《送魏之龙之官大理提标》《南山遗稿序》等文中明确表达了反对分疆裂土、维护国家统一的主张。以《送魏之龙之官大理提标》一文为例，此文一开篇就强调大理在军事战略中的重要性：

> 大理自古用兵之地。金江、沧江锁其外，龙首龙尾关其内，倚十六峰以为城，俛西洱河以为池。昔人题云：'此水可当兵十万，昔人空有客三千'。可以见其形胜矣。其为地，广袤不过六七百里。北近吐蕃而门户固于鹤、丽。西通缅甸而藩篱卫于永、腾。故有事于滇者，必先争大理。昔诸葛武忠侯稔此，度泸抵越嶲，遂讲师白崖，而诸蛮次第就擒，诚以夺其天险也。至今营垒之在天威径者，历历可指数。则此郡之不可不弹压以重兵也，明甚。

不仅从具体地理形貌入手加以分析，还举了诸葛亮平定大理叛乱的历史事实加以佐证，照应开篇题旨。接下来历数大理历史上的战乱纷争，其文曰：

> 大理自武侯底定后，变乱不一。迄唐中叶，蒙诏皮罗阁虎噬五诏，数叛唐，致勤中国远伐，鲜于仲通，李宓先后丧师数十万，不能破，果恃天险乎哉？抑亦以中国之制之者，失其道故也。由是而赵、郑、杨、段四姓因中国乱，相继窃据。宋人尽大渡河以畀，段氏奄有兹土且三百余年。如以为天险也，则何以元兵一鼓得之？迄明，傅颍川侯平滇，分三道进攻。一由洱水东趋上关。一由石门间道，绕出苍山后立旗帜。一从赵州斩关直入，拔其城，擒段世并段宝二孙。

为了突出"得道在中国"的见解，作者先反面举例，指出唐中期蒙诏皮罗阁叛唐和宋元时赵、郑、杨、段四姓"相继窃据"的史实，接着正面举例，描述颍川侯顺利平滇的具体情形，最后的结论是："所谓天险者，又安在？是岂非得道在中国，元明远胜于唐之验哉？"①

由此可见国家统一的"道"是作者心中的大道，足见其家国情怀。

牟宗三先生云："并非如杞人忧天之无聊，更非如患得患失之庸俗。只有小人才会长戚戚，君子永远是坦荡荡的。他所忧的不是财货权势的未足，而是德之未修与学之未讲。他的忧患，终身无已，而永在坦荡荡的胸怀中。"② 此语对孙鹏这类回族文学家的忧国忧民之情怀做出了最好的注脚。

太和沙琛曾在怀宁、建德、太和、霍邱等地任县令，劳心苦心，日无宁晷，救灾恤困，定保甲，募义勇，兴学校，勤讲习，亲自督办修建安庆防洪堤，绵延几十里，结束了安庆百姓连年遭淹的痛苦，爱民如此，故深受百姓拥戴。任可澄和仲振履在《点苍山人诗抄·序》中称赞其事迹：

> 先生因事罣吏议论罪戍边，赖怀远、怀宁、建德、霍邱四县之民为之湔雪，为之营救，既不可得则为之酿金赎罪……此非先生之有所风示也，亦非有形式之驱迫也，徒以实惠在民，民之感动奋发，咸出于不自己，奔走呼号卒回天德，先生之名

---

① （清）孙鹏：《送魏之龙之官大理提标》，载白寿彝主编《回族人物志》（下），2000，第1032~1033页。
② 牟宗三：《中国哲学的特质》，上海古籍出版社，1997，第12页。

乃益显于天下。①

　　尝以无妄之灾将北戍军台，旧所莅怀远之民，老幼惊惶，奔走相告，集援金数千两迎赴大中丞。初公于临淮途次代为笞求免罪，号哭声不绝于道，所会署怀宁诸县士民亦醵数千金，远近奔皖城，哀请纳援赎罪，曰"明府之亲老矣"……天子怜而赦之。②

姚鼐为其《赎台记恩》序曰：

　　琛抚恤灾黎，训练义勇，咸有法则赖以安。已而补授怀宁远，值宿州之乱。宿与怀相距百余里，怀城不可守，官民皆居郭外，事沤沤不可终日，琛应机制变，民恃以为扞蔽。大吏重其才，调署怀宁，怀宁亦治。前后十余年，凡三易所治，皆号为难理，又往往多故，琛亦以宁静廉平为治，民大安乐之。③

正是因为他执政为民，百姓才会如此尊崇他。从他的几首诗歌中，我们就可以感受到他对百姓的关怀、对时事的忧虑：

　　年年种棉花，一身尚褴褛。家有少稻田，望晴复望雨。（《民事诗》）④

---

① 任可澄：《点苍山人诗抄·序》，载吴海鹰主编《回族典藏全书》（第194册），甘肃文化出版社、宁夏人民出版社，2008，第101~102页。

② 仲振履：《点苍山人诗抄·序》，载吴海鹰主编《回族典藏全书》（第194册），甘肃文化出版社、宁夏人民出版社，2008，第106页。

③ （清）姚鼐：《赎台记恩·序》，载吴海鹰主编《回族典藏全书》（第194册），甘肃文化出版社、宁夏人民出版社，2008，第202页。

④ （清）沙琛：《点苍山人诗抄》，载吴海鹰主编《回族典藏全书》（第194册），甘肃文化出版社、宁夏人民出版社，2008，第241页。

　　　　鬶田须籴贵，籴贵却鬶田。莫以钱神论，更论荒年钱。涸
鱼自呴湿，黠蚁豪据膻。不堪皆瘰积，切须珇俭贤。夷陬贫非
窦，金饥事偶然。扰扰刀锥利，囷尽世无边。（《鬶田嘅》）①

　　　　六月早稻黄，刘获还更种。新米饭饥农，水车声淙淙。地力
无时闲，犹艰八口供。奈何不耕人，珍食自恣纵！（《悯民》）②

这些诗歌主要描绘农民们一年辛苦劳作却依然衣衫褴褛、食不果腹，生活境遇非常凄惨，而那些不耕人却珍食恣纵。由"奈何"之问句，可见诗人对这种不公平的社会现状是何等忧虑与无奈。此类诗歌还有《豆腐歌》《查灾》《人日》等，大多反映沙琛关心民生疾苦的忧患情怀。此忧患心理是以"国家兴亡，匹夫有责"的责任感为基底的，其实质"乃是从当事者对吉凶成败的深思熟考而来的远见；在这种远见中，主要发现了吉凶成败与当事者行为的密切关系，及当事者在行为上所应负的责任。忧患正是由这种责任感来的要以己力突破困难而尚未突破时的心理状态。所以忧患意识，乃是人类精神开始直接对事物发生责任感的表现，也即精神上开始有了人的自觉的表现"③。

二　地理因素的影响

　　自然环境与社会环境组成了人类的生活环境，共同对人类的生产、生活产生影响。对于作家而言，社会生活环境往往以各种方式

---

① （清）沙琛：《点苍山人诗抄》，载吴海鹰主编《回族典藏全书》（第194册），甘肃文化出版社、宁夏人民出版社，2008，第442页。
② （清）沙琛：《点苍山人诗抄》，载吴海鹰主编《回族典藏全书》（第194册），甘肃文化出版社、宁夏人民出版社，2008，第329页。
③ 徐复观：《中国人性论史》（先秦篇），华东师范大学出版社，2005，第14页。

制约着他们的生存方式和创作价值取向，自然地理环境则会潜移默化地对其精神状态产生一定影响。对明清云南回族文学家而言，他们的心理、情感及情趣受到云南自然地理环境与社会文化环境的双重影响，两者形成互动之势，共同影响着他们的精神状态与创作实践。

明初至清乾嘉时期云南地区经过百年的发展，经济文化水平较元时有极大的提高，整体环境相对良好，尤其是回族文学家聚居的昆明、大理、永昌等地区的环境堪与中原媲美，主要表现在以下两点。

其一，自然环境良好。云南府"山川明秀，民物阜昌，冬不祁寒，夏不剧暑"[1]，"冈峦环绕，川泽汀泓，沟渎涌流，原田广衍，风虽高而不烈，节虽变而长温"[2]。这是地理环境上的优势，山清水秀既能悦人耳目，也具有荡涤尘埃、净化心灵的文化价值，文学家高雅情怀的养成离不开这样的环境。

其二，人文环境优良。云南自古就有民风淳朴的地域文化特征，"民尊礼教，畏法度，士大夫多才能，尚节义，彬彬文献，与中川埒。兵民错居，闾阎栉比，野安耕凿，户习诗书，民无告讦之风，士有干谒之耻"[3]，"俗本于汉，民多士类，书有晋人笔意，科第显盛，士尚气节"[4]，"井田桑麻，以终老田间为乐，纯朴之气较他处为优"[5]。这是人文环境上的特别之处，为文化教育的发展和文学人

---

① （明）陈文：《景泰云南图经志书》，载方国瑜主编《云南史料丛刊》(7)，云南大学出版社，2001，第5页。

② 乾隆《云南通志》，载方国瑜主编《云南史料丛刊》(7)，云南大学出版社，2001，第151页。

③ 乾隆《云南通志》（卷8），载方国瑜主编《云南史料丛刊》(7)，云南大学出版社，2001，第253页。

④ （明）李元阳：《云南通志》，载林超民、张学君等主编《中国西南文献丛书·西南稀见方志文献》（卷21），兰州大学出版社，2003，第69页。

⑤ （明）陈文：《景泰云南图经志书》，载方国瑜主编《云南史料丛刊》(7)，云南大学出版社，2001，第4页。

才的培养提供良好的物质基础。

　　良好的生态环境与人文环境会直接影响作家的情绪和行为，为其创作提供正能量。受这种良性生态环境的影响，明清云南回族文学家大多胸怀坦荡、情感丰沛，普遍具有重情重义的性格特征，他们心系国家，关心黎元，充分表现出古代士大夫普遍具有的家国情怀。

　　综上所述，对明清回族文学家而言，忧国忧民的精神已成为其诗歌一个非常重要的主题，无论是表达执政为民的思想，还是反映百姓生活状态，均蕴含着深沉的忧患意识，洋溢着深深的爱国之情，孙之梅在《中国文学精神》一书中曾言："古代文学作品中所表现出来的士人的忧患意识，是那样的深邃——超过了同时代任何一个理论家对社会的剖析。"[1] 用这样的论调来总结明清云南回族文学家的家国之忧情怀亦是适当合理的。

第二节　家庭之亲

　　家庭之亲是大多数人都具有的一种自然自发的情感，此情感的形成离不开人的内有情愫，也与一定的地理环境相关。对明清云南回族文学家而言，对亲情的渴望、对家园的依恋是其文学创作的基本内容。

一　重亲恋家

　　家庭不仅是人们最初物质生活资料的来源地，也是人们获得充实感和安全感的来源。亲情对每一个人来说都是不可或缺的，饱含

---

[1] 孙之梅：《中国文学精神》（明清卷），山东教育出版社，2003，第9页。

亲情的家是人们调整身心的港湾，和谐美好的亲情可使人身心自由放松。对深受儒家思想影响的至性至情的明清云南回族文学家来说，亲情更是他们人生旅途中情感的主要归宿和生命动力的重要支点，他们以多元的书写方式、以饱蘸真情的笔触表现出对家人的思念、对亲情的渴望与珍视，体现了一种情感深度。

父母与子女之间的情感是世间最自然本真的情感，也是明清云南回族文学家最重视的情感。《诗经·小雅·蓼莪》云："父兮生我，母兮鞠我。抚我畜我，长我育我。顾我复我，出入腹我。欲报之德，昊天罔极。"①《吕氏春秋·精通篇》云："父母之于子，子之于父母也，一体而两分，同气而异息……虽异处而相通，隐志相及，痛疾相救，忧思相感，生则相欢，死则相哀；此谓之骨肉之亲。"②这些言论均强调父母养育子女、子女孝敬父母，这种亲亲敬长的情感是人良知良能的显现。

明清云南回族文学家对父母至孝，对子女慈爱。康熙《永昌府志》载闪仲侗"事亲纯孝，父继迪病笃，亲为尝粪……父欲游览山川，遂贷金以随游吴越匡庐"③；另一回族诗人马继龙"家世廉明，天性孝友"④；清初元江回族名士马骃"天性孝友，乐好善施，尤激于义，与人坦易，御下慈爱己子，念幼在兵戈中失怙恃，每春秋时享泣数行，下事嫡姊至谨，保护四十余年"⑤；昆明孙鹏以母老奉亲而辞官不就，太和沙献如晚年回归乡里"出橐中金施亲族，余以奉

① 《诗经译注》，程俊英译注，上海古籍出版社，1985，第404页。
② 《吕氏春秋》，陆玖译注，中华书局，2011，第274页。
③ 康熙《永昌府志》（卷19），载林超民、张学君等主编《中国西南文献丛书·西南稀见方志文献》（卷30），兰州大学出版社，2003，第1020页。
④ 康熙《永昌府志》（卷46），载林超民、张学君等主编《中国西南文献丛书·西南稀见方志文献》（卷30），兰州大学出版社，2003，第1012页。
⑤ （清）蔡珽：《元江马君文秀墓表》，载白寿彝主编《回族人物志》（下册附卷8），宁夏人民出版社，2000，第1352页。

老亲"①。虽然只是零星的史料记载,却真实地反映出明清云南回族文学家的亲情态度,此种心声在他们的诗歌中也有所表达:

西风吹去一屏斜,屏上千蓓与万蓓。好把霜枝娱白首,更无俗艳笑黄花。繁英似妒老莱袖,秋色全归陶令家。笑指将军花道好,层层雨露结为霞。(孙鹏《赋得菊屏为南太夫人寿》)②

君归勤定省,我亦念高堂。昫町古名郡,昔为吾祖乡。少小此从师,切磋多俊良。(马汝为《送侯于东归里》)③

淡泊吾儒事,黄斋日二餐。笔花秋炫采,剑气夜生寒。但遂题桥志,休嗟行路难。自高钟吕调,珍重向人弹。④(马继龙《勉诸儿赴试》)

自笑才疏拙,为官耻折腰。僻居邻水石,知己结渔樵。花意催文兴,诗情寄酒瓢。蹉跎吾已老,尔辈奋云霄。(马继龙《冬日勉诸儿偶成》)⑤

第一首作品是孙鹏祝福其母南太夫人高寿之作,他在《老母

---

① 仲振履:《点苍山人诗抄·序》,载吴海鹰主编《回族典藏全书》(第194册),甘肃文化出版社、宁夏人民出版社,2008,第189页。

② (清)孙鹏:《南村诗集》,载李伟、吴建伟主编《回族文献丛刊》(7),上海古籍出版社,2008,第2900页。

③ (清)马汝为:《马悔斋遗集》,载《清代诗文集汇编》(第219册),上海古籍出版社,2010,第607页。

④ (明)闪继迪:《闪继迪诗选》,载吴海鹰主编《回族典藏全书》(第181册),甘肃文化出版社、宁夏人民出版社,2008,第19页。

⑤ (明)马继龙:《马继龙诗选》,载吴海鹰主编《回族典藏全书》(第165册),甘肃文化出版社、宁夏人民出版社,2008,第386页。

寿辰徐云客范弗如两先生谢昆皋宫谕熊公持林程九赵永锡李立人诸君子见过席间赋诗祝嘏敬次元韵奉谢》一诗中云："不材有母方过蟗，健笔无诗不祝嵩。"表达对老母步入耄耋之年的欣喜与祝福。第二首诗是马汝为送别同乡侯于东归里时所作，借好友回乡探亲之际寄托自己对家中高堂的牵挂之情。第三首诗和第四首诗的主题一样，都是父亲勉励儿子刻苦读书，考取功名。这些诗是诗人内心独特体验的表达、个性感情的袒露，让我们窥见诗人真实的情怀并受到感染。

二　夫妻情深

夫妻关系是人伦关系的基础，《礼记·婚义》云："婚礼者，将合二姓之好，上以事宗庙，而下以继后世也，故君子重之。"[①] 人类生生不息、代代相传，是因为有夫有妻。古人很重视夫妻关系，追求琴瑟和谐、夫义妻柔的夫妻之道。"妻子好合，如鼓瑟琴""愿为双飞鸟，比翼共翱翔。丹青著明誓，永世不相忘"[②] 等诗句表达出人们对夫妻恩爱的赞美与渴望。明清云南回族文学家表现夫妻关系的作品并不太多，仅举几例：

昨夜西风起，惊闻落叶飞。寒衣何处寄，又见雁南归。（《闺词》其二）[③]

明镜当年双凤凰，春风琴瑟侍高堂。一朝花露芳容歇，千

---

① 李学勤主编《十三经注疏·礼记正义》，北京大学出版社，1999，第127页。
② 《阮籍集校注》，陈伯君注，中华书局，1987，第147页。
③ （明）马继龙：《马继龙诗选》，载吴海鹰主编《回族典藏全书》（第165册），甘肃文化出版社、宁夏人民出版社，2008，第384页。

里江流别恨长。辛苦风尘三入蜀，渺茫魂梦独还乡。遥知太保山前路，唳鹤啼猿总断肠。(《蜀中悼亡》)①

这是明代回族文学家马继龙的作品，概因马继龙长期在外任职，与妻子聚少离多，思家念妻之情时时牵绕心头，因眼前情景的触动，遥想妻子也在思念着自己，由自己的相思之苦体谅到对方的思念之痛，从而把自己对亲人的思念很自然地转化成一种为对方思念之痛而焦急惦念的心情和思绪。西风、落叶、寒衣、南雁等物象是妻子思夫、忧夫心理的情感符号，其真挚之情打动人心。此诗以对景物的描绘、对环境气氛的渲染来达到情景交融的艺术效果。《蜀中悼亡》写于妻子亡故之后，开篇回忆过去琴瑟和谐的时光，妻子侍奉高堂的情景如在眼前，可如今已是生死相隔。"辛苦风尘三入蜀"之句交代诗人常年漂泊蜀地，直到妻子去世也未能相见，对此又悔又恨，再加上自己仕途不畅、前途未卜，诸种情绪融合在一起，使诗歌充满浓郁的感伤色彩。虽然此类作品数量不多，但由上文的分析可见，明清云南回族文学家对妻子至情至真，表明他们重视家庭亲情，而这些作品所蕴含的高度的艺术价值，也给我们带来无限美好的享受。

三 兄弟之情

兄弟之情是亲情中非常重要的一种情感，历来受到人们的重视。"傧尔笾豆，饮酒之饫。兄弟既具，和乐且孺。妻子好合，如鼓瑟琴。兄弟既翕，和乐且湛。"② "人之所不学而能者，其良能也；所

---

① (明)马继龙:《马继龙诗选》，载吴海鹰主编《回族典藏全书》(第165册)，甘肃文化出版社、宁夏人民出版社，2008，第387页。

② 《诗经译注》，程俊英译注，上海古籍出版社，1985，第292页。

不虑而知者，其良知也。孩提之童，无不知爱其亲者；及其长也，无不知敬其兄也。亲亲，仁也。敬长，义也。无他，达之天下也。"①"谁无兄弟，如足如手"②，"遥知兄弟登高处，遍插茱萸少一人"③，这些诗句诉说着兄弟之情的温暖与感人。明清云南回族文学家不仅事亲至孝，教子有方，而且兄良弟悌，彼此情深意切，他们的诗文中凡是涉及兄弟情感的均发自肺腑、真切感人。

明代永昌府知名文士闪仲俨与闪仲侗兄弟情深，康熙《永昌府志》记载闪仲俨对其弟爱护有加，"弟仲侗，问疾尝粪"④。从其父闪继迪诗"有弟碣石拥花醉，有兄承明视草归"（《九月望前一日儿子仲侗生日》其二）之句来看，兄弟二人不仅手足情深，而且志趣相投，都喜好自然山水而淡泊功名，深受世人尊敬。永昌府另一文学家马继龙留有一首题名为《怀诸兄弟》的诗歌，抒写自己客居异地对家中诸兄弟的怀念之情：

> 杨柳津头别雁群，殊方音信隔年闻。客边久病愁听雨，江上思家独看云。香到篱花秋欲暮，梦回池草夜初分。故乡归去知何日，同醉花前向夕曛。⑤

由于马继龙生平资料阙如，其兄弟情况不得而知，但从这首诗歌来看，诗人同诸兄弟间的感情是相当深厚的，客居异地与诸兄弟山水

---

① 《孟子译注》，杨伯峻注，中华书局，2012，第 215 页。
② （唐）李华：《吊古战场文》，载《全唐文》（卷 321），中华书局，1982，第 489 页。
③ （唐）王维：《九月九日忆山东兄弟》，载杨文生编《王维诗集笺注》，四川人民出版社，2003，第 187 页。
④ 康熙《永昌府志》（卷 46），载林超民、张学君等主编《中国西南文献丛书·西南稀见方志文献》（卷 30），兰州大学出版社，2003，第 1022 页。
⑤ （明）马继龙：《马继龙诗选》，载吴海鹰主编《回族典藏全书》（第 165 册），甘肃文化出版社、宁夏人民出版社，2008，第 367 页。

相隔，思念之情与日俱增却不知归期何时，只能梦回家乡与兄弟们花前同醉，其情之切，感人至深，无怪乎《滇南略诗》评曰："情到深处境无虚设。"①

元江马汝为兄弟三人，"康熙乙酉，兄汝翼，弟汝明，同榜乡荐"②。他们在其父马骈的精心教导之下，功名有成，尤其是其弟马汝明（号观丞），性质恬淡，颇有陶风。马汝为在《辛丑初秋过观丞弟山庄》一诗中表达对其欣赏之情：

> 潜身端合在山家，曲径幽村静不哗。适意闲栽陶令菊，谋生学种邵平瓜。野塘水静堪垂钓，小院香满好试茶。我亦金鳌新筑室，待君秋晚对明霞。③

马汝明筑室幽境，躬耕自养，安贫乐道，悠然自得的心态颇有陶潜之遗风。这种精神风范与其兄马汝为极其相似，马汝为晚年远离官场，筑室丛桂山庄，在山水田园中怡然自乐，返归生命本真的家园。由诗尾"待君秋晚对明霞"之句可见兄弟二人性情相投，既是兄弟亦是朋友，这份平淡却又深沉的兄弟之情令人感动。

在明清云南回族文学家的诗歌中，还有许多佳篇名句是书写这种兄弟亲情的，如马继龙的《壬申春暮得伯兄双泉书赋此寄答》一诗写自己久寄异乡收到伯兄家书时的欣喜："城市幽居杂草莱，小厅门设不常开。经旬风雨催花放，异地音书喜雁来。身老最怜招隐曲，

---

① （清）袁文典、袁文揆辑《滇南诗略》，载《丛书集成续编》（第150册），上海书店出版社，1994，第162页。

② 刘述武：《马悔斋先生传略》，载《清代诗文集汇编》（第219册），上海古籍出版社，2010，第603页。

③ （清）马汝为：《马悔斋先生遗集》，载《清代诗文集汇编》（第219册），上海古籍出版社，2010，第612页。

时违无论曳裾才。龙池夜月常相忆，早晚持竿问钓台。"① 马之龙在《留别亲旧四首》其一中云："而我将远游，相送来□交。不行计不可，竟去情难抛。"抒发与兄弟亲人分别时的不舍之情。"薪买石桥便，酒沽沙店甘。故人惟二仲，早晚一过谈。"（孙鹏《春初移居六首》其一）抒写索居之时有兄弟相伴的温暖。

从艺术形式来看，虽然此类诗篇大多语言平实，表现手法不够丰富，但其中饱含着真实自然的兄弟之情，这是任何语言所不能比拟的，情感性是文学的重要特征，文学所传达出来的情感之所以动人心魄，是因为文学家心中有情，只是借用文学这一载体将自己心中之情宣泄出来，如张毅先生所言："文学在本质上因人与人之间心灵的相互交感、相互同情而成立，所以在创作文学时，一方面要求得人的同情，另一方面亦是有同情于他人之心……文学之能感人在于表现人间关系中一切的美与善，故优秀的文学创作亦必兼求美且求善。"②

综上来看，亲情是人类的基本情感，表现恋亲之情是文学创作的基本主题，这种情感存在于特定的地缘关系之中。滇云大地是承载明清云南回族文学家恋亲之情的特定地域空间。

第三节　桑梓之情

"忧心殷殷，念我土宇"，眷恋故乡和怀乡思归之情是全人类共同的文化心理。每一个人都有自己的出生之地，都有自己的家人和乡亲，乡情在某种程度上就是亲情的拓展与延续。在个体作家心目

---

① （明）马继龙：《马继龙诗选》，载吴海鹰主编《回族典藏全书》（第 165 册），甘肃文化出版社、宁夏人民出版社，2008，第 387 页。

② 张毅：《生命心灵及其文艺境界——论唐君毅的心灵哲学与美学》，载《中国文艺思想史论集——张毅自选集》，南开大学出版社，2004，第 319 页。

中，故乡以家庭为中心，由家人和家山两大系列构成。家人指家庭里的亲人，可扩大为乡邻；家山指孕育自己的土地及土地上的山丘河流、地形地貌、气候特征，甚至包括屋前屋后的草木花果①。故乡是一个具体的独特的地域空间，它既是作家的出生或成长之地，也是他们的灵魂安顿之所，具有生命之源与生命归宿的双重象征意义。对于明清云南回族文学家而言，一旦他们离开自己的亲人和居住的群体，思乡和回归便会成为其内心深处最强烈的冲动和最大的愿望，思乡是他们共同的情感体验，故乡情结是他们普遍存在的一种心理意向。

一 地缘认同的文学书写

人们总是生活于特定的地域空间中，那里的自然地理状况、风俗习惯、人际关系都会影响人的生活习惯、人际关系，从而构成独特的地缘关系，"具有丰富文化内涵的故乡，从来不是一个抽象的概念，它总要依附于特定的地域而存在，在特定的地缘关系中体现"②。地缘认同是故乡场景的内在灵魂，文学家在表达思乡之情时常将故乡具化为某一自然山水或田园风光，用这些物象标志故乡，唤起在家之时的记忆。这种情形正如周晓琳、刘玉平所言：

> 作为文化符号的故乡只有具化为特定的山川河流、阡陌房屋，才会生发出情感意义与生命意义。每一位离家游子的心中，故乡无非几间老屋，以及房前屋后的田园果林与河流青山，这

---

① 周晓琳、刘玉平：《空间与审美——文化地理视域中的中国古代文学》，人民出版社，2009，第67页。
② 周晓琳、刘玉平：《空间与审美——文化地理视域中的中国古代文学》，人民出版社，2009，第67页。

一切之于他们，除了叶落归根的意义之外，还具有社会身份认同的作用。那些少小离家的游子，普遍采取"回望"的姿态，回忆与重构故乡场景成为人生的重大主题。①

　　亲人和乡土是故乡场景的重要构成因素，乡土是家园的根基，乡情是亲情的延展。对明清云南回族文学家而言，故乡的山水井田、竹篱茅屋、草木花果均是承载他们思乡情感的地缘符号，每当思乡之时记忆中浮现的就是这些标志性物象。以"雪山诗人"马之龙为例，除去省内外游历的十来年，其人生中的绝大部分时间是在家乡玉龙山下的雪楼中度过的，他自称"雪山客"，在《雪楼诗选》中以雪山为题的作品有几十首，可以说雪山就是其故乡的代名词。当他离开故乡后，对雪山、雪楼的思念从未停歇过。如《雨后乡人至》是其客居昆明之时所创作的一首诗歌，此诗同样了设置了打听故乡消息的情节，问乡使诗人将关于故乡的记忆碎片还原为具体的物象，雪山、松林便是故乡的化身，对它们的牵挂就是对故乡的惦念。此类作品还有《九龙池》《忆故山牡丹》《雨后坐月》《试陆子泉》《师山寺月下》等，兹录以下几首：

　　　　终年未达家乡信，十载相忘旅况愁。飘荡何如归去好，寒潭待泛钓渔舟。（《九龙池》）②

　　　　玉龙山下牡丹好，雨寺烟村斩绮罗。朝露浓时聊骑往，春

---

①　周晓琳、刘玉平：《空间与审美——文化地理视域中的中国古代文学》，人民出版社，2009，第73页。

②　（清）马之龙：《雪楼诗选》，载李伟、吴建伟主编《回族文献丛刊》（第6册），上海古籍出版社，2008，第2749页。

寒尽处饮香多。昆池十哉临清□，华岭终年发浩歌。何日归田耕百亩，滋兰树蕙老岩阿。(《忆故山牡丹》)①

普洱春前茗，惠山陆子泉。一尝故乡味，暗数离家年。(《试陆子泉》)②

风飘雪山月，挂在师子林。一径踏明镜，千岩动素琴。思乡心欲碎，坐独夜将深。此际梅应放，明朝破雾寻。(《师山寺月下》)③

嘉庆十六年(1811 年)秋天，马之龙告别朝夕相对的雪山，开始有生以来的第一次远游，至嘉庆二十三年底回到丽江，"故山岂不思，悠悠路阻绝"。在外漂泊的 8 年中，家乡的山水草木时时浮现在他的脑海中，寒潭、雪山牡丹、普洱茶、雪山老梅这些物象是家乡的地缘标志，影响着他的感知活动和情感向度，在此基础上建立起明确的地方认同感。当异乡景象与故乡景象有相似之处、眼前景与记忆景重叠之时，诗人的乡关之思就会油然而生，对家的亲切感随之而起。

二　思乡之情的文学表现

明清云南回族文学家大多曾因求学、仕宦、旅游等离开家乡，

---

① (清) 马之龙：《雪楼诗选》，载李伟、吴建伟主编《回族文献丛刊》(第 6 册)，上海古籍出版社，2008，第 2748 页。
② (清) 马之龙：《雪楼诗选》，载李伟、吴建伟主编《回族文献丛刊》(第 6 册) 上海古籍出版社，2008，第 2718 页。
③ (清) 马之龙：《雪楼诗选》，载李伟、吴建伟主编《回族文献丛刊》(第 6 册)，上海古籍出版社，2008，第 2719 页。

无论是哪种类型的远游，其间渗透浸染的怀乡情绪从未消失，因此，在诗文中浮现家乡物象，表现羁旅生涯的孤寂凄凉，或者抒发梦回故乡的温暖，都是他们宣泄思乡恋亲之情的常见方式。

书写羁旅生涯的孤寂是反映明清云南回族文学家故乡情怀的基本主题。明代永昌府回族文学家马继龙多年仕宦在外，"异乡客"的痛苦时时折磨着他，"吹笛谁家江上楼，一声唤起客边愁"（《闻笛》），"鸡唱方惊客梦，莺声又度年华"（《元旦道中》），"凄凉篷底孤灯夜，千里相思对月明"（《晓发重庆》）。从这些诗歌的描述来看，江楼笛声会唤起他的乡愁，旅馆鸡唱能惊醒他的客梦，篷底孤灯使他对月思乡，可见诗人的乡关之思无处不在、无时不有，是一阕歌唱不尽的哀曲。清代云南回族文学家马汝为、马之龙、沙琛等人都曾壮年远游，对羁旅的孤寂凄凉有着深刻的体验。"壮年游历志偏奢，节候惊心两鬓华。小圃花开愁听雨，江城人远苦思家。"[1] 这是马汝为在《秋怀》一诗中表达自己离家远游思念亲人的愁苦心情。丽江诗人马之龙曾出滇游历，人生失意的惆怅与羁旅的凄苦交织在一起，使他的思乡诗染上浓郁的感伤色彩，如"虫声三径起，月色万端愁。老至成孤客，寒生著敝裘"[2]。这是其诗歌《夜》中的名句，以虫声、月色、孤客等意象衬托诗人客居他乡、老无所依的凄苦。表达这种心声的作品还有太和沙献如的《重九夜雨》、马汝为的《移居》、马之龙的《客里一轮月》等，这些作品多是通过萧瑟冷落的意象勾勒出诗人客居异乡的凄凉情景，思乡之情蕴含其中。

---

① （清）马汝为：《马悔斋先生遗集》，载《清代诗文集汇编》（第219册），上海古籍出版社，2010，第613页。

② （清）马之龙：《雪楼诗选》，载李伟、吴建伟主编《回族文献丛刊》（第6册），上海古籍出版社，2008，第2743页。

书写梦回故乡的温暖亦是明清云南回族文学家地方认同情怀的重要明证。梦境是人类一种特殊的心理活动，其虚幻性内容可以帮助人们释放现实生活中被压抑的欲望，故文学家常以虚写实，借助梦境来表现人生、表达理想，梦回故园是其抒发思乡之情的常用方式。由于云南地处西南边陲，受高山大川的阻隔，交通不甚便利，增加了人们之间的间隔心理和乡土之恋。与大多数云南文学家一样，明清云南回族文学家也有着深重的乡关之思，他们常借助梦境表现回家的强烈期盼和远游难归的感伤情怀，以下面几首作品为例：

十年弹铗无人识，千里思乡有梦归。（马继龙《雨中漫述》）①

香到篱花秋欲暮，梦回池草夜初分。（马继龙《怀诸兄弟》）②

三吴水尽越山出，五色云中乡梦长。（闪继迪《西湖逢里人》）③

山重水复多歧路，客枕还乡梦亦稀。（马汝为《黄平州旅社和壁间韵》）④

---

① （明）马继龙：《马继龙诗选》，载吴海鹰主编《回族典藏全书》（第165册），甘肃文化出版社、宁夏人民出版社，2008，第331页。
② （明）马继龙：《马继龙诗选》，载吴海鹰主编《回族典藏全书》（第165册），甘肃文化出版社、宁夏人民出版社，2008，第289页。
③ （明）闪继迪：《闪继迪诗选》，载吴海鹰主编《回族典藏全书》（第181册），甘肃文化出版社、宁夏人民出版社，2008，第47页。
④ （清）马汝为：《马悔斋先生遗集》，载《清代诗文集汇编》（第219册），上海古籍出版社，2010，第608页。

夜来梦见山，且喜云依然。暂时一欢会，愁深孤馆眠。（马之龙《梦雪山》）①

颍水繁霜满鬓生，春来乡思倍关情。青山隐隐梅花梦，断向风簷夜雪声。（沙琛《听雪》）②

明清时期云南浓郁的农耕文化氛围和农业生产方式，决定了故土、家乡在明清云南回族文学家心中已经不仅仅是一个生产、居住的固定环境，而是倾注其情感的精神家园。当浓郁的思乡情怀无计可消除之时，他们就会借助梦境，超越阻隔回家的时空距离。一夕之间，他们跨越千山万水回到魂牵梦绕的家园，马继龙与兄弟们赏花饮酒，马之龙喜看雪山依旧，沙琛听雪赏梅……故乡的父母兄弟、一草一木都是那么亲切，家园的温馨与羁旅的孤独形成强烈的对比，渲染了凄恻哀凉的色彩，特别容易引发人的伤感。

同样，道逢乡里人与他乡遇故知也能给孤寂凄苦的远游客带来些许温暖，使游子的思乡念亲之期盼得以缓解。"借宿僧家对翠微，忽闻乡客扣紫扉。故园山水常牵思，风景还如旧日非。"（《侨居乡客见访》）这是马继龙客居他乡时所作的一首诗，诗歌描述自己借宿僧院，忽然听到乡音时那种且悲且喜的复杂心情。《西湖逢里人》一诗是闪继迪描绘自己游历西湖之时偶遇老乡时的情景："三吴水尽越山出，五色云中乡梦长。正是西湖秋月满，故人相遇在钱塘。"无论是道问乡人还是托信归乡，都是古代文学作品中的常见情节，文学

---

① （清）马之龙：《雪楼诗选》，载李伟、吴建伟主编《回族文献丛刊》（第6册），上海古籍出版社，2008，第2748页。

② （清）沙琛：《点苍山人诗抄》，载吴海鹰主编《回族典藏全书》（第195册），甘肃文化出版社、宁夏人民出版社，2008，第181页。

家们借此表达自己对家乡的思念之情。"君来且问龙山下，万树乔松作么生"①，"沍寒时节客言来，来索家书寄海边"②。这些诗歌均表现了出门在外的游子对家乡、家人的牵挂之情。总之，明清云南回族文学家具有浓厚的乡愁和深沉的怀乡情结。"中国大家庭的所有成员身上都有一种特别明显的倾向，这种倾向在别的任何民族中都没有这么根深蒂固，这就是对家乡的眷恋和思乡的痛苦。"③ 明清云南回族文学家所表现出来的思乡情结也是普天之下绝大多数文学家所共有的情怀与意愿，正因为它具有普遍性、共通性，所以才真实感人。

三 遍游故乡的兴致

云南有着奇特秀美的自然风光和丰蕴深厚的历史文化，其四季温和，空气湿润舒适等，在这样的生态环境下，明清时期的云南回族文学家普遍喜爱登山临水，对故乡山水怀有一种炽热的感情。

对那些生性喜欢游山玩水的回族诗人来说，云南得天独厚的生态环境无疑为他们提供了一个恣意游赏的绝佳环境。

以永昌马继龙为例，他曾遍游云南州府各地，并创作了许多山水诗文。可以说，云南的灵秀山水是马继龙创作取之不尽、用之不竭的材料宝库。在他的诗歌作品中我们常能看到"春游""旧游""云游"等词，如"几度春游闻管龠，一霄云卧冷衣裳"（《题雪堂》），"镜中白发添新恨，梦里青山忆旧游"（《雨中忆梁大峨》其二），"过尽无人境，新烟起戍城"（《益门道中》），"自笑无钱供酒

---

① （清）马之龙：《雪楼诗选》，载李伟、吴建伟主编《回族文献丛刊》（第6册），上海古籍出版社，2008，第2752页。

② （清）孙鹏：《南村诗集》，载李伟、吴建伟主编《回族文献丛刊》（第7册），上海古籍出版社，2008，第2935页。

③ 〔法国〕埃尔韦·圣德尼：《中国诗歌的艺术》，载钱林森编《牧女与蚕娘：法国汉学家论中国诗》，上海古籍出版社，1990，第29页。

债，看山只共野云游"（《秋兴》）。从这些诗句看，行游故乡已是马继龙的生活常态，只有徜徉在故乡的青山绿水之中，诗人仕途失意的苦闷才能得到消解，只有置身于青泉白石之间，诗人疲惫负重的心灵才能获得解放。再以昆明回族诗人孙鹏为例，居滇期间，其足迹遍至滇云的佳山丽水、名胜古迹，"归后桑榆之年，犹饥驱暮游，辙遍三迤"①。他曾游览过南通寺、玉局峰、五华楼、大观楼、石林、观音庵、云涛寺等滇云景观名胜，这些地理背景经过他的艺术加工，审美价值得到提升。"五华城，背山横。城下是洱海，城上有雪屏。海水可当兵十万，古雪千年常不泮。"这是孙鹏在登临五华楼后作的一首题壁诗。游览观音庵后，孙鹏发出了"自勒崖头罗刹券，河山一半属空王"的慨叹。寓居大理时，创作《大理怀古》组诗，五首诗寓情于景，抒发对大理古迹的追思与感悟，充满了历史沧桑之感。到了"山川如织组"的楚雄，以一首《楚雄晚眺拈提楚字》表现对滇云秀美风光的喜爱之情。

丽江地区人杰地灵，"磊落琦瑰之士挺生其间，雪山丽水代有哲人，乃上下数百年间不少概见，岂造化丰于山水而啬于人物"②。独特的雪域之境是马之龙恣意畅游和尽情创作的绝好之境。他居家雪山脚下，给自己的书屋起名"雪楼"，居家之时，日日对雪山，终日看不足，如其自云："家居三十年，未曾一日闲。"外出时则要真切地与雪山道别，并创作《别雪山》以记自己对雪山的别离之情。客居时则"梦雪山""怀雪山"。可以说一生对雪山魂牵梦绕，被誉为"雪山诗人"是实至名归的。他24岁时就曾登上雪山之巅，并创作

---

① 《清泗水令南村孙公家传》，载白寿彝主编《回族人物志》（下册附卷8），宁夏人民出版社，2000，第1346页。
② 光绪《丽江府志》（卷1），载林超民、张学君等主编《中国西南文献丛书·西南稀见方志文献》（卷25），兰州大学出版社，2003，第217页。

了《游雪山》《游玉龙山记》《玉龙山白云歌》等诗文，其中《玉龙山记》是一篇比较经典的游记，是其地域情怀的文学反映：

> 山脉东南行千里至丽江，夹江而起，皎如削玉，势如游龙，为玉龙、丽江雪山也。在郡城北三十里许，高万丈，围千里，大峰十三，十二在江南，一在江北。雪有古有新，古雪千古不化，新雪四时所积，旋积旋消。新雪积，古雪无增；新雪消，古雪无减。上有生云处，朝朝生云，云白色，雪不离云，云不离雪，一弹指顷变能无穷。晚则山顶云赤如渥丹，日尽变青，色同山面，白云次第归生云处，夜则或留十之一二。①

这是对玉龙山所处地理位置和总体特征的介绍，在诗人看来，雪山之奇在于雪之奇，而雪之奇又在于云之奇。接下来移步换景，重点介绍玉柱碑、铁堂、绿雪岩、方天洞、铁杖岭和玉壶等雪山景点，节录如下：

> 游山必自玉柱始。碑磨崖高十丈，雍正三年郡守襄平杨馝擘窠书"玉柱擎天"四字。由碑而上，茂森巨树，联络不绝。中有莲花贝母，犬形茯苓，种种灵药……至铁堂则并不生一木，惟有石耳。石皆皴裂芒角，无一平滑者，游者至此止矣……山中有虎跳江岸，独挟江南北虎渡口也。一名交弓处。其上有雷岩，岩腹水声如雷，觅之不可见。岩石较他产玲珑秀绝。雷岩东南有光石岩，岩石明净，可照须眉。光石西北有绿雪岩，岩尽雪，雪绿色。绿雪东有生银岩，岩嵌白银，高险不可取。生

---

① （清）马之龙：《雪楼诗选》，载李伟、吴建伟主编《回族文献丛刊》（第6册），上海古籍出版社，2008，第2702~2703页。

银南有方天洞，四面峭壁，天形方正，中有圆石可坐千人，诸兽迹印石，各个可辨。洞北有长春壑，四时温暖，绿草不枯。壑西南有铁杖岭，上有铁杖，长五尺余，忽在忽亡，又不定所在处……山下有玉壶。水极清泠，云开风定，万丈倒影，此又一奇也。[①]

这一部分中作者以亲身的观察与体会，准确地抓住景物特征，运用移步换形、远近结合、动静结合、对比烘托、白描、比喻等手法，插入历史传说，形神毕肖地把云雪相依、池水倒影的雪山美景图画般地再现于笔端。那奇特的雪云、清泠的玉池分明寄托着作者对家乡的热爱、对自然的亲近之情。

综上所述，明清云南回族文学家对故乡饱含无限深情，滇云大地的山山水水、亭台楼阁无不留下其探游的脚步，也因此留下了篇篇歌唱家乡的绝美诗篇。

四　地理因素的影响

人们总是生活于特定的地域空间中，亲人和乡土是故乡场景的重要构成因素，乡土是家园的根基，乡情是亲情的延展。受农耕文化的影响，明清云南回族文学家大多重视家庭、依恋故土。云南地处西南边疆，其自然环境与地理位置较为独特和复杂。全省山地面积33万多平方公里，占总面积的84%。巍峨的群山，深陷的峡谷，把全境切割成许多相对独立的狭小区域，使一些地区和民族长期处于封闭、半封闭状态之中。这种格局决定了云南人民以农耕文化为主、以游牧文化为辅的生产生活方式。而农耕文化的特点是以土地

---

① （清）马之龙：《雪楼诗选》，载李伟、吴建伟主编《回族文献丛刊》（第6册），上海古籍出版社，2008，第2703页。

为中心，以家为最基本的生产单位，生活于一定农耕文化氛围中的人们对土地有着深厚的感情。史书载云南府"井田桑麻，以终老田间为乐也"①，元江军民府"其田多种秫，一岁两收。春种则夏收，夏种则冬收，止刈其穗。以长竿悬之"②，大理府"居人能农不能贾"③，永昌府"山川旷远，原隰宽平，气候温和，土宜禾稻，风高雨凉"④。其他适宜耕种的州府概莫如此，可见明清时期田园耕种是云南人主要的生产生活方式之一，他们安于农耕诗书的生活方式，聚族而居、睦邻亲善。

受传统人伦宗法文化的影响，明清时期云南回族文学家大多安土重迁。古老的中国奉行封闭式的小农经济生产方式，对血缘关系极为重视，使得亲情成为人们永远难以割舍的情感。"安土重迁，黎民之性；骨肉相附，人情所愿也。"⑤"父母在，不远游，游必有方。"（《论语》）"妻子好合，如鼓瑟琴。兄弟既翕，和乐且耽。宜尔室家，乐尔妻帑。"⑥扬雄《连珠》篇也认为："安土乐业，民之乐也。"⑦可见，这"安土"，可谓一语破的，说明了中国古人对故土的依恋，点出了思乡的文化心理成因。宗法社会的建立进一步强化了人们对土地和家乡的情感联系。葛剑雄在《中国历代移民的类型与特点》一文中言："汉族及其前身的华夏系诸族较早选择了农业

---

① （明）陈文：《景泰云南图经志书》，载方国瑜主编《云南史料丛刊》（7），云南大学出版社，2001，第2页。
② （明）陈文：《景泰云南图经志书》，载方国瑜主编《云南史料丛刊》（7），云南大学出版社，2001，第58页。
③ 乾隆《云南通志》（卷8），载《影印文渊阁四库全书》（第569册），上海古籍出版社，1987，第255页。
④ 乾隆《云南通志》（卷8），载《影印文渊阁四库全书》（第569册），上海古籍出版社，1987，第256页。
⑤ （汉）班固：《汉书》（卷9），中华书局，1962，第292页。
⑥ 《诗经译注》，程俊英译注，上海古籍出版社，1985，第292页。
⑦ （汉）扬雄：《连珠》，载（清）李兆洛选辑《骈体文抄》，岳麓书社，1992，第651页。

生产，以后又形成了长期延续的小农经济，安土重迁的观念根深蒂固；历代中原王朝的统治者也无不以农为本，以农立国，通过法律和行政手段将农民牢牢地束缚在土地上。"① 绵延数千年的文化积淀，决定了中国人对亲人、家庭、宗族、故土以至国家有着特别强烈的责任感和依赖感。这种根深蒂固的文化传统潜伏在文学家的文化基因中，明清云南回族文学家亦是如此，受这种文化的影响，他们有深重的思亲恋乡情结。明清云南回族文学家所表现出的思乡情结就是这种以土地为依托的宗法文化长期积淀的结果，是具有鲜明民族特色和地域特色的。

综上所述，通过对明清云南回族文学家诸种类型的情感诗进行分析与解读，会发现他们既是忧国忧民的文学家，也是富有浓浓人情味的普通人，还是忧惧怅惘的性情中人，他们的人性、人情因此而真实鲜活。家国之忧、家园之思及家庭之亲，这是几种同样伟大而又彼此相融的情感，是我国古代文学家普遍具有的情感特征，反映在这些回族文学家的作品中则更加真切感人，此种情感没有地域之别，亦无民族之分。博大的华夏文化对回族文学家的熏染自是深入骨髓，滇云大地则是负载这种情感的特定空间，是他们生命的归宿。

---

① 葛剑雄：《中国历代移民的类型与特点》，载历史地理编辑委员会编《历史地理》（第11辑），上海人民出版社，1993，第142页。

第八章

地域文化与明清云南回族文学的
乡贤传播

　　"传播"一词是由英语"communication"翻译而来，其主要的意思是思想、观念及信息的交流、分享与传递。传播也是文化的一部分，或者说，有人的地方就有文化传播。文学传播是文化传播的一种形态。在文学的发展运动形式中，传播是非常重要的一个环节。"传播是由发送者、传递渠道、讯息、接收者，以及发送者与接收者之间的关系、效果、传播发生的场合，还有讯息所涉及的一系列事件组构而成的。"① 古代文学传播是以接收者的认同为旨归，以追求文学价值为目的的传播，接收者的认同对传播者的倾向具有检验、校正的作用，决定传播倾向达成的最终因素是接收者的认同，故文学传播的过程从整体上说是双向流动的过程。作为云南地方文学的明清云南回族文学，其传播范围首先是在云南本土，主要由明清云南回族文学家的后人或地方乡贤的结集或评点传播。

---

① 〔英〕丹尼斯·麦奎尔、〔瑞典〕斯文·温德尔：《大众传播模式论》，祝建华译，上海译文出版社，1987，第5页。

第一节　保山袁氏对明代云南回族文学的传播

　　书籍传播是文学传播的重要形式，法国社会学家罗贝尔·埃斯卡皮言："书籍，无论是手抄、印刷，还是影印，其目的都是为了让说的话重复无数次，也为了让说的话保存下去。"① 明清云南回族文学家的作品正是赖于清代云南本土文化名士的搜集、整理而终以别集、选集、摘录、点评等传播形式为世人所了解。这些文化名士多是清时处于云南社会上层的地方官员和文学家士大夫，一方面他们是云南地方行政长官，另一方面也多是主持云南诗坛的重要人物，他们掌管着文化资源的分配权，在整理乡邦文献、传播先贤诗文等工作中发挥着重要的作用。着力辑录、评点明代云南回族文学家之作的名士是乾嘉时期保山袁氏兄弟，他们的《滇南诗略》《滇南文略》收录明代云南回族诗人闪继迪、马继龙等人的作品并予以评点。全面整理清代云南回族文学家之作的官员主要有清末民初之剑川赵藩、晋宁唐尧官、茂林李根源等名士或地方官员。

一　《滇南诗略》《滇南文略》对明代云南回族文学的收录

　　清乾嘉时期，云南诗坛可谓盛极一时，昆明、大理、石屏、宁州等地成为诗人荟萃之地，随园主人云："云南离中国七千余里，而近日文章之士甚多。"② 其中保山袁文典、袁文揆兄弟无论是在诗文创作还是整理乡邦文献方面均取得了突出的成就，是当时诗坛不容

---

① 〔法〕罗贝尔·埃斯卡皮：《文学社会学——罗·埃斯卡皮文论选》，于沛译，浙江人民出版社，1987，第18页。

② （清）袁枚：《随园诗话》（卷2），载郭绍虞编选，富寿荪校点《清诗话续编》（第4册），上海古籍出版社，1983，第233页。

小觑的人物。袁文典（1725～?）字仪雅，号陶村山人，乾隆丙子年（1756 年）举人，著有《陶村诗抄》《陶村文集》各一卷。袁文揆（1749～1815 年），字时亮，一字苏亭，保山人，文典弟，乾隆丁酉年（1777 年）拔贡，著有《时畲堂诗稿》《时畲堂文稿》。袁氏昆弟虽然微官末秩，但是傍搜博集，经近十载之功，编成《滇南诗略》47 卷，为云南两千年来的第一部诗歌总集，与《滇南文略》一同成为研究云南地方文学的宝贵资料。方国瑜先生曾高度称赞袁氏兄弟在整理地方诗歌文献方面所做出的贡献："袁氏兄弟并仕为官，以养母辞归，耕砚会城，而笃志征文考献，辛勤搜访，铢积寸累，襄辑成秩，筹资刊布，非易事矣。"①

袁氏兄弟不仅纂集了大量汉族文学家之作，也收录了闪继迪、马继龙等回族文学家遗作，不仅"较为全面地反映了乾隆以前云南古代诗歌的发展面貌，为保存云南诗歌文献做出了巨大贡献"②，而且对于保存回族古代文学家的诗文资料，传播回族古代文学有着不可磨灭的贡献。

二　袁氏兄弟对明代云南回族文学的传播

奉唐崇杜是袁氏兄弟纂辑回族文学家之作的基本观念。他们自幼习文读书，有深厚的家学积淀，稍长后受学当地名儒，在王昶筹军云南时又拜师其门下，深得其赏识，"永昌袁氏家风醇谨，子弟咸能读书敦品"③。文揆为官勤敏，体恤百姓，文典"内行淳笃，处父母、兄弟、里党无间言。隐不违亲，贞不绝俗"④。文典为诗"问津

---

①　方国瑜：《云南史料目录概说》，中华书局，1984，第 128 页。

②　吴肇莉：《〈滇南诗略〉的编纂与乾嘉时期云南诗坛》，《云南师范大学学报》（社会科学版）2013 年第 2 期。

③　李春龙、牛鸿斌等点校《新纂云南通志》（4），云南人民出版社，2007，第 354 页。

④　张福三：《云南地方文学史》，云南人民出版社，1997，第 380 页。

少陵，气格高卓，时多绝作，小诗尤有远神"①，文揆为人有豪爽重情，有古侠士之风，其诗"格调清浑，意志开适"（张柏轩语《滇诗丛录》）。可见，兄弟二人是典型的儒者型诗人，奉唐崇杜不仅是他们的创作原则，也是其辑录和传播回族文学家之作的基本旨趣。如在《马继龙诗选》的首页有关于马继龙生平的评论，其内容如下：

　　马继龙，字云卿，号梅樵，保山人。嘉靖丙午举人，历官南京兵部车驾司员外郎。著有《梅樵集》，当时称其盛德芬然已树高标于往日，清风穆若，更流芳誉于来兹。②

鉴定者介绍了马继龙的生平情况后重点评价其德性，"盛德""高标"等词清楚地昭示着鉴定者的评判标准。以此标准被辑录的回族文学家还有孙继鲁、闪继迪、闪应雷等。《滇南文略》（卷28）中收录孙继鲁的《习杜祠堂记》一文，兹录如下：

　　余校士襄阳，望隆中，慕诸葛孔明为人。怪陈寿以父子私憾刘氏君臣，故志三国帝魏，其余袷祭高帝以下，昭穆制度，湮灭弗书，不与昭烈汉统，而伪孔明焉耳矣！因考习凿齿《汉晋春秋》，起汉光，终晋愍，以蜀正魏篡，汉亡晋兴，心特壮之。及考杜甫诗，于先主、孔明，往往推而尊之，形于遗祠，故庙之。所赋咏，若曰"窥吴"，曰"幸三峡"，曰"崩年"，曰"永安宫"，曰"翠华"，曰"玉殿"，曰"丞相"，曰"宗臣"，曰"见伊吕"，曰"失萧曹"，曰"三顾频频"，曰"两

① 方国瑜主编《云南史料丛刊》，云南大学出版社，2001，第771页。
② （清）袁文典、袁文揆辑《滇南诗略》，载《丛书集成续编》（第150册），上海书店出版社，1994，第161页。

朝开济"。则帝昭烈，佐孔明，视习先后一撤。即汉氏居正统，不待纲目后明也。翊王风而扶世教多矣。

尝求其故，则习、杜皆襄阳人。齿于史名晋，为能裁正桓温。而甫以诗名唐，则忠爱君国。又齿之博雅，自少已然。甫之属辞，乃自七龄，大抵天性略同。夫齿能裁正桓温，则心晋，凡晋则帝汉，帝汉则篡魏诮温非望在于史。甫能忠爱君国，则心唐，心唐则刺安，刺安则诛史在于诗。其于昭烈、孔明，史以正之，诗以美之，则君父之道着见。奸雄如魏，即成尚诛。况如温之蓄非望，如安、如史之贼且乱者，天诛其能逭乎？则二公之史之诗，诚深远矣……①

这是孙继鲁为习杜祠堂所题写的碑记，在他看来习凿齿的功绩是裁正桓温而以史名晋，杜甫的功绩在于心唐刺安、忠君爱国。这正是作者本人的情怀，他反对安、史之类的叛乱行径，希望祖国安定统一，人民安居乐业，表现了一个有良知的知识分子关注国计民生的伟大胸襟。《滇南文略》选入此文，应是纂辑者主观选择的结果，其传播导向不言而喻。

袁氏兄弟不仅辑录了许多回族文学家之作，而且还通过点评、笺释、评论等多种传播方式宣传他们的文学创作情况，彰显作品，强化和延续所选作品的生命力，对回族文学的传播起到了极大的作用。以评点式传播为例，袁氏对明代云南回族文学家孙继鲁、马继龙、闪继迪等诗人的大部分作品予以评点，其中浸透着评点者的诗学思想和传播理念。如在《萧禹扬少府抚夷三宣》《雨中忆梁大峨》《送任治山北上》《巫山远眺》《慰留邓武侨将军》等诗歌中时常出

_____

① （明）孙继鲁：《习杜祠堂记》，载白寿彝主编《回族人物志》（上册附卷4），宁夏人民出版社，2000，第653页。

现"少陵家法""沉郁顿挫""老杜""苍莽"等词眼，在《怀诸兄弟》《访隐者不遇》《茅屋》等作品中用"淡绝""清隽""宛然摩诘"等诗话点评，可见评家有着明显的宗唐尚杜的诗学观念。袁氏兄弟之所以有如此浓重的宗唐意识，除了家学影响之外，还与当时诗坛上的宗唐崇杜之风有一定的关联。雍乾之际最重要的宗唐诗人沈德潜以儒家的诗教观与温柔敦厚等审美要求论诗而著称于世，与沈氏酬赠唱和的黄子云更是独尊杜甫，其曾言"能鼓汉魏之气，撷六朝之精，含咀乎《三百篇》之神者，唯少陵一人"，"杜陵兼《风》、《骚》、汉、魏、六朝而成诗圣"①。这些观念也深深地影响着二袁，成为他们纂辑回族文学家之作的指导思想。袁氏兄弟不仅不遗余力地纂辑明代云南回族文学家的诗歌作品，并以自觉的传播意识，以点评、笺释等多种方式宣传回族文学家的忠孝节义思想，为民族发展增强了亲和力和向心力，这种地志书写、地域传播是中国"家国同构"传统的生动体现之一。

第二节　剑川赵藩对清代云南回族文学的传播

继袁氏兄弟之后，在搜集整理明清云南回族文学家遗作方面取得突出成就的当数剑川赵藩。赵藩（1851～1927年），字樾村，别号蝯仙，晚年自号石禅老人，云南剑川县向湖村人，白族，诗人、学者。历官剑川训导、四川按察使，辛亥革命后曾任孙中山护法军政府的交通部部长。晚年担任《云南丛书》总纂，为整理乡邦文献、传播滇云文化尽心尽力，取得了卓越的成就，如云南都督唐继尧曾言："特别是总纂赵藩，因其在社会各界的崇高声望和高深的学术文

---

① （清）黄子云：《野鸿诗的》，载贾文昭主编《中国古代文论类编》（上册），海峡文艺出版社，1988，第 198 页。

化修养，不仅征集到大批秘籍、孤本，而且对入编的每一种书的搜求经过、版本源流、内容要旨，都能作出精当、简要的评述，并将其作为序跋，附诸首尾。为《云南丛书》的辑刻，做出了令人惊叹的卓越贡献。"①

云南学者张文勋先生对他亦有较高的评价："他受命任大型丛书《云南丛书》的主纂，凭借他的学识和声望，会同一大批云南的学者名流，殚精竭虑搜集滇中文献，把二百余种历代文学学士的著作，编入丛书，包容经史学术著作和诗文作品诸多方面，使得这些有价值的文献，得以梓行传世。尚有未刊刻者，亦得保存手稿，不至于被湮没失传。《云南丛书》作为云南文化的重要文献，其价值是难以估计的。"②

"信息实质上不是依自身价值的大小显示其差异，而是因传者的社会等级显示其价值的大小，影响其传播的力度。社会等级愈高则信息价值愈大……因此君王上司之言，祖宗先贤之言，哪怕不那么公允正确，却能得到整个社会的尊崇与认同。"③ 因赵藩在滇地有着崇高的声望，对宣传、推广回族文学家之作，使其获得社会认同有着不可忽视的作用。经他撰写的《孙南村先生诗集·跋后》《马之龙先生传》《马悔斋先生遗集·序》是我们今天了解、研究孙鹏、马之龙及马汝为这几位回族文学家的重要参考资料。这些序跋、鉴定中不仅较详细地介绍了诗集的搜集和刊刻情况，而且精准地描述了各自的文学风格，如《孙南村先生诗集·跋后》一文云：

　　腾冲李君印泉，刻昆明孙南村先生遗诗，竟以印本饷我，

---

① 唐继尧：《云南丛书·总序》，上海书店出版社，1994，扉页。
② 张文勋：《剑湖风流：文化奇才赵藩传·序》，云南民族出版社，2003，第2页。
③ 孙旭培：《华夏传播论》，人民出版社，1997，第37页。

且属缀言。余粗读一遍，曰《少华集》，曰《锦川集》，曰《松韶集》，凡三种，都八卷。编诗自年三十至七十有二为起止，四十年中踪迹略具。先生才气高亮，记诵亦博，发为韵语大率仁兴而成，故多性灵潏发之句，鲜精构完美之篇，而率易钉饳，检点弗及，亦伙厕其间，有如韩子云所云"才豪气猛易语言，往往蛟蛇杂蚯蚓"者。若为之撷菁英，汰芜秽，斯足以享观者。然此自操选家所有事，而印泉在军，苦无暇。又印泉之言曰："吾乡先正遗著，百不存一，幸而有所得，期先完存之，无使再佚，以俟夫能者之评骘抉择。"概不仅此集为然。嗟乎！斯则印泉用心之厚，非第谦抑而已。充是心也，其于网罗文献，必有闻声翕应者。余摩挲老眼，固将乐睹之，亦于是集焉乐揭之。共和纪元壬子十月，剑川后学赵藩书后。①

此跋在简单介绍李印泉对《南村诗集》的整理或刊印情况后，重点介绍了孙南村的文学特色是"多性灵潏发之句，鲜精构完美之篇"，虽寥寥数语却极精准恰当。

赵藩在纂辑历代云南诗文作品时，没有门户之见，不受夷夏观念的影响，而是因诗存人，对孙鹏、沙琛、马汝为、马之龙等回族文学家的著作尤为重视，不但大量辑录了他们的文学作品，而且还以内容述评、人物传记等方式对其进行全面的介绍。如《马之龙先生传》是为丽江回族文学家马之龙所写的传记，全面介绍了马之龙的生平经历、交游情况、性情特征和文学创作，为后人研究马之龙提供了第一手资料，其史料学意义重大。

在选集或总集中的述评也是常见的传播方式，在《云南丛书》

---

① （清）赵藩：《孙南村先生诗集跋后》，载李伟、吴建伟主编《回族文献丛刊》（第7册），上海古籍出版社，2008，第3053页。

中赵藩为马之龙、马汝为、沙琛所写的述评大多契合其性情特征，既精准地概括了他们的文学特色，又适当地宣传了他们的声名。如评价马之龙其人："九州一笠掉头行，气得乾坤彻骨清。立意逃名逃不得，墓名题碣有公卿。"① 因马之龙年轻气盛之时直言而得罪权贵，严重地影响了自己的仕途经济，后来"即诗文中，亦绝不道及"时政，可见他对马之龙了解之深。对马之龙诗的评价是"风骨飒爽，气韵高寒，神气清朗，雅洁浏亮……汗漫游后，为诗清超振拔，崚峭入古，不及时事一字"②，并引证了马之龙《洞庭吹笛》一诗作引证："平明挂席去长沙，薄暮君山看落霞。无那一声烟竹裂，洞庭秋色满天涯。"认为此诗写得清新隽永，与马之龙特立独行的精神风貌相统一。对沙琛的评价是"酷似河南元次山"，元结是中唐著名大诗人，其诗直刺时弊，质朴淳厚，与白居易并称"元白"诗派。将沙琛比元结概因其诗歌不仅有较强的现实性，而且通俗简易、诵读上口。评马悔斋则以"学问博雅"，虽只言片语却切中要害，一语中的。可见他重视人品与诗格的统一，论诗首重其人。马悔斋才艺兼备，学识渊博，为人简古淡泊，晚年隐于府第，深受时人崇敬，从此评语中可见赵藩对其的钦佩之情。这种评述方式也很独特，因其"善于抓住被评论者全部作品的总体特点、个性、风格和意趣，惯用的形象、语言和境界，结合其人的生平事迹，综合、勾勒出新的诗境，让读者在欣赏新的诗境时，具体生动地感知其人其诗。这种以诗境来把握诗人的诗的本领，是十分不易的"③。这说明赵藩有着深厚的文化素养和较高的文学鉴赏能力，这是文学传播必不可少的因素。

---

① 张勇主：《赵藩纪念文集》，云南美术出版社，2004，第336页。
② 李孝友：《嫏嬛著稿》，云南人民出版社，2010，第115页。
③ 蓝华增：《白族学者赵藩的云南诗史观》，《民族文学研究》1989年第1期。

综上所述，赵藩以其较高的社会声望和深厚的学术修养，不仅纂辑了大量云南回族文学家之作，使声名不显的回族文学家的作品得到保存，为研究云南地方文化、地域文学提供了大量的材料，体现出重要的史料价值。而且还通过述评、鉴定、序跋等方式宣传云南回族文学家及其文学作品，既扩大了他们的文学知名度和社会影响力，起到了传播回族文学的作用，又显示出云南历史上各民族文学千姿百态的局面，起到了丰富民族文学百花园的作用，表现出他对统一祖国的深挚感情，以及对云南地域文化的热爱之情。

第三节 白寿彝对明清云南回族文学的传播

新中国成立以来，对我国回族文化与回族文学家进行深入研究并取得卓绝成就的是史学家白寿彝先生。白寿彝（1909～2000年），字肇伦，回族，经名哲玛鲁丁，河南开封人。因对自己的民族有着深厚的感情，白寿彝对回族文化的研究倾注了大量的心血，回族学者杨怀中先生曾言："（白寿彝）像逐水而居的游牧人一样，携着眷口东西地流浪着。在西南大后方，同样兵荒马乱，亦常有敌机轰炸，加以工薪微薄，通货膨胀，生活困难，但他在动荡的岁月中奋斗拼搏，拯救了后来完全有可能毁于兵燹的许多珍贵史料，储备积累了只有在专家眼里才有价值的残碑断石纸堆，奉献了大量璀璨的成果。光是云南的回族史，他就写成了《滇南丛话》等一系列著作，而且在后来陆续完成的《咸同滇变见闻录》《回民起义》《中国伊斯兰经师传》《回族人物志》等作品中，云南史料的比重异乎寻常地显著。"① 此语肯定了白寿彝先生在搜集整理与保护传播云南回族文学

---

① 杨怀中主编《仰望高山——白寿彝先生的史学思想与成就》），宁夏人民出版社，2011，第338页。

史料方面的巨大贡献。

白寿彝主编的《回族人物志》① 以元、明、清和近代为序对回族历史人物史料进行了全面考察，其中"回回人著述传知见录""遗文""碑传题跋酬赠"等章节对回族古代文学作者、篇名、篇数进行梳理考察，为古代回族文学研究提供了重要参考资料。因为多年在云南民族大学工作，他对云南回族历史人物格外关注，《回族人物志》中正传人物 192 人，附传人物 134 人，其中云南回族人物占总人数的 1/4 多，对云南回族文学家著述情况的搜集与整理亦比较完备。这些资料不仅为人们从事回族文学研究提供了宝贵的文献资料，也是对明清云南回族文学家、回族文学的有效传播。

在《回族人物志》中，白寿彝比较详细地为云南回族文学家立传。其中明代云南回族文学家有马继龙、闪继迪、闪仲俨、闪仲侗、闪应雷、马上捷、马明阳，清人云南回族文学家有马注、孙鹏、马汝为、沙琛、马之龙、赛屿。这些回族文学家传记的主要内容包括其生平经历、文学创作概况及对其文学风貌与成就的评议。尤其是文学评论部分紧扣回族文学家的文学创作，选取典型文本，对其主要内容或艺术特色多角度地进行分析与评点，可谓直指文心，具有高屋建瓴的话语效果，如他对明代回族文学家马继龙的介绍：

> 马继龙的诗多感情深沉，气象浑厚，不少是抒发壮志未酬和仕途失意的感慨。他说："壮志于今萧瑟尽"，"老去功名成画饼"。在《雨中漫述》中写道："芙蓉城上雨霏霏，浊酒清吟独掩扉。泽国水寒云不散，江天风急雁孤飞。十年弹铗无人识，千里思乡有梦归。世味从来浑嚼蜡，生涯还忆故山薇。"这首诗

---

① 白寿彝主编《回族人物志》，宁夏人民出版社，2000。

寄情于景，借景抒情，浑然一体，真切感人。诗人把对官场生活的切身感受和对淹没人才的社会现实的强烈不满，淋漓尽致地倾吐出来。"世味从来浑嚼蜡"，是对封建社会的知识分子追逐功名的有力否定，具有较深刻的思想意义。①

白寿彝先生非常欣赏马继龙的怀古诗，在《回族人物志》中给予其很高的评价：

马继龙还有不少怀古之作，大多写得苍劲古朴、耐人寻味，如《沧江怀古》："孤江铁索跨长虹，鸟道从天一线通。树响龙来陵谷雨，山空猿啸石楼风。白蛮南诏襟喉地，万木荒祠鼓角中。象马年来归贡赋，土人犹说武侯功。"诗中不但生动地描绘了祖国西南边陲的奇异风光、险要地势，而且表现了维护祖国统一的爱国之情。他在其他一些诗中也洋溢着浓烈的爱国情感。马继龙的诗篇格调高昂雄健，语言清新凝练，"清奇朗润，跌宕风流"。②

此段评语中以"感情深沉，气象浑厚"概括马继龙诗歌的总体特征，分别选取了一首咏怀诗和怀古诗例证马继龙诗歌的题材倾向与情感基调，并用张程履在《滇诗嗣音集》中对马继龙诗文的评语"清奇朗润，跌宕风流"，足见白寿彝对古代滇云文学的熟悉，以及对马继龙文学成就的肯定。

他对永昌府其他回族文学家的评语体现了人品与诗格相结合的点评特征。如评价闪继迪引用康熙《永昌府志》中的记载，"天性

① 白寿彝主编《回族人物志》（上册卷29），宁夏人民出版社，2000，第625页。
② 白寿彝主编《回族人物志》（上册卷29），宁夏人民出版社，2000，第625~626页。

笃孝，家法严正，生平喜奖掖人，不喜人谀"，结合其生平经历，"闪继迪虽富有才学，但未受重用，其诗多有怀才不遇之慨"，以《忠肃公庙》一诗为例分析其书写倾向，指出"闪继迪对奸佞当道的社会现实非常不满，希望朝廷重用忠良贤能"，且从审美高度对闪继迪的诗风给予了较高的评判，认为闪继迪的诗"格调较高，一些诗颇受李贺的影响，气势雄浑贯通，语言有力，富于想象，情绪激越"。评者认为闪仲俨《寄答萧五云孝廉》一诗可能是其遭到宦党打击排斥后赋闲在家乡写的，依据文本中所流露的"苦闷怨恨"情绪而推测诗人不甘寂寞并渴望逞材海内。同样用"流畅""峻峭"之语肯定其创作才华及其诗歌的独特风貌，最后借用徐霞客评闪继迪诗文成就的话语"其歌甚畅，而字画遒劲有法"高度称赞其多才多艺。白寿彝推测闪应雷是闪继迪同宗，并录其诗三首，认为"开朗、明快"是其诗歌的主要特点。这些评语虽是只言片语，却切中主旨，足见其对研究对象的熟稔钟爱及其深厚的文学批评功底。他还依据赵士麟《读书堂彩衣全集》所载马明阳、马上捷等人的材料，结合其他史地材料认为马明阳才华出众，对经史百家多有深入的研究，"数学、天文、音乐、字韵、医卜之书无所不涉"，"文宗昌黎，诗摹少陵，远近诵之如获异珍焉"①。这些评语既有史地文献资料支撑，又有评者个人独到见解，真正体现出文学评论者的严谨与学识。

　　在《回族人物志》清代卷中涉及的云南回族文学家共有6位，分别是马注、孙鹏、马汝为、赛屿、马之龙、沙琛。白寿彝以述评、鉴定、序跋等方式对其进行宣传。如在卷44中，结合《滇南碑传集》《滇系》《滇南文略》等文献资料对孙鹏的生平及创作予以详细的介绍。例举孙鹏《自题梅花书屋小照诗》中的代表诗句"忽逢狼

---

① 白寿彝主编《回族人物志》（上册卷29），宁夏人民出版社，2000，第630页。

毒噤河东""张口复来噬人血""抛却一官去如瞥",认为诗人具有
"负气傲岸的性格""生平不得志和对官场不满"①。白寿彝尤其欣赏
孙鹏的诗文成就,以他的诗论《答某翰林书》为例分析总结其诗文
特色是"论诗文重品格,而于诗尤重体格气味,崇唐而溥宋"②。崇
唐奉杜、经世致用也是白寿彝一贯的治学精神和诗论主张。他在
"诗和诗论"一节中较长篇幅地引用了孙鹏诗论《答某翰林书》之
语,如"诗,声音之道,与文不同。以气味为高,以体格为贵。常
有字句甚工,而卒不可语于诗者,气体卑也,太白之高,高在气味。
少陵之贵,贵在体格。诗之源流不可不知,诗之法度不可不讲,诗
之宗派不可不分,诗之取村不可不慎"③。并选取《湖心亭和韵》
《小庄漫兴》等四首作品进行分析,认为"读孙鹏之诗,如春风迎
面,和煦而宁静。和煦宁静之中又时有英气"④。

对元江马附、马汝为父子的评传亦遵从这样的观念,如对马驸
的评价,"马驸笃于行谊,重义轻利,德惠深于闾里"⑤,"马驸严教
诸子,课以经史古文,并教他们外出,访求名师","他时常告诫汝
为,要克己奉公,不计个人得失"⑥。对马汝为的评价是依托方志文
献的记载,用简洁的语言概括出,如"后补贵州同仁知府,有循良
之风。不久,辞官回家,专心从事父业,教化乡俗"⑦。对石屏赛屿、
大理沙琛的点评还是如此。在介绍他们的生平事迹时,推崇其社会
功绩,如讲到赛屿任四川珙县县令时,"主张以德化教民。每次庭
讯,他总不轻易施以刑法而能得知事由原委。他还兴建学校,举办

---

①　白寿彝主编《回族人物志》(下册卷40),宁夏人民出版社,2000,第1029页。
②　白寿彝主编《回族人物志》(下册卷40),宁夏人民出版社,2000,第1030页。
③　白寿彝主编《回族人物志》(下册卷44),宁夏人民出版社,2000,第1030页。
④　白寿彝主编《回族人物志》(下册卷44),宁夏人民出版社,2000,第1031页。
⑤　白寿彝主编《回族人物志》(下册卷44),宁夏人民出版社,2000,第1035页。
⑥　白寿彝主编《回族人物志》(下册卷44),宁夏人民出版社,2000,第1035页。
⑦　白寿彝主编《回族人物志》(下册卷44),宁夏人民出版社,2000,第1036页。

文人聚会。修筑桥梁，办了不少有益于公众的事情"①。在介绍沙琛的仕宦经历时，将大量的笔墨用在对他造福社会、体恤百姓事迹的介绍中，如"沙琛所到之处，救灾恤困，定保甲、募义勇、兴学校、勤讲习，从而使百姓得以安居乐业，使顽悍匿声潜迹，受到了百姓的爱戴"②。评价马之龙"喜谈天下古今利病，思有以匡济于世"，在评传中重点叙述其因文获罪的人生经历，"嘉庆末年，吏治败坏，鸦片输入，毒害全国。之龙以秀才应提学岁试，写了一篇《去官邪助鸩毒论》，附考试卷后上交。提学大为惊诧，说他狂妄，革去他的秀才称号"。从这些事迹的详叙，可以看出白寿彝比较注重从家国角度对立传者的社会功绩进行介绍。其对回族文学家作品的举例与分析也遵从这样一个标准。如对沙琛的诗文评价，"他的诗有些反映了对劳动群众的同情，对剥削制度的不满"，并例举《民事诗》五首逐一分析，最后指出："这些诗同《悯农》、《慨农》、《拟结客少年场》、《人日》等篇，都具有一定程度的现实主义色彩。"这些评语浸透着其纂辑观念，开当代回族学者辑评云南回族文学家之先河。

综上所述，白寿彝不仅广泛地搜集整理了大量回族文学家的第一手史料，而且公允地评价了他们的生平事迹和文学成就，将这些尘封在历史文献中的回族文学家和文学作品介绍给世人，让人们了解、研究他们的文学。这是对明清云南回族文学最有效的传播与推广，仅此一点，足以确立白寿彝在我国回族文学史的至高地位。

---

① 白寿彝主编《回族人物志》（下册卷44），宁夏人民出版社，2000，第1039页。
② 白寿彝主编《回族人物志》（下册卷44），宁夏人民出版社，2000，第1041页。

第九章

明清云南回族文学的文学史定位

地域性特征是地域文学之所以能够存在的根本原因。地域文学首先是为满足生活在这个区域的各民族人民的生存需要、认识需要、审美需要而产生的，并形成自己的文学传统。它是在地理因素、文化传统、民族意识等诸种因素参与下的一种历史的选择和创造，这是由文学本身的规律所决定的。生活于某地的作家不可避免地、或多或少地要受到该地各种文化的影响。当然，我们在谈文学的地域性时不能局限于自然地理，还需要考虑包括民族分布、风土人情及文学传统在内的社会地理，唯有如此才能真正地涵盖文学地域属性的实质内容。

虽然地域文学研究至今已取得丰硕的成果，但当文学的地域性与民族性相遇之时，如何厘清两者间的关系，如何恰当地分析与定位，怎样研究才能切入问题实质……这些问题的解决还需要学界的关注，还有很长一段路程要走。笔者对这一领域的研究亦是初涉其间，对许多问题的思考与研究还有许多浅薄凌乱之处，况且至今为止还没有中国地域文学通史、中国地域民族文学史等权威资料，在此种情形下，如何给一时一地一民族的文学以准确定位是一件相当困难的事情。但五百多年前在滇云大地上，确实生活着一批族属确定的回族文学家，他们以汉语为载体创作了数量相当可观的文学作品，无论是思想、艺术形式，还是言辞的运用，皆有可圈可点之处，我们不能对这种文学事实置若罔闻。

第一节　从时间角度看明清云南回族文学之定位

任何一种有生命力的地域文学都是在认同与坚守的双重机制下发展的。对明清云南回族文学而言，一方面，在地域文化与民族文化交融渐强的大背景下，明清云南回族不断吸收先进文学来补充自己、丰富自己，不断突破地方文学、民族文学的局限，向先进文学看齐，为中国的民族文学做出贡献；另一方面，明清云南回族文学家并没有失去自己的民族特色和地域特色。从时间角度来看，作为明清文学一个分支的明清云南回族文学有着与明清文学大体相似的艺术风貌，但也有自己的独特之处，为明清文学注入了新鲜的血液，丰富了中国文学百花园。

明代云南文学的主体是诗歌，可以说诗歌是明代云南文学的主要代表。明代云南诗歌经历了两个主要发展阶段，一个发展阶段是从洪武至正德（1381～1521年）约140年，这是云南诗歌快速发展的时期；另一个发展阶段是从嘉靖至天启（1522～1627年）100余年，这是云南诗歌繁荣兴盛的重要时期。嘉靖三年（1524年），杨慎遭贬至滇，开始了长达37年的谪滇生涯。因杨慎在明代文坛具有重要影响和至高地位，加上他本人独特的人格魅力，滇云士子竞相追慕，滇云大地因此出现了一个以杨慎为中心的多民族文学家群体，如鼎鼎大名的"杨门六学士"，还有一些少数民族文学家，如丽江纳西族文学家木公、木增，大理白族文人杨士云、李元阳，永昌回族文学家马继龙、闪继迪和闪应雷等。在文艺思想上，明代云南回族文学家受前后七子①和杨慎的影响较深，表现出复古与宗情并重的风格特征。如明代回族诗人马继龙《蜀中悼亡》一诗："明镜当年双凤凰，春风琴瑟侍高堂。一朝花露芳容歇，千里江流别恨长。辛苦风尘三入蜀，渺茫魂梦独还乡。遥知太保山前路，唳鹤啼猿总断肠。"② 前四句主要回忆与亡妻的琴瑟相好，对仗工整，韵律和谐，表现出流丽轻灵的风格特征。后四句抒发永别之恨，具有凝重沉郁的艺术特征。上下两联两种风格交相辉映，使悼亡之情真切动人。从创作手法上看，此诗深得唐代格律诗之遗韵，起得精巧，转得自然，拢得完整，对仗精妙，情感意韵层层递进，堪称悼亡诗精品。如果说悼亡诗表现出马继龙细腻的情感特征，那么咏史诗、怀古诗则体现出其对沉郁苍劲之美的艺术追求。如其《江陵怀古》与《谒岳武穆祠》两诗沉郁苍劲、寄意深远，前一诗中"英雄千古兴亡处，只见鸦飞带夕阳"之句，与后一诗中"古庙寒烟锁寂寥，松杉入夜起风涛"之句皆为出彩之句，不仅语词精工流丽，且意味悠长、意境壮阔，具有深邃的历史感，给人以苍凉激壮的审美感受。由以上分析可见，马继龙的诗歌宗唐痕迹明显，基本与嘉靖诗坛的诗学主张相一致，但也有自己的个性特征，那就是将精美工整的形式、沉郁苍劲的内容、壮阔悲凉的意境有机地融合在一起，呈现出独有的艺术特质。

《滇南诗略》言："金齿明诗，禺山后惟梅樵一人而已。"③ 这是说继张含之后，能代表金齿明诗的就只有马继龙一人，足见其在当

---

① 前后七子指出现于明代的文学团体，前七子指李梦阳、何景明、王九思、边贡、康海、徐祯卿和王廷相，后七子指李攀龙、王世贞、谢榛、吴国伦、宗臣、徐中行和梁有誉。其主张为复古，提倡"文化秦汉、诗必盛唐"。

② （明）马继龙：《马继龙诗选》，载吴海鹰主编《回族典藏全书》（第165册），甘肃文化出版社、宁夏人民出版社，2008，第383页。

③ （清）袁文典、袁文揆：《滇南诗略》，载《丛书集成续编》（第150册），上海书店出版社，1994，第162页。

时诗坛的地位。可以说，在中原文学的影响之下，马继龙的诗歌无论是思想倾向还是艺术水准，都达到了相当高的水平。虽然他未被列入"大家"，尚未引起研究者足够的重视，但他以自己的审美主张、创作个性较为深刻地反映了自己对明代社会生活的认识，为云南文学、明代诗坛注入新鲜血液，对明代地方文学的发展起到积极的促进与推动作用。

诗歌也是清代云南文学的主体，是清代云南文学的代表。清代云南的诗歌创作在明代诗歌的基础上有了一些进步与拓展，至康嘉时期达到鼎盛，不仅涌现出大量的汉族诗人与诗作，还出现了白族、纳西族、彝族、回族等一些少数民族诗人。这其中就有值得一提的几位回族文学家。虽然他们是生活于边陲一隅的少数民族文学家，但并未受到地域和民族局限。无论是诗学观念还是创作实践，既能吸收清代诗学领域的先进理念与创作经验，又能坚守自己的创作个性，以开放的创作视野、厚实的文学内容及多元的文学形式，使自己的诗歌呈现出迥异于他者的独特风格，为清代云南诗坛注入活力。

以生活于康熙时代的昆明回族诗人孙鹏为例，他的诗歌在承继清初诗歌基本特点的基础上，有一些与众不同之处。孙鹏深受"清代第一诗人"王士禛"神韵说"的影响，主张诗歌要表现诗人的真性情。王士禛是清初诗坛的领军人物，赵翼在《瓯北诗话》中言："其名位声望为一时山斗者，莫如王阮亭。"① 王士禛"神韵说"四要素中"远"是核心，即要求诗歌有悠然淡远的意境，含蓄空灵，余音袅袅，其尊王维、孟浩然之诗，而尤其推崇淡远清幽且富有诗情画意的诗，反对以说理为诗而缺乏形象意趣的倾向。孙鹏论诗亦是崇唐薄宋，注重诗人的性情品格和诗歌的体格气味。他在《答某

---

① （清）赵翼：《瓯北诗话》（卷6），载郭绍虞编选，富寿荪校点《清诗话续编》（第2册），上海古籍出版社，1983，第2223页。

翰林书》中言：

> 唐诗以情胜，宋诗以气胜。气之不如情也，审矣。①

孙鹏认为诗歌是声音之道，要有气味与体格，要以情取胜。这与王士禛神韵说中的"典""谐音律""丽以则"等主张大略相近。在具体实践中，孙鹏亦是以此为创作纲领。任择几首即是如此，如《杂兴》（二首），其诗曰：

> 忽到菊花时，那堪奔暑驰。名原天地忌，情是古今痴。雨霁山多态，霜岩树转滋。向来迂懒惯，白日枕皇羲。（其一）

> 早晚寻幽处，秋深事事宜。日高开紫雾，树老长金芝。闲坐生云石，爱看濯月漪。青琴流水外，或者有钟期。②（其二）

此二诗与他所谓"霭如""以情胜""善言至性，亦真亦婉"的诗学主张相近，具有山水性灵之感，这也是《南村诗集》的整体风格倾向。孙鹏诗歌的价值还在于他的独特性，张汉评价孙鹏："才虽无偶，数乃多奇。欲献赋，则屈羞杜牧。而乃日耽佳句，动写雄篇。破鬼胆而出神工，穿天心而入月胁。笔墨之性，自与俗殊。"③张汉从"奇""雄"等方面概括孙鹏诗歌的个性特征。从具体作品来看，

---

① （清）孙鹏：《答某翰林书》，载吴海鹰主编《回族典藏全书》（第199册），甘肃文化出版社、宁夏人民出版社，2008，第3053页。
② （清）孙鹏：《南村诗集》，载李伟、吴建伟主编《回族文献丛刊》（第7册），上海古籍出版社，2008，第3010页。
③ （清）张汉：《南村诗集·序》，载李伟、吴建伟主编《回族文献丛刊》（第7册），上海古籍出版社，2008，第2893页。

其在辞官后所作之《松韶集》，大多磊落雄奇，有黄河落天之势。如《紫金台放歌》《万松行》《登楼望滇海》等长篇七古，纵横开阖、起落无端的结构与瑰丽磅礴的语言有机地融为一体，正如李根源在《刊南村诗集·序》中所言："英辞浩气，磊落出群，有不可一世之概。"①

　　放眼清代诗坛，像孙鹏这样优秀的云南回族文学家还有很多，如清代中后期活跃在云南文坛的马汝为、沙琛、马之龙等，他们的文学创作体裁多样，题材丰富多元，举凡边塞征战、山水田园、咏史怀古、闺怨思妇等均有所涉及，在不同程度上反映了他们的思想和追求，有较高的思想性和人民性。他们在向中原文学看齐的同时，并没有一味地迎合大家而失去自己的创作个性，虽然未列名家之席，但他们的诗歌自有不同于他人之处的审美价值与文化价值，因此他们在清代诗坛上的地位与价值是不容小觑的。

第二节　从地域角度看明清云南回族文学之定位

　　笔者认为明清云南回族文学在云南文学史上的地位与价值，主要体现在它对云南本土文化与文学的表现、传承及拓展方面。费尔巴哈在《宗教的本质》一书中说："一个人、一个民族、一个氏族，并不是依靠一般意义的自然，一般意义的大地，而是依靠这一块土地、这一个国度；并非依靠一般意义的水，而是依靠这一处水、这一条河、这一口泉。"② 就是人们常说的一方水土养一方人，生活在不同地域的人性情禀赋自然不同，与之相应，其精神追求、审美品

① 李根源：《刊南村诗集·序》，载李伟、吴建伟主编《回族文献丛刊》（第7册），上海古籍出版社，2008，第2895页。
② 〔德〕费尔巴哈：《宗教的本质》，王太庆译，商务印书馆，1999，第124页。

位亦是不同，这就是文学具有地域性特征的重要原因。明清云南回族文学不仅表现了云南地域的自然风光，还展现了该地区的奇风异俗、宗教节日等，具有文学风景画与文学风俗画的双重功能。无论是明代回族文学家还是清代回族文学家，都对这方热土充满了热爱之情，金马碧鸡的清新俊美，苍山洱海的朗润之气，滇云特有的风土人情……这里的一切几乎都能在他们的作品中有所体现。在1000多首诗歌作品中，咏滇诗占近1/3的比例，数量之多足以表明云南明清回族文学家对本土文化与文学的表现意识。清代回族文学家马汝为不仅创作了一些咏滇诗，而且还以书法名动于滇，如今在云南省图书馆中还存有其墨迹刻石，石屏、通海、大理等文化馆也有藏品。玉龙雪山以其高寒险峻成为云南标志性景胜，200多年前云南回族文学家马之龙曾夜登雪山并创作游记《玉龙山记》，此文被丽江百姓广为传诵。孙鹏的《石林歌》至今仍是昆明的一张文化名片。沙琛的《点苍山人诗抄》中涉及三月三、端午节、七夕、中秋等10多种节日礼俗……虽然这些艺术作品形式各异、风格多样，但都以滇云大地为艺术背景，因此汇成了云南地方文化、文学的洋洋大观。

　　明清云南回族文学之所以能得到生存与发展，并能在云南文学史甚至中国文学史上崭露头角，其重要原因在于它对云南地方文化的传承与交融。"某一地方创造出来的生产力，特别是文明，在往后的发展中是否会失传，取决于交往扩展的情况。"[1] 马克思、恩格斯从文化发生学的角度指出每个地区、每个民族都有独立创造文化的能力和需求，而这种文化能否在以后保持下去、能否得以发展则取决于它的双重机制——文化的传播与交融。明清云南回族文学之所以存续至今，受人喜爱，还在于明清云南回族文学家以多种方式不

---

① 《马克思恩格斯选集》（第1卷），人民出版社，1972，第60页。

断为云南本土文学注入新的活力与动力。他们与汉族、白族、彝族等民族的文人墨客交游酬唱，扩大了创作视野、丰富了文学意蕴，极大地丰富了云南文学的创作主体，共筑多民族文学家和谐共进的文坛格局。与此同时，他们没有偏居一隅，而是走出云南、走向全国，既将云南文学中的优秀习作传播到各地，又师法中原文学的优良传统，始终保持和发展着云南文学的地域性特点，为云南地域文学走向全国起到积极的促进作用。

要言之，从地域角度来看，明清云南回族文学家以文笔为画笔，着力描绘了云南的风景画和风俗画，使其创作呈现出浓郁的地域文化特征。明清云南回族文学家大多孝友易和，或与滇内诸民族的文学家交游酬唱、切磋文艺，或出滇行游，与中原文学家诗文往来、提携共进，使云南文学区域得以拓展，为云南文学与全国文学的融合做出了贡献，因而其在云南地方文学史中理应占有一席之地。

第三节　从民族文学角度看明清云南回族文学之定位

我国是由 56 个民族组成的多民族国家，汉族是主体，在文学创作上也是如此，但并不能因此忽略各少数民族对中国文学的贡献。梁庭望、黄凤显在《中国少数民族文学》的前言中云："中华民族的文学是由汉文学和少数民族文学构成的，少数民族文学系与汉文学相对而言，它是中华民族文学宝库中不可分割的一部分。两部分合在一起，中国文学才是统一的、完整的。"① 此语强调完整的中国文学即中华民族文学，少数民族文学则是中华民族文学不可或缺的一部分。本著作的研究对象明清云南回族文学，虽为中华民族文学

---

① 梁庭望、黄凤显：《中国少数民族文学》，山西教育出版社，2003，第 3 页。

百花园中鲜为人知的一株小草，但不能因此而否定它在中国民族文学史中的价值与意义。笔者认为明清云南回族文学在我国回族文学上的地位与价值主要体现在以下几个方面。

其一，明清时期云南地区涌现出了数量相当多的回族文学家，据笔者统计，明清时期云南有回族文学家近 40 人，文学家族 8 个，文学家数量多于其他地区。明清云南回族文学家的作品数量亦相当可观，现存有诗歌与词赋合计 1600 多首，还有各种游记、碑文、书铭，作品数量也是领先于其他地区的。这使得回族文学创作主体的范围和数量在这一时期得到了切实的拓展，云南回族文学家在中国回族文学史上开始占有一定地位。

其二，任何一个民族或者一个地域的文学，都在一定程度和范围上承载、折射、蕴含着这一民族或地域的文化特征和文化内涵。明清云南回族文学是与云南地域文化相结合的产物，鲜明的地域性成就了明清云南回族文学的独特性，构筑成独具特色的地方性回族文学。如云南方言的特征之一是前后鼻音不分及惯用仄声，这在马之龙、孙鹏等回族文学家的诗歌作品中有所体现。在沙琛的作品中出现"么""噶"等云南口语。受云南边地山川风物的影响，马继龙喜好边塞主题，其边塞诗的艺术水准达到一定高度。这种情形是其他地区的回族文学所不具备的，云南回族文学家为我国回族文学注入了新活力。

其三，明清云南回族文学是与云南其他民族文学相交融的产物，这一特点亦是其他地区的回族文学所不具备的。从这一层面看，明清云南回族文学在一定程度上丰富了我国的回族文学。云南是一个多民族的地区，回族文学家与包括汉族在内的各族文学家交游酬唱，在文学创作中各师其长，形成了你中有我、我中有你的文学格局。如太和回族文学家沙琛与白族文学家师范、汉族文学家钱沣、纳西族文学家桑映斗、回族文学家马之龙关系亲密，常常聚会赋诗、切磋文艺。文学家间的交游酬唱活动对文学的影响是不言而喻的，有的时候会潜移默化地渗透于他们的文学观念、创作方法、艺术风格以及文学的主题、题材、体裁等方面，从而构成了回族文学的多民族色彩。如白族文学家师范主张文学要风雅兴寄，并创作了很多反映国计民生的诗篇，这与回族文学家沙琛注重书写黎民疾苦的现实主义主张不谋而合。虽然二者之间谁影响了谁、谁的影响力更大一些，以及如何影响的，这些问题很难厘清，但两人结为莫逆之交，经常赠答往来，彼此相互影响应该是肯定的。这种影响与交融增加了明清云南回族文学的多民族因素，在一定程度上丰富了回族文学的内容，提高了回族文学在少数民族文学史上的地位。

总之，明清时期，云南地区各民族的融合交流，给回族文学带来了一些变化。首先，是创作主体数量的增加，云南地区涌现出了数量相当多的回族文学家和回族文学家族，在一定程度上扩大了我国回族文学家的队伍。其次，鲜明的地域性成就了明清云南回族文学的独特性，构筑成独具特色的地方性回族文学，使我国回族文学呈现多种形态、多元样式的文学风貌。最后，是创作内容的丰富，明清云南回族文学家广泛地与各民族文学家交相往来，他们民族的语言、文字、风俗、风尚等皆融入了回族文学之中，大大地丰富了回族文学的内容。

余 论

　　本书以地域文化为视角，运用文化地理学、民族关系学、宗教学等理论，以文本解读与个案研究为基础，对明清云南回族文学的文学内涵、文学特色及艺术特征进行研究，介绍了明清云南回族文学兴起的历史背景及明清云南回族文学家的地理分布情况。通过对明代马继龙、闪继迪及清代孙鹏、沙琛、马之龙、马汝为这6位云南不同地区回族文学家交游情况的考察得出，明清云南回族文学家能从地方及民族的局限中走出来而与滇内外文士广泛交游。明清云南回族文学家的交游活动对促进本土文学的繁荣及彰显云南地域景观的文化价值均有积极意义。通过对明清云南回族文学家文化情怀及情感世界的探析，发现明清云南回族文学家乐好游赏、隐逸超脱及亲近佛老等情怀的形成深受云南特有地理环境的影响。文学家的性情气质与自然地理环境息息相关，而文学则是勾连两者的媒介。明清云南回族文学家以云南特有的自然景观和人文景观为观照对象进行文学形象世界的建构，将地域文化元素转化为凝聚着其审美情感的精神产品。这是明清云南回族文学家着力书写之处，亦是明清云南回族文学的重要内容和突出特色。通过对明清云南回族文学外部形态的分析，发现明清云南回族文学倾心闺怨和咏史怀古两大文学主题，擅长古体诗歌的创作。云南地域文化不仅影响着回族文学家的书写内容，还影响着文学家的文学审美。以杨慎、刘大绅及师范为中心，讨论了明清云南回族文学家对其他民族文学家的学习与借鉴，在精神境界和文学观念等方面，回族文学家深受他们的影响。本书还探讨了明清云南回族文学家文学的纂辑情况。袁文典和袁文揆兄弟对明代云南回族文学家文学作品、赵藩对清代回族文学家文学作品的编纂整理有重要贡献。

在研究过程中，由于受各种条件限制，本书未能在某些方面进行深入的研究，以期在后来的研究中有所关注。

其一，地域文化是本书采用的研究视角。地域文化会对文学家产生一定的影响进而影响到其文学创作，而且文学家的文学活动往往会被地域文化所吸收，成为地域文化的一部分。但地域文化只是属于某一地方的特定文化，它只是主流文化的一个分支或一个层次，它只是在某些方面影响文学家。国家主流主化、文学家的家族文化、文学家迁徙流转过程中所接触的异地文化、宗教文化等都有可能会对文学家产生一定的影响。有些虽未在本书中论及，但笔者并不否认除地域文化之外其他文化对文学家的影响。

其二，本书在论述云南地域文化对明清云南回族文学家的影响之时，重在强调籍贯或出生地与文学家创作间的关系，而对回族文学家游历之地的文化地理对其创作的影响有所忽略。由于资料欠缺，很难考证作家流动时的具体地点与具体年代，遑论深入认识行迹变化对其审美情趣、艺术风格所产生的总体影响。这也是以后要着力思考之处。此外，人们常说"景因人生，文因景传"，此语恰恰揭示出文学与地域之间的双向互动关系。对两者关系的研究本身就是一个多层次、多维度的复杂工程，关键是从什么角度切入。地域文化对文学的影响，这一命题在本书诸章中已有所论及，而文学家（文学）对地域文化的影响仅在"明清云南回族文学家交游的地域文化意义"这一节中稍有涉及就浅尝辄止。在新时代下各地方均应致力于挖掘和发展本土地域文化，以此彰显和凝聚本土的文化精神，这是一项具有重大现实意义的课题。

其三，关于明清云南回族文学的民族特色。中国各民族文学一般都有自己的民族特点，回族文学也应有自己的民族特色，但我们发现明清云南回族文学家的作品中少有甚或没有体现本民族的特质。这是一个很难具体解释清楚的问题，并在笔者认为自唐宋胡商、蕃客侨居中国至元代末期回族开始形成并在明清时期不断发展、壮大，这个过程是回族人逐渐华化的过程，也是回族人不断认同中华文化的过程。认同是一个渐进的过程，在文学创作方面亦是如此。从其创作来看，无论是文学观念还是创作实践，无不体现出回族文学家对中华文学的接受与认同，而其本身的民族情感、民族心理则是其文学的底色，有时会露出冰山一角，更多的则深深地潜藏于文本之中，需要我们因时、因地、因人地进行解构。果戈理的一句话也许能恰当地说明这一问题："真正的民族性不在于描写农妇穿的无袖长衫，而在表现民族精神本身。诗人甚至描写完全生疏的世界，只要他是用含有自己的民族要素的眼睛来看它，用整个民族的眼睛来看它，只要诗人这样感受和说话，使他的同胞们看来，似乎就是他们自己在感受和说话，他在这时候也可能是民族的。"① 而对这种潜藏于回族文学文本中的民族情感、民族心理、宗教色彩等民族特征的进一步解析正是回族文学日后的重要研究空间。

其四，从明清云南回族文学的文学史定位看我国多民族文学史体系的建构。虽然笔者浅陋地对明清云南回族文学的文学史意义与价值予以评定，但由个人来完成的价值评判是具有主观性的，难免存在诸多褊狭与不足。张荣翼在《文学史中的三种价值评判》一文

---

① 〔俄〕果戈理：《文学的战斗传统》，满涛译，新文艺出版社，1953，第2~3页。

中说："文学史应该忠实于文学的实际发生的状况即要有实录的精神，而价值评判说到底是由人来判断，是具有主观性的，两者之间有着矛盾。但是，人不可能是以价值中立的原则来看待自己的过去的，而过去的事实也是要在价值评判中才能给人以启迪，这也正是历史著述的目的之一。"① 也就是说对文学遗产进行价值评判才能彰显文学的诸种功能，也才有可能唤起学人对文学原生态的重视。

如杨义先生所言，以往的文学史"基本上是一个汉语的书面文学史，忽略了我们多民族、多地区、多形态的、互动共谋的历史实际"②。这种文学生态与中华民族伟大复兴之路的时代要求相去甚远。中华民族光辉灿烂的文化是由各民族共同创造的，中华民族的伟大复兴就是中华文化的复兴。而文学作为一种着力于表现现实生活和自然世界的意识形态，一直是文化系统中极其重要的组成部分。从这一层面来看，各民族文学的振兴也是中华文化复兴的重要内容。21 世纪的中国古代文学史建设也需适应这一时代要求，它"必须从中国古代文学的实际出发，必须以弘扬民族传统振奋民族精神为己任，才会有深厚的民族根基和旺盛的学术生命力，才能得到自己民族的切实理解和世界其他民族的真正尊重"③。建立我国多民族文学史新体系是回归文学本身、还原文学原生态、重绘中国文学地图的必由之路，是中华民族文化复兴的必然要求。

---

① 张荣翼：《文学史中的三种价值评判》，《社会科学辑刊》1999 年第 4 期。
② 杨义：《"重绘中国文学地图"与中国文学的民族学、地理学问题》，载杨义《通向大文学观》，安徽教育出版社，2006，第 13 页。
③ 王齐洲：《呼唤民族性——中国文学特质的多维透视》，中国社会科学出版社，2000，第 30 ~ 31 页。

参考文献

一　中文原著

1. （西汉）韩婴：《韩诗外传》，许维遹校释，中华书局，1985。

2. （西汉）司马迁：《史记》，中华书局，1982。

3. （东汉）班固：《汉书》，中华书局，1962。

4. （东汉）王充：《论衡》，上海人民出版社，1976。

5. （南朝梁）钟嵘：《诗品》，载何文焕辑《历代诗话》，中华书局，1981。

6. （南朝宋）范晔：《后汉书》，中华书局，1997。

7. （唐）魏征等：《隋书》，中华书局，1997。

8. （宋）朱熹：《朱子全书》，上海古籍出版社，2002。

9. （宋）司马光：《资治通鉴》，中华书局，1976。

10. （南宋）刘克庄：《后村先生大全集》，商务印书馆，1935，《四部丛刊初编》本。

11. （南宋）罗大经：《鹤林玉露》，中华书局，2008。

12. （南宋）严羽：《沧浪诗话校释》，郭绍虞校释，人民文学出版社，1961。

13. （南宋）周密：《癸辛杂识》，中华书局，1991。

14. （元）杨载：《诗法家数》，载何文焕辑《历代诗话》，中华书局，

1981。

15.（明）陈文：《景泰云南图经志书》，云南民族出版社，2002。

16.（明）陈献章：《陈献章集》，中华书局，1987。

17.（明）胡应麟：《诗薮》，上海古籍出版社，1979。

18.（明）胡振亨：《唐音癸签》，上海古籍出版社，1981。

19.（明）黄宗羲：《明文海》，中华书局，1987。

20.（明）计六奇：《明季南略》，中华书局，1984。

21.（明）李东阳：《李东阳集》（第2册），岳麓书社，2008。

22.（明）李梦阳：《空同集》，吉林出版集团，2005。

23.（明）李元阳：《李元阳集》，云南大学出版社，2008。

24.（明）李中溪：《云南通志》，载林超民、张学君等主编《中国西南文献丛书·西南稀见方志文献》（卷21），兰州大学出版社，2003。

25.（明）刘文征：《天启滇志》，古永继点校，云南教育出版社，1991。

26.（明）马继龙：《马继龙诗选》，载吴海鹰主编《回族典藏全书》（第165册），甘肃文化出版社、宁夏人民出版社，2008。

27.（明）沈德符：《万历野获编》，中华书局，1997。

28.（明）宋濂：《元史》，中华书局，2011。

29.（明）王夫之：《古诗评选》，张国星校点，文化艺术出版社，1997。

30.（明）王汝玉：《梵麓山房笔记》，清抄本。

31.（明）王士祯：《带经堂诗话》，人民文学出版社，1963。

32.（明）谢肇淛：《滇略》，上海古籍出版社，1987，《影印文渊阁四库全书》本。

33.（明）谢榛：《诗家直说》，上海古籍出版社，2002。

34.（明）许学夷：《诗源辩体》，人民文学出版社，1987。

35.（明）杨慎：《升庵集》，载《影印文渊阁四库全书》（第1270

册），上海古籍出版社，1987。

36. （明）杨慎：《升庵诗话》，载丁福保辑《历代诗话续编》，中华书局，2010。

37. （明）袁中道：《珂雪斋近集》，上海书店出版社，1982。

38. （明）袁宗道等：《三袁随笔》，四川文艺出版社，1996。

39. （清）陈建：《皇明通纪集要·四库禁毁书丛刊》，北京出版社，1998。

40. （清）陈田：《明诗纪事》，上海古籍出版社，1993。

41. （清）陈廷焯：《白雨斋词话》，北京人民文学出版社，1959。

42. （清）戴淳：《晚翠轩诗抄》，上海古籍出版社，2010，《清代诗文集汇编》本。

43. （清）戴绷孙：《味雪斋诗文抄》，上海古籍出版社，2010，《清代诗文集汇编》本。

44. （清）方东树：《昭昧詹言》，人民文学出版社，1961。

45. （清）冯甦：《滇考》，上海古籍出版社，1987，《影印文渊阁四库全书》本。

46. （清）顾炎武：《日知录集释》，黄汝成集释，栾保群校点，上海古籍出版社，2006。

47. （清）顾炎武：《天下郡国利病书》，上海古籍出版社，1987，《影印文渊阁四库全书》本。

48. （清）孔尚任：《湖海集》，清康熙间介安堂本。

49. （清）李重华：《贞一斋诗话》，载丁福保辑《清诗话》，上海古籍出版社，1978。

50. （清）刘大绅《寄庵诗文抄》，载《清代诗文集汇编》（第421册），上海古籍出版社，2010。

51. （清）刘熙载：《艺概注稿》，袁津琥校注，中华书局，2006。

52.（清）马汝为：《马悔斋先生遗集》，载《清代诗文集汇编》，上海古籍出版社，2010。

53.（清）马之龙：《雪楼诗选》，载李伟、吴建伟主编《回族文献丛刊》（第6册），上海古籍出版社，2008。

54.（清）冒春荣：《葚原诗说》，郭绍虞编选，富寿荪校点《清诗话续编》，上海古籍出版社，1983。

55.（清）钱泳：《履园丛话》，中华书局，1997。

56.（清）阮元校刻《十三经注疏》，中华书局，1980。

57.（清）沙琛：《点苍山人诗抄》，载吴海鹰主编《回族典藏全书》（第194册），甘肃文化出版社、宁夏人民出版社，2005。

58.（清）沈德潜：《唐诗别裁集》，岳麓书社，1998。

59.（清）沈德潜：《停云集序》，顾宗泰辑，乾隆三十四年刊本。

60.（清）沈德潜等：《清诗别裁集》，上海古籍出版社，1984。

61.（清）师范：《荫春堂诗话》，载张国庆《云南古代诗文论著辑要》，中华书局，2001。

62.（清）孙鹏：《南村诗集》，载李伟、吴建伟主编《回族文献丛刊》，上海古籍出版社，2008。

63.（清）铁保：《熙朝雅颂集凡例》，嘉庆九年刊本。

64.（清）王夫之：《姜斋诗话》，载丁福保编《清诗话》，上海古籍出版社，1978。

65.（清）翁方纲：《复初斋文集》，清光绪三年重校刻本，1877。

66.（清）徐珂：《清稗类钞》，中华书局，1986。

67.（清）姚鼐：《姚鼐文选》，王镇远选注，黄山书社，1984。

68.（清）永瑢、纪昀主编《四库全书总目提要》，上海古籍出版社，1987。

69.（清）袁枚：《随园诗话》，顾学颉校点，人民文学出版社，1960。

70. （清）袁枚：《与卢转运书·小仓山房诗文集》，上海古籍出版社，1988。

71. （清）袁文典、袁文揆辑《滇南诗略》，载《丛书集成续编》（集部第 150 册），上海书店出版社，1994。

72. （清）张汉：《留砚堂诗集》，载《清代诗文集汇编》（第 187 册），上海古籍出版社，2010。

73. （清）张廷玉等：《明史》，中华书局，1976。

74. （清）赵尔巽主编《清史稿》，中华书局，1997。

75. （清）朱庭珍：《筱园诗话》，载郭绍虞编《清诗话续编》（第 4 册），上海古籍出版社，1983。

76. （清）朱彝尊：《红盐词序》，载王奕清、唐圭璋编《词话丛编》（第 4 册），中华书局，1986。

77. （清）朱彝尊：《静志居诗话》，人民文学出版社，1990。

78. （清）朱彝尊辑《明诗综》，中华书局，2007。

79. 《〈文心雕龙〉译注》，周振甫译注，江苏教育出版社，2006。

80. 白寿彝：《回族人物志》，宁夏人民出版社，1987。

81. 蔡英俊：《中国文学的情感世界》，黄山书社，2012。

82. 蔡英俊编《中国文学的情感世界》，黄山书社，2012。

83. 曹道衡：《南朝文学与北朝文学研究》，江苏古籍出版社，1998。

84. 岑仲勉：《中外史地考证》，中华书局，1962。

85. 畅广元、李西健主编《文学文化学——面向 21 世纪课程教材》，辽宁人民出版社，2000。

86. 陈良运：《中国诗学批评史》，江西人民出版社，2001。

87. 陈庆元：《文字：地域的观照》，上海远东出版社，2003。

88. 陈望衡：《中国古典美学史》，湖南教育出版社，1998。

89. 陈文忠：《中国古典诗歌接受史研究》，安徽大学出版社，1998。

90. 陈曦：《云南26个民族的经典节庆》，云南人民出版社，2007。

91. 陈向春：《中国古典诗歌主题研究》，高等教育出版社，2008。

92. 陈寅恪：《金明馆丛稿二编》，上海古籍出版社，1980。

93. 陈寅恪：《唐代政治史述论稿》，上海古籍出版社，1982。

94. 陈垣：《明季滇黔佛教考》，中华书局，1962。

95. 陈垣：《元西域人华化考》，上海古籍出版社，2000。

96. 成复胜：《中国古代的人学与美学》，中国人民大学出版社，1992。

97. 程俊英：《诗经译注》，上海古籍出版社，1985。

98. 程千帆：《古诗考索》，上海古籍出版社，1984。

99. 戴伟华：《地域文学与唐化诗歌》，中华中局，2006。

100. 党乐群：《云南古代举士》，云南人民出版社，2008。

101. 杜泽逊：《文献学概要》，中华书局，2008。

102. 段崇轩：《地域文化与文学走向》，北岳文艺出版社，2012。

103. 段木干主编《中国地名大辞典》，人文出版社，1981。

104. 多洛肯：《元明清少数民族汉语文创作诗文叙录》，中国社会科学出版社，2014。

105. 方国瑜：《滇史论丛》，上海人民出版社，1982。

106. 方国瑜：《元人滇事诗文选抄》，载《云南史料丛刊》，云南大学出版社，1998。

107. 方国瑜：《云南史料目录概说》，中华书局，1984。

108. 方国瑜：《中国西南历史地理考释》，中华书局，1987。

109. 方国瑜主编《云南史料丛刊》，徐文德、木芹纂录校订，云南大学出版社，2001。

110. 方树梅：《滇南碑传集》，云南民族出版社，2003。

111. 方铁、方慧：《中国西南边疆开发史》，云南人民出版社，1997。

112. 方志远：《明代城市与市民文学》，中华书局，2004。

113. 冯尔康：《清代人物传记史料研究》，商务印书馆，2000。

114. 冯良方：《云南历代汉文学文献》，巴蜀书社，2008。

115. 冯瑜、赵卫东、李红春编《"地方性"的尝试：云南回族特殊族群民族认同、族群关系及社会文化变迁研究》，知识产权出版社，2012。

116. 傅道彬：《晚唐钟声：中国文化的精神原型》，东方出版社，1996。

117. 高敏主编《隐士传》，河南人民出版社，1994。

118. 葛懋春、蒋俊：《梁启超哲学思想论文选》，北京大学出版社，1984。

119. 葛晓音：《山水田园诗派研究》，辽宁大学出版社，1993。

120. 龚鹏程：《晚明思潮》，商务印书馆，2005。

121. 《管子》，房玄龄注，上海古籍出版社，2015。

122. 光绪《昆新两县续修合志》，清光绪六年刊本。

123. 韩林德：《境生象外——华夏审美与艺术特征考察》，生活·读书·新知三联书店，1995。

124. 韩林德：《境生象外》，生活·读书·新知三联书店，1995。

125. 何宗美：《明末清初文人结社研究》，南开大学，2003。

126. 何宗美：《文人结社与明代文学的演进》，人民出版社，2011。

127. 胡晓明：《中国诗学之精神》，江西人民出版社，2001。

128. 黄霖：《世纪中国古代文学研究史·诗歌卷》，东方出版中心，2006。

129. 霍友明：《清代诗歌发展史》，陕西人民出版社，1993。

130. 贾文昭：《中国古代文论类编》，海峡文艺出版社，1988。

131. 简锦松：《明代文学批评研究》，台湾学生书局，1989。

132. 姜义华、吴根梁、马学新编《港台及海外学者论中国文化》

（上、下），上海人民出版社，1988。

133. 蒋寅：《清诗话考》，中华书局，2005。

134. 蒋寅：《中国古代文学通论·清代卷》，辽宁人民出版社，2005。

135. 康熙《蒙化府志》，载林超民、张学君等主编《中国西南文献丛书·西南稀见方志文献》（卷22），兰州大学出版社，2003。

136. 康熙《永昌府志》，载林超民、张学君等主编《中国西南文献丛书·西南稀见方志文献》（卷30），兰州大学出版社，2003。

137. 柯愈春：《清人诗文集总目提要》，北京古籍出版社，2001。

138. 冷成金：《隐士与解脱》，作家出版社，1997。

139. 李春龙、刘景毛等点校《正续云南备征志精选点校》，云南民族出版社，2000。

140. 李春龙、朱鸿斌等点校《新纂云南通志》，云南人民出版社，2007。

141. 李根源：《永昌府文征》，曲石丛书，1941年铅印本。

142. 李浩：《唐代三大地域文学士族研究》，中华书局，2002。

143. 李建钊：《中国南方回族谱牒选编》，广西民族出版社，1998。

144. 李灵年等：《清人别集总目》，安徽教育出版社，2008。

145. 李睿之：《清画家诗史》，浙江人民美术出版社，2004。

146. 李伟、吴建伟主编《回族文献丛刊》，上海古籍出版社，2008。

147. 李小江：《主流与边缘》，生活·读书·新知三联书店，1997。

148. 李孝友：《嫏嬛著稿》，云南人民出版社，2010。

149. 李学勤主编《十三经注疏》，北京大学出版社，1999。

150. 李泽厚：《中国思想史论》，安徽文艺出版社，1999。

151. 李缵绪：《白族文学史略》，中国文艺出版社，1984。

152. 《丽江府志》，载林超民、张学君等主编《中国西南文献丛书·西南稀见方志文献》（卷22），兰州大学出版社，2003。

153. 梁启超:《清代学术概论》,东方出版社,1996。

154. 梁庭望、黄凤显:《中国少数民族文学》,山西教育出版社,2003。

155. 林超民、张学君等主编《中国西南文献丛书·西南稀见方志文献》,兰州大学出版社,2003。

156. 林庚:《唐诗综论》,人民文出版社,1987。

157. 刘若愚:《中国诗学》,河南人民出版社,1990。

158. 刘师培:《刘师培中古文学论集》,中国社会科学出版社,1997。

159. 刘世南:《清诗流派史》,人民文学出版社,2004。

160. 龙迪勇:《空间叙事研究》,生活·读书·新知三联书店,2014。

161. 鲁西奇:《中国历史的空间结构》,广西师范大学出版社,2015。

162. 《论语译注》,杨伯峻译注,中华书局,2005。

163. 罗时进:《地域·家族·文学——清代江南诗文研究》,上海古籍出版社,2010。

164. 罗宗强:《明代文学思想史》,中华书局,2013。

165. 马大康:《诗性语言研究》,中国社会科学出版社,2005。

166. 马平:《多元融通的回族文化》,宁夏人民出版社,2008。

167. 马启成、高占福、丁宏:《回族》,民族出版社,1995。

168. 马维良:《云南回族历史与文化研究》,云南大学出版社,1999。

169. 马曜:《云南简史》,云南人民出版社,1983。

170. 马子华:《滇南散记》,云南人民出版社,2002。

171. 梅新林、俞樟华主编《中国游记文学史》,学林出版社,2004。

172. 《孟子译注》,杨伯峻译注,中华书局,2012。

173. 牟宗三:《才性与玄理》,吉林出版集团,2010。

174. 牟宗三:《中国哲学的特质》,上海古籍出版,1997。

175. 钱穆:《现代中国学术论衡》,岳麓书社,1986。

176. 钱穆:《中国学术思想史论丛》,安徽教育出版社,2004。

177. 钱中文：《文学理论流派与民族文化精神》，吉林教育出版社，1993。

178. 钱仲联：《清诗纪事》，江苏古籍出版社，1989。

179. 《清史列传》，王钟翰点校，中华书局，1987。

180. 《情系大理·李元阳卷》，施立卓选注，民族出版社，2006。

181. 《情系大理·杨士云卷》，李公选注，民族出版社，2006。

182. 邱树森：《元朝简史》，福建人民出版社，1999。

183. 尚小明：《学人游幕与清代学术》，社会科学文献出版社，1999。

184. 申旭：《云南移民与古道研究》，云南人民出版社，2012。

185. 施惟达、段炳昌编著《云南民族文化概说》，云南大学出版社，2004。

186. 施之厚：《云南辞典》，云南人民出版社，1993。

187. 史华罗：《明清文学作品中的情感、心境词语研究》，中国大百科全书出版社，2000。

188. 《说文解字新订》，臧克和校订，中华书局，2002。

189. 宋佩韦：《明文学史》，上海书店出版社，1996。

190. 《苏轼文集笺注》，李之亮笺注，巴蜀书社，2011。

191. 孙秋克：《明代云南文学研究》，云南人民出版社，2010。

192. 孙旭培：《华夏传播论》，人民出版社，1997。

193. 孙之梅：《中国文学精神》（明清卷），山东教育出版社，2003。

194. 汤晓青：《多元文化格局中的民族文学研究》，中国社会科学出版社，2010。

195. 汤用彤：《魏晋玄学论稿》，人民出版社，1957。

196. 唐富龄：《明清文学史》（清代卷），武汉大学出版社，1991。

197. 陶樑辑《国朝畿辅诗传》，上海古籍出版社，1995 年影印本。

198. 陶应昌编著《云南历代各族作家》，云南民族出版社，1996。

199. 汪辟疆：《汪辟疆说近代诗》，上海古籍出版社，2001。

200. 王国维：《王国维论学集》，中国社会科学出版社，1997。

201. 王国维：《王国维遗书·观堂集林》，上海古籍出版社，1983。

202. 王宏建：《艺术概论》，文化艺术出版社，2000。

203. 王济民：《清乾隆嘉庆道光时期诗学》，巴蜀书社，2007。

204. 王明达：《剑湖风流——文化奇才赵藩传》，云南民族出版社，
2003。

205. 王齐洲：《呼唤民族性——中国文学特质多维透视》，中国社会
科学出版社，2000。

206. 王晓磊：《社会空间论》，中国社会科学出版社，2014。

207. 韦凤娟：《悠然见南山》，济南出版社，2004。

208. 魏泉：《士林交游与风气变迁：19 世纪宣南的文人群体研究》，
北京大学出版社，2008。

209. 闻一多：《闻一多作品集》，现代出版社，2016。

210. 邬国平、王镇远：《清代文学批评史》，上海古籍出版社，1995。

211. 吴功正：《中国文学美学》，江苏教育出版社，2001。

212. 吴海鹰主编《回族典藏全书》，甘肃文化出版社、宁夏人民出
版社，2008。

213. 吴晓亮：《大理史话》，云南人民出版社，2001。

214. 吴中胜：《原始思维与中国文论的诗性智慧》，中国社会科学出
版社，2008。

215. 吴重阳：《中国当代民族文学概观》，中央民族学院出版社，1986。

216. 伍蠡甫主编《西方文论选》，上海译文出版社，1979。

217. 萧涤非：《杜甫研究》，齐鲁书社，1980。

218. 谢本书、李江编著《昆明城市史》，云南大学出版社，2009。

219. 谢纳：《空间生产与文化表征：空间转向视阈中的文学研究》，

中国人民大学出版社，2010。

220. 徐复观：《中国人性论史》，华东师范大学出版社，2005。

221. 徐世昌：《晚晴簃诗话》，华东师范大学出版社，2009。

222. 徐雁平：《清代世家文学传承》，生活、读书、新知三联书店，2018。

223. 许建平：《山情逸魂：中国隐士心态史》，东方出版社，1999。

224. 薛林主编《新编大理风物志》，云南人民出版社，1999。

225. 严迪昌：《清诗史》，浙江古籍出版社，2002。

226. 杨成彪主编《楚雄彝族自治州旧方志全书》，云南人民出版社，2005。

227. 杨大业、杨怀中：《明清回族进士考略》，宁夏人民出版社，2011。

228. 杨怀中主编《仰望高山——白寿彝先生的史学思想与成就》，宁夏人民出版社，2011。

229. 《杨慎诗选》，王文才选注，四川人民出版社，1981。

230. 杨寿川主编《云南特色文化》，社会科学文献出版社，2006。

231. 杨义：《通向大文学观》，安徽教出版社，2006。

232. 杨义：《重绘中国文学地图通释》，当代中国出版社，2007。

233. 杨兆钧主编《云南回族史》，云南民族出版社，1994。

234. 杨志玖：《元代回族史稿》，南开大学出版社，2004。

235. 叶奕乾等编《个性心理学》，华东师范大学出版社，1994。

236. 尤中：《云南民族史》，云南大学出版社，1994。

237. 余嘉华：《古滇文化思辨录昆明》，云南教育出版社，1997。

238. 余秋雨：《行者无疆》，华艺出版社，2001。

239. 余振贵、雷晓静：《中国回族金石录》，宁夏人民出版社，2001。

240. 俞剑华主编《中国美术家人名辞典》，上海人民美术出版社，2019。

241. 袁济喜：《六朝美学》，北京大学出版社，1989。

242. 袁行霈：《中国文学史》，高等教育出版社，1999。

243. 袁行云：《清人诗集叙录》，文化艺术出版社，1994。

244. 袁咏秋、李家乔：《外国图书馆学名著选读》，北京大学出版社，1988。

245. 岳友熙：《生态环境美学》，人民出版社，2007。

246. 曾大兴：《文学地理学研究》，商务印书馆，2012。

247. 曾毅、王义：《儒家思想与地域文化》，四川大学出版社，2012。

248. 詹福瑞主编《中国古代诗歌与文化：中国古典诗词专题解读》，河北大学出版社，2012。

249. 张伯伟：《中国古代文学批评方法研究》，中华书局，2002。

250. 张福三主编《云南地方文学史》（古代卷），云南人民出版社，1997。

251. 张国庆主编《云南古代诗文论著辑要》，中华书局，2008。

252. 张健：《清代诗学研究》，北京大学出版社，1999。

253. 张清河：《晚明江南诗学研究》，武汉大学出版社，2013。

254. 张瑞君：《李白精神与诗歌艺术新探》，上海古籍出版社，2012。

255. 张少康：《中国历代文化精品》，时代文艺出版社，2001。

256. 张文勋：《诗词审美》，云南人民出版社，2005。

257. 张应昌：《清诗铎》，中华书局，1960。

258. 张迎胜：《元代回族文学家》，人民出版社，2004。

259. 张迎胜、丁生俊主编《回族古代文学史》，宁夏人民出版社，1988。

260. 张勇主编《赵藩纪念文集》，云南美术出版社，2004。

261. 赵藩总纂，云南文史研究馆辑《云南丛书》，中华书局，2009。

262. 赵联元：《丽郡诗征》，载《丛书集成续编》，上海书店出版社，1994。

263. 赵杏根：《乾嘉代表诗人研究》，新星出版社，2001。

264. 赵园：《明清之际士大夫研究》，北京大学出版社，2014。

265. 赵志忠：《民族文学论稿》，辽宁人民出版社，2005。

266. 郑临川编《闻一多论古典文学》，重庆出版社，1984。

267. 中央民族学院编《少数民族诗歌选》，人民文学出版社，1975。

268. 周锦国：《清代白族赵氏作家群作品评注》，云南大学出版社，2007。

269. 周圣弘：《接受诗学》，中国传媒大学出版社，2011。

270. 周维德：《全明诗话》，齐鲁书社，2005。

271. 周晓琳、刘玉平：《空间与审美——文化地理视域中的中国古代文学》，人民出版社，2009。

272. 朱昌平、吴建伟主编《中国回族文学史》，宁夏人民出版社，2007。

273. 朱光潜：《文艺心理学》，复旦大学出版社，2005。

274. 朱则杰：《清诗考证》，人民文学出版社，2002。

275. 朱则杰：《清诗史》，江苏古籍出版社，2000。

276. 宗白华：《艺境》，北京大学出版社，1999。

二 外文译著

1. 〔德〕费尔巴哈：《宗教的本质》，王太庆译，商务印书馆，1999。

2. 〔德〕黑格尔：《美学》，朱光潜译，商务印书馆，1981。

3. 〔德〕马克思、〔德〕恩格斯：《马克思恩格斯全集》，中共中央马克思恩格斯列宁斯大林著作编译局编译，人民出版社，1960。

4. 〔德〕姚斯、〔美〕霍拉勃：《接受美学与接受理论》，周宁、金元浦译，辽宁人民出版社，1987。

5. 〔俄〕别林斯基：《别林斯基选集》，满涛译，上海译文出版社，

1979。

6. 〔俄〕果戈理:《文学的战斗传统》,满涛译,新文艺出版社,1953。

7. 〔俄〕普列汉诺夫:《论艺术——没有地址的信》,曹葆华译,生活·读书·新知三联书店,1973。

8. 〔法〕埃尔韦·圣德尼:《中国诗歌的艺术》,载钱牧森编《牧女与蚕娘:法国汉学家论中国诗》,上海古籍出版社,1998。

9. 〔法〕丹纳:《艺术哲学》,傅雷译,人民文学出版社,1963。

10. 〔法〕加斯东·巴什拉:《空间的诗学》,张逸婧译,上海译文出版社,2009。

11. 〔法〕罗贝尔·埃斯卡皮:《文学社会学——罗·埃斯卡皮文论选》,于沛译,浙江人民出版社,1987。

12. 〔法〕孟德斯鸠:《论法的精神》,张雁深译,商务印书馆,1961。

13. 〔法〕皮埃尔·布迪厄、〔美〕华康德:《实践与反思——反思社会学导引》,李猛、李康译,中央编译出版社,1998。

14. 〔法〕史达尔:《论文学》,载伍蠡甫主编《西方文论选》,上海译文出版社,1979。

15. 〔美〕本尼迪克特·安德森:《想象的共同体——民族主义的起源与散布》,吴叡人译,上海世纪出版集团,2011。

16. 〔美〕怀特:《文化科学》,曹锦清译,浙江人民出版社,1988。

17. 〔美〕苏珊·朗格:《情感与形式》,刘大基、傅志强译,中国社会科学出版社,1986。

18. 列宁:《列宁全集》,中共中央马克思恩格斯列宁斯大林著作编译局编译,人民出版社,1985。

19. 〔苏联〕斯大林:《斯大林全集》,中央编译局译,人民出版社,1979。

20. 〔英〕丹尼斯·麦奎尔、〔瑞典〕斯文·温德尔:《大众传播模式论》，祝建华译，上海译文出版社，1987。

21. 〔英〕迈克·克朗：《文化地理学》，杨淑华、宋慧敏译，南京大学出版社，2005。

22. 中国社会科学院外国文学研究所外国文学研究资料丛刊编辑委员会编《外国理论家作家论形象思维》，中国社会科学出版社，1979。

三 期刊论文

1. 蔡翔：《情与欲的对立——当代小说中的精神文化现象》，《文学评论》1988 年第 4 期。

2. 荼志高：《〈滇南诗略〉目录及作者小传订误》，《华中师范大学研究生学报》2013 年第 4 期。

3. 陈石：《略论景观文学》，《南京师范大学学报》1992 年第 3 期。

4. 陈友康：《古代少数民族的家族文学现象》，《民族文学研究》2004 年第 3 期。

5. 陈友康：《古代云南少数民族的家族文学》，《云南民族学院学报》1998 年第 12 期。

6. 陈友康：《明清云南游记与民俗——兼论边疆游记对山水文学的贡献》，《云南民族学院学报》1996 年第 1 期。

7. 陈载舸：《"畅神比德"与"忧国忧民"——中国传统文学精神的两翼》，《中山大学学报》（社会科学版）2005 年第 5 期。

8. 多洛肯：《回汉文化交融下的明清回族诗歌创作综述》，《西北民族研究》2018 年第 1 期。

9. 多洛肯：《略谈清代少数民族诗文别集的整理研究及其价值意义》，《社科纵横》2018 年第 2 期。

10. 多洛肯：《明清白族文学家族诗歌创作述论》，《西南民族大学学报》2017 年第 1 期。

11. 多洛肯：《清代少数民族文学家族研究现状与前瞻》，《中国社会科学报》2014 年 12 月 5 日。

12. 多洛肯、李静开：《明清回族文学家族文学创作述略》，《兰州文理学院学报》2015 年第 5 期。

13. 方红梅：《庄子之乐与中国文人的审美襟怀》，《中南民族大学学报》（人文社会科学版）2003 年第 2 期。

14. 傅光宇：《晚清云南少数民族古典诗歌浅述》，《民族文学研究》1999 年第 4 期。

15. 高文：《中国古代隐逸文化之和谐内蕴》，《学术界》2007 年第 5 期。

16. 龚建平：《乐教与儒者的宗教情怀》，《学术月刊》2005 年第 5 期。

17. 何其芳：《少数民族文学史编导中的问题》，《文学评论》1961 年等 5 期。

18. 黄瑞云：《论乾嘉诗坛》，《湖北师范学院学报》2001 年第 1 期。

19. 奎曾：《民族地域文化与民族文学》，《中央民族大学学报》1992 年第 2 期。

20. 蓝华增：《白族学者赵藩的云南诗史观》，《民族文学研究》1989 年第 3 期。

21. 雷磊：《杨慎与李东阳：观察明代诗学流变多样太的视角》，《社会科学辑刊》2006 年第 3 期。

22. 李朝军：《家族文学史建构与文学世家研究》，《学术研究》2000 年第 10 期。

23. 李崇隆：《马汝为诗词的艺术风格与文史内涵》，《玉溪师专学报》1997 年第 1 期。

24. 李佩伦：《回族文化的反思》，《回族研究》1991 年第 1 期。

25. 李潇云：《清代云南诗学的特征和价值》，《云南农业大学学报》（社会科学版）2015 年第 2 期。

26. 李小凤：《古代回族文学族的文起及创作特征初探》，《民族文学研究》2010 年第 1 期。

27. 李小凤：《少数民族家族文学研究的兴起与路径思考》，《北方民族大学学报》2015 年第 2 期。

28. 刘和文：《清诗总集地域性特征考论》，《内蒙古大学学报》2011 年第 4 期。

29. 刘靖渊：《论乾嘉之际诗人的诗心与诗歌》，《西北师范大学学报》2002 年第 1 期。

30. 刘小新：《文学地理学：从决定论到批判的地域主义》，《福建论坛》2010 年第 10 期。

31. 马兴东：《云南回族源流探索》，《云南民族学院学报》1988 年第 4 期。

32. 马亚中：《乾嘉诗风二论》，《苏州大学学报》2008 年第 1 期。

33. 马振华：《幻想·移情·认同——浅析文学接受主体的几种心理活动》，《中国校外教育》2008 年第 1 期。

34. 敏泽：《钱锺书先生谈"意象"》，《文学遗产》2000 年第 2 期。

35. 容庚：《论〈列朝诗集〉与明诗综》，《岭南学报》1950 年第 1 期。

36. 时志明：《生态学背景下的清代山水诗研究》，《苏州大学学报》2010 年第 2 期。

37. 孙纪文：《清代少数民族诗人与杜甫诗歌——以满、回、壮为中心》，《民族文学研究》2017 年第 3 期。

38. 孙康宜：《中晚明之交文学新探》，《北京大学学报》2006 年第 3 期。

39. 陶应昌：《清初的云南文学》，《云南民族学院学报》（哲学社会科学版）1999 年第 2 期。

40. 陶应昌：《清代后期的云南文学》，《云南民族大学学报》（哲学社会科学版）2004 年第 4 期。

41. 田耕宇：《生命观冲突下的怀古文学意象》，《西南民族大学学报》（人文社会科学版）2013 年第 10 期。

42. 万揆一：《清代丽江回族著名诗人马之龙》，《云南师范大学学报》（哲学社会科学）1992 年第 6 期。

43. 王立：《中国古代思乡心态的社会成因》，《天府新论》2002 年第 2 期。

44. 王琳：《清代山水诗管窥》，《内蒙古民族师范学报》1999 年第 1 期。

45. 王琳、孙之梅：《〈列朝诗集〉述要》，《山东师大学报》1995 年第 5 期。

46. 王声跃：《云南地理文化研究的几点思考》，《玉溪师范学院学报》2000 年第 5 期。

47. 王顺贵：《八十年代以来清代诗学研究述评》，《苏州大学学报》2003 年第 1 期。

48. 王英志：《袁枚于乾嘉诗坛的影响》，《扬州大学学报》2000 年第 3 期。

49. 王莺：《〈孔子诗论〉的敬德思想及评诗主张》，《诗经研究丛刊》2010 年第 8 期。

50. 吴承学：《江山之助——中国古代文学地域风格论初探》，《文学评论》1990 年第 2 期。

51. 吴肇莉：《〈滇南诗略〉的编纂与乾嘉时期云南诗坛》，《云南师范大学学报》（社会科学版）2013 年第 2 期。

52. 武谊嘉：《杨慎对西南区域文化的贡献》，《南京师范大学学报》（社会科学版）2009 年第 4 期。

53. 夏爵蓉：《少数民族史诗特点浅析》，《中南民族学院学报》（哲学社会科学版）1994 年第 8 期。

54. 夏勇：《论清代唱和诗总集的基本形态》，《晋中学院学报》2014 年第 4 期。

55. 肖潇：《古代文学与地域文化之间的联系》，《作家》2014 年第 6 期。

56. 徐雁平：《清代文学世家联姻与地域化传统的形成》，《华南师范大学学报》2011 年第 3 期。

57. 徐永端：《清诗简论》，《苏州大学学报》1984 年第 2 期。

58. 严明：《清诗特色形成的关键》，《苏州大学学报》1998 年第 2 期。

59. 阎秀冬、张诚：《陈荣昌先生评传》，《贵州文史丛刊》1994 年第 3 期。

60. 阳晓儒：《明清社会思潮对袁枚思想及诗论的影响》，《社会科学家》1989 年第 5 期。

61. 杨慧林：《"诗性" 的诠释与 "灵性" 诠释》，《长江学术》2006 年第 1 期。

62. 杨士彬：《我国古代社会的国家观念》：《河北学刊》1994 年第 6 期。

63. 叶潮：《诗歌与文化区域——对诗话的文化学考察之一》，《当代诗坛》1991 年第 6 期。

64. 于志鹏：《中国古代咏物诗概念界说》，《济南大学学报》2004 年第 2 期。

65. 袁行霈：《关于中国地域文化的理论思考：〈中国地域文化通览〉总绪论》，《北京大学学报》2012 年第 1 期。

66. 曾大兴：《地域文学研究的成绩与不足》，《世界文学评论》2016 年第 4 期。

67. 张荣翼：《文学史中的三种价值评判》，《社会科学辑刊》1999 年第 4 期。

68. 张文勋：《许印芳的诗歌理论》，《思想战线》1989 年第 2 期。

69. 张迎胜：《清代回族诗人沙琛》，《宁夏大学学报》（社会科学版）1981 年第 2 期。

70. 张越：《试论民族文学的划分》，《新疆大学学报》（哲学社会科学版）1982 年第 2 期。

71. 赵文红：《清代云南"五华五子诗选"杨国翰诗文述论》，《思茅师范高等专科学校学报》2005 年第 2 期。

72. 钟进文：《民族文化与地域文化的互为表现——评裕固族作家玛尔简的诗文》，《民族文学研究》2012 年第 3 期。

73. 周锦国：《一门四代六诗人——清代大理"赵氏诗人之家"》，《大理文化》2010 年第 10 期。

74. 周锦国：《赵廷枢及其〈所园诗集〉》，《大理学院学报》2000 年第 3 期。

75. 周宪：《文学与认同》，《文学评论》2006 年第 6 期。

76. 周雪根：《明初云南四大诗人"平居陈郭"之"平"非平显考》，《吕梁学院学报》2012 年第 5 期。

77. 周毅：《传播文化及其过程》，《郑州大学学报》（哲社版）2004 年第 1 期。

78. 朱则杰：《关于清诗总集的分类》，《甘肃社会科学》2008 年第 1 期。

79. 祝尚书：《"举子事业"与"君子事业"——论宋代科举考试与文学发展的关系》，《厦门大学学报》2004 年第 4 期。

80. 祝注先：《清代白族、壮族、土家族的妇女诗歌》，《中南民族学院学报》2001 年第 1 期。

四　硕博论文

1. 陈未鹏：《宋词与地域文化》，苏州大学博士学位论文，2008。

2. 冯丽荣：《清初遗民文学研究》，西南大学博士学位论文，2010。

3. 高小慧：《杨慎文学思想研究》，北京大学博士学位论文，2005。

4. 纪倩倩：《论唐代思乡诗的文化精神与艺术新变》，青岛大学硕士学位论文，2005。

5. 李然：《乾隆三大家诗学比较》，华东师范大学博士学位论文，2000。

6. 李娅：《杨慎戍滇时期文学思想研究》，云南师范大学硕士学位论文，2017。

7. 刘和文：《清人选清诗总集研究》，苏州大学博士学位论文，2009。

8. 骆耀军：《明清之际士人认同的转变与重塑：从〈列朝诗集小传〉到〈四库总目提要〉》，华中师范大学硕士学位论文，2014。

9. 彭金安：《〈列朝诗集小传〉研究》，复旦大学硕士学位论文，2014。

10. 王兵：《清人选清诗与清代诗学》，中国语言大学博士学位论文，2009。

11. 吴肇莉：《云南诗歌总集研究》，浙江大学博士学位论文，2012。

12. 夏勇：《清诗总集研究（通论）》，浙江大学博士学位论文，2011。

13. 杨钊：《杨慎研究——以文学为中心》，四川师范大学博士学位论文，2012。

14. 叶婷：《明代诗歌选本研究》，华中师范大学硕士学位论文，2011。

15. 尹玲玲：《清人选明诗总集研究》，苏州大学博士学位论文，2012。

16. 战立忠：《明人选明诗研究》，北京大学博士学位论文，2004。

17. 张丽华：《清代乾嘉时期唐宋诗之争流变研究》，苏州大学博士学位论文，2008。

18. 钟乃元：《唐宋粤西地域文化与诗歌研究》，广西师范大学博士学位论文，2011。

19. 周广平：《清代乾嘉时期学人诗研究》，浙江师范大学硕士学位论文，2006。

后　记

　　本书是国家社会科学基金项目"地域文化与中国古代回族文学研究"的部分内容。从立意构思到搜集资料，从揣摩修改到成稿，前后耗时6年才完成。虽然如同余论中所言，还有很多问题尚未展开充分深入的论证，对有些问题的涉及面不够宽广，但在可资借鉴的研究成果寥寥无几的研究现状下，运用文学地理学的理论与方法研究古代回族文学，拓宽了古代少数民族文学领域；将历史发展观念与文学空间理论相结合，使古代少数民族文学研究呈现时空交融的特色；运用文学地图及数据统计方法，对古代回族文学的地域分布情况与古代回族文人地系分布情况进行数据统计，为古代少数民族文学研究提供了可资借鉴的范例。希望本书的出版能为古代少数民族文学研究工作起到些许推动作用。

　　我深知自己的研究还只是初步的、浅层次的尝试与探索，还有很多问题需要延展和深入，问学之路无止境，本人自当勉力为之。在撰写论文及修改书稿的过程中得到了业师张新科教授细致专业的指导，师恩永存，感怀永存！孙秋克女士的《明代云南文学》和周晓琳、刘玉平的《空间与审美——文化地理视域中的中国古代文学》是两部材料丰富、论述细致、启人疑窦的大作，本书的一些章节多有引证，在此特别致谢。本书的出版得到了北方民族大学"民族学"一级学科双一流建设的资助和国家民委重点学科"中国古代文学"

平台的资助，向民族学学院院长杨蕤教授、左宏阁教授致以深深谢意。在本书稿的校对过程中，张登齐、刘岳勇同学给予了大力帮助，一并致谢。本书的最终顺利出版离不开社会科学文献出版社颜林柯女士的大力支持与帮助，她严谨细致地为我审校书稿，不厌其烦地与我联系沟通，对我拖延交稿时间给予理解和包容，真的是一位极具情怀的硬核编辑，特别向她表示深深谢意。

期待同行的批评指正。

乙亥中秋于银川悦庐

图书在版编目(CIP)数据

地域·民族·文学：明清云南回族文学研究 / 马志
英著. -- 北京：社会科学文献出版社，2019.12
ISBN 978 - 7 - 5097 - 8112 - 8

Ⅰ.①地… Ⅱ.①马… Ⅲ.①回族 - 少数民族文学 -
文学研究 - 云南 - 明清时代 Ⅳ.①I207.913

中国版本图书馆 CIP 数据核字(2018)第 295215 号

地域·民族·文学
————明清云南回族文学研究

著　　者 / 马志英

出 版 人 / 谢寿光
责任编辑 / 颜林柯

出　　版 / 社会科学文献出版社 (010) 59367226
　　　　　 地址：北京市北三环中路甲 29 号院华龙大厦　邮编：100029
　　　　　 网址：www. ssap. com. cn
发　　行 / 市场营销中心 (010) 59367081　59367083
印　　装 / 三河市尚艺印装有限公司

规　　格 / 开　本：787mm × 1092mm　1/16
　　　　　 印　张：20.75　字　数：259 千字
版　　次 / 2019 年 12 月第 1 版　2019 年 12 月第 1 次印刷
书　　号 / ISBN 978 - 7 - 5097 - 8112 - 8
定　　价 / 138.00 元